GOOD OMENS

De Terry Pratchett

Série Discworld®

Pequenos deuses

Lordes e damas

Homens de armas

Tiffany Dolorida

Os pequenos homens livres

Um chapéu cheio de céu

Com Stephen Baxter

A terra longa

A guerra longa

GOOD OMENS

As Justas e Precisas Profecias de Agnes Nutter

Terry Pratchett
e
Neil Gaiman

Ilustrações coloridas e em preto e branco
Paul Kidby

1ª edição

BERTRAND BRASIL
Rio de Janeiro | 2022

Esta edição contém a tradução revisada a partir do original revisto, aprovado por Neil Gaiman e pelo Pratchett Estate, que corrige vários erros de digitação e imprecisões presentes em edições anteriores.

Título original: *Good Omens*

Tradução do Prefácio e de Os fatos: Érico Assis
Tradução do texto: Fábio Fernandes
Revisão de tradução a partir da edição original revista: Renata Pettengill

Texto revisado segundo o novo Acordo Ortográfico da Língua Portuguesa

2022
Impresso no Brasil
Printed in Brazil

CIP-BRASIL. CATALOGAÇÃO NA PUBLICAÇÃO
SINDICATO NACIONAL DOS EDITORES DE LIVROS, RJ

Pratchett, Terry, 1948-2015
P924b Belas maldições / Terry Pratchett, Neil Gaiman ; [ilustração Paul Kidby] ; tradução Fábio Fernandes. – 1. ed. – Rio de Janeiro : Bertrand Brasil, 2022.
il. ; 23 cm.

Tradução de: Good omens
"Edição em capa dura"
ISBN 978-65-583-8076-4

1. Ficção inglesa. I. Gaiman, Neil. II. Kidby, Paul. III. Fernandes, Fábio. IV. Título.

CDD: 823
21-74411 CDU: 82-3(410.1)

Camila Donis Hartmann – Bibliotecária – CRB-7/6472

Direitos exclusivos de publicação em língua portuguesa somente para o Brasil adquiridos pela:
EDITORA BERTRAND BRASIL LTDA.
Rua Argentina, 171 – 3º andar – São Cristóvão – 20921-380 – Rio de Janeiro – RJ
Tel.: (21) 2585-2000

Atendimento e venda direta ao leitor:
sac@record.com.br

Advertência

Crianças! Desencadear o Armageddon pode ser perigoso.
Não tente fazer isso em casa.

Dedicatória

Os autores, junto ao demônio Crowley, gostariam
de dedicar este livro à memória de
G. K. Chesterton.

ILUSTRAÇÕES

COLORIDAS

PRETO E BRANCO

Prefácio

Tem gente que pergunta: Como foi escrever *Belas maldições?*

E nós respondemos: Éramos só dois carinhas, né? Ainda somos. Foi um trabalho de férias. Nos divertimos muito, dividimos a grana meio a meio e juramos nunca mais repetir isso. Achamos que não era importante.

E, de certo modo, ainda não é. *Belas maldições* foi escrito por duas pessoas que, na época, não eram lá muito conhecidas. Exceto por gente que já as conhecia. Nenhum dos dois sabia se ia vender. É certo que nenhum dos dois sabia que estava escrevendo o livro que seria o mais remendado do mundo. (É sério: autografamos um número maravilhoso de exemplares que caíram em banheiras, que ganharam um tom amarronzado preocupante, que foram remendados com fita adesiva e barbante e que, em um caso, consistia em páginas soltas dentro de um saco plástico. Por outro lado, teve um cara que mandou fazer uma caixa de mogno com detalhes em prata e o exemplar ficava bem aninhado lá dentro, num leito de veludo preto. Tinha runas de prata na tampa. Não fizemos nenhuma pergunta.) Uma dica de etiqueta: tudo bem, até certo ponto, você pedir para o autor autografar seu braço; mas não é de bom tom você dar uma ida até o tatuador mais próximo e, meia hora depois, voltar mostrando o resultado inflamado.

Nós dois não sabíamos que haveria turnês de lançamento que iam ser esquisitas até para nossos critérios, que são bem generosos. Que íamos falar de humor em intervalos de quinze segundos, entre notícias de última hora a respeito da temerosa situação com os reféns no Burger King mais próximo. Que seríamos entrevistados por um radialista de Nova York muito mal preparado a quem não tinham avisado que *Belas maldições* era uma obra que gente do nosso ramo chama de "ficção". Que, antes da entrevista, íamos receber uma advertência muito séria da parte de uma diminuta Diretora de Protocolo daquela rádio pública quanto a palavrões, "porque vocês da Inglaterra são sempre uns boca suja".

Na verdade, nenhum de nós dois é muito dos palavrões, ainda mais no rádio, mas passamos uma hora falando em modo automático, com frases bem curtas e cuidadosamente esquadrinhadas, um evitando olhar nos olhos do outro.

E tivemos leitores, abençoados sejam. Até o momento já autografamos centenas de milhares de livros para essa gente. Os livros estavam carcomidos até o nível de desintegração; se achamos um que está bonitinho e lustroso, é porque os outros cinco exemplares que o proprietário teve foram furtados pelos amigos, atingidos por raios ou devorados por cupins gigantes da Sumatra. Tomem cuidado. Ah, e nos avisaram que tem um exemplar na biblioteca do Vaticano. É legal se for verdade.

Foi divertido. E ainda é.

No Princípio

NO PRINCÍPIO

Era um belo dia.

Todos tinham sido belos. Pouco mais de sete haviam se passado até então, e a chuva ainda não tinha sido inventada. Mas as nuvens se assomando a leste do Éden sugeriam que a primeira tempestade estava a caminho, e que seria das grandes.

O anjo do Portão Leste cobriu a cabeça com as asas para se proteger das primeiras gotas.

— Perdão — falou, educadamente. — O que você ia dizendo?

— *Eu disse* que aquilo caiu muito mal — respondeu a serpente.

— Ah. Foi mesmo — disse o anjo, cujo nome era Aziraphale.

— Acho que a reação foi meio exagerada, na verdade — comentou a serpente. — Quer dizer, réu primário e tudo mais. Não consigo ver o que há de tão errado em saber a diferença entre o bem e o mal, no fim das contas.

— *Deve ser* errado — argumentou Aziraphale, no tom de voz ligeiramente preocupado de quem também não o vê, e está cabreiro com isso —, do contrário, *você* não teria estado envolvido.

— Eles simplesmente disseram: vá lá em cima e crie alguma confusão — falou a serpente, cujo nome era Crawly, o Rastejante, embora estivesse pensando em mudá-lo. Rastejar, concluíra, não combinava em nada com *ele*.

— Sim, mas você é um demônio. Não sei se é sequer possível, para você, fazer o bem — comentou Aziraphale. — É por causa da sua natureza, sabe, da sua essência. Nada pessoal, entende?

— Mas você tem que admitir que aquilo foi uma certa encenação — disse Crawly. — Quer dizer, chamar atenção para a Árvore e dizer "Não

Toque" em letras garrafais. Nada muito sutil, né? Quer dizer, por que não colocá-la no alto de uma montanha ou num lugar bem longe? Faz a gente se perguntar o que Ele está planejando de verdade.

— Melhor não especular, sério — aconselhou Aziraphale. — Não se pode prever a inefabilidade, é o que sempre digo. Existe o Certo e existe o Errado. Se alguém faz o Errado quando lhe dizem para fazer o Certo, merece ser punido. Pois é...

Ficaram ali sentados num silêncio constrangedor, vendo as gotas de chuva salpicando as primeiras flores. Por fim, Crawly perguntou:

— Você não tinha uma espada flamejante?

— Pois é... — disse o anjo. Uma expressão de culpa passou por seu rosto e então voltou e acampou por lá.

— Você tinha, não tinha? — perguntou Crawly. — Flamejava que era uma beleza.

— É... bem...

— Tinha uma aparência bem impressionante, na minha opinião.

— É, mas, bem...

— Você a perdeu, não perdeu?

— Ah, não! Não, não perdi exatamente, foi mais...

— Bem?

Aziraphale parecia arrasado.

— Se você quer saber — disse ele, com um certo mau humor —, eu dei a espada.

Crawly o encarou.

— Bem, eu não tive escolha — explicou o anjo, esfregando as mãos distraidamente. — Eles pareciam estar sentindo tanto frio, coitadinhos, e ela *já estava* grávida, e, com aqueles animais *terríveis* por lá e a tempestade se formando, eu pensei, que mal há, e simplesmente falei, escutem aqui, se vocês voltarem vai haver um pandemônio, mas vocês podem estar precisando desta espada, por isso aqui está, não precisam me agradecer, só façam um grande favor a todos e vão embora daqui antes que o sol se ponha.

Ele abriu um sorriso tenso para Crawly.

— Foi o melhor a fazer, não foi?

— Não sei se é sequer possível, para você, fazer o mal — disse Crawly, sarcasticamente.

Aziraphale não percebeu a ironia.

— Ah, assim espero — disse ele. — Sério mesmo. Isso me deixou tenso a tarde toda.

Os dois ficaram olhando a chuva por um tempo.

— O engraçado — comentou Crawly — é que *eu* também fico me perguntando se o lance da maçã não foi a coisa certa a fazer. Um demônio pode acabar em maus lençóis ao fazer a coisa certa. — Ele cutucou o anjo. — Engraçado se nós dois tivermos confundido tudo, né? Engraçado se eu tiver feito o bem, e você, o mal, né?

— Não é, não — disse Aziraphale.

Crawly se pôs a fitar a chuva.

— É — concordou, mais sério. — Acho que não.

Cortinas preto-ardósia açoitaram o Éden. Trovões rugiram entre as montanhas. Os animais, recém-batizados, se abrigaram da tempestade.

Longe dali, na floresta chuvosa, algo resplandecente e inflamável tremeluzia por entre as árvores.

Aquela seria uma noite escura e tempestuosa.

BELAS MALDIÇÕES

Uma Narrativa de Certos Eventos ocorridos nos últimos onze anos da história da humanidade, em estrita conformidade, como será mostrado, com:

As Justas e Precisas Profecias de Agnes Nutter

Compilado e editado, com Notas de Rodapé de Cunho Informativo e Preceitos para os Sábios, por Neil Gaiman e Terry Pratchett.

DRAMATIS PERSONAE

SERES SOBRENATURAIS

DEUS – *Deus*
METATRON – *A Voz de Deus*
AZIRAPHALE – *Um Anjo e livreiro de obras raras em meio expediente*
SATANÁS – *Um Anjo Caído; o Adversário*
BELZEBU – *Outro Anjo Caído e Príncipe do Inferno*
HASTUR – *Um Anjo Caído e Duque do Inferno*
LIGUR – *Outro Anjo Caído e Duque do Inferno*
CROWLEY – *Um Anjo que mais Perambulou Distraído na Descendente do que Caiu*

CAVALEIROS DO APOCALIPSE

MORTE – *Morte*
GUERRA – *Guerra*
FOME – *Fome*
POLUIÇÃO – *Poluição*

HUMANOS

NÃO-COMETERÁS-ADULTÉRIO PULSIFER – *Um Caçador de Bruxas*
AGNES NUTTER – *Uma Profetisa*

Newton Pulsifer – *Analista de Folha de Pagamento e Soldado Caçador de Bruxas*
Anathema Device – *Ocultista Proficiente e Descendente Profissional*
Shadwell – *Sargento Caçador de Bruxas*
Madame Tracy – *Jezebel Pintada (somente de manhã, quintas-feiras a combinar) e Médium*
Irmã Maria Loquaz – *Uma Freira Satânica da Ordem Faladeira de Santa Beryl*
Sr. Young – *Um Pai*
Sr. Tyler – *Um Presidente de uma Associação de Moradores*
Um Entregador

Eles

ADAM – *Um Anticristo*
Pepper – *Uma Garota*
Wensleydale – *Um Garoto*
Brian – *Um Garoto*

Coro Completo de Tibetanos, Alienígenas, Americanos, Atlantes e outras raras e estranhas Criaturas dos Últimos Dias.

E

Cão – *Cérbero satânico e terror dos gatos*

Onze Anos Antes

ONZE ANOS ANTES

As teorias atuais sobre a criação do Universo afirmam que, se ele foi mesmo criado e não surgiu assim, como se diz, extraoficialmente, existe desde algo entre dez e vinte bilhões de anos atrás. Seguindo essa mesma linha, calcula-se que a Terra tenha uns quatro bilhões e meio de anos.

Essas datações são incorretas.

Estudiosos judeus medievais estipularam a data da Criação em 3760 a.C. Os teólogos da ortodoxia grega situam a Criação em 5508 a.C.

Essas sugestões também estão incorretas.

O arcebispo James Ussher (1580–1656) publicou em 1654 seu tratado *Annales Veteris et Novi Testamenti*, que sugeria que o Céu e a Terra foram criados em 4004 a.C. Um de seus assistentes levou os cálculos mais além, e foi capaz de anunciar, triunfante, que a Terra foi criada no domingo, 21 de outubro de 4004 a.C., exatamente às nove da manhã, porque Deus gostava de trabalhar logo cedo, enquanto ainda estava cheio de disposição.

Isso também estava incorreto. Por quase quinze minutos.

Todo aquele negócio com fósseis de esqueletos de dinossauro foi uma brincadeira da qual os paleontólogos ainda não se deram conta.

O que prova duas coisas:

Primeiro, que Deus age de formas extremamente misteriosas, para não dizer tortuosas. Deus não joga dados com o universo; Ele joga um jogo inefável de Sua própria autoria, que poderia ser comparado, da perspectiva de qualquer um dos outros jogadores,* a se estar engajado numa versão

* Ou seja, todo mundo.

obscura e complexa de pôquer, numa sala totalmente escura, com cartas em branco, apostas infinitas e um crupiê que não lhe diz quais são as regras e que *sorri o tempo todo.*

Em segundo lugar, a Terra é de libra.

A previsão astrológica para libra na coluna "Seus Astros Hoje" do *Tadfield Advertiser*, no dia em que esta história se inicia, é a seguinte:

> *Libra. 24 de setembro a 23 de outubro.*
> *Você pode estar se sentindo mal e sempre na mesma velha rotina. Questões envolvendo casa e família estão em evidência e sendo empurradas com a barriga. Evite riscos desnecessários. Um amigo é importante para você. Adie grandes decisões até que o caminho à frente pareça claro. Você poderá estar vulnerável a um problema estomacal hoje, portanto, evite saladas. Uma ajuda poderá vir de fonte inesperada.*

Previsão perfeitamente correta em tudo, a não ser pela parte das saladas.

Não era uma noite escura e tempestuosa.

Deveria ter sido, mas sabe como o tempo é. Para cada cientista louco agraciado com uma tempestade oportuna justo na noite da conclusão de sua Grande Obra, deitada ali na mesa cirúrgica, houve dezenas que ficaram esperando sentados sob um tranquilo céu estrelado enquanto Igor acumulava horas extras.

Mas não deixe a neblina (com chuva no fim do período, temperaturas caindo para cerca de sete graus) dar a ninguém uma falsa sensação de segurança. Só porque é uma noite amena, não significa que forças das trevas não estejam circulando por aí. Elas circulam por aí o tempo todo. Elas estão *em toda parte.*

Sempre estão. Esse é o xis da questão.

Duas delas espreitavam no cemitério em ruínas. Duas figuras sombrias, uma corcunda e atarracada, a outra, magra e ameaçadora, ambas espreitadoras de nível olímpico. Se Bruce Springsteen tivesse gravado a música "Born to Lurk", esses dois teriam estampado a capa do álbum.

Eles já vinham espreitando na neblina por uma hora, mas o faziam devagar e sempre, e poderiam ficar espreitando pelo resto da noite se necessário, com uma sobra de energia suficiente de mau humor e disposição ameaçadora para uma última rodada de espreitamento perto do amanhecer.

Finalmente, depois de mais vinte minutos, um deles disse:

— Que brincadeira sem graça. Ele deveria estar aqui faz *horas.*

Seu nome era Hastur. Ele era um Duque do Inferno.

Muitos fenômenos — guerras, pragas, auditorias feitas de surpresa — já foram apresentados como prova da mão oculta de Satã nos assuntos do Homem, mas sempre que estudantes de demonologia se reúnem, o anel rodoviário de Londres M25 é geralmente considerado um dos principais candidatos à Prova A.

O erro deles, óbvio, é supor que esse maldito rodoanel seja maligno simplesmente por causa da quantidade inacreditável de mortes e frustrações que causa todos os dias.

Na verdade, quase ninguém na face da Terra sabe que a rodovia M25 tem a forma do símbolo *odegra* no idioma da Irmandade Negra da Antiga Mu, que significa "Salve a Grande Besta, Devoradora de Mundos". Os milhares de motoristas que passam irritados diariamente por seus trechos serpenteantes têm o mesmo efeito que a água num cilindro de oração, produzindo uma neblina infinita de mal de baixa qualidade para poluir a atmosfera metafísica por um raio de dezenas de quilômetros.

Esse foi um dos maiores sucessos de Crowley. Levara *anos* para a sua conclusão e envolvera três invasões em computadores, duas invasões de propriedade, um pequeno suborno e, numa noite chuvosa, quando tudo mais havia falhado, duas horas num campo encharcado deslocando em alguns poucos mas incrivelmente significativos metros as placas sinalizadoras de quilometragem da estrada. Quando Crowley viu o primeiro engarrafamento de 48 quilômetros de extensão, teve a agradável e cálida sensação de um mau trabalho bem-feito.

Isso lhe valera uma condecoração.

Naquele momento Crowley estava a 170km/h em algum lugar a leste de Slough. Não havia nada particularmente demoníaco nele, pelo menos segundo os padrões clássicos. Nada de chifres, nada de asas. Evidentemente, ele estava ouvindo uma fita com os maiores sucessos do Queen, mas não se deve tirar nenhuma conclusão a partir disso, porque todas as fitas deixadas num carro por mais de duas semanas se metamorfoseiam em coletâneas de maiores sucessos do Queen. Nenhum pensamento particularmente demoníaco lhe passava pela cabeça. Na verdade, ele estava se perguntando quem afinal eram Moey e Chandon.

Crowley tinha cabelos pretos e maçãs do rosto bem-definidas, usava sapatos de couro de cobra, ou pelo menos se presumia que estivesse de sapato, e conseguia fazer coisas bem estranhas com a língua. Além disso, sempre que se distraía, tinha tendência a sibilar.

Ele também não piscava muito.

O carro que guiava era um Bentley preto 1926, único dono, que por acaso era o próprio Crowley. Ele havia cuidado bem do carro.

O motivo do seu atraso era estar aproveitando muito bem o século XX. Era tão melhor que o XVII e *muito* melhor que o XIV. Uma das vantagens do Tempo, Crowley sempre dizia, era que o estava levando constantemente para cada vez mais longe do século XIV, os mais tediosos cem anos nesta terra, perdão pelo linguajar, de Deus. O século XX era tudo menos entediante. Na verdade, uma luz azul piscante em seu espelho retrovisor vinha dizendo a Crowley, pelos últimos cinquenta segundos, que ele estava sendo seguido por dois homens que gostariam de torná-lo ainda mais interessante.

Olhou para o relógio de pulso, projetado para o tipo de praticante de mergulho submarino rico que gosta de saber que horas são em 21 capitais do mundo enquanto está no fundo do mar.*

O Bentley passou como um trovão pela rampa de saída, fez a curva em duas rodas e mergulhou numa estrada cheia de folhas. A luz azul foi atrás.

Crowley suspirou, tirou uma das mãos do volante e, virando-se um pouco, fez um gesto intrincado sobre o ombro.

A luz piscante diminuiu de intensidade conforme foi se distanciando, enquanto o carro de polícia desacelerava até parar, para espanto de seus ocupantes. Mas isso não seria nada comparado ao espanto que teriam quando abrissem o capô e descobrissem no que o motor havia se transformado.

* Feito sob medida para Crowley. Só um chip feito sob medida já é extremamente caro, mas ele podia pagar. *Esse* relógio mostrava a hora em vinte capitais do mundo e numa capital em Outro Lugar, onde era sempre uma hora específica, e essa hora era Tarde Demais.

No cemitério, Hastur, o demônio alto, passava uma guimba a Ligur, o baixo, que era um espreitador mais experiente.

— Estou vendo uma luz — disse ele. — Lá vem ele agora, o exibido.

— O que é aquilo que ele está guiando? — perguntou Ligur.

— É um carro. Uma carruagem sem cavalos — explicou Hastur. — Acho que não existiam da última vez que você esteve aqui. Não para o que se poderia chamar de uso geral.

— Antigamente tinha um homem na frente, carregando uma bandeira vermelha — disse Ligur.

— É, eles evoluíram um pouco desde então, acho.

— Como é esse Crowley? — perguntou Ligur.

Hastur cuspiu.

— Ele está aqui há tempo demais — respondeu ele. — Desde o Princípio. Parece um nativo agora, se quer minha opinião. Dirige um carro com telefone.

Ligur ponderou a respeito. Como a maioria dos demônios, ele tinha um entendimento limitado de tecnologia e, portanto, estava prestes a dizer algo como *aposto que deve precisar de um fio muito comprido* quando o Bentley desacelerou até parar em frente ao portão do cemitério.

— E ele usa óculos escuros — desdenhou Hastur —, mesmo quando não precisa. — Então elevou a voz e disse: — Ave, Satã.

— Ave, Satã — ecoou Ligur.

— Oi — disse Crowley, com um breve aceno de mão. — Foi mal pelo atraso, mas vocês sabem como é na A40 em Denham, e aí tentei cortar caminho por Chorleywood, e então...

— *Agora* que estamos todos aqui — interrompeu Hastur, sério —, devemos relatar as Façanhas do Dia.

— Pois é. Façanhas — disse Crowley, com a expressão levemente culpada de quem vai à igreja pela primeira vez depois de muitos anos e esqueceu em que partes se deve ficar de pé.

— Eu tentei um padre — começou Hastur, após pigarrear. — Enquanto ele andava pela rua e via as meninas bonitas ao sol, injetei Dúvida em sua mente. Ele agiu como um santo, mas, em uma década, nós o teremos.

— Boa — comentou Crowley, solícito.

— Eu corrompi um político — contou Ligur. — Deixei que pensasse que uma pequena propina não faria mal. Em um ano, nós o teremos.

Ambos olharam com expectativa para Crowley, que abriu um sorriso largo.

— Vocês vão gostar disto — falou.

Seu sorriso se ampliou ainda mais e se tornou mais conspiratório.

— Eu paralisei *todos* os sistemas de telefonia móvel no centro de Londres durante 45 minutos na hora do almoço — disse ele.

Fez-se silêncio, quebrado apenas pelo ruído distante de carros.

— E? — disse Hastur. — E daí?

— Olha, não foi fácil — disse Crowley.

— Foi *só isso*? — perguntou Ligur.

— Olha, gente...

— E exatamente o que isso fez para garantir almas para nosso mestre? — perguntou Hastur.

Crowley se controlou.

O que poderia dizer a eles? Que vinte mil pessoas ficaram furiosas? Que era possível ouvir as artérias sendo bloqueadas por toda a cidade? E que então essas pessoas voltaram do almoço e descontaram tudo em suas secretárias ou em guardas de trânsito ou sei lá em quem mais, e que *esses, por sua vez,* descontaram em outras pessoas? De todos os jeitos rancorosos nos quais — e aí vinha a melhor parte — *eles mesmos pensaram.* Pelo resto do dia. O efeito dominó era incalculável. Milhares e milhares de almas receberam uma leve camada de pátina, e quase não foi preciso erguer um dedo.

Mas não se podia dizer isso a demônios como Hastur e Ligur. Mentalidades do século XIV, essa dupla. Passavam anos se concentrando em uma única alma. Tudo bem, era um trabalho *artesanal,* mas era preciso pensar diferente hoje em dia. Não pensar grande, mas em larga escala. Com cinco bilhões de pessoas no mundo, não dava mais para pegar os safados um a um; você tinha que ampliar o alcance de seus esforços. Mas demônios como Ligur e Hastur não entenderiam. Eles jamais teriam tido a ideia da televisão transmitida em galês, por exemplo. Ou do imposto sobre valor agregado. Ou de Manchester.

Ele ficara particularmente orgulhoso de Manchester.

— As autoridades parecem estar satisfeitas — disse Crowley. — Os tempos estão mudando. Então, qual é a boa?

Hastur pegou algo atrás de uma lápide e disse:

— Isto.

Crowley olhou fixamente para a cesta.

— Ah... — comentou ele. — Não.

— Sim — disse Hastur, sorrindo.

— *Já?*

— Sim.

— E, é... cabe a mim a tarefa de...

— *Sim.* — Hastur estava gostando daquilo.

— Por que eu? — perguntou Crowley, desesperado. — Você me conhece, Hastur, essa não é, você sabe, a minha praia...

— Ah, é sim, é sim — disse Hastur. — Sua praia. Você ganhou o papel principal. Aceite. Os tempos estão mudando.

— É — acrescentou Ligur, sorrindo. — Para começar, estão chegando ao fim.

— Por que *eu*?

— Você obviamente está em alta conta — disse Hastur, malicioso. — Imagino que o nosso Ligur aqui daria o braço direito por uma chance dessas.

— É isso aí — concordou Ligur. O braço direito de alguém, pelo menos, pensou ele. Havia muito braço direito dando sopa por aí; não fazia sentido desperdiçar um dos bons.

Hastur tirou uma prancheta dos recessos ensebados de sua capa de chuva.

— Assine. Aqui — disse ele, fazendo uma pausa assustadora entre as palavras.

Crowley vasculhou um bolso interno e tirou uma caneta de dentro dele. Era elegante e de um preto fosco. Parecia ser capaz de ultrapassar os limites de velocidade.

— Bela caneta — disse Ligur.

— Escreve até debaixo de água — murmurou Crowley.

— O que mais vão inventar? — devaneou Ligur.

— Seja o que for, é melhor pensarem rápido — disse Hastur. — *Não.* A. J. Crowley, não. Seu nome *verdadeiro.*

Crowley assentiu com tristeza e desenhou um símbolo complexo e serpenteante no papel, que brilhou vermelho na penumbra, só por um instante, e em seguida desvaneceu.

— O que é que eu devo *fazer* com isto? — perguntou Crowley.

— Você receberá instruções — respondeu Hastur com uma careta. — Por que está tão preocupado, Crowley? O momento pelo qual vínhamos trabalhando durante todos esses séculos está chegando!

— É. Tá — disse Crowley. Ele não parecia mais a figura descolada que havia saltado do Bentley poucos minutos antes. Tinha uma expressão amedrontada no rosto.

— Nosso momento de triunfo eterno aguarda!

— Eterno. É — disse Crowley.

— E você será um instrumento desse destino glorioso!

— Instrumento. É — resmungou Crowley. Ele pegou a cesta como se ela pudesse explodir. O que, em outras palavras, era o que faria em breve. — É... Ok — disse ele. — Então... vou nessa. Tudo bem? Pra me livrar logo disso. Não que eu *queira* me livrar logo disso — acrescentou, apressado, ciente das coisas que poderiam acontecer se Hastur entregasse um relatório desfavorável. — Mas você me conhece. Ávido.

Os demônios mais velhos não falaram nada.

— Então vou lá, valeu? — disse Crowley. — Vejo vocês em... Vejo vocês. É... Valeu. Legal. *Ciao.*

Quando o Bentley saiu cantando pneu na escuridão, Ligur perguntou:

— O que ele disse?

— É italiano — disse Hastur. — Acho que significa "comida".

— Que coisa engraçada de se dizer. — Ligur ficou olhando as lanternas traseiras que se afastavam. — Você confia nele? — perguntou.

— Não — respondeu Hastur.

— Certo — disse Ligur.

Seria um mundo muito esquisito, refletiu ele, se os demônios passassem a confiar uns nos outros.

Em algum lugar a oeste de Amersham, Crowley, disparando noite adentro, pegou uma fita aleatoriamente e tentou forçá-la para fora da frágil capa de plástico sem sair da estrada. A luz de um farol permitiu que ele visse que se tratava do álbum *As Quatro Estações,* de Vivaldi. Música relaxante; era disso que precisava. Enfiou-a no toca-fitas Blaupunkt.

— Merdamerdamerda*merda*! Por que agora? Por que eu? — resmungou, enquanto os familiares acordes do Queen o invadiam.

E de repente Freddie Mercury estava falando com ele:

PORQUE VOCÊ MERECEU, CROWLEY.

Crowley resmungou baixinho. Usar eletrônicos como meio de comunicação tinha sido ideia sua, e o Mundo Inferior, enfim, havia adotado a ideia e, como de costume, feito tudo errado. Ele esperara que eles pudessem ser convencidos a assinar a Cellnet, mas, em vez disso, simplesmente interrompiam o que quer que ele estivesse ouvindo na hora e distorciam tudo.

Crowley engoliu em seco.

— Muito obrigado, senhor — disse ele.

Temos muita fé em você, Crowley.

— Obrigado, senhor.

Isto é importante, Crowley.

— Eu sei, eu sei.

Este é o grande momento, Crowley.

— Pode deixar comigo, senhor.

É o que estamos fazendo, Crowley. E, se der errado, os envolvidos sofrerão enormemente. Até você, Crowley. Especialmente você.

— Entendido, senhor.

Eis as suas instruções, Crowley.

E de repente ele sabia de tudo. Detestava aquilo. Podiam simplesmente ter dito a ele, não precisavam subitamente enfiar um conhecimento inóspito direto em seu cérebro. Ele tinha que dirigir até um determinado hospital.

— Estarei lá em cinco minutos, senhor, sem problemas.

Ótimo. I see a little silhouetto of a man scaramouche scaramouche will you do the fandango...

Crowley socou o volante. Tudo estava indo tão bem, ele realmente tivera tudo sob controle nos últimos séculos. É assim que acontece, você acha que está no topo do mundo, e de repente vêm com o Armagedom pra cima de você. A Grande Guerra, a Última Batalha. Céu contra Inferno, três rodadas, uma Queda, sem rendição. E pronto. Nada mais de mundo. Era isso o que fim do mundo *significava*. Nada mais de mundo. Só o Céu eterno ou, dependendo de quem ganhasse, o Inferno eterno. Crowley não sabia qual era pior.

Bom, o *Inferno* era pior, claro, por definição. Mas Crowley se lembrava de como era o Céu, e o lugar tinha algumas coisas em comum com o Inferno. Para começar, não se conseguia uma bebida decente em nenhum dos dois. E o tédio que se sentia no Céu era quase tão ruim quanto a empolgação que se tinha no Inferno.

Mas não havia escapatória. Não era possível ser um demônio e ter livre-arbítrio.

... will not let you go (let him go)...

Bem, pelo menos não seria naquele ano. Ele teria tempo de fazer algumas coisas. Vender ações de longo prazo, para começo de conversa.

Ele se perguntou o que aconteceria se simplesmente parasse o carro ali, naquela estrada escura, encharcada e vazia, pegasse a cesta e a girasse, girasse e soltasse e...

Algo terrível, isso sim.

Ele já havia sido anjo. Não tivera a intenção de Cair. Só começara a andar com as pessoas erradas.

O Bentley mergulhava na escuridão, o ponteiro do combustível no zero. Apontava para o zero pelos últimos sessenta anos ou mais. Ser um demônio não era tão ruim assim. Não precisava comprar gasolina, por exemplo. A única vez que Crowley comprara gasolina fora em 1967, para ganhar um decalque de James Bond que imitava um buraco de bala no para-brisa e que ele tinha achado bacana na época.

No banco de trás, a coisa na cesta começou a chorar; o grito de sirene de ataque aéreo do recém-nascido. Alto. Sem palavras. E *velho.*

Aquele até que era um bom hospital, pensou Sr. Young. Teria sido silencioso também, não fosse pelas freiras.

Ele até que gostava de freiras. Não que fosse um, sabe como é, católico ou coisa do gênero. Não, quando se tratava de evitar ir à igreja, a que ele calmamente evitava ir era a de São Cecílio e Todos os Anjos, uma igreja anglicana pé no chão, e ele jamais teria sonhado em evitar ir a nenhuma outra. Todas as outras tinham o cheiro errado — cera de piso para o De Baixo, um incenso um tanto suspeito para o De Cima. No fundo da poltrona de couro da sua alma, o Sr. Young sabia que Deus ficava constrangido com esse tipo de coisa. Mas gostava de ter freiras ao redor, da mesma forma que gostava de ver o Exército de Salvação. Dava a sensação de que estava *tudo bem,* de que as pessoas em algum lugar estavam mantendo o mundo nos eixos.

Aquela, porém, era sua primeira experiência com a Ordem Faladeira de Santa Beryl.* Deirdre descobrira a existência dela enquanto estava engajada numa de suas causas, provavelmente a que envolvia alguns sul-americanos desagradáveis em pé de guerra com outros sul-americanos desagradáveis e os padres insuflando-os em vez de se preocuparem com atividades sacerdotais em si, como organizar a escala de serviço de limpeza da igreja.

A questão era a seguinte: freiras deveriam ser silenciosas. Eram feitas para isso, como aquelas coisas pontudas dentro das câmaras de teste para aparelhos de som de alta-fidelidade, imaginava o Sr. Young. Elas não deveriam, enfim, ficar tagarelando o tempo todo.

Encheu o cachimbo com tabaco — bem, pelo menos era o que chamavam de tabaco, não o que ele considerava tabaco, não o tabaco que costumava comprar — e ficou refletindo sobre o que aconteceria se perguntasse a uma freira onde era o banheiro masculino. Provavelmente o Papa lhe enviaria uma nota de repúdio ou algo assim. Mudou de posição sem jeito e deu uma olhada no relógio de pulso.

Mas tem uma coisa: pelo menos as freiras haviam batido o pé quanto à presença dele no parto. Deirdre quisera muito isso. Ela andara *lendo* coisas novamente. Um filho já e de repente ela declara que aquele confinamento seria a experiência mais prazerosa que dois seres humanos poderiam compartilhar. Foi nisso que deu deixar que ela assinasse os próprios jornais. O Sr. Young desconfiava de jornais que publicavam seções intituladas "Estilo de Vida" ou "Opções".

Bem, ele não tinha nada contra compartilhar experiências prazerosas. Experiências prazerosas compartilhadas eram ok, na opinião dele. O mundo provavelmente precisava de mais experiências prazerosas compartilhadas. Mas ele havia deixado bem claro que essa era uma experiência prazerosa compartilhada que Deirdre podia ter sozinha.

* Santa Beryl Articulata de Cracóvia, conhecida por ter sido martirizada em meados do século V. Segundo a lenda, Beryl era uma jovem que foi prometida em matrimônio contra a própria vontade a um pagão, o príncipe Casimir. Em sua noite de núpcias, ela rezou para que o Senhor intercedesse, esperando que de alguma forma uma barba milagrosa aparecesse, e, na verdade, ela já tinha à mão uma pequena navalha de cabo de marfim, adequada para damas, para essa eventualidade; em vez disso, o Senhor deu a Beryl a habilidade milagrosa de tagarelar sem parar sobre o que lhe viesse à cabeça, por mais inconsequente que fosse, sem pausa para respirar ou comer.

De acordo com uma das versões da lenda, Beryl foi estrangulada pelo príncipe Casimir três semanas após o casamento, sem consumar as núpcias. Ela morreu virgem e mártir, tagarelando até o fim.

Segundo outra versão da lenda, Casimir comprou um par de tampões de ouvido, e ela morreu na cama, com ele, aos 62 anos.

As freiras da Ordem Faladeira de Santa Beryl fizeram o voto de imitar a santa em todos os momentos, exceto nas tardes de terça-feira, por meia hora, quando elas recebem permissão para se calar, e, se desejarem, jogar pingue-pongue.

Quando Crowley viu o primeiro
engarrafamento de 48 quilômentros de
extensão, teve a agradável e cálida sensação de
um mau trabalho bem-feito.

ver página 23

E as freiras haviam concordado. Não viam razão para o pai se envolver no processo. Pensando bem, devaneou o Sr. Young, elas provavelmente não viam razão para o pai se envolver em *nada*.

Ele terminou de colocar o suposto tabaco no cachimbo com o polegar e olhou com raiva para a plaquinha na parede da sala de espera que dizia que, para seu próprio conforto, ele não fumasse. Para seu próprio conforto, decidiu, ele iria para a varanda da frente do hospital. Se houvesse um arbusto discreto para seu próprio conforto lá, tanto melhor.

Percorreu os corredores vazios e encontrou uma porta que dava para um pátio aberto e encharcado pela chuva, cheio de latas de lixo retas e certas. Ele tremeu de frio e colocou as mãos em concha para acender o cachimbo.

Acontecia com elas a uma certa idade, esposas. Vinte e cinco anos sem culpa, e então subitamente saíam e faziam aqueles exercícios robotizados com meias cor-de-rosa com a parte dos pés cortada e começavam a culpar você por nunca ter tido que trabalhar para viver. Eram os hormônios ou algo do gênero.

Um grande carro preto derrapou e parou junto às latas de lixo. Um jovem de óculos escuros saltou para a garoa, segurando o que parecia um moisés, e serpenteou até a entrada.

O Sr. Young tirou o cachimbo da boca.

— Você deixou os faróis acesos — disse, solícito.

O homem lhe dirigiu o olhar inexpressivo de alguém para quem faróis são a menor de suas preocupações e fez um gesto casual com a mão em direção ao Bentley. Os faróis se apagaram.

— Que prático — disse o Sr. Young. — Infravermelho, é?

Ele ficou um tanto surpreso ao ver que o homem não parecia estar molhado. E que o moisés parecia estar ocupado.

— Já começou? — perguntou o homem.

O Sr. Young sentiu uma ponta de orgulho por ser tão instantaneamente reconhecível como pai.

— Já — respondeu. — Elas me fizeram sair de lá — acrescentou, grato.

— Já? Alguma ideia de quanto tempo nós ainda temos?

Nós, percebeu o Sr. Young. Obviamente um médico com ideias sobre coparentalidade.

— Acho que estamos, é... no meio do caminho — disse o Sr. Young.

— Onde ela está? — perguntou o homem, apressadamente.

— Estamos na sala de parto três — disse o Sr. Young.

Bateu nos bolsos e achou o maço amassado que, de acordo com a tradição, havia trazido consigo.

— Quer compartilhar uma experiência charutal prazerosa? — perguntou ele.

Mas o homem já havia sumido de vista.

O Sr. Young recolocou o maço no bolso cuidadosamente e olhou, pensativo, para o cachimbo. Sempre apressados, esses médicos. Trabalhando em todas as horas que Deus criou.

Existe um truque que se faz com uma ervilha e três copinhos que é muito difícil de acompanhar; e algo parecido, em que o que está em jogo é bem mais valioso que um punhado de moedas, está para acontecer.

A velocidade do texto será reduzida para permitir que se acompanhe o movimento das mãos.

A Sra. Deirdre Young está dando à luz na sala de parto três. Ela está tendo um menino de cabelos loiros a quem chamaremos de Neném A.

A esposa do adido cultural americano, a Sra. Harriet Dowling, está dando à luz na sala de parto quatro. Ela está tendo um menino de cabelos loiros a quem chamaremos de Neném B.

A irmã Maria Loquaz é satanista devota desde que nasceu. Frequentou a Escola Sabática quando criança e ganhou estrelas pretas por caligrafia e fígado. Quando lhe disseram para entrar para a Ordem Faladeira, ela obedeceu e foi, por possuir um talento natural para isso e, de qualquer forma, por saber que estaria entre amigas. Ela seria genial, se algum dia fosse colocada em posição de descobrir isso, mas muito tempo antes descobriu que ser uma cabeça de vento, como ela colocava, lhe permitia passar pela vida de um jeito mais fácil. Nesse momento, ela está recebendo um menino de cabelos loiros que chamaremos de Adversário, Destruidor de Reis, Anjo do Abismo, Grande Besta que é chamada de Dragão, Príncipe Deste Mundo, Pai das Mentiras, Cria de Satã e Senhor das Trevas.

Olhe atentamente. Em movimentos circulares eles seguem...

— É ele? — perguntou a irmã Maria, sem tirar os olhos do bebê. — Eu só esperava olhos diferentes. Vermelhos ou verdes. Ou um parzinho pequenininho de casquinhos. Ou uma caudinha balançante.

Ela virava o corpo dele enquanto falava. Também não tinha chifres. O filho do Diabo tinha uma aparência abominavelmente normal.

— Sim, é ele — respondeu Crowley.

— Quem diria, eu com o Anticristo nos braços — disse a irmã Maria. — E dando banho no Anticristo. E contando seus dedinhos dos pezinhos...

Ela começou a falar diretamente com a criança, perdida em seu mundinho. Crowley acenou com a mão diante do véu dela.

— Alô? Alô? Irmã Maria?

— Perdão, senhor. Mas ele é uma gracinha. Parece com o pai? Aposto que sim. Ele parece com o paizinho delezinho...

— Não — cortou Crowley com firmeza. — E agora eu subiria até a sala de parto, se fosse você.

— Você acha que ele vai se lembrar de mim quando crescer? — perguntou a irmã Maria, esperançosa, esgueirando-se pelo corredor.

— Reze para que não se lembre — disse Crowley, e foi embora.

A irmã Maria percorreu o hospital noturno com o Adversário, Destruidor de Reis, Anjo do Abismo, Grande Besta que é chamada de Dragão, Príncipe Deste Mundo, Pai das Mentiras, Cria de Satã e Senhor das Trevas no colo. Encontrou um bercinho e o colocou ali.

Ele soltou um gorgolejo. Ela fez bilu-bilu.

Uma cabeça maternal apareceu por um vão da porta e disse:

— Irmã Maria, o que está fazendo aqui? Você não deveria estar de serviço na sala de parto quatro?

— O Mestre Crowley disse que...

— Vá andando, isso, boa freira. Viu o marido por aí? Ele não está na sala de espera.

— Eu só vi o Mestre Crowley, que me disse...

— Tenho certeza que sim — falou com firmeza a irmã Graça Eloquente. — Acho que é melhor eu ir procurar o pobre coitado. Entre e fique de olho nela, tá? Ela está um pouco zonza, mas o bebê está bem. — A irmã Graça parou. — Por que você está piscando? Tem alguma coisa errada com seu olho?

— Você sabe! — sibilou a irmã Maria, maliciosamente. — Os nenéns. A troca...

— Sim, sim. Na hora certa. Mas não podemos deixar o pai ficar zanzando por aí, podemos? — comentou a irmã Graça. — Não há como prever o que ele poderia ver. Então fique aqui um pouco e vigie o bebê, boa garota.

Ela zarpou pelo corredor encerado. A irmã Maria, conduzindo o bercinho com rodinhas, entrou na sala de parto.

A Sra. Young estava mais que zonza. Estava ferrada no sono, com a expressão de autossatisfação determinada de alguém que sabe que outras pessoas é que vão ter que dar conta de tudo dessa vez, para variar um pouco. O Neném A dormia ao lado dela, já tendo sido pesado e recebido uma etiqueta de identificação. A irmã Maria, que havia sido levada ali para ajudar, removeu a etiqueta, copiou-a e pôs a duplicata no bebê sob seus cuidados.

Os bebês eram parecidos, ambos pequenos, gordinhos e um pouquinho, mas só um pouquinho, a cara do Winston Churchill.

Agora, pensou a irmã Maria, até que uma xícara de chá cairia bem.

A maioria das integrantes do convento era satanista à moda antiga, como seus antepassados. Haviam sido criadas para isso e não eram, examinando bem de perto, particularmente más. Seres humanos não costumam ser. É que eles se deixam levar por novas ideias, como se vestir com uniformes camuflados e atirar em pessoas, ou se vestir com lençóis brancos e linchar pessoas, ou se vestir com jeans desbotados e tocar guitarra na cara das pessoas. Ofereça aos seres humanos um novo credo com um traje a caráter, e seus corações e mentes seguirão. De qualquer modo, ser *criado* como satanista amenizava as coisas. Era algo que se fazia nas noites de sábado. E no resto do tempo você simplesmente seguia com a vida da melhor forma possível, assim como todo mundo. Além do mais, a irmã Maria era enfermeira, e enfermeiras, seja qual for seu credo, são acima de tudo enfermeiras, o que tinha muito a ver com usar o relógio de cabeça para baixo, manter a calma em emergências e ficar louca por uma xícara de chá. Ela esperava que alguém fosse chegar logo; havia feito a parte importante, agora queria seu chá.

Pode ser que ajude na compreensão das questões humanas ter a noção de que a maioria dos grandes triunfos e tragédias da história é provocada não por pessoas sendo fundamentalmente boas ou más, mas por pessoas sendo fundamentalmente pessoas.

Houve uma batida na porta. Ela abriu.

— Já aconteceu? — perguntou o Sr. Young. — Eu sou o pai. O marido. Tanto faz. As duas coisas.

A expectativa da irmã Maria era que o adido cultural americano se parecesse com Blake Carrington ou J.R. Ewing. O Sr. Young não se parecia com nenhum americano que ela já tivesse visto na televisão, exceto talvez pelo xerife paternal presente nas melhores tramas policiais.* Ela ficou um pouco decepcionada com ele. E também não gostou muito de seu cardigã.

Engoliu a decepção em seco.

— Aaah, sim — disse ela. — Parabéns. Sua esposa está dormindo, coitadinha.

O Sr. Young olhou por cima do ombro dela.

— Gêmeos? — perguntou. Fez menção de pegar o cachimbo. Parou no ato de pegar o cachimbo. Tornou a fazer menção de pegá-lo. — *Gêmeos?* Ninguém falou nada sobre gêmeos.

— Ah, não! — disse, apressadamente, a irmã Maria. — *Este aqui* é o seu. O outro... é... de outra pessoa. Só estou tomando conta dele até a irmã Graça voltar. Não — reiterou, apontando para o Adversário, Destruidor de Reis, Anjo do Abismo, Grande Besta que é chamada de Dragão, Príncipe Deste Mundo, Pai das Mentiras, Cria de Satã e Senhor das Trevas —, este aqui é definitivamente seu. Do topo da cabeça até a ponta dos casquinhos... que ele não tem — acrescentou, depressa.

O Sr. Young olhou para baixo.

— Ah, sim — disse, em dúvida. — Ele saiu ao meu lado da família. Tem tudo, é... no lugar, né?

— Ah, sim — respondeu a irmã Maria. — É uma criança muito normal — acrescentou. — Muito, muito normal.

Houve uma pausa. Ficaram olhando para o bebê adormecido.

— Você não tem muito sotaque — observou a irmã Maria. — Está aqui há muito tempo?

— Cerca de dez anos — disse o Sr. Young, ligeiramente intrigado. — O trabalho mudou de cidade, sabe, e tive que me mudar junto.

— Deve ser um trabalho muito interessante, é o que sempre achei — disse a irmã Maria.

O Sr. Young ficou satisfeito. Nem todo mundo apreciava os aspectos mais empolgantes da contabilidade.

— Suponho que seja muito diferente de onde o senhor estava antes — continuou a irmã Maria.

— Acho que sim — disse o Sr. Young, que nunca havia parado para pensar a respeito, na verdade.

* Os que têm uma velhinha como detetive e nenhuma perseguição de carros, a menos que aconteçam bem devagar.

Luton, se não lhe falhava a memória, era muito parecida com Tadfield. Os mesmos tipos de cercas vivas entre sua casa e a estação de trem. O mesmo tipo de gente.

— Edifícios mais altos, por exemplo — disse a irmã Maria, frenética.

O Sr. Young ficou olhando para ela. O único em que conseguia pensar era o dos escritórios da Alliance e Leicester.

— E imagino que vocês frequentem muitas festas de jardim — comentou a freira.

Ah. Esse terreno lhe era mais familiar. Deirdre gostava muito desse tipo de coisa.

— Muitas — respondeu ele, animado. — Deirdre faz geleia para elas, sabe. E eu normalmente tenho que ajudar com o Elefante Branco.

Esse era um aspecto da sociedade do Palácio de Buckingham que nunca ocorrera à irmã Maria, embora o paquiderme se encaixasse direitinho.

— Imagino que seja o tributo — disse ela. — Li que esses potentados estrangeiros dão a ela todo tipo de coisa.

— Perdão?

— Sou uma grande fã da Família Real, sabe.

— Ah, eu também — disse o Sr. Young, pulando contente para esse novo bloco de gelo naquele fluxo de consciência desnorteante. Sim, era tudo muito estável com a realeza. Com os integrantes respeitáveis, lógico, que se esforçavam no departamento de acenos e inaugurações de pontes. Não os que passavam as noites em discotecas e vomitavam em todos os *paparazzi.**

— Que bom — disse a irmã Maria. — Eu achava que vocês não gostassem muito deles, depois daquela revolta e de jogar todos aqueles chás no rio.

Ela continuava tagarelando, incentivada pela instrução da Ordem de que as integrantes deviam sempre dizer o que lhes vinha à cabeça. O Sr. Young estava fora de seu elemento e cansado demais agora para se preocupar muito com aquilo. A vida religiosa provavelmente tornava as pessoas um pouco estranhas. Desejou que a Sra. Young acordasse. Então uma das palavras na ladainha da irmã Maria despertou em sua mente uma nota de esperança.

— Será que haveria alguma possibilidade de eu tomar, quem sabe, uma xícara de chá? — arriscou ele.

* Talvez valha a pena mencionar a essa altura que o Sr. Young achava que *paparazzi* era uma espécie de linóleo italiano.

— Nossa — disse a irmã Maria, pondo a mão na boca. — No que é que eu estava pensando?

O Sr. Young não fez comentários.

— Vou providenciar já — disse ela. — Mas tem certeza de que não quer um café? Temos uma daquelas máquinas automáticas no andar de cima.

— Chá, por favor — disse o Sr. Young.

— Puxa vida, você se adaptou *mesmo*, não foi? — comentou alegremente a irmã Maria ao sair, estabanada.

O Sr. Young, deixado a sós com uma esposa adormecida e dois bebês adormecidos, despencou numa cadeira. Sim, devia ser esse negócio de viver acordando cedo, ajoelhando-se, essas coisas. Boas pessoas, lógico, mas não inteiramente boas da cabeça. Uma vez ele vira um filme de Ken Russell. Havia freiras nele. Não parecia rolar *esse* tipo de coisa, mas onde há fumaça há fogo, e tudo mais...

Ele suspirou.

Foi aí que o Neném A acordou e caiu no berreiro.

Fazia anos que o Sr. Young não acalmava um bebê se esgoelando. Nunca fora muito bom nisso, para começo de conversa. Sempre respeitara Sir Winston Churchill, e dar palmadinhas no traseiro de versões minúsculas dele sempre lhe parecera indelicado.

— Bem-vindo ao mundo — disse, cansado. — Você se acostuma depois de um tempo.

O bebê calou a boca e o encarou como se fosse um general recalcitrante.

Irmã Maria escolheu aquele momento para chegar com o chá. Satanista ou não, ela também havia encontrado um prato e colocado alguns biscoitos com glacê nele. Eram do tipo que você só consegue no fundo de certas embalagens de biscoitos sortidos. O do Sr. Young era do mesmo tom cor-de-rosa de um aparelho cirúrgico e tinha um boneco de neve desenhado em glacê branco.

— Imagino que o senhor não costume comer destes — disse ela. — São o que vocês chamam de *cookies*. Aqui nós os chamamos de *biscoitos*.

O Sr. Young acabara de abrir a boca para explicar que ele também os chamava assim, tal qual todos em Luton, quando outra freira entrou, ofegante.

Ela olhou para a irmã Maria, percebeu que o Sr. Young nunca vira o interior de um pentagrama e se limitou a apontar para o Neném A e piscar.

A irmã Maria assentiu e piscou também.

A freira saiu com o bebê.

No que se refere a métodos de comunicação humanos, uma piscadela é algo muito versátil. Pode-se dizer muita coisa com uma piscadela. Por exemplo, a piscadela da nova freira dizia:

Por onde diabos você andou? O Neném B nasceu, estamos prontas para fazer a troca, e aqui está você na sala errada com o Adversário, Destruidor de Reis, Anjo do Abismo, Grande Besta que é chamada de Dragão, Príncipe Deste Mundo, Pai das Mentiras, Cria de Satã e Senhor das Trevas, bebendo chá. Você tem noção de que eu quase levei um tiro?

E, pelo menos para ela, a piscadela de resposta da irmã Maria significou:

Eis aqui o Adversário, Destruidor de Reis, Anjo do Abismo, Grande Besta que é chamada de Dragão, Príncipe Deste Mundo, Pai das Mentiras, Cria de Satã e Senhor das Trevas, e não posso falar agora por causa deste intruso aqui.

Ao passo que a irmã Maria, por sua vez, pensara que a piscadela da outra estava mais para:

Muito bem, irmã Maria — trocou os bebês sozinha. Agora me indique a criança supérflua e eu a removerei e deixarei você continuar seu chá com sua Excelência Real, a Cultura Americana.

E, portanto, sua própria piscadela havia significado:

Prontinho, querida; aqui está o Neném B, agora pode levá-lo e me deixe bater um papinho com Sua Excelência. Sempre quis perguntar por que eles têm aqueles prédios altos com tantos vidros espelhados.

Todas essas sutilezas passaram despercebidas pelo Sr. Young, que ficou extremamente constrangido com todo aquele afeto secreto e pensou: aquele Sr. Russell sem dúvida sabia do que estava falando.

O erro da irmã Maria poderia ter sido notado pela outra freira caso ela não tivesse ficado extremamente incomodada com os homens do Serviço Secreto na sala da Sra. Dowling, que ficavam olhando para ela com inquietação crescente. Isso porque tinham sido treinados para reagir de uma determinada maneira a pessoas com túnicas longas e esvoaçantes e véus longos e esvoaçantes, e estavam sofrendo de um conflito de sinais naquele momento. Humanos sofrendo de conflito de sinais não são as melhores pessoas para estar empunhando armas, principalmente quando acabaram de testemunhar um parto normal, que definitivamente parecia um jeito não americano de trazer novos cidadãos ao mundo. Além disso, tinham entendido que havia mísseis no prédio, quando lhes falaram dos missais.

A Sra. Young se remexeu.

— Já escolheu um nome para ele? — perguntou a irmã Maria, maliciosamente.

— Hein? — fez o Sr. Young. — Ah. Não, na verdade, não. Se fosse menina, teria sido Lucinda, em homenagem à minha mãe. Ou Germaine. Era o que Deirdre queria.

— Wormwood é um lindo nome — disse a freira, lembrando-se de seus clássicos. — Ou Damien. Damien é muito popular.

Anathema Device — sua mãe, que não era uma grande estudiosa de questões religiosas, leu por acaso a palavra anátema um dia e achou que daria um lindo nome para uma menina — tinha 8 anos e meio e estava lendo O Livro debaixo das cobertas com a ajuda de uma lanterna.

Outras crianças aprendiam a ler com livrinhos básicos com desenhos coloridos de maçãs, bolas, baratas e coisa e tal. Não a família Device. Anathema havia aprendido a ler com O Livro.

Ele não tinha nenhum desenho de maçã ou bola. Tinha, em vez disso, uma bela xilogravura, feita no século XVIII, de Agnes Nutter sendo queimada na fogueira com uma expressão um tanto alegre no rosto.

A primeira palavra que ela conseguiu reconhecer foi *justas.* Eram raras as pessoas que com 8 anos e meio sabiam que *justo* também significa "escrupulosamente exato", mas Anathema era uma delas. A segunda foi *precisas.*

A primeira frase que leu em voz alta na vida foi:

"Affirmo-te isto e commando-te com minhas palavras escriptas. Quatro hao de cavalgar, e Quatro egualmente hao de cavalgar, e Tres hao de cavalgar os Ceos antes, e Um cavalgara mysteriosamente em chamas; comtudo nenhuma cousa havera como luctar contra elles, nem annulla-los, nem triumphar sobre elles, em nenhuma esphera: nem peixe, nem chuva, nem estrada, nem Demonio nem Anjo. E tu egualmente estaras la, Anathema."

Anathema gostava de ler sobre si mesma.

(Havia livros que pais carinhosos que liam os jornais certos de domingo podiam comprar com os nomes de seus filhos impressos neles como a heroína ou o herói. Isso era feito para despertar o interesse da criança pelo livro. No caso de Anathema, não era apenas *ela* que figurava no Livro — que havia sido bem preciso até então —, mas também seus pais, avós e todos desde o século XVII. Àquela altura, ela era nova e autocentrada demais para dar importância ao fato de não haver qualquer menção aos filhos dela ou, na verdade, a qualquer evento em seu futuro além dos onze anos seguintes. Quando se tem 8 anos e meio, onze anos são uma vida inteira, e, lógico, se você acreditasse no que O Livro dizia, seria mesmo.)

ONZE ANOS ANTES

Ela era uma criança muito inteligente, com um rosto branquinho, olhos e cabelos pretos. Como regra, tendia a fazer as pessoas se sentirem pouco à vontade, uma característica de família que ela herdara, além de ser mais sensitiva do que era bom para ela, de sua tataratataratataravó.

Ela era precoce e segura de si. A única coisa em Anathema que os professores tiveram coragem de censurar fora sua ortografia, que não só provocava arrepios como sofria de um atraso de trezentos anos.

As freiras levaram o Neném A e o trocaram pelo Neném B bem debaixo do nariz da esposa do adido e dos homens do Serviço Secreto, por meio da astuta técnica de levar um bebê ("para ser pesado, querida, isso é necessário, é a lei") e trazer outro pouco depois.

O adido cultural, Thaddeus J. Dowling, tinha sido chamado de volta a Washington às pressas alguns dias antes, mas ficou ao telefone com a Sra. Dowling durante todo o parto, ajudando-a com a respiração.

Não ajudou muito o fato de ele estar falando na outra linha com seu consultor de investimentos. A certa altura, ele foi forçado a colocar a chamada dela em espera por vinte minutos.

Mas tudo bem.

Ter um filho é a maior e mais prazerosa experiência que dois seres humanos podem compartilhar, e ele não perderia nem um segundo dela.

Havia mandado um dos homens do Serviço Secreto filmar tudo para ele.

Em geral, o mal não dorme e, por isso, não entende por que os outros deveriam fazê-lo. Mas Crowley gostava de dormir. Era um dos prazeres do mundo. Principalmente depois de uma refeição pesada. Ele dormira pela maior parte do século XIX, por exemplo. Não porque precisasse, mas simplesmente porque gostava.*

Um dos prazeres do mundo. Bem, era melhor que ele começasse a aproveitá-los para valer, enquanto ainda havia tempo.

O Bentley rugia pela noite, seguindo na direção leste.

* Embora tivesse precisado se levantar em 1832 para ir ao banheiro.

Lógico, ele era totalmente a favor do Armagedom em termos *gerais*. Se alguém tivesse lhe perguntado por que passara séculos interferindo nos assuntos da humanidade, ele teria respondido: "Ah, para provocar o Armagedom e o triunfo do Inferno." Mas uma coisa era trabalhar para esse fim, e outra coisa totalmente diferente, ele acontecer de fato.

Crowley sempre soube que estaria presente quando o mundo acabasse, porque era imortal e não teria alternativa. Mas esperava que ainda fosse demorar muito. Porque ele até que gostava das pessoas. Isso era um grande defeito num demônio.

Ah, ele dava o melhor de si para infernizar a curta vida delas, porque esse era seu trabalho, mas nada que ele pudesse bolar era metade tão maligno quanto o que elas bolavam por conta própria. Pareciam ter um talento inato para isso. Estava embutido no projeto, de algum jeito. Nasciam num mundo que agia contra elas de um milhão de pequenas maneiras e então dedicavam grande parte da sua energia a torná-lo ainda pior. Ao longo dos anos, Crowley achara cada vez mais difícil encontrar algo de demoníaco a fazer que se destacasse no cenário natural da maldade generalizada. No decorrer do último milênio, houve momentos em que sentiu vontade de enviar uma mensagem lá para o Mundo Inferior dizendo: "Então, a gente podia muito bem desistir de tudo agora, a gente podia muito bem fechar o Dis e o Pandemonium e todo o resto e se mudar aqui pra cima, não há nada que a gente possa fazer com eles que já não façam consigo mesmos, e eles fazem coisas que a gente sequer poderia conceber, com frequência utilizando eletrodos. Eles têm o que a gente não tem. Eles têm *imaginação*. E eletricidade, obviamente."

Um deles havia escrito isso, não havia? "O Inferno está vazio, e todos os demônios estão aqui."

Crowley recebera uma condecoração pela Inquisição Espanhola. Ele realmente *estivera* na Espanha à época, na maior parte do tempo circulando entre cantinas nos lugares mais bonitos, e sequer *soubera* do assunto até a condecoração chegar. Então foi lá dar uma olhada, voltou e ficou bêbado por uma semana.

Aquele Hieronymus Bosch. Que sujeito esquisito.

E justo quando você acharia que eles eram mais malignos do que o Inferno jamais poderia ser, de vez em quando eram capazes de demonstrar uma graça mais divina que a do próprio Céu. Muitas vezes o sujeito das ações era o mesmo indivíduo. Era essa coisa de livre-arbítrio, lógico. Uma droga.

Aziraphale havia tentado explicar isso para ele certa vez. A questão, dissera o anjo — e isso foi por volta de 1020, quando fizeram seu pequeno Acordo —, a questão era que, quando um humano era bom ou mau, era porque queria sê-lo. Ao passo que pessoas como Crowley e, claro, ele próprio tinham seu rumo determinado desde o princípio. As pessoas não podiam se tornar inteiramente santas, dissera, a menos que também tivessem a oportunidade de ser definitivamente malévolas.

Crowley pensara nisso por algum tempo e, por volta de 1023, dissera: "Peraí, isso só funciona se todos tiverem igualdade de condições no começo, certo? Você não pode trazer alguém à vida num casebre enlamaçado no meio de uma zona de guerra e esperar que esse alguém se saia tão bem quanto outro que nasceu num castelo."

Ah, dissera Aziraphale, essa é a parte boa. Quanto mais de baixo você começa, mais oportunidades tem.

Crowley dissera, isso é maluquice.

Não, dissera Aziraphale, é inefável.

Aziraphale. O Inimigo, lógico. Mas um inimigo já há seis mil anos, o que fazia dele uma espécie de amigo.

Crowley esticou o braço e pegou o telefone do carro.

Ser um demônio, obviamente, significava que você não tinha livre-arbítrio. Mas não se podia andar entre humanos por tanto tempo sem se aprender uma coisinha ou outra.

O Sr. Young não gostara de Damien nem de Wormwood. Nem de qualquer outra das sugestões da irmã Maria Loquaz, que haviam contemplado metade do Inferno e a maior parte dos Anos Dourados de Hollywood.

— Bem — disse ela, por fim, um pouco magoada. — Acho que não há nada de errado com Errol. *Ou* Cary. Nomes americanos muito bonitos, os dois.

— Eu havia imaginado uma coisa mais, digamos, tradicional — explicou o Sr. Young. — Nossa família sempre preferiu os bons e velhos nomes simples.

A irmã Maria abriu um sorriso de orelha a orelha.

— Isso mesmo. Os velhos nomes são sempre os melhores, se quiser minha opinião.

— Um nome inglês decente, como os na Bíblia. Matthew, Mark, Luke ou John — disse ele, à guisa de especulação. A irmã Maria estremeceu. — Só que nunca me pareceram nomes bíblicos muito bons, na verdade — acrescentou. — Parecem mais com nomes de caubóis e jogadores de futebol.

— Saul é bonito — disse a irmã Maria, dando o melhor de si.

— Também não quero algo *tão* fora de moda — afirmou o Sr. Young.

— Ou Caim. Caim soa muito moderno, na verdade — arriscou a irmã Maria.

— Hum. — O Sr. Young parecia estar em dúvida.

— Ou há sempre... Bem, há sempre Adam — disse a irmã Maria. Esse não tem erro, pensou.

— Adam? — repetiu o Sr. Young.

Seria legal pensar que as Freiras Satanistas fizeram com que o neném excedente — o Neném B — fosse adotado com discrição. Que ele cresceu e virou uma criança normal, feliz, risonha, ativa e exuberante; e, depois disso, cresceu mais ainda e se tornou um adulto normal e razoavelmente feliz.

E talvez tenha sido isso o que aconteceu.

Deixe sua mente se debruçar sobre o prêmio que ele ganhou no campeonato de soletração no primário; nos momentos comuns mas agradáveis que ele passou na universidade; em seu trabalho na seção responsável pela folha de pagamento da Tadfield and Norton Building Society; em sua adorável esposa. Provavelmente você gostaria de imaginar uns filhos e um hobby — restaurar motocicletas clássicas, talvez, ou criar peixes tropicais.

Você não quer saber o que *poderia* ter acontecido ao Neném B.

Nós gostamos mais da sua versão, a propósito.

Ele provavelmente ganha prêmios por seus peixes tropicais.

Numa casinha em Dorking, Surrey, havia uma luz acesa na janela de um quarto.

Newton Pulsifer tinha 12 anos, era magro, usava óculos e já deveria estar na cama havia horas.

Mas sua mãe estava convencida da genialidade de seu filho e o deixava ficar acordado até tarde para realizar suas "experiências".

Sua experiência atual consistia em trocar a tomada de um velho rádio de baquelite que sua mãe lhe dera para brincar. Estava sentado ao que tinha orgulho de chamar de sua "bancada de trabalho", uma mesa velha coberta com fios, baterias, pequenas lâmpadas e um rádio de galena caseiro que nunca tinha funcionado. Ele também ainda não fora capaz de fazer o rádio de baquelite pegar, mas, também, nunca tinha conseguido chegar nem perto disso.

Havia três réplicas em miniatura de aviões ligeiramente tortas penduradas com barbantes no teto de seu quarto. Mesmo um observador distraído poderia ver que eles haviam sido montados por alguém que era muito detalhista e cuidadoso, e ao mesmo tempo sem o menor talento para plastimodelismo. Newton estava muito orgulhoso de todos, até do Spitfire, no qual havia feito uma certa confusão com as asas.

Empurrou os óculos nariz acima, forçou a vista para enxergar direito a tomada e colocou de lado a chave de fenda.

Tinha grandes esperanças dessa vez; seguira todas as instruções sobre troca de tomadas da página cinco do *Livro de Eletrônica Prática Para Garotos, Incluindo Cento e Uma Coisas Seguras e Educativas Para se Fazer com Eletricidade.* Conectara os fios das cores certas aos pinos certos; checara que o fusível tinha a amperagem correta; aparafusara tudo de novo direitinho. Até agora, nenhum problema.

Enfiou o aparelho na tomada. E ligou.

Todas as luzes da casa se apagaram.

Newton abriu um sorriso enorme de orgulho. Estava ficando melhor. Da última vez ele provocara um blecaute em toda Dorking, e um homem da Companhia Elétrica aparecera para ter uma palavrinha com sua mãe.

Ele nutria uma paixão desvairada e totalmente não correspondida por coisas elétricas. Eles tinham um computador na escola, e meia dúzia de crianças estudiosas ficavam depois da aula fazendo coisas com cartões perfurados. Quando o professor encarregado do computador finalmente cedeu aos pedidos de Newton para que o deixasse fazer parte do grupo, Newton só conseguiu enfiar um pequeno cartão na máquina. Ela o mastigou e morreu engasgada.

Newton tinha certeza de que o futuro estava nos computadores, e, quando o futuro chegasse, ele estaria preparado, na linha de frente da nova tecnologia.

O futuro tinha ideias próprias a esse respeito. O Livro continha isso tudo.

Adam, pensou o Sr. Young. Tentou pronunciar o nome, para ver como lhe soava.

— Adam.

Hum...

Ficou olhando para os cachinhos dourados do Adversário, Destruidor de Reis, Anjo do Abismo, Grande Besta que é chamada de Dragão, Príncipe Deste Mundo, Pai das Mentiras, Cria de Satã e Senhor das Trevas.

— Sabe — concluiu depois de um tempo. — Acho que ele tem mesmo cara de Adam.

Não havia sido uma noite escura e tempestuosa.

A noite escura e tempestuosa ocorreu dois dias depois, cerca de quatro horas após a Sra. Dowling e a Sra. Young e seus respectivos nenéns deixarem o prédio. Era uma noite particularmente escura e tempestuosa, e, logo depois da meia-noite, quando a tempestade chegou ao ápice, um raio atingiu o Convento da Ordem Faladeira, incendiando o teto da sacristia.

Ninguém ficou gravemente ferido pelo incêndio, mas ele prosseguiu por algumas horas, causando um estrago razoável.

O instigador do fogo espreitava no topo de uma colina próxima e observava as chamas. Ele era alto, magro e um Duque do Inferno. Era a última coisa que precisava ser feita antes de seu retorno às regiões inferiores, e ele a fizera.

Podia tranquilamente deixar o resto por conta de Crowley.

Hastur voltou para casa.

Tecnicamente, Aziraphale era um Anjo Principado, mas hoje em dia as pessoas faziam piadas com isso.

De modo geral, nem ele nem Crowley teriam escolhido a companhia um do outro, mas ambos eram homens, ou pelo menos criaturas em formato de homem, do mundo, e o Acordo fora vantajoso para ambos durante todo aquele tempo. Além disso, você acabava se acostumando com o único outro rosto presente de forma mais ou menos consistente durante seis milênios.

O Acordo foi muito simples, tão simples, na verdade, que nem merecia a inicial maiúscula, que recebera simplesmente por estar em vigência há tanto tempo. Foi o tipo de acordo sensato que muitos agentes isolados, trabalhando em condições problemáticas muito longe de seus superiores, firmam com seus adversários quando percebem que têm mais em comum com seus oponentes próximos que com seus aliados remotos. Ele previa uma não interferência tácita em certas atividades do outro. Garantia que, embora ninguém ganhasse, também ninguém perdia, e ambos eram capazes de demonstrar a seus mestres os grandes passos que estavam dando contra um adversário inteligente e bem-informado.

Significava que a Crowley fora permitido criar Manchester, enquanto Aziraphale teve total liberdade na criação do condado de Shropshire. Crowley ficou com Glasgow, Aziraphale, com Edimburgo (nenhum dos dois assumiu responsabilidade por Milton Keynes,* mas ambos a relataram como um sucesso).

E então, lógico, parecera até natural que ambos segurassem as pontas um do outro, por assim dizer, sempre que o bom senso o ditasse. Ambos eram feitos de material angelical, no fim de contas. Se um estava indo para Hull para uma rápida tentação, fazia sentido ao outro ir até o lado oposto da cidade e promover um breve momento de êxtase divino padrão. Aquilo acabaria sendo feito *de qualquer maneira,* e ser sensato dava a todos mais tempo livre e reduzia as despesas.

Aziraphale sentia uma pontada de culpa ocasional quanto a isso, mas séculos de associação com a humanidade estavam tendo o mesmo efeito nele que em Crowley, só que no sentido oposto.

Além disso, as autoridades não pareciam se importar muito com quem fazia o quê, desde que fosse feito.

* Nota para americanos e outros estrangeiros: Milton Keynes é uma cidade nova que fica aproximadamente a meio caminho entre Londres e Birmingham. Foi construída para ser moderna, eficiente, saudável e, em suma, um lugar agradável de se viver. Muitos ingleses acham isso divertido.

Naquele momento, o que Aziraphale fazia era estar parado ao lado de Crowley à beira do lago em St. James' Park. Estavam dando comida aos patos.

Os patos de St. James' Park estão tão acostumados a receber pão de agentes secretos em encontros clandestinos que desenvolveram sua própria reação pavloviana. Coloque um pato de St. James' Park numa gaiola de laboratório e mostre a ele uma foto de dois homens — um geralmente usando um casaco com colarinho de pele, o outro, algo sóbrio com um cachecol —, e ele ficará olhando para cima, cheio de expectativa. O pão preto do adido cultural russo é particularmente procurado pelos patos mais perspicazes, enquanto o pão Hovis molhadinho com Marmite do chefe do MI9 é saboreado pelos *connoisseurs*.

Aziraphale jogou uma casca para um pato de penugem arrepiada, que o pegou e na mesma hora afundou.

O anjo se virou para Crowley.

— Sério, querido — murmurou ele.

— Foi mal — disse Crowley. — Não consegui me controlar.

O pato voltou zangado à superfície.

— Lógico, nós sabíamos que tinha algo acontecendo — disse Aziraphale. — Mas a gente imagina esse tipo de coisa acontecendo na América. Eles são chegados a essas coisas por lá.

— Ainda pode acontecer, na verdade — disse Crowley, melancólico. Fitou, pensativo, o Bentley do outro lado do parque, cuja roda traseira estava laboriosamente recebendo uma trava.

— Ah, sim. O diplomata americano — falou o anjo. — Um tanto *ostentoso*, é a impressão que dá. Como se o Armagedom fosse alguma espécie de espetáculo cinematográfico que se desejasse vender para a maior quantidade de países possível.

— *Todos* os países — disse Crowley. — A Terra e todos os reinos subsequentes.

Aziraphale lançou o último pedaço de pão aos patos, que foram encher o saco do adido naval búlgaro e de um homem de olhar furtivo com uma gravata Cambridge, e jogou cuidadosamente o saco de papel numa lata de lixo.

Ele se virou e encarou Crowley.

— Nós vamos ganhar, óbviamente — falou.

— Você *não quer* isso — disse o demônio.

— Por que não, meu Deus?

— *Escute aqui* — disse Crowley, desesperado. — Quantos músicos você acha que o seu lado tem, hein? De primeira linha, quer dizer.

Aziraphale pareceu hesitante.

— Bom, acho que... — começou.

— Dois — disse Crowley. — Elgar e Liszt. E *só*. Nós temos todo o resto. Beethoven, Brahms, os Bachs, Mozart, a galera toda. Você consegue imaginar a eternidade com Elgar?

Aziraphale fechou os olhos.

— Com extrema facilidade — grunhiu.

— Então é isso — disse Crowley, com olhar de triunfo. Conhecia o ponto fraco de Aziraphale. — Nada de compact discs. Nada de Albert Hall. Nada de Proms. Nada de Glyndbourne. Apenas harmonias celestiais o dia inteiro.

— Inefável — murmurou Aziraphale.

— Como ovos sem sal, você disse. O que faz me lembrar. Nada de sal, nada de ovos. Nada de *gravlax* com molho de endro. Nada de restaurantezinhos fascinantes onde todos te conhecem. Nada de palavras cruzadas do *Daily Telegraph*. Nada de pequenos antiquários. E também nada de livrarias. Nada de edições antigas interessantes. Nada de... — Crowley escavou o fundo do baú de interesses de Aziraphale — caixas de rapé de prata estilo Regência...

— Mas depois que vencermos, a vida será melhor! — disse o anjo com a voz esganiçada.

— Mas não será tão interessante. Veja bem, você *sabe* que eu estou com a razão. Você seria tão feliz com uma harpa quanto eu com um tridente.

— Você sabe que nós não tocamos harpa.

— E nós não usamos tridentes. Eu estava sendo retórico.

Eles se encararam.

Aziraphale espalmou as mãos com unhas elegantemente feitas.

— Meu povo está mais do que feliz que isso aconteça, sabe? Essa é a grande questão, veja. O grande teste final. Espadas flamejantes, os Quatro Cavaleiros, mares de sangue, todo esse lance tedioso. — Ele deu de ombros.

— E então Fim de Jogo, Insira Uma Nova Ficha? — perguntou Crowley.

— Às vezes eu acho seus métodos de expressão um pouco difíceis de acompanhar.

— Eu gosto dos mares como eles são. Não precisa acontecer. Você não precisa testar tudo até a destruição só para ver se fez tudo certo.

Aziraphale tornou a dar de ombros.

— Essa é uma sabedoria inefável para você, sinto dizer. — O anjo estremeceu e fechou mais o casaco. Nuvens cinzentas se assomavam sobre a cidade. — Vamos para algum lugar quente — disse ele.

— E você está sugerindo isso logo para mim? — perguntou Crowley, melancólico.

Os dois caminharam algum tempo num silêncio triste.

— Não é que eu discorde de você — disse o anjo, enquanto andavam penosamente pela grama. — É que não tenho permissão para desobedecer. Você sabe disso.

— Eu também não — disse Crowley.

Aziraphale olhou para ele de soslaio.

— Ah, como assim? Você é um demônio, afinal de contas.

— Sou. Mas minha gente só é a favor da desobediência em termos gerais. Eles são totalmente contra a desobediência *específica*.

— Como a desobediência a eles mesmos?

— Na mosca. Você ficaria surpreso. Ou não. Quanto tempo acha que temos? — Crowley acenou para o Bentley, que destravou as portas.

— As profecias diferem — disse Aziraphale, deslizando para o banco do carona. — Certamente até o fim do século, embora possamos esperar certos fenômenos antes disso. Muitos dos profetas do milênio passado estavam mais preocupados com escansão e rima do que com precisão.

Crowley apontou para a chave na ignição. Ela girou.

— Como assim? — perguntou.

— Você sabe — disse o anjo, ajudando-o a recordar. — "E o Mundo Encontrará Seu Fim Comum / Em tatibitatebitate Um." Ou Dois, ou Três, ou sei lá. Não existem muitas rimas boas para Quatro, então é provavelmente um ano bom para se estar.

— E que tipos de fenômenos?

— Bezerros de duas cabeças, sinais no céu, gansos voando de ré, chuvas de peixes. Esse tipo de coisa. A presença do Anticristo afeta a operação natural da causalidade.

— Hum.

Crowley engatou a marcha do Bentley. Então se lembrou de uma coisa. Estalou os dedos. As trancas das rodas desapareceram.

— Vamos almoçar — sugeriu. — Estou te devendo um almoço desde, quando foi...

— Paris, 1793 — disse Aziraphale.

— Ah, é. O Reinado do Terror. Era um dos de vocês, ou um dos nossos?

— Não foi de vocês?

— Não me lembro. Mas era um bom restaurante.

Ao passarem por um guarda de trânsito atônito, seu bloco de notas sofreu combustão espontânea, para surpresa de Crowley.

— Tenho certeza absoluta de que eu não quis fazer isso — falou.

Aziraphale corou.

— Fui eu — admitiu. — Sempre achei que *sua* gente os havia inventado.

— Jura? *Nós* pensávamos que eles eram seus.

Crowley ficou olhando a fumaça pelo retrovisor.

— Vamos — falou. — Vamos para o Ritz.

Crowley não se preocupara em fazer reserva. Em seu mundo, reservas de mesas eram coisas que aconteciam com outras pessoas.

Aziraphale colecionava livros. Se fosse cem por cento honesto consigo mesmo, teria que ter admitido que seu sebo era simplesmente um lugar para armazená-los. E não era singular nisso. Para manter o disfarce de típico vendedor de livros usados, valia-se de todos os artifícios, exceto violência física, para impedir que os clientes realizassem uma compra. Cheiros de mofo desagradáveis, olhares fulminantes, horários de abertura irregulares — ele era incrivelmente bom nisso.

Vinha colecionando por um bom tempo e, como todos os colecionadores, ele se especializou.

Possuía mais de sessenta livros de previsões relacionadas aos acontecimentos da última meia dúzia de séculos do segundo milênio. Tinha uma predileção por primeiras edições de Wilde. E possuía um conjunto completo das Bíblias Infames, nomeadas individualmente a partir de erros tipográficos.

Entre essas Bíblias estava a Bíblia dos Injustos, assim chamada devido a um erro do impressor que o fizera proclamar, em Coríntios 1, "Não sabeis que os injustos herdarão o Reino de Deus?"; e a Bíblia Imoral, impressa por Barker e Lucas em 1632, onde a palavra *não* foi omitida do sétimo mandamento, tornando-o: "Cometerás Adultério." Havia a Bíblia do Desconjuro, a Bíblia do Melaço, a Bíblia dos Peixes em Pé, a Bíblia de Charing Cross e o resto. Aziraphale tinha todas. Até a mais rara, uma Bíblia publicada em 1651 pelos impressores londrinos Bilton e Scaggs.

Esse fora o primeiro dos três grandes desastres editoriais deles.

O livro era comumente conhecido como a Bíblia do Dane-se. O extenso erro do tipógrafo, se é que pode ser chamado assim, ocorre no livro de Ezequiel, capítulo 48, versículo cinco.

2. Junto ao território de Dã, do extremo oriental até o extremo ocidental: Aser, uma porção.

3. Junto ao território de Aser, do extremo oriental até o extremo ocidental: Neftali, uma porção.

4. Junto ao território de Neftali, do limite oriental até o limite ocidental: Manassés, uma porção.

5. Dane-se essa tarefa inútil. Estou cheio até a alma dessa impressão tipográfica. O Mestre Biltonn não é nenhum Gentil-homem, e o Mestre Scagges não é mais que um pedaço de excremento velho. Eu lhe digo, num dia como este, Qualquer Pessoa com meio grama de Bom Senso deveria estar lá fora ao Sol e não Enfiada aqui o dia inteiro nesta Bendita Oficina cheirando a mofo. @#$%&@;!*

6. Junto ao território de Efraim, do limite oriental até o limite ocidental: Rúben, uma porção.

O segundo grande desastre editorial de Bilton e Scaggs ocorreu em 1653. Por um golpe de sorte raro eles haviam obtido um dos famosos

* A Bíblia do Dane-se também ficou notória por ter 27 versículos no terceiro capítulo do Gênesis em vez dos costumeiros 24. Eles vinham logo depois do versículo 24, que na versão do rei Jaime é assim:

"Ele expulsou o homem; e colocou a leste do jardim do Éden querubins e uma espada flamejante que se movia, guardando o caminho da árvore da vida." E seguia:

25 O Senhor falou ao Anjo que guardava o portão leste, *perguntando,* Onde está a espada flamejante que lhe foi dada?

26 E o Anjo respondeu, eu estava com ela até agora há pouco, devo tê-la *posto* em algum lugar; só não perco a cabeça porque está presa ao pescoço.

27 E o Senhor não lhe perguntou mais nada.

Parece que esses versículos foram inseridos durante o estágio de provas. Naquela época era prática comum dos impressores pendurar as folhas das provas em tábuas do lado de fora de suas gráficas, para edificação do povo e uma revisão gratuita, e já que toda a tiragem foi logo depois queimada, ninguém se importou em abordar essa questão com o gentil Sr. A. Ziraphale, dono do sebo duas portas adiante, que era sempre tão prestativo com as traduções e cuja caligrafia era instantaneamente reconhecível.

"Quartos Perdidos" — as três peças de Shakespeare jamais relançadas em livro e hoje inteiramente perdidas para acadêmicos e fãs de teatro. Apenas seus nomes chegaram a nós. Esta foi a primeira peça de Shakespeare: *A Comédia de Robin Hoode, ou, A Floresta de Sherwoode.**

Mestre Bilton pagara quase seis guinéus pelo quarto, acreditando que poderia ganhar quase duas vezes essa quantia só com a publicação da edição em capa dura. E então ele o perdeu.

O terceiro grande desastre editorial de Bilton e Scaggs nunca foi inteiramente compreendido por nenhum dos dois. Para toda parte que se olhava, livros de profecias vendiam como água. A edição inglesa das *Centúrias* do profeta Nostradamus havia acabado de entrar na terceira impressão, e cinco Nostradamus, todos afirmando ser o único legítimo, estavam em triunfantes turnês de autógrafos. A *Coleção de Profecias,* de Mãe Shipton, vendia horrores.

Cada um dos grandes editores de Londres — eram oito — tinha pelo menos um Livro de Profecia em seu catálogo. Cada um dos livros era extremamente impreciso, mas seu leve ar de onipotência generalizada fazia deles obras imensamente populares. Eram vendidos aos milhares e às dezenas de milhares.

— **É uma licença para imprimir dinheiro!** — disse Mestre Bilton a Mestre Scaggs.** — **O público está implorando por esse livro! Precisamos logo imprimir um livro de profecias de algum maluco!**

O manuscrito chegou à porta deles na manhã seguinte; o senso de *timing* de autor, como sempre, presente.

Embora nem Mestre Bilton nem Mestre Scaggs tivessem percebido, o manuscrito que receberam era a única obra profética em toda a história da humanidade a consistir em previsões totalmente corretas relativas aos trezentos e quarenta e tantos anos seguintes, contendo uma descrição acurada e fiel dos eventos que culminariam no Armagedom. Era exata em cada detalhe.

O livro foi publicado por Bilton e Scaggs em setembro de 1655, a tempo das vendas de Natal,*** e foi o primeiro livro impresso na Inglaterra a encalhar.

* As outras duas são *Como Pegar um Rato* e *Os Garimpeiros de Ouro de 1589.*

** Que já tivera alguns pensamentos nesse sentido e passado os últimos anos de sua vida na prisão de Newgate, quando finalmente os colocara em prática.

*** Outro golpe de mestre de genialidade editorial, porque o Parlamento Puritano de Oliver Cromwell havia tornado o Natal ilegal em 1654.

Ele não vendeu nada.

Nem mesmo o exemplar na pequena livraria de Lancashire com "**Autora Local**" escrito numa cartolina ao lado.

A autora do livro, uma tal de Agnes Nutter, não ficou surpresa com isso, mas, também, seria necessário muito para surpreender Agnes Nutter. De qualquer forma, ela não o escrevera pelas vendas, nem pelos direitos autorais, e muito menos pela fama. Ela o havia escrito pelo único exemplar de cortesia a que todo autor tinha direito.

Ninguém sabe o que aconteceu com a profusão de exemplares encalhados do livro. Certamente não existe nenhum exemplar em qualquer museu ou em coleções particulares. Nem mesmo Aziraphale o possui, mas ficaria com as pernas bambas só de pensar em colocar suas mãos elegantemente manicuradas num deles.

Na verdade, somente um exemplar das profecias de Agnes Nutter ainda existia no mundo inteiro.

Ele estava na prateleira de uma estante a cerca de 65 quilômetros de onde Crowley e Aziraphale comiam um ótimo almoço, e, metaforicamente, tinha acabado de começar a tiquetaquear.

E agora eram três da tarde. O Anticristo já estava na Terra fazia quinze horas, e um anjo e um demônio bebiam sem parar por três horas.

Os dois estavam sentados um de frente para o outro na seção dos fundos do sebo mal-iluminado de Aziraphale no Soho.

A maioria das livrarias no Soho tem uma seção reservada nos fundos, e a maioria das seções reservadas nos fundos é repleta de livros raros ou, no mínimo, muito caros. Mas os livros de Aziraphale não tinham ilustrações. Tinham velhas capas marrons e páginas esfarelentas. De vez em quando, se não lhe restasse alternativa, vendia um deles.

E, de vez em quando, homens sérios de ternos escuros chegavam lá e sugeriam, com muita educação, que talvez ele quisesse vender a loja para que ela pudesse ser transformada no tipo de loja de varejo mais adequada à região. Às vezes ofereciam dinheiro em espécie, em grandes rolos de notas encardidas de cinquenta libras. Ou, às vezes, enquanto conversavam, outros homens com óculos escuros andavam pela loja balançando a cabeça e dizendo como o papel era inflamável, e que prato cheio para um incêndio ele tinha ali.

E Aziraphale concordava e sorria e dizia que pensaria a respeito. E então eles iam embora. *E nunca mais voltavam.*

Ser um anjo não significa ser idiota.

A mesa diante dos dois estava coberta de garrafas.

— A questão é — disse Crowley —, a questão é. A questão é...

Ele tentava se concentrar em Aziraphale.

— A questão *é* — disse ele, tentando pensar numa questão. — A questão que estou querendo levantar — concluiu, animando-se — é a dos golfinhos. Essa é a minha questão.

— Tipo de peixe — disse Aziraphale.

— Nananinanão — disse Crowley, balançando um dedo. — Mamíferos. Eles são mamíferos. A diferença é... — Crowley vadeou pelo pântano de sua mente e tentou se lembrar de qual era a diferença. — A diferença é, é... eles... eles...

— Cruzam fora da água? — Aziraphale tentou ajudar.

Crowley franziu a testa.

— Acho que não. Tenho quase certeza de que não é isso não. É uma coisa sobre os filhotes deles. Sei lá. — Endireitou-se. — A questão é. A *questão* é. O cérebro deles.

Esticou a mão para uma das garrafas.

— O que é que tem o cérebro deles? — perguntou o anjo.

— Cérebros grandes. É essa a minha questão. Do tamanho de. Do tamanho de. Do tamanho de cérebros malditos de tão grandes. E também tem as baleias. Cidade de cérebros, vai por mim. O danado do mar inteiro cheio de cérebros.

— Kraken — disse Aziraphale, olhando melancolicamente para dentro do copo.

Crowley lançou a ele o olhar demorado e inexpressivo de alguém que acabou de ter uma viga derrubada diante da sua linha de pensamento.

— Ahn?

— Um sujeito grande à beça — disse Aziraphale. — Dormia sob os trovões na superfície das fendas do mar abissal. Sob um monte de enormes e inúmeros polipóis... polipós... umas criaturas marinhas muito grandes, sabe? E que deve emergir bem no fim, quando o mar ferver.

— É mesmo?

— Verdade.

— Então é isso aí — disse Crowley, recostando-se. — O mar inteiro borbulhando, os coitados dos golfinhos virando um gumbo de frutos do mar, ninguém dando a mínima. A mesma coisa com os gorilas. Epa, eles dizem, o céu ficou todo vermelho, as estrelas caindo no chão, o que estão pondo nas bananas hoje em dia? E aí...

— Eles fazem ninhos, sabe, os gorilas — comentou o anjo, servindo-se de outra dose e conseguindo acertar o copo na terceira tentativa.

— Não.

— Juro por Deus. Vi num filme. Ninhos.

— Coisa de pássaro — disse Crowley.

— Ninhos — insistiu Aziraphale.

Crowley resolveu não discutir.

— Então é isso aí — falou. — Todas as criaturas, graúdas e defumadas. Quero dizer, diminutas. Graúdas e diminutas. Muitas delas com cérebros. E então, bazam!

— Mas *você* é parte disso — disse Aziraphale. — Você tenta as pessoas. E é bom nisso.

Crowley bateu o copo na mesa.

— É diferente. Eles não precisam dizer sim. Essa é a parte inefável, não é? Seu lado inventou isso. É preciso ficar testando as pessoas. Mas não até destruí-las.

— Tudo bem. Tudo bem. Gosto disso tanto quanto você, mas já falei. Não posso desod... desov... não fazer o que me mandam. Sou um anjo.

— No Céu não tem cinema — disse Crowley. — E os filmes são poucos.

— Nem venha *me* tentar — disse Aziraphale, pesaroso. — Eu te conheço, sua serpente velha.

— Pense bem — disse Crowley, implacavelmente. — Sabe o que é a eternidade? Sabe o que é a eternidade? Quer dizer, sabe o que é a eternidade? Tem uma montanha enorme, veja bem, de um quilômetro e meio de altura, no fim do universo, e uma vez a cada mil anos vem um passarinho...

— Que passarinho? — perguntou Aziraphale, desconfiado.

— Esse passarinho de que estou falando. E a cada mil anos...

— O mesmo pássaro a cada mil anos?

Crowley hesitou.

— É — respondeu.

— Um passarinho velho pra caramba, então.

— Tá. E a cada mil anos esse pássaro voa...

— Claudica...

— ... *voa* até essa montanha e afia o bico...

— *Peraí.* Não dá para fazer isso. Entre aqui e o fim do universo existe um monte de... — O anjo fez um gesto exagerado com as mãos, ainda que aparentasse incerteza. — Um monte de coisas, querido.

— Mas ele chega lá assim mesmo — insistiu Crowley.

— Como?

— Não interessa!

— Ele podia usar uma nave espacial — sugeriu o anjo.

Crowley cedeu um pouco.

— Tá — falou. — Se você prefere assim. Enfim, esse pássaro...

— Só que estamos falando do *fim* do universo — disse Aziraphale. — Então teria que ser uma daquelas naves espaciais em que são seus descendentes que saem do outro lado. Você precisa dizer aos descendentes, você diz: Quando chegarem à Montanha, precisam... — Hesitou. — O que eles têm que fazer?

— Afiar o bico na montanha — disse Crowley. — E então voa de volta...

— ... na nave espacial...

— E depois de mil anos ele vai e faz tudo de novo — completou Crowley depressa.

Houve um momento de silêncio embriagado.

— Parece esforço demais só para afiar um bico — devaneou Aziraphale.

— Escute aqui — disse Crowley com urgência —, a questão é que, quando o pássaro tiver desgastado a montanha até ela se transformar em pó, bem, então...

Aziraphale abriu a boca.

Crowley simplesmente *soube* que ele ia fazer alguma observação sobre a dureza relativa do bico dos pássaros e das montanhas de granito, então concluiu rapidamente.

— ... então você *ainda não terá terminado de ver A Noviça Rebelde.*

Aziraphale congelou.

— E você *vai* gostar — disse Crowley, impiedoso. — Vai mesmo.

— Meu querido...

— Você não terá escolha.

— Escute aqui...

— O Céu não tem bom gosto.

— Veja bem...

— E nem um único restaurante de sushi.

Uma expressão de dor cruzou o rosto subitamente muito sério do anjo.

— Não consigo lidar com isso bêbado — disse Aziraphale. — Vou ficar sóbrio.

— Eu também.

Ambos se retraíram enquanto o álcool deixava sua corrente sanguínea e endireitaram a postura. Aziraphale ajeitou a gravata.

— Eu não posso interferir nos planos divinos — resmungou ele.

Crowley olhou especulativo para dentro do copo e tornou a enchê-lo.

— E que tal nos diabólicos?

— Perdão?

— Bom, tem que ser um plano diabólico, não é? *Nós* estamos fazendo isso. Meu lado.

— Ah, mas é tudo parte do plano geral *divino* — disse Aziraphale. — Seu lado não pode fazer nada que não seja parte do inefável plano divino — acrescentou ele, um tanto presunçoso.

— Até parece!

— Não, é que essa é a... — Aziraphale estalou os dedos, irritado. — A coisa. Como vocês chamam isso em seu rico idioma? A questão xis.

— O xis da questão.

— É, isso.

— Bom... Se você tem certeza... — disse Crowley.

— Não tenho dúvida.

Crowley olhou para ele, uma expressão zombeteira no rosto.

— Então você não pode ter certeza, corrija-me se eu estiver errado, você não pode ter certeza de que prejudicá-lo não seja parte do plano divino também. Quer dizer, seu dever é frustrar cada plano do Maligno, não é?

Aziraphale hesitou.

— É, é sim.

— Você vê um plano maligno, você o frustra. Estou certo?

— De modo geral, de modo geral. Na verdade, eu incentivo humanos a fazerem isso. Por causa da inefabilidade, entende?

— Certo. Certo. Então tudo que você tem a fazer é estragar meus planos. Porque uma coisa eu sei — disse Crowley com urgência. — O nascimento é só o começo. A parte importante é a criação. São as Influências. Caso contrário, a criança jamais aprenderá a usar seus poderes. — Hesitou. — Pelo menos, não necessariamente da forma pretendida.

— Certamente nosso lado não se importará que eu estrague seus planos — disse Aziraphale, pensando bem. — Não se importarão mesmo com isso.

— Certo. Você vai acrescentar uma pena da vitória à sua asa. — Crowley abriu um sorriso encorajador para o anjo.

— Mas o que acontecerá com a criança se ela não receber uma educação satânica? — perguntou Aziraphale.

— Provavelmente nada. Ela jamais saberá.

— Mas a genética...

— Não me venha com essa de genética. O que a genética tem a ver com isso? — disse Crowley. — Veja só o caso do Satã. Criado como anjo, cresce e vira o Grande Adversário. Ei, se você considerar a genética, pode até dizer que o garoto vai ser anjo quando crescer. Afinal, o pai dele foi um bambambã no Céu nos velhos tempos. Dizer que ele vai ser um demônio quando crescer só porque o pai *se tornou* um é como dizer que um rato com o rabo cortado dará à luz ratos sem rabo. Não. A criação é tudo. Veja por mim.

— E sem influências satânicas absolutas...

— Bom, na pior das hipóteses o Inferno vai ter que começar tudo de novo. E a Terra ganha pelo menos mais onze anos. Isso tem que valer alguma coisa, não tem?

Aziraphale parecia pensativo novamente.

— Você está dizendo que a criança não é má por natureza? — perguntou, devagar.

— *Potencialmente* má. Potencialmente boa também, acho. Apenas essa grande e poderosa *potencialidade,* esperando para ser moldada — disse Crowley. E deu de ombros. — Enfim, por que estamos falando de *bem* e *mal*? São apenas nomes para dois lados. *Nós* sabemos disso.

— Acho que deve valer a pena tentar — disse o anjo.

Crowley assentiu de forma encorajadora.

— Temos um acordo? — perguntou o demônio, estendendo a mão.

O anjo a apertou, cauteloso.

— É certo que os pecadores são mais interessantes que os santos.

— E será pelo bem da criança, no fim das contas — disse Crowley. — Seremos, tipo, padrinhos. Supervisionando a criação religiosa dela, por assim dizer.

Aziraphale abriu um sorriso de orelha a orelha.

— Sabe, eu nunca teria pensado nisso — disse ele. — *Padrinhos*. Diabos me levem...

— Não é tão ruim assim — complementou Crowley —, depois que você se acostuma.

Ela era conhecida como Scarlett. Naquela época, vendia armas, embora aquilo já estivesse começando a perder a graça. Ela nunca ficava num mesmo emprego por muito tempo. Trezentos, quatrocentos anos no máximo. Não queria enferrujar.

Os cabelos dela tinham um tom de cobre verdadeiro, nem ruivos nem castanhos, mas uma cor viva de cobre polido, e caíam até a cintura em cachos pelos quais homens matariam, o que com frequência o faziam. Seus olhos eram de um laranja assombroso. Ela aparentava 25 anos, desde sempre.

Possuía um caminhão vermelho todo coberto de poeira, cheio dos mais diversos armamentos, e uma habilidade quase inacreditável de atravessar com ele qualquer fronteira do mundo. Estava a caminho de um pequeno país no oeste da África, onde uma pequena guerra civil estava em progresso, para fazer uma entrega que, com alguma sorte, a transformaria numa grande guerra civil. Infelizmente o caminhão havia quebrado, muito além até mesmo da capacidade dela de consertá-lo.

E ela era muito boa com máquinas e motores naquela época.

Estava naquele momento bem no meio de uma cidade.* E esta cidade era a capital da Kumbolalândia, uma nação africana que estivera em paz nos últimos três mil anos. Por cerca de trinta anos foi Sir Humphrey--Clarksonlândia, mas, como o país não tinha absolutamente qualquer riqueza mineral e possuía a importância estratégica de uma banana, acabou rumando na direção do autogoverno com uma pressa quase indecorosa. Kumbolalândia era pobre, talvez, e sem dúvida entediante, porém pacífica. Suas diversas tribos, que se davam muito bem umas com as outras, tinham reaproveitado suas espadas como arados muito tempo antes; em 1952, uma luta irrompera na praça da cidade entre um dono de carro de

* Cidade só no nome. Era do tamanho de um pequeno vilarejo inglês, ou, em termos americanos, de um shopping center.

boi bêbado e um igualmente bêbado ladrão de bois. As pessoas ainda comentavam a respeito.

Scarlett bocejou no calor. Abanou-se com o chapéu de abas largas, deixou o caminhão inútil na rua empoeirada e entrou num bar.

Comprou uma lata de cerveja, esvaziou-a e então sorriu para o barman.

— Tenho um caminhão que precisa de conserto — disse ela. — Tem alguém aqui com quem eu possa falar?

O barman abriu um sorriso de dentes brancos, de orelha a orelha. Ficara impressionado com o jeito como Scarlett tomara a cerveja.

— Só Nathan, senhorita. Mas Nathan voltou para Kaounda para ver a fazenda do sogro.

Scarlett comprou mais uma cerveja.

— Então, esse Nathan. Alguma ideia de quando ele volta?

— Talvez semana que vem. Talvez daqui a duas semanas, moça. Esse Nathan é um malandrinho, sabe? — Inclinou-se para a frente e perguntou: — Está viajando sozinha, senhorita?

— Estou.

— Pode ser perigoso. Tem gente esquisita na estrada hoje em dia. Homens maus. Não os rapazes *daqui* — acrescentou, rápido.

Scarlett arqueou a sobrancelha. Apesar do calor, o homem estremeceu.

— Obrigada pelo alerta — ronronou Scarlett. Sua voz soava como algo que espreita no mato alto, visível somente pelo virar das orelhas, até que algo jovem e tenro passe por seu caminho.

Ela inclinou a aba do chapéu para ele e saiu.

O sol quente africano a açoitou sem clemência; seu caminhão estava parado na rua com uma carga de armas, munição e minas terrestres. Não iria a lugar algum. Scarlett ficou olhando fixamente para o caminhão.

Um abutre estava empoleirado no teto. Tinha viajado 480 quilômetros com Scarlett até ali. Ele arrotava baixinho.

Ela olhou em volta pela rua: duas mulheres conversavam numa esquina; um vendedor entediado estava sentado em frente a uma pilha de cabaças coloridas, abanando as moscas; algumas crianças brincavam preguiçosamente na terra.

— Que diabos — disse ela, baixinho. — Eu podia mesmo tirar umas férias.

E precisamente por ser uma bruxa e, portanto, sensata, não punha muita fé em amuletos e feitiços de proteção; dava preferência, em vez disso, à faca serrilhada de trinta centímetros que levava à cintura.

ver página 92

Toot Baldon
Little Milton
Radley
Nuneham Courtenay
Chalgrove
Appleford
Long Wittenham
Tadfield
Lower Tadfield

Isso foi na quarta-feira.

Na sexta-feira, a cidade era uma zona proibida.

Na terça-feira da semana seguinte, a economia de Kumbolalândia estava destruída, vinte mil pessoas estavam mortas (inclusive o barman, morto a tiros pelos rebeldes enquanto estes atacavam as barricadas do mercado), quase cem mil estavam feridas, todas as diversas armas de Scarlett haviam cumprido a função para a qual haviam sido criadas, e o abutre havia morrido de esteatose hepática.

Scarlett já estava no último trem para fora do país. Sentiu que era hora de seguir em frente. Ela vendia armas havia muito tempo. Queria uma mudança. Algo que abrisse portas. Tinha vontade de ser jornalista. Uma possibilidade. Abanou-se com o chapéu e cruzou as pernas compridas à sua frente.

Mais adiante no trem, uma briga se iniciou. Scarlett sorriu. As pessoas estavam sempre brigando, por ela ou ao redor dela; isso era lindo, sério.

Sable tinha cabelos pretos, uma barba preta bem aparada, e havia acabado de decidir ampliar e profissionalizar seu negócio.

Foi beber com sua contadora.

— Como estamos indo, Frannie? — perguntou a ela.

— Doze milhões de exemplares vendidos até agora. Dá para acreditar?

Estavam bebendo num restaurante chamado Top of the Sixes, no topo do número 666 da Quinta Avenida, em Nova York. Isso era algo que divertia Sable um pouco. Das janelas do restaurante era possível ver toda a cidade; à noite, o restante de Nova York podia ver os enormes 666s vermelhos que adornavam os quatro lados do edifício. Obviamente, era apenas mais um número de rua. Caso se começasse a contar do zero, mais cedo ou mais tarde se acabaria chegando lá. Mas não dava para evitar sorrir.

Sable e sua contadora haviam acabado de chegar de um pequeno, caro e particularmente exclusivo restaurante em Greenwich Village, totalmente adepto da *nouvelle cuisine*: uma vagem, uma ervilha e uma lâmina de peito de frango, esteticamente dispostas num prato de porcelana quadrado.

Sable havia inventado isso da última vez que estivera em Paris.

Sua contadora havia limpado o prato de proteína e dois vegetais em menos de cinquenta segundos e passado o resto da refeição olhando para o prato, para os talheres, e de vez em quando para as outras pessoas que também jantavam ali, de um modo que sugeria que ela estaria se perguntando qual seria o gosto deles, o que, na verdade, era o caso. Sable achara isso divertido demais.

Ele brincava com sua Perrier.

— Doze milhões, hein? Isso é muito bom.

— Isso é *ótimo*.

— Então vamos nos tornar uma enorme corporação. Já está na hora de darmos o grande golpe, não acha? Na Califórnia, talvez. Quero fábricas, restaurantes, e todo o resto. Vamos manter o braço editorial, mas é hora de diversificar. Ok?

Frannie concordou com a cabeça.

— Parece uma boa, Sable. Vamos precisar...

Ela foi interrompida por um esqueleto. Um esqueleto com um vestido da Dior, a pele bronzeada esticada quase a ponto de se romper sobre os ossos delicados do crânio. O esqueleto tinha cabelos loiros compridos e lábios perfeitamente pintados: parecia o tipo de pessoa para quem as mães do mundo inteiro apontavam, resmungando: "É *isso* o que vai acontecer com você se não comer verduras"; ela parecia um cartaz de campanha contra a fome, com estilo.

Ela era a maior modelo de Nova York e segurava um livro. Ela disse:

— Ahn, perdão, Sr. Sable, espero que não se incomode pela minha intromissão assim de repente, mas, seu livro, ele mudou a minha vida, e eu fiquei me perguntando, será que o senhor se incomodaria de autografá-lo para mim?

Lançou para ele um olhar implorativo, com olhos bem enterrados em cavidades gloriosamente adornadas por sombras coloridas.

Sable assentiu graciosamente e tirou o livro da mão dela.

Não era surpresa o fato de ela o ter reconhecido, pois os olhos cinza-escuros dele saltavam da foto na capa com detalhes metalizados. *Dieta sem comida: emagreça e fique bela* era o título do livro; *O livro de dieta do século!*

— Como você se chama? — perguntou ele.

— Sherryl. Dois Rs, um Y, um L.

— Você me lembra uma velha amiga — disse ele, enquanto escrevia rápida e cuidadosamente na folha de rosto. — Prontinho. Que bom que gostou. É sempre bom conhecer uma fã.

O que ele escreveu foi o seguinte:

Sherryl,

Uma medida de trigo por um dinheiro, e três medidas de cevada por um dinheiro; e não danifiques o azeite e o vinho.
Apoc. 6:6

Dr. Raven Sable

— É da Bíblia — complementou ele.

Ela fechou o livro com reverência e se afastou da mesa, agradecendo a Sable, dizendo que ele não sabia o quanto isso significava para ela, que ele havia mudado sua vida, havia mesmo...

Sable jamais obtivera o diploma em medicina que dizia ter, já que naqueles tempos não existiam universidades, mas podia ver claramente que ela estava morrendo de fome. Deu-lhe no máximo dois meses. *Sem comida.* Resolva seu problema de peso, definitivamente.

Frannie atacava as teclas de seu laptop avidamente, planejando a próxima etapa da transformação que Sable efetuaria nos hábitos alimentares do mundo ocidental. Ele lhe comprara o equipamento eletrônico como um presente pessoal. Era muito, muito caro, muito potente e ultrafino. Ele gostava de coisas finas.

— Existe uma empresa europeia que podemos comprar para o pontapé inicial, a Holdings (Holdings) Incorporated. Isso nos dará a base tributária de Liechtenstein. Agora, se canalizássemos os fundos através das Ilhas Cayman até Luxemburgo e de lá para a Suíça, poderíamos pagar pelas fábricas num período de...

Mas Sable não estava mais ouvindo. Estava se lembrando do restaurantezinho exclusivo. Ocorrera-lhe que ele nunca vira tantas pessoas ricas tão famintas.

Sable sorriu, o sorriso honesto e aberto que acompanha a satisfação pelo trabalho bem-feito, perfeita e pura. Ele estava apenas matando tempo até o evento principal, mas o estava matando de um modo primoroso. Tempo e, às vezes, pessoas.

Às vezes o chamavam de White, ou Branco, ou Blanc, ou Albus, ou Chalky, ou Weiss, ou Snowy, ou qualquer um de uma centena de outros nomes. Sua pele era bem branca, seus cabelos, de um loiro esmaecido, os olhos, cinza-claros. Parecia ter uns vinte anos, olhando assim rapidamente, e uma olhada rápida era tudo o que qualquer pessoa dava para ele.

Ele era quase inteiramente esquecível.

Ao contrário de seus dois colegas de trabalho, ele nunca podia ficar em um mesmo emprego por muito tempo.

Ele tivera vários tipos de trabalhos interessantes em diversos lugares interessantes.

(Havia trabalhado na Usina Nuclear de Chernobyl, em Windscale e em Three Mile Island, sempre em cargos simples e de pouca importância.)

Ele havia sido um integrante secundário, porém valioso, de uma série de instalações de pesquisa científica.

(Ele havia ajudado a projetar o motor a gasolina, o plástico e a lata com lacre de anel.)

Podia se embrenhar em qualquer nova atividade.

Ninguém chegava a reparar nele de verdade. Ele não ficava no caminho; sua presença era cumulativa. Se você pensasse bem no assunto, poderia concluir que ele tinha que ter estado envolvido em alguma coisa, tinha que ter estado em algum lugar. Talvez ele até tenha falado com você. Mas ele era fácil de esquecer, o Sr. White.

Naquele momento ele estava trabalhando como marinheiro num petroleiro que seguia em direção a Tóquio.

O capitão estava bêbado em sua cabine. O imediato estava na proa. O segundo imediato, na cozinha. Eles compunham quase toda a tripulação: o navio era quase completamente automatizado. Não havia muito o que uma pessoa pudesse fazer.

No entanto, se uma pessoa por acaso apertasse o botão DESPEJO DE CARGA DE EMERGÊNCIA no tombadilho, os sistemas automáticos cuidariam de liberar enormes quantidades de substância gosmenta preta no mar, milhões de toneladas de petróleo bruto, com efeitos devastadores sobre os pássaros, os peixes, a vegetação, os animais e os humanos da região. Naturalmente, havia dezenas de dispositivos de bloqueio de ignição e backups de segurança infalíveis, mas, que diabos, isso sempre havia.

Depois, muito se discutiu para saber de quem exatamente fora a culpa. No fim, o caso foi deixado sem resolução: a culpa acabou sendo dividida por igual. O capitão e os dois imediatos jamais conseguiram outro emprego.

Por alguma razão ninguém pensou muito no marinheiro White, que já estava a meio caminho da Indonésia num barco a vapor lotado de barris de metal enferrujados contendo um herbicida particularmente tóxico.

E havia Outro. Ele estava na praça em Kumbolalândia. E estava nos restaurantes. E estava no peixe, no ar e nos barris de herbicida. Estava nas ruas, nas casas, nos palácios e nos galpões.

Não havia lugar onde ele fosse estranho e não havia como escapar dele. Estava fazendo o que fazia melhor, e o que estava fazendo era o que ele era.

Ele não estava esperando. Estava trabalhando.

Harriet Dowling voltou para casa com seu neném, que, conforme sugestão da irmã Fé Prolixa, que era mais persuasiva do que a irmã Maria, foi batizado de Warlock, com o consentimento telefônico do marido dela.

O adido cultural voltou para casa uma semana depois e disse que o bebê tinha puxado seu lado da família.

Também mandou sua secretária colocar no *The Lady* um anúncio procurando uma babá.

Crowley tinha visto *Mary Poppins* na televisão num Natal (na verdade, nos bastidores, Crowley tinha tido um pezinho na criação da maioria dos programas de TV; embora fosse da invenção do *game show* que ele se orgulhasse mais). Brincou com a ideia de um furacão como meio eficaz e incrivelmente estiloso de se livrar da fila de babás que certamente se formaria, ou que provavelmente se empilharia de um jeito a não sair do lugar, do lado de fora da residência do adido cultural em Regent's Park.

Contentou-se com uma greve ilegal do metrô, e, quando o dia chegou, só uma babá apareceu.

Ela usava um *tailleur* de *tweed* e brincos de pérola discretos. Alguma coisa a respeito dela poderia ter dito *babá,* mas o dizia no meio-tom do tipo usado por mordomos britânicos num certo tipo de filme americano. Também pigarreava discretamente e murmurava que ela bem poderia ser o tipo de babá que anuncia serviços não especificados, mas estranhamente explícitos, em certas revistas.

Seus sapatos sem salto esmagaram o cascalho da entrada, e um cachorro cinza andava silencioso ao seu lado, salpicos brancos de saliva pingando de sua mandíbula. Seus olhos reluziam em escarlate, e ele olhava de um lado para outro com uma expressão faminta.

Ela estendeu a mão para a porta de madeira maciça, sorriu consigo mesma — um breve sorriso de satisfação — e apertou a campainha. Que emitiu um som melancólico.

A porta foi aberta por um mordomo formado por uma escola, como dizem, à moda antiga.*

— Sou a babá Ashtoreth — disse ela. — E este — continuou, enquanto o cão cinza ao seu lado fitava o mordomo com atenção, tentando definir, talvez, onde enterraria os ossos — é Rover.

Ela deixou o cachorro no jardim, passou na entrevista com louvor e a Sra. Dowling a levou para ver seu novo pupilo.

Ela sorriu de forma desagradável.

— Que criança adorável — disse ela. — Logo, logo, vai querer um velocípede.

Por uma dessas coincidências do destino, outro novo integrante da equipe chegou na mesma tarde. Era o jardineiro, e acabou se mostrando incrivelmente eficiente em sua função. Ninguém conseguia entender bem por quê, já que ele nunca parecia pegar numa pá e não fazia esforço para livrar o jardim dos súbitos bandos de pássaros que chegavam e se acomodavam nele em todas as oportunidades. Ele simplesmente ficava sentado à sombra enquanto os jardins da residência floresciam e floresciam.

Warlock costumava aparecer para vê-lo, depois que aprendeu a andar e a babá estava fazendo o que quer que fosse em suas tardes de folga.

— Este aqui é o irmão Caramujo — dizia-lhe o jardineiro —, e esta criaturinha aqui é a broca-da-raiz, uma praga da batata-doce. Lembre-se, Warlock, ao seguir pelas rodovias e desvios do caminho rico e abundante da vida, de ter amor e reverência por todas as coisas vivas.

— A babá diz que as coisas fifas só servem pra ficá na terra embaixo dos meus pezinhos, seu Fancis — disse o pequeno Warlock, acariciando

* Uma escola noturna nos arredores de Tottenham Court Road, dirigida por um velho ator que havia desempenhado papéis de mordomos e camareiros no cinema, na televisão e no teatro desde os anos 1920.

o irmão Caramujo e depois limpando diligentemente a mão no macacão com a figura do Caco, o sapo.

— Não dê ouvidos àquela mulher — ordenou Francis. — Só dê ouvidos a mim.

À noite, a babá Ashtoreth cantava músicas de ninar para Warlock.

Ah, o grande e velho Duque de York
Ele tinha Dez Mil Homens
Marchou com eles Até o Alto da Montanha
E esmagou todas as nações do mundo e as colocou sob o domínio de nosso mestre Satã.

e

Este porquinho foi ao Hades
Este porquinho ficou em casa
Este porquinho comeu carne humana crua e fumegante
Este porquinho violou virgens
E este porquinho subiu numa pilha de cadáveres pra chegar ao topo.

— O imão Francis, o jadineio, diz que eu tenho de paticar a vitude e amá todas as coisas fifas — disse Warlock.

— Não dê ouvidos *àquele homem,* querido — sussurrava a babá enquanto o colocava em sua caminha. — Só dê ouvidos a mim.

E por aí ia.

O Acordo funcionava perfeitamente. Uma vitória sem gols.

A babá Ashtoreth comprou um velocípede para o menino, sem jamais conseguir convencê-lo a andar nele dentro de casa. E Warlock tinha medo de Rover.

Nos bastidores, Crowley e Aziraphale se encontravam no segundo andar dos ônibus, em galerias de arte e em concertos, comparavam as notas que tomavam e sorriam.

Quando o menino completou 6 anos, a babá foi embora, levando Rover consigo; o jardineiro entregou o pedido de demissão no mesmo dia. Nenhum dos dois partiu com a mesma alegria no andar com a qual haviam chegado.

Warlock passou então a ser educado por dois tutores.

O Sr. Harrison ensinava-lhe sobre Átila, o Huno, Vlad Dracul e as Trevas Intrincadas do Espírito Humano.* Tentou ensinar Warlock a fazer discursos políticos que inflamassem as massas para controlar os corações e as mentes de multidões.

O Sr. Cortese ensinava-lhe sobre Florence Nightingale,** Abraham Lincoln e a apreciação da arte. Tentou ensinar a ele os conceitos de livre-arbítrio, do espírito de sacrifício e de Fazer com os Outros aquilo que Você Deseja que Façam com Você.

Ambos liam muito para o garoto o Livro do Apocalipse.

Apesar dos melhores esforços deles, Warlock demonstrava uma lamentável tendência a ser bom em matemática. Nenhum de seus tutores estava inteiramente satisfeito com seu progresso.

Aos 10 anos, Warlock gostava de beisebol; gostava de brinquedos de plástico que se transformavam em outros brinquedos de plástico impossíveis de distinguir dos primeiros exceto por especialistas; gostava muito de sua coleção de selos; gostava de chiclete sabor banana; gostava de revistas em quadrinhos, desenhos animados e de sua bicicleta BMX.

Crowley estava preocupado.

Os dois se encontraram na cafeteria do Museu Britânico, outro refúgio para todos os soldados cansados da Guerra Fria. Na mesa à sua esquerda, dois americanos eretos de terno estavam sub-repticiamente entregando uma maleta cheia de dólares negáveis a uma mulher negra baixinha com óculos de sol; na mesa à direita, o subdiretor do MI7 e o chefe da seção local da KGB discutiam sobre quem ia ficar com o recibo do pagamento pelo chá com brioches.

Crowley finalmente disse o que não havia sequer ousado pensar na última década.

— Se você quer minha opinião — disse Crowley ao seu equivalente —, ele é muito *normal.*

Aziraphale colocou outro ovo recheado na boca e tomou um gole de café para ajudá-lo a descer. Secou os lábios com um guardanapo.

— É a minha boa influência — disse, radiante. — Ou melhor, dando o crédito a quem merece, a influência da minha pequena equipe.

Crowley balançou a cabeça.

* Ele evitava mencionar que Átila era bondoso com sua mãe, ou que Vlad Dracul era muito responsável em realizar suas orações diárias.

** Exceto pelas partes sobre a sífilis.

— Estou levando isso em conta. Escute... A esta altura ele deveria estar tentando manipular o mundo ao redor dele de acordo com seus próprios desejos, moldando-o à sua própria imagem, esse tipo de coisa. Bem, não exatamente *tentando.* Ele o fará sem nem se dar conta. Você viu *qualquer* evidência disso?

— Bem, não, mas...

— A esta altura ele deveria ser uma usina de força bruta. Ele é?

— Bom, até onde eu reparei, não, mas...

— Ele é normal demais. — Crowley tamborilou com os dedos na mesa. — Não estou gostando nada disso. Tem alguma coisa errada. Só não tenho ideia do que seja.

Aziraphale serviu-se de um pedaço do papo de anjo de Crowley.

— Ora, ele é um garoto em fase de crescimento. E, naturalmente, tem havido uma influência celestial na vida dele.

Crowley suspirou.

— Só espero que ele vá conseguir lidar com o cão do inferno, é só isso.

Aziraphale arqueou uma sobrancelha.

— Cão do inferno?

— Em seu décimo primeiro aniversário. Recebi uma mensagem do Inferno ontem à noite. — A mensagem surgira durante um episódio de "Supergatas", um dos seriados favoritos de Crowley. Rose havia levado dez minutos para dar o que poderia ter sido um breve comunicado, e, quando o serviço não infernal foi restaurado, Crowley já havia perdido o fio da meada da trama. — Estão enviando para ele um cão do inferno, para andar ao seu lado e protegê-lo de todo mal. O maior que eles têm.

— Será que as pessoas não vão estranhar o súbito aparecimento de um cachorro preto enorme? Os pais dele, para começo de conversa.

Crowley se levantou subitamente, pisando no pé de um adido cultural búlgaro que conversava animadamente com o Guardião das Antiguidades de Sua Majestade.

— Ninguém vai reparar em *nada* fora do comum. É a realidade, anjo. E o jovem Warlock pode fazer o que quiser com relação a *isso,* saiba ele disso ou não.

— Quando é que vai aparecer, então? Esse cachorro? Ele tem nome?

— Já lhe disse. No aniversário de 11 anos. Às três da tarde. Vai meio que aparecer direto na frente dele. Que deverá batizá-lo sozinho. É muito importante que ele mesmo dê um nome ao bicho. Isso dará ao cão seu propósito. Será Matador, Terror ou Caçador Noturno, espero.

— Você estará lá? — perguntou o anjo, com ar despreocupado.

— Não perderia por nada nesse mundo — disse Crowley. — Espero que não haja nada de *muito* errado com a criança. Enfim, vamos ver como ele reage ao cão. Isso deverá nos dizer alguma coisa. Eu *espero* que o mande de volta, ou fique com medo dele. Se ele o batizar *mesmo,* estamos perdidos. Ele terá todos os poderes, e o Armagedom estará logo ali na esquina.

— Eu acho — disse Aziraphale, bebericando seu vinho (que havia acabado de deixar de ser um Beaujolais levemente avinagrado e se tornado um bem aceitável, mas um tanto surpreso, Château Lafitte 1875) — que verei você lá.

Quarta-Feira

QUARTA-FEIRA

Era um dia quente e poluído de agosto no centro de Londres.

O aniversário de 11 anos de Warlock estava muito bem frequentado.

Havia vinte meninos e dezessete meninas. Havia vários homens loiros com cortes de cabelo militar idênticos, ternos azul-marinho e coldres de ombro. Havia uma equipe de bufê, que tinha chegado trazendo gelatinas, bolos e tigelas de batatas fritas. Sua procissão de vans era liderada por um Bentley vintage.

Os Incríveis Harvey e Vanda, Especialistas em Festas Infantis, foram ambos acometidos por uma inesperada infecção intestinal, mas por uma sorte do destino, um substituto aparecera, praticamente do nada. Um mágico.

Todo mundo tinha um *passatempo nessa vida*. Apesar dos conselhos de Crowley, Aziraphale pretendia usar o seu para uma boa causa.

Aziraphale tinha um orgulho especial de suas habilidades mágicas. Ele havia frequentado aulas nos anos 1870 ministradas por John Maskelyne, e passara quase um ano praticando prestidigitação, escondendo moedas na palma da mão e tirando coelhos da cartola. Tinha se tornado, foi a impressão que tivera na época, muito bom nisso. A questão era que, embora Aziraphale fosse capaz de fazer coisas que poderiam levar todo o Círculo de Mágicos a pendurar as varinhas, ele jamais aplicava o que poderiam ser considerados seus poderes *intrínsecos* à prática da prestidigitação. O que era um problema. Ele começou a desejar que tivesse continuado a praticar.

Ainda assim, devaneou, era como andar de velocípede. Não se esquecia. Sua casaca de mágico estava um pouco empoeirada, mas caiu bem quando ele a vestiu. Começou até a se lembrar de suas falas ensaiadas.

As crianças olhavam para ele com uma falta de compreensão vazia e desdenhosa. Atrás da mesa do bufê, Crowley, com seu paletó branco de garçom, se encolhia, tomado pelo sentimento de vergonha alheia.

— Então, jovens senhoritas e senhoritos, estão vendo minha cartola velha e surrada? Mas que cartola horrorosa, vocês devem estar pensando! E olhem, não há nada nela. Mas, macacos me mordam, quem é este intruso aqui? Ora, é o nosso amiguinho peludo, o coelhinho Harry!

— Ele estava no seu bolso — observou Warlock.

As outras crianças fizeram que sim com a cabeça, concordando com Warlock. O que ele achava que elas eram? Crianças?

Aziraphale se lembrou do que Maskelyne dissera sobre como lidar com estraga-prazeres. "Façam uma piada a partir do comentário inconveniente, seus cabeças de pudim: e estou falando com o senhor, Sr. Fell" (o nome que Aziraphale adotara na época), "Façam com que eles riam, e perdoarão qualquer coisa!"

— Ah, então você descobriu meu *truque da cartola* — disse ele, rindo.

As crianças ficaram olhando fixamente para ele, impassíveis.

— Você é uma droga — disse Warlock. — E eu queria bonecos de desenhos animados.

— Ele tem razão, sabe — concordou uma menina de rabo de cavalo. — Você é uma droga *mesmo*. E ainda deve ser bicha.

Aziraphale olhou desesperado para Crowley. Até onde podia ver, o jovem Warlock estava obviamente contaminado pela marca do Inferno, e quanto mais rápido o Cão Preto aparecesse e eles pudessem sair daquele lugar, melhor.

— Agora, será que alguns de vocês, meus jovens, possuem algo como uma moeda de três centavos? Não, jovem senhor? Então o que é isto que vejo atrás de sua orelha...?

— No *meu* aniversário tinha bonecos de desenhos animados — anunciou a garotinha. — E eu ganhei transformers ium mylittlepony ium decepticon ium thundertank ium...

Crowley grunhiu. Festas infantis eram obviamente lugares onde qualquer anjo com um grama de bom senso deveria ter medo de pisar. Vozes agudas de crianças se elevaram numa alegria cínica quando Aziraphale deixou cair três anéis de metal ligados uns aos outros.

Crowley desviou o olhar, e seus olhos se voltaram para uma mesa com uma pilha gigante de presentes. De uma estrutura alta de plástico, dois olhinhos o encararam.

Crowley os examinou à procura de um lampejo de fogo rubro. Nunca se sabe quando se está lidando com os burocratas do Inferno. Sempre era possível que tivessem enviado um gerbo em vez de um cão.

Não, era um gerbo perfeitamente normal. Parecia estar vivendo numa empolgante construção de cilindros, esferas e rodas de hamster, do jeito que a Inquisição Espanhola teria montado se tivesse tido acesso a uma prensa de moldagem de plástico.

Verificou o relógio. Nunca ocorrera a Crowley trocar a bateria, que havia apodrecido três anos antes, mas ainda informava a hora com perfeição. Faltavam dois minutos para as três.

Aziraphale estava ficando cada vez mais afobado.

— Será que alguém aqui na plateia possui algo como um lenço de bolso? *Não?* — Em tempos vitorianos seria impensável que as pessoas não carregassem lenços, e o truque, que envolvia fazer surgir magicamente um pombo, que naquele instante estava bicando o pulso de Aziraphale com irritação, não poderia prosseguir sem um. O anjo tentou atrair a atenção de Crowley, falhou e, desesperado, apontou para um dos seguranças, que transferiu o peso de um pé para o outro, parecendo pouco à vontade.

— Você, meu ímpio rapaz. Venha cá. Agora, se inspecionar o bolso da camisa, *acho* que encontrará um lenço de seda fina.

— Nãossenhor. Receioquenãossenhor — disse o segurança, olhando para a frente sem piscar.

Aziraphale piscou um olho só, desesperado.

— Não, vamos lá, meu caro rapaz, dê uma olhada, *por favor.*

O segurança enfiou a mão no bolso da camisa, fez uma cara de surpresa e tirou de lá um lenço azul-claro de seda com rendas nas bordas. Aziraphale percebeu quase imediatamente que a renda havia sido um erro, porque esta prendeu na arma que estava no coldre, e fez com que ela saísse voando e acabasse pousando com um baque numa tigela de gelatina.

As crianças aplaudiram espasmodicamente.

— Ei, nada mau! — disse a menina de rabo de cavalo.

Warlock já havia corrido para o outro lado da sala e pegado a arma.

— Mãos ao alto, palhaços — gritou, todo animado.

Os seguranças não sabiam direito o que fazer.

Uns tentavam desajeitadamente sacar as próprias armas; outros começaram lentamente a se aproximar ou a se afastar do garoto. As outras crianças começaram a reclamar que também queriam armas, e algumas das mais atrevidas começaram a tentar puxá-las dos seguranças que tinham sido imprudentes o suficiente para sacar as próprias.

Então alguém jogou gelatina em Warlock.

O garoto soltou um gritinho e apertou o gatilho da arma. Era uma Magnum .32, exclusiva da CIA, cinza, pesada e mortal, capaz de explodir um homem a trinta passos de distância e não deixar nada além de uma neblina vermelha, uma sujeira medonha e certa quantidade de burocracia a ser preenchida.

Aziraphale piscou.

Um fino jato de água esguichou do cano e molhou Crowley, que estivera olhando pela janela, tentando ver se havia algum cachorro preto enorme no jardim.

Aziraphale parecia envergonhado.

Então um bolo coberto de glacê o atingiu no rosto.

Eram quase três e cinco.

Com um gesto de mão, Aziraphale transformou o resto das armas em pistolas de água também e saiu.

Crowley o encontrou na calçada, tentando retirar um pombo um tanto desfalecido da manga de sua casaca.

— É tarde demais — disse Aziraphale.

— Dá para ver — disse Crowley. — Isso é o que dá enfiar o bicho na manga. — Estendeu a mão, puxou o pássaro moribundo da casaca de Aziraphale e ressuscitou-o com um sopro de vida.

O pombo arrulhou em agradecimento e saiu voando, meio ressabiado.

— O pássaro não — disse o anjo. — O cachorro. Já passou da hora.

Crowley balançou a cabeça, pensativo.

— Vamos investigar.

Abriu a porta do carro, ligou o rádio. *"I-should-be-so-lucky, lucky-lucky-lucky-lucky, I-should-be-so-lucky-in-OLÁ, CROWLEY.*

— Olá. Hum, quem está falando?

— *DAGON, SENHOR DAS MOSCAS, MESTRE DA LOUCURA, SUBDUQUE DO SÉTIMO TORMENTO. O QUE POSSO FAZER POR VOCÊ?*

— O cão do inferno. Estou só, ahn, checando se ele foi liberado sem problemas.

— *FOI SOLTO HÁ DEZ MINUTOS. POR QUÊ? NÃO CHEGOU AÍ? HÁ ALGO ERRADO?*

— Ah, não. Nada errado. Tudo certo. Opa, acabei de ver o bicho. Bom cão. Cão *bonitinho.* Está tudo nos conformes. Vocês estão fazendo um trabalho excelente aí embaixo, pessoal. Bom, foi ótimo falar com você, Dagon. Até mais!

Desligou o rádio.

Ficaram olhando um para o outro. Ouviram um estampido alto vindo da casa, e uma janela se estilhaçou.

— Ai, ai — murmurou Aziraphale, evitando falar palavrão com a tranquilidade de alguém que passou os últimos seis mil anos não falando palavrão e que não ia começar agora. — Devo ter esquecido uma.

— Nada de cachorro — disse Crowley.

— Nada de cachorro — disse Aziraphale.

O demônio suspirou.

— Entre no carro — falou. — Precisamos conversar sobre isso. Ah, e Aziraphale...

— Sim?

— Limpe essa porcaria de glacê antes de entrar.

Era um dia quente e silencioso de agosto longe do centro de Londres. Às margens da estrada de Tadfield, a poeira curvava as flores das branca-ursinas com seu peso. Abelhas zumbiam nas cercas vivas. O ar tinha a qualidade de sobras de comida requentadas.

De repente, um som como o de mil vozes metálicas gritando "Ave!", cortado abruptamente.

E um cachorro preto surgiu na estrada.

Só podia ser um cachorro. Tinha a forma de um cachorro.

Existem alguns cachorros que, quando você depara com eles, servem como um lembrete de que, apesar de milhares de anos de evolução manipulada pelos seres humanos, cada cachorro ainda está a apenas duas refeições de ser um lobo. Esses cães avançam deliberadamente, com um objetivo, a selvageria encarnada, os dentes amarelos, o hálito fétido, enquanto a distância seus donos dizem: "É só um cachorro velho, na verdade, basta cutucá-lo se ele estiver incomodando", e no verde de seus olhos as fogueiras vermelhas do Pleistoceno reluzem e cintilam...

Este cachorro aqui faria até mesmo um cão desses se encolher atrás do sofá como quem não quer nada e fingir estar extremamente preocupado com seu osso de borracha.

Ele já estava grunhindo, e o grunhido era um rosnado baixo e estrondoso, ameaçador, o tipo de grunhido que começa no fundo da garganta de um e termina na garganta de outro.

Saliva pingava de suas mandíbulas e fervia no asfalto.

Ele deu alguns passos à frente e farejou o ar soturno.

Suas orelhas se levantaram.

Havia vozes a uma grande distância. Uma voz. Uma voz de garoto, mas uma que ele havia sido criado para obedecer, uma que não podia *deixar* de obedecer. Quando aquela voz dissesse "Vamos", ele iria; quando dissesse "Mate", ele mataria. A voz de seu Mestre.

Ele pulou a cerca viva e andou pelo campo que havia mais além. Um touro que pastava ali o encarou por um instante, avaliou suas chances, e então saiu em disparada em direção à cerca viva do outro lado.

As vozes vinham de um bosque de árvores desgrenhadas. O cão preto se esgueirou para perto, as mandíbulas salivando abundantemente.

Uma das outras vozes disse:

— Ele nunca vai fazer isso. Você está sempre dizendo que vai, mas ele nunca faz. Seu pai, te dar um bicho de estimação, tá. E ainda um bicho de estimação interessante, é? Só se for um bicho-pau. Esse tipo de coisa é que seu pai acha interessante.

O cão fez o equivalente canino de dar de ombros, mas perdeu imediatamente o interesse porque agora o Mestre, o Centro de seu Universo, falou:

— Vai ser um cachorro.

— Tá. Você *nem sabe* se vai ser um cachorro. *Ninguém* disse que vai ser um cachorro. Como é que você sabe que vai ser um cachorro se *ninguém* disse isso? Seu pai ia ficar reclamando da comida que ele come o tempo todo.

— Alfena. — Essa terceira voz era mais formal que as duas primeiras. O dono de uma voz dessas seria o tipo de pessoa que, estando prestes a montar um kit de modelo de plástico, não só separaria e contaria todas as peças antes de começar, seguindo fielmente as instruções, como também pintaria as partes que precisavam de pintura primeiro e as deixaria secar direito antes da montagem. Tudo o que separava essa voz da profissão de contador era uma questão de tempo.

— Eles não comem alfena, Wensley. Você nunca viu um cachorro comendo alfena.

— Bichos-pau comem, digo. Eles são muito interessantes, na verdade. Eles comem uns aos outros enquanto copulam.

Houve uma pausa reflexiva. O cão se esgueirou mais para perto e percebeu que as vozes vinham de um buraco no chão.

Na verdade, as árvores escondiam uma antiga pedreira de calcário, agora coberta de mato, de espinheiras e trepadeiras. Antiga, porém obviamente não abandonada. Era marcada por trilhas; áreas mais lisas de encosta indicavam o uso regular de skates e de bicicletas simulando o Muro da Morte, ou pelo menos o Muro-do-Joelho-Seriamente-Ralado. Pedaços velhos de cordas perigosamente esfiapadas pendiam de algumas das árvores mais baixas. Aqui e ali, folhas de metal corrugado e velhas pranchas de madeira estavam encravadas em ramos. Uma placa queimada e enferrujada da Triumph Herald Estate era visível, semissubmersa num arbusto de urtigas.

Num dos cantos, um emaranhado de rodinhas e fios de arame corroídos assinalava o local do famoso Cemitério Perdido, aonde os carrinhos de supermercado vinham para morrer.

Se você fosse uma criança, era o paraíso. Os adultos da região o chamavam de O Poço.

O cão espiou por entre um aglomerado de urtigas e avistou quatro figuras sentadas no centro da pedreira em cima daquele objeto indispensável a qualquer bom esconderijo secreto: o engradado.

— Não comem, não!

— Comem, sim.

— Aposto com você que não comem — disse a primeira pessoa que havia falado.

Tinha um certo timbre que a identificava como jovem e fêmea, e seu tom era um misto de fascinação e pavor.

— Comem, sim, *sério*. Eu tinha seis antes de sairmos de férias e me esqueci de trocar a alfena, e quando voltei, tinha um só, enorme.

— Não. Isso não são bichos-pau, são louva-a-deus. Eu vi na televisão, uma fêmea enorme come o macho e ele nem repara.

Outra pausa significativa.

— E por que eles louvam a deus? — perguntou a voz de seu Mestre.

— Sei lá. Para agradecer por não terem que se casar, acho.

O cão conseguiu colocar um olho enorme num buraco da cerca quebrada da pedreira e espiar lá embaixo.

— Enfim, é igual ao que aconteceu com a bicicleta — disse a primeira pessoa, em tom autoritário. — *Eu* pensava que ia ganhar uma bicicleta de sete marchas, selim profissional, toda roxa e tudo o mais, e aí eles me deram esta azul-claro. Com cestinha. Bicicleta de *menina*.

— Bom, você é menina — disse um dos outros.

— Isso é *sexismo*, é o que é. Sair por aí dando presentes "femininos" só porque sou menina.

— *Eu* vou ganhar um cachorro — disse a voz de seu Mestre, com firmeza.

Seu Mestre estava de costas para ele; o cão não conseguia ver direito suas feições.

— Ah, tá, um daqueles rottweilers enormes, né? — perguntou a garota, sendo sarcástica.

— Não, vai ser o tipo de cachorro com o qual você pode se divertir — disse a voz de seu Mestre. — Não um cachorro grande...

... o olho nas urtigas desapareceu de repente na descendente...

— ... mas um desses cães muito inteligentes, que consiga descer por tocas de coelho e tenha uma orelha engraçada que fica sempre dobrada. Um vira-lata legal. Um vira-lata com *pedigree.*

Inaudível para os que estavam lá dentro, um pequeno som de trovão soou na borda da pedreira. Poderia ter sido causado pelo súbito fluxo de ar no vácuo provocado por um cão muito grande se tornando, por exemplo, um cachorro pequeno.

O diminuto som de estalo seguinte poderia ter sido provocado por uma orelha sendo dobrada.

— E vou chamá-lo — disse a voz de seu Mestre. — Vou chamá-lo...

— Sim? — perguntou a garota. — Vai chamá-lo de quê?

O cão aguardou. Este era o momento. O batismo. Isso lhe daria seu propósito, sua função, sua identidade. Seus olhos brilharam um vermelho fosco, muito embora estivessem bem mais próximos do chão, e ele salivou nas urtigas.

— Vou chamá-lo de Cão — disse seu Mestre, tomando sua decisão. — Simplifica muito as coisas, um nome desse.

O cão do inferno parou. No fundo de seu diabólico cérebro canino, ele sabia que havia algo errado, mas ele era obediente, e seu grande e súbito amor por seu Mestre suplantou todos os seus receios. Quem era ele para dizer qual deveria ser seu próprio tamanho, no fim das contas?

Ele desceu a encosta para encontrar seu destino.

Mas foi estranho. Ele sempre quis pular em cima das pessoas, mas, agora, percebia que, contra todas as expectativas, também queria abanar o rabo.

— Você disse que era ele! — gemeu Aziraphale, tirando o último pedaço de glacê da lapela. Lambeu os dedos.

— *Era* ele — disse Crowley. — Quer dizer, eu deveria saber, não deveria?

— Então alguém mais deve estar interferindo.

— Não existe mais ninguém! Só existimos nós, certo? O Bem e o Mal. Um lado ou o outro.

Deu um soco no volante.

— Você ficaria surpreso com o tipo de coisas que eles podem fazer com você lá embaixo — falou.

— Imagino que sejam muito semelhantes ao tipo de coisas que podem fazer com você lá em cima — disse Aziraphale.

— Qual é! Sua gente obtém um perdão inefável — disse Crowley com amargura.

— É mesmo? Você já visitou Gomorra?

— Lógico — disse o demônio. — Tinha uma ótima taverninha onde se tomavam fantásticos coquetéis de tâmara fermentados com noz-moscada e suco de capim-limão...

— Eu quis dizer depois.

— Ah.

— Deve ter acontecido alguma coisa no hospital — disse Aziraphale.

— Não é possível! Estava cheio do nosso pessoal!

— Pessoal de quem, cara pálida? — perguntou Aziraphale com frieza.

— Meu pessoal — corrigiu Crowley. — Bem, não *meu* pessoal. Hum, você sabe. Satanistas.

Tentou dizer isso com desdém. Além, obviamente, do fato de que o mundo era um lugar fantástico e interessante do qual ambos gostariam de desfrutar o máximo de tempo possível, havia poucas coisas sobre as quais os dois concordassem, mas viam com os mesmos olhos algumas daquelas pessoas que, por um motivo ou outro, eram inclinadas a adorar o Príncipe das Trevas. Crowley sempre as achara desagradáveis. Não dava para ser rude com elas, mas também não dava para deixar de sentir por elas o mesmo que, digamos, um veterano do Vietnã sentiria por alguém que usa farda de combate em reuniões de grupos de vigilância de bairro.

Além do mais, elas eram sempre tão deprimentemente empolgadas. Veja por exemplo todo aquele lance com cruzes invertidas, pentagramas e galos. Deixava a maioria dos demônios perplexa. Nada daquilo era necessário. Tudo de que você precisava para se tornar um satanista era força de vontade. Você podia ser satanista a vida inteira *sem nem saber* o que era um pentagrama, sem jamais ver um galo morto exceto preparado como frango à marengo.

Alguns dos satanistas à moda antiga tendiam a ser pessoas bem legais, na verdade. Pronunciavam as palavras, faziam os gestos, exatamente como as pessoas que eles julgavam estar do outro lado, e então iam para casa e viviam vidas simples de moderada mediocridade pelo resto da semana sem que jamais um pensamento anormalmente mau passasse por suas cabeças.

Mas quanto ao restante...

Havia gente que se autointitulava satanista e fazia Crowley se contorcer todo. Não eram só as coisas que eles faziam, era o jeito como punham toda a culpa no Inferno. De repente tinham uma ideia de revirar o estômago na qual nenhum demônio poderia ter pensado em mil anos, alguma coisa estupidamente desagradável e obscura e que somente um cérebro humano em plena capacidade de funcionamento poderia conceber, e então gritavam "O Diabo Me Fez Fazer Isso" e eram vistas como dignas de pena no tribunal do júri, quando o fato é que o Diabo dificilmente levava alguém a fazer alguma coisa. Ele não precisava. Era isso o que alguns humanos achavam difícil de compreender. O Inferno não era um grande reservatório de maldade, não mais que o Céu, na opinião de Crowley, era uma fonte de bondade; eles eram apenas lados no grande jogo de xadrez cósmico. Onde você encontrava a essência, a verdadeira graça e o verdadeiro mal de parar o coração, era bem no interior da mente humana.

— Hmpf — disse Aziraphale. — Satanistas.

— Não vejo como elas poderiam ter confundido as coisas — disse Crowley. — Quer dizer, dois bebês. Não é exatamente algo muito desafiador, é...? — Ele parou.

Através das névoas da memória ele visualizou uma freira baixinha, que havia parecido a ele na época incrivelmente desmiolada até para uma satanista. E tinha havido mais alguém. Crowley se lembrava vagamente de um cachimbo e um cardigã com o tipo de padrão em ziguezague que saiu de moda em 1938. Um homem com a expressão "pai à espera do filho que está para nascer" estampada na testa.

Deve ter havido um terceiro bebê.

Contou isso a Aziraphale.

— Não temos dados suficientes para prosseguir — disse o anjo.

— Sabemos que a criança deve estar viva — disse Crowley —, portanto...

— E como sabemos disso?

— Se tivesse aparecido lá Embaixo de novo, acha que eu ainda estaria sentado aqui?

— Faz sentido.

— Então tudo o que temos a fazer é encontrá-la — disse Crowley. — Vasculhar os cadastros do hospital. — O motor do Bentley roncou e o carro deu um pulo para a frente, forçando Aziraphale de volta ao banco.

— E depois? — perguntou ele.

— E depois achamos a criança.

— E *depois*? — O anjo fechou os olhos quando o carro fez uma curva fechada.

— Sei lá.

— Minha nossa.

— Será... *sai da rua, palhaço!...* que seu pessoal não poderia considerar a hipótese... *e sai de cima dessa lambreta também!...* de me conceder asilo?

— Eu ia te perguntar a mesma coisa... *Cuidado com aquele pedestre!*

— Ele está na rua, sabe o risco que corre! — disse Crowley, encaixando o carro em aceleração entre um carro estacionado e um táxi e deixando um espaço que não teria aceitado nem o melhor cartão de crédito.

— Olhe para a pista! Olhe para a pista! Onde fica esse hospital, mesmo?

— Em algum lugar ao sul de Oxford!

Aziraphale segurou o painel.

— Você não pode dirigir a 140km/h no centro de Londres!

Crowley olhou para o velocímetro.

— Por que não? — perguntou.

— Você vai acabar nos matando! — Aziraphale hesitou. — Nos desincorporando inconvenientemente — corrigiu, pouco convincente, relaxando um pouco. — Enfim, você pode matar outras pessoas.

Crowley deu de ombros.

O anjo nunca entendera inteiramente o século XX e não percebia que era perfeitamente possível chegar a 140km/h na Oxford Street. Era só organizar as coisas para que ninguém ficasse na frente. E como todo mundo sabia que era impossível chegar a 140km/h na Oxford Street, ninguém reparava.

Pelo menos carros eram melhores que cavalos. O motor de combustão interna fora uma invenção bendi... divi... uma mão na roda para Crowley. Os únicos cavalos sobre os quais ele podia ser visto a serviço, nos velhos tempos, eram uns bichos enormes e pretos, com olhos chamejantes e cascos que soltavam faíscas. Isso era *de rigueur* para um demônio. Em geral, Crowley caía. Não levava muito jeito com animais.

Em algum lugar perto de Chiswick, Aziraphale começou a mexer, de leve, na confusão de fitas do porta-luvas.

— O que é um Velvet Underground?

— Você não iria gostar — disse Crowley.

— Ah — disse o anjo com desprezo. — Bebop.

— Você sabia, Aziraphale, que se fizessem uma pesquisa com um milhão de seres humanos para pedir que descrevessem música moderna, provavelmente nenhum usaria o termo “bebop”? — comentou Crowley.

— Ah, isto aqui sim. Tchaikovsky — disse Aziraphale, abrindo uma caixa e enfiando a fita cassete no Blaupunkt.

— Você não vai gostar disso — suspirou Crowley. — Essa fita está no carro há mais de quinze dias.

Uma forte batida de baixo começou a ecoar pelo Bentley enquanto eles aceleravam, deixando Heathrow para trás.

Aziraphale franziu a testa.

— Não estou reconhecendo essa música — falou ele. — Isso é o quê?

— "Another One Bites the Dust", de Tchaikovsky — disse Crowley, fechando os olhos enquanto passavam por Slough.

Para matar o tempo enquanto atravessavam as Chilterns adormecidas, também ouviram "We Are the Champions", de William Byrd, e "I Want to Break Free", de Beethoven. Que não eram tão boas quanto "Fat Bottomed Girls", de Vaughan Williams.

Dizem que o Diabo tem as melhores músicas.

De modo geral, isso é verdade. Mas o Céu tem os melhores coreógrafos.

A planície de Oxfordshire se estendia a oeste, com luzes dispersas indicando as aldeias adormecidas onde honestos proprietários de terras se preparavam para dormir após um longo dia de direção editorial, consultoria financeira ou engenharia de software.

Aqui, no alto da colina, alguns vaga-lumes davam o ar de sua graça.

O teodolito do agrimensor é um dos símbolos mais odiosos do século XX. Colocado em qualquer ponto de um campo aberto, ele diz: haverá Ampliação de Estradas, sim, e conjuntos habitacionais de duas mil casas para manter as Características Essenciais do Vilarejo. Construtoras ficarão em evidência.

Mas nem mesmo o agrimensor mais consciente mensura à meia-noite, e, no entanto, ali estava a coisa, as pernas do tripé enfiadas na grama. Também não são muitos os teodolitos que têm um ramo de aveleira amarrado no topo, ou pêndulos de cristal pendurados neles, nem runas celtas escavadas em suas pernas.

A brisa suave balançava o manto da figura magra que ajustava os controles do objeto. Era um manto razoavelmente pesado, sensatamente à prova de água, com um forro quente.

A maioria dos livros sobre bruxaria diz que as bruxas trabalham nuas. Isso porque a maioria dos livros sobre bruxaria é escrita por homens.

O nome da jovem era Anathema Device. Não era de uma beleza estonteante. Todos os seus traços, considerados individualmente, eram extremamente bonitos, mas seu rosto como um todo dava a impressão de ter sido montado às pressas sem seguir nenhum modelo específico. Provavelmente a palavra mais adequada seria "atraente", embora as pessoas que soubessem o que significava e soubessem pronunciá-la poderiam acrescentar "vivaz", embora seja uma palavra muito anos cinquenta, então talvez elas não o fizessem.

Jovens moças não deveriam sair sozinhas em noites escuras, mesmo em Oxfordshire. Mas qualquer maníaco de plantão teria mais do que seu impulso cortado se atacasse Anathema Device. Afinal de contas, ela era uma bruxa. E precisamente por ser uma bruxa e, portanto, sensata, não punha muita fé em amuletos e feitiços de proteção; dava preferência, em vez disso, à faca serrilhada de trinta centímetros que levava à cintura.

Deu uma olhada através do vidro e fez outro ajuste.

Murmurou baixinho.

Agrimensores costumam murmurar baixinho. Murmuram coisas como "Vamos construir uma estrada aqui mais rápido do que você conseguiria dizer 'Jack Robinson'" ou "São três ponto cinco metros, com margem de erro menor que um bigode de mosquito".

Já o murmúrio dela era de natureza totalmente diferente.

— Noite escura/E Lua brilhante — murmurava Anathema. — Leste pelo Sul/Pelo Oeste pelo Sudoeste... Oeste-Sudoeste... peguei você...

Ela pegou um mapa dobrado e o segurou à luz da lanterna. Então pegou uma régua transparente e um lápis e traçou uma linha cuidadosamente pelo mapa.

Esta cruzou com outra linha a lápis.

Anathema Device sorriu, não porque algo ali fosse particularmente divertido, mas porque um serviço difícil havia sido bem-feito.

Então ela desmontou o estranho teodolito, amarrou-o à traseira de uma bicicleta preta encostada na cerca viva, certificou-se de que o Livro estava na cestinha e pedalou em alta velocidade até a estradinha totalmente envolta pela neblina.

Era uma bicicleta muito antiga, com um quadro feito aparentemente de canos de metal. Fora construída muito antes da invenção da marcha de três velocidades e provavelmente não muito depois da invenção da roda.

Mas era quase que só descida até o vilarejo. Com os cabelos voando ao vento e o manto esvoaçando em seu encalço como uma âncora de tecido, Anathema deixou a jamanta de duas rodas acelerar sem piedade cortando o ar quente. Pelo menos não havia tráfego algum àquela hora da noite.

O motor do Bentley ia dando *estalos* à medida que esfriava. O humor de Crowley, por outro lado, começou a esquentar.

— Você disse que tinha visto a placa.

— Bem, nós passamos tão rápido. Enfim, eu pensei que você já tinha estado aqui antes.

— Onze anos atrás!

Crowley atirou o mapa no banco de trás e tornou a ligar o motor.

— Talvez devêssemos pedir informação a alguém — disse Aziraphale.

— Ah, sim — disse Crowley. — Vamos parar e pedir informação à primeira pessoa que virmos caminhando por uma... uma *trilha* no meio da noite, não é?

Engatou a marcha no carro e saiu cantando os pneus pelo caminho cheio de faias.

— Tem alguma coisa estranha nesta área — disse Aziraphale. — Está sentindo?

— O quê?

— Reduza a velocidade um instantinho.

O Bentley tornou a desacelerar.

— Estranho — murmurou o anjo. — Estou tendo uns vislumbres de, de... — Levou as mãos às têmporas.

— De quê? De quê? — perguntou Crowley.

Aziraphale o encarou.

— Amor — disse ele. — Alguém realmente *ama* este lugar.

— Como é?

— Parece existir aqui um grande sentimento de amor. Não consigo explicar melhor. Principalmente não a *você*.

— Quer dizer como... — começou Crowley.

Ouviu-se um barulho de rodas freando, um gritinho e uma pancada. O carro parou.

Aziraphale piscou, baixou as mãos e abriu depressa a porta.

— Você bateu em alguém.

— Não bati, não — disse Crowley. — Alguém bateu em mim.

Saíram. Atrás do Bentley, uma bicicleta jazia no solo, a roda dianteira dobrada numa verdadeira faixa de Moebius, a roda traseira girando e fazendo uns ruídos sinistros até parar por completo.

— E faça-se a luz — disse Aziraphale.

Um pálido brilho azul inundou a estradinha.

Da vala ao lado deles, alguém perguntou:

— Como diabos você fez isso?

A luz desapareceu.

— Fiz o quê? — retrucou Aziraphale, com ar culpado.

— Ahn. — Agora a voz soava confusa. — Acho que bati a cabeça em alguma coisa...

Crowley fuzilou com os olhos um longo arranhão metálico na pintura reluzente do Bentley e um amassado no para-choque. O amassado desapareceu num instante. A tinta voltou ao normal.

— Levante-se, mocinha — disse o anjo, erguendo Anathema do meio de uma faia. — Nenhum osso quebrado. — Era uma afirmação, não um desejo; houve uma pequena fratura, mas Aziraphale não resistia a uma oportunidade de fazer o bem.

— Vocês estavam com os faróis apagados — começou ela.

— Você também — disse Crowley, meio culpado. — Sejamos justos.

— Fazendo uma observação astronômica, não estava? — perguntou Aziraphale, endireitando a bicicleta.

Várias coisas caíram da cestinha dianteira. Ele apontou para o teodolito meio surrado.

— Não — disse Anathema. — Quer dizer, sim. E veja o que você fez com a pobre e velha Phaeton.

— Perdão? — disse Aziraphale.

— Minha bicicleta. Está toda amassada...

— Essas velhas máquinas são de uma resistência fantástica — disse o anjo com empolgação, entregando-a a ela.

A roda da frente brilhava ao luar, tão perfeitamente redonda quanto um dos Círculos do Inferno.

Ela olhou fixamente para a roda.

— Bom, já que está tudo resolvido — disse Crowley —, talvez seja melhor a gente, ahn, seguir o nosso... É... Você por acaso não saberia como chegar a Lower Tadfield, saberia?

Anathema ainda olhava para a bicicleta. Tinha quase certeza de que nunca tivera uma bolsinha lateral com kit para conserto de pneus.

— Fica logo ali no pé da colina — respondeu. — Esta é a *minha* bicicleta?

— Ah, sim — disse Aziraphale, perguntando-se se havia exagerado.

— Só que eu tenho *certeza* de que a Phaeton nunca teve uma bomba de encher pneus.

O anjo tornou a ficar com cara de culpado.

— Mas tem lugar para uma — disse ele, sem poder evitar. — Dois ganchinhos.

— Logo ali no pé da colina, você disse? — perguntou Crowley, empurrando o anjo.

— Acho que talvez eu deva ter batido a cabeça — disse a garota.

— Nós lhe ofereceríamos uma carona — acrescentou Crowley, depressa —, mas não tem lugar para a bicicleta.

— Exceto no rack do carro — disse Aziraphale.

— O Bentley não tem... Ah. Ahn.

O anjo jogou de qualquer maneira o conteúdo da cestinha no banco de trás e ajudou a garota zonza a entrar em seguida.

— Não se pode abandonar a quem precisa — disse ele a Crowley.

— Você talvez não. Esse aqui, sim. Temos *outras coisas* a fazer, sabe. — Crowley fuzilou o novo rack com o olhar. Possuía tiras axadrezadas.

A bicicleta se ergueu sozinha do chão e se prendeu com firmeza no lugar. Então Crowley entrou.

— Onde você mora, minha querida? — perguntou Aziraphale.

— Minha bicicleta também não tinha faróis. Bem, na verdade tinha, mas do tipo que você coloca aquelas pilhas duplas, e eu acabei tirando depois que mofaram — disse Anathema. Ela encarou Crowley ameaçadoramente. — Eu tenho uma faca serrilhada, sabia? — falou ela. — Em algum lugar.

Aziraphale ficou chocado com aquela insinuação.

— Madame, eu lhe asseguro...

Crowley acendeu os faróis. Não precisava deles para enxergar à frente, mas faziam com que os outros humanos na estrada ficassem menos nervosos.

Então engatou a marcha e dirigiu devagar colina abaixo. A estradinha emergiu da cobertura de árvores e, depois de algumas centenas de metros, atingiu os arredores de um vilarejo de tamanho mediano.

E lhe pareceu familiar. Onze anos haviam se passado, mas aquele lugar definitivamente lembrava algo.

— Existe algum hospital aqui perto? — perguntou ele. — Sob a direção de freiras?

Aziraphale era um anjo, mas também
venerava livros.

ver página 119

Anathema deu de ombros.

— Acho que não — disse ela. — O único lugar grande é Tadfield Manor. Não sei o que acontece por lá.

— Planejamento divino — resmungou Crowley, baixinho.

— E marcha — disse Anathema. — Minha bicicleta não tinha marcha. Tenho certeza de que minha bicicleta não tinha marcha.

Crowley inclinou o corpo em direção ao anjo.

— Ó senhor, cura esta bicicleta — sussurrou, sarcástico.

— Perdão, eu me empolguei — sibilou Aziraphale.

— Tiras axadrezadas?

— Xadrez é elegante.

Crowley grunhiu. Nas ocasiões em que o anjo conseguia colocar a mente no século XX, ela sempre gravitava por volta dos anos cinquenta.

— Pode me deixar aqui — disse Anathema do banco de trás.

— Com prazer — disse o anjo, com um sorriso.

Assim que o carro parou, ele fez a porta de trás se abrir e se curvou como um vassalo idoso recebendo o jovem mestre de volta à antiga plantação.

Anathema juntou suas coisas e saltou do carro com a maior soberba possível.

Ela tinha certeza de que nenhum dos dois homens dera a volta até a traseira do carro, mas a bicicleta estava desamarrada e encostada no portão.

Havia decididamente algo de muito estranho neles, concluiu Anathema.

Aziraphale tornou a se curvar.

— Foi um prazer ajudar — disse ele.

— Obrigada — respondeu ela, gélida.

— Podemos prosseguir? — perguntou Crowley. — Boa noite, moça. *Entre,* anjo.

Ah. Bem, isso explicava tudo. Ela estivera perfeitamente segura, então, no fim das contas.

Ficou observando o carro sumir em direção ao centro do vilarejo e virou a bicicleta para o caminho de casa. Nem trancara a porta. Tinha certeza de que Agnes teria mencionado se ela fosse ser assaltada; ela era sempre boa em detalhes pessoais desse tipo.

Anathema alugara o *cottage* já mobiliado, o que significava que os móveis eram do tipo especial que você geralmente encontra nesse caso e provavelmente foram deixados ali para os lixeiros por alguma instituição de caridade da região. Não tinha importância. Ela não esperava ficar ali por muito tempo.

Se Agnes estivesse certa, ela não ficaria *em nenhum lugar* por muito tempo. Nem ninguém mais.

Anathema estendeu os mapas e espalhou seus pertences na mesa antiga sob a lâmpada solitária da cozinha.

O que havia conseguido de informação? Não muito, concluiu. Provavelmente ELE estava na extremidade norte do vilarejo, mas ela já andara suspeitando disso mesmo, de qualquer jeito. Se chegasse perto demais, o sinal a sobrepujava; se ficasse distante demais, não conseguia fixá-lo com precisão.

Aquilo era de tirar qualquer um do sério. A resposta devia estar em algum lugar no Livro. O problema era que, para compreender as Previsões, era preciso pensar como uma bruxa meio louca e altamente inteligente do século XVII com uma mente igual a um dicionário de palavras cruzadas. Outros integrantes da família haviam dito que Agnes tornava as coisas obscuras para escondê-las da compreensão de desconhecidos; Anathema, que suspeitava poder de vez em quando pensar como Agnes, deduzira com seus botões que isso era porque a mulher tinha sido uma filha da mãe desgraçada com um senso de humor cruel.

Agnes sequer...

Ela não estava com o Livro.

Anathema olhou horrorizada para as coisas na mesa. Os mapas. O teodolito divinatório caseiro. A garrafa térmica na qual estivera contido o Bovril quente. A lanterna.

O retângulo de ar vazio onde as *Profecias* deveriam ter estado.

Ela as havia perdido. Mas isso era ridículo! Uma das coisas sobre as quais Agnes costumava ser específica era sobre o que acontecia com O Livro.

Anathema pegou a lanterna e saiu correndo da casa.

— Uma sensação tipo, ah, como o oposto do que você sente quando diz coisas como "tem algo assustador aqui" — disse Aziraphale. — É isso o que eu quero dizer.

— Eu nunca digo coisas como "tem algo assustador aqui" — falou Crowley. — Eu gosto muito de coisas assustadoras.

— Tem algo *amado* aqui — disse Aziraphale freneticamente.

— Nada. Não consigo sentir nada — disse Crowley, forçando um tom de voz alegre. — Você é que é sensível demais.

— Esse é o meu *trabalho* — disse Aziraphale. — Não existe isso de anjo ser sensível *demais.*

— Imagino que os moradores do lugar gostem de viver aqui e você esteja simplesmente captando isso.

— Nunca captei nada assim em Londres — disse Aziraphale.

— Exatamente. Isso só prova o meu argumento — respondeu Crowley. — E é *este aqui* o lugar. Eu me lembro dos leões de pedra nas laterais do portão.

Os faróis do Bentley iluminaram os arbustos de rododendros ladeando o caminho da entrada de carros. Os pneus esmigalharam o cascalho.

— Está um pouco cedo demais para bater à porta das freiras — disse Aziraphale, em dúvida.

— Bobagem. Freiras estão sempre acordadas e zanzando de um lado para o outro — disse Crowley. — Provavelmente por causa das Completas, a menos que isso seja o nome de algum suplemento alimentar para auxiliar no emagrecimento.

— Ah, isso foi golpe baixo — disse o anjo. — Realmente não há necessidade desse tipo de coisa.

— Não fique tão na defensiva. Já lhe falei que estas eram das nossas. Freiras satânicas. Precisávamos de um hospital próximo à base aérea, sabia?

— Essa eu não entendi.

— Você não acha que as esposas de diplomatas americanos normalmente dão à luz em hospitaizinhos religiosos no meio do nada, acha? Tudo tinha que parecer que estava acontecendo de forma natural. Existe uma base aérea em Lower Tadfield, ela foi lá para a inauguração, as coisas começaram a acontecer, o hospital de base não estava preparado, nosso homem lá disse: "Tem um lugar adiante na estrada", e lá estávamos nós. Uma organização perfeita.

— A não ser por um ou dois detalhezinhos — disse Aziraphale presunçosamente.

— Mas *quase* deu certo — disparou Crowley, sentindo que devia defender a velha firma.

— Sabe, o mal sempre contém as sementes da sua própria destruição — disse o anjo. — Em última instância, ele é negativo e, portanto, abrange sua queda mesmo em seus momentos de aparente triunfo. Não importa quão grandioso, quão bem planejado, quão aparentemente à prova de falhas um plano maligno possa ser; a condição pecaminosa inerente vai, por definição, se voltar contra seus instigadores. Não importa quão aparentemente bem-sucedido ele possa parecer ao longo do caminho; no fim, ele se quebrará. Afundará sobre as rochas da iniquidade e afundará de cabeça para desaparecer sem deixar vestígio nos mares do esquecimento.

Crowley parou para considerar isso.

— Neh — respondeu, por fim. — Aposto que foi só pura incompetência, mesmo. Ei...

Ele assoviou. O pátio de cascalho em frente ao Casarão estava abarrotado de carros, e não eram carros de freiras. O Bentley ali parecia, no mínimo, ultrapassado. Muitos carros possuíam GT ou Turbo em seus nomes, além de antenas de telefonia nos tetos. Quase todos tinham menos de um ano.

As mãos de Crowley coçaram. Aziraphale consertava bicicletas e ossos quebrados; já *ele* ansiava por roubar alguns rádios, furar alguns pneus, esse tipo de coisa. Ele resistiu.

— Ora, ora — disse Crowley. — No meu tempo eram quatro freiras enfiadas num Morris Traveller.

— Isso não pode estar certo — disse Aziraphale.

— Talvez tenham sido privatizadas — arriscou Crowley.

— Ou talvez você tenha vindo ao lugar errado.

— Este é o lugar certo, estou lhe dizendo. Vamos.

Saíram do carro. Trinta segundos depois alguém atirou neles. Com incrível precisão.

Se havia uma coisa na qual Mary Hodges, ex-Maria Loquaz, se achava boa era tentar obedecer a ordens. Ela gostava de ordens. Ordens tornavam o mundo um lugar mais simples.

Já uma coisa na qual ela não se achava nada boa era mudanças. Ela havia realmente gostado da Ordem Faladeira. Lá, fizera amigas pela primeira vez. Tivera um quarto só seu pela primeira vez. Naturalmente, ela sabia que a Ordem estava engajada em coisas que podiam, de certos pontos de vista, ser consideradas ruins, mas Mary Hodges tinha visto muita coisa na vida em trinta anos e não alimentava ilusões sobre o que a maioria dos integrantes da raça humana precisava fazer para sobreviver de uma semana para outra. Além do mais, a comida era boa e dava para conhecer muita gente interessante.

A Ordem, ou o que restara dela, havia se mudado após o incêndio. Afinal, seu único propósito de existir havia sido realizado. Cada uma seguiu o próprio caminho.

Ela, não. Ela gostava do Casarão e, argumentou, alguém tinha que ficar e garantir que os reparos seriam feitos da forma adequada, porque hoje em dia não se podia confiar em operários de obras a não ser ficando em cima deles o tempo todo, por assim dizer. Isso significava quebrar seus votos, mas a Madre Superiora disse que tudo bem, nada com que se preocupar, quebrar votos era perfeitamente normal numa irmandade satânica e não mudaria nada em cem anos, ou melhor, em onze anos, e que, portanto, se ela sentia algum prazer naquilo, ali estava a escritura e um endereço para encaminhar qualquer correspondência que chegasse, exceto as que viessem dentro de um envelope pardo comprido e com "janelas" na frente.

Então alguma coisa muito estranha aconteceu com Maria. Deixada sozinha no prédio labiríntico, trabalhando de um dos poucos cômodos intactos, discutindo com homens com guimbas de cigarro atrás das orelhas e pó de gesso nas calças e o tipo de calculadora de bolso que fornece respostas diferentes se as somas envolvidas estiverem em notas usadas, ela descobriu algo que nunca soube que existia.

Descobriu, sob camadas de ingenuidade e vontade de agradar os outros, Mary Hodges.

Ela achou bem fácil interpretar as estimativas de construtores e fazer cálculos de impostos sobre valor agregado. Pegara alguns livros na biblioteca e descobrira que matemática financeira era uma coisa interessante e descomplicada. Parara de ler o tipo de revista feminina que fala de romance e tricô e começara a ler o tipo de revista feminina que fala de orgasmos, mas além de fazer uma nota mental para ter um assim que a ocasião se apresentasse, dispensou-as como sendo apenas romance e tricô numa outra roupagem. Então começara a ler o tipo de revista que falava de fusões e aquisições.

Depois de muita reflexão, comprara um pequeno computador pessoal de um divertido e condescendente jovem vendedor em Norton. Depois de um fim de semana ocupado, ela o levou de volta. Não, como ele achou quando ela tornou a entrar na loja, para colocar uma tomada na máquina, mas porque o computador não tinha um coprocessador 387. Isso ele entendeu — era um vendedor, afinal, e conseguia entender palavras bem compridas —, mas depois daquilo a conversa rapidamente descambou, do ponto de vista dele. Mary Hodges leu ainda mais revistas. A maioria delas tinha o termo "PC" em algum lugar do título, e muitas contavam com artigos e resenhas que ela havia circulado cuidadosamente com caneta vermelha.

Ela leu sobre Novas Mulheres. Nunca tinha se dado conta de que fora uma Velha Mulher, mas depois de refletir um pouco concluiu que títulos como esse, os de romance, os de tricô e os de orgasmos eram farinha do mesmo saco, e a coisa realmente importante a ser era você mesma ao máximo. Ela sempre tivera uma tendência a vestir preto e branco. Tudo que precisava fazer era levantar a barra da saia, subir no salto e tirar o véu de freira.

Foi quando folheava uma revista certo dia que ela descobriu que, em todo o país, havia uma demanda aparentemente insaciável por prédios amplos em terrenos espaçosos administrados por pessoas que compreendessem as necessidades da comunidade empresarial. No dia seguinte ela saiu e encomendou papéis timbrados com a marca do Centro de Conferências e Treinamento Gerencial de Tadfield Manor, calculando que, quando estivessem impressos, ela já saberia tudo o que fosse necessário sobre gerenciar lugares assim.

Os anúncios foram veiculados na semana seguinte.

Acabou sendo um sucesso fantástico porque Mary Hodges percebeu logo no início de sua carreira como Si Mesma que treinamento gerencial não precisava significar colocar pessoas sentadas em frente a projetores de slides nada confiáveis. As empresas esperavam bem mais que isso hoje em dia.

E Mary Hodges atendeu suas expectativas.

Crowley foi ao chão com as costas apoiadas numa estátua. Aziraphale já havia caído para trás num arbusto de rododendros, uma mancha escura se espalhando por seu paletó.

Crowley sentiu a umidade inundando a própria camisa.

Isso era ridículo. A última coisa de que precisava agora era ser morto. Isso exigiria toda sorte de explicações. Eles não forneciam corpos novos assim do nada; sempre queriam saber o que você havia feito com o antigo. Era como tentar obter uma caneta nova com um almoxarifado particularmente antipático.

Olhou para sua mão, incrédulo.

Demônios têm que ser capazes de enxergar no escuro. E ele podia ver que sua mão estava amarela. Ele estava sangrando amarelo.

Cautelosamente, levou um dedo à boca para sentir o gosto.

Então se arrastou até Aziraphale e verificou a camisa do anjo. Se a mancha nela era de sangue, alguma coisa tinha dado muito errado com a biologia.

— Aai, isso doeu — gemeu o anjo caído. — Me acertou bem abaixo das costelas.

— Tá, mas você costuma sangrar azul? — perguntou Crowley.

Os olhos de Aziraphale se abriram. Sua mão direita bateu no peito. Sentou-se. Passou pelo mesmo autoexame forense improvisado de Crowley.

— Tinta? — perguntou.

Crowley fez que sim com a cabeça.

— Do que é que eles estão brincando? — perguntou Aziraphale.

— Não sei — disse Crowley —, mas acho que se chama *coisa de babaca*.

Seu tom de voz sugeria que ele também podia brincar daquilo. E melhor.

Era um jogo. Era uma tremenda diversão. Nigel Tompkins, Diretor-Adjunto (Departamento de Compras), rastejou pela vegetação rasteira, a mente tomada por algumas das cenas mais memoráveis de alguns dos melhores filmes de Clint Eastwood. E pensar que ele achara que o treinamento gerencial ia ser chato...

Até *houve* uma palestra, mas fora sobre as armas de tinta e todas as coisas que você nunca deveria fazer com elas, e Tompkins havia olhado para os rostos jovens de seus *trainees* rivais no treinamento como se, a um homem, eles fossem resolver fazer essas coisas todas se houvesse meia chance de saírem impunes. Se alguém lhe dissesse que o mundo dos negócios é uma selva e em seguida pusessem uma arma na sua mão, então ficava evidente para Tompkins que esse alguém não estava esperando que você apontasse para a camisa; o objetivo era a cabeça corporativa pendurada acima da sua lareira.

De qualquer modo, corriam rumores de que alguém na United Consolidated havia feito um grande favor à sua perspectiva de promoção ao aplicar anonimamente uma veloz carga de tinta à orelha de seu superior imediato, fazendo com que o sujeito passasse a reclamar de zumbidos em reuniões importantes e acabasse sendo substituído por problemas médicos.

E havia seus colegas *trainees* — colegas espermatozoides, para trocar de metáforas, todos lutando para avançar, conscientes de que só podia haver um Presidente da Industrial Holdings (Holdings) PLC e que o cargo provavelmente iria para o mais babaca.

Obviamente, uma mulher do Departamento de Pessoal com uma prancheta na mão lhes dissera que os cursos que iriam fazer eram só para estabelecer potencial de liderança, trabalho em equipe, iniciativa e assim por diante. Os *trainees* tinham tentado evitar os rostos uns dos outros.

Tudo funcionara muito bem até o momento. A canoagem tirara da jogada Johnstone (tímpano perfurado) e a escalada em Gales tirara da jogada Whittaker (distensão na virilha).

Tompkins enfiou outra bala de tinta na arma e ficou murmurando mantras gerenciais para si mesmo. Faça aos Outros Antes que Eles Façam a Você. É Matar ou Morrer. Cague ou Saia da Moita. Sobrevivência do Mais Apto. Me Faça Ganhar o Dia.

Ele rastejou um pouco mais para perto das figuras próximas à estátua. Pareciam não ter notado sua presença.

Quando a cobertura disponível acabou, ele respirou fundo e pôs-se de pé de um salto.

— Ok, palhaços, tomem um pouco de ti... *ah noooossaa...*

Onde estivera uma das figuras havia agora algo *pavoroso.* Ele desmaiou.

Crowley voltou à sua forma favorita.

— Detesto ter que fazer isso — murmurou. — Sempre fico com medo de esquecer como mudar de volta. E isso pode estragar um ótimo terno.

— Eu, particularmente, achei os vermes um certo exagero — disse Aziraphale, mas sem muito rancor.

Anjos tinham certos padrões morais a manter e, portanto, ao contrário de Crowley, ele preferia comprar suas roupas em vez de materializá-las assim direto do firmamento. E aquela camisa tinha sido bem cara.

— Quer dizer, olhe só pra ela. Eu nunca vou conseguir tirar essa mancha.

— Tire com um milagre — disse Crowley, vasculhando a vegetação rasteira à procura de mais algum *trainee* gerencial.

— Sim, mas eu *sempre* saberei que a mancha esteve aqui. Você sabe. Bem no fundo, digo — falou o anjo. Ele pegou a arma e a virou nas mãos. — Nunca vi uma destas antes — comentou.

Um som agudo se fez ouvir, e a estátua ao lado deles perdeu uma orelha.

— Não vamos dar mole por aqui — disse Crowley. — Ele não estava só.

— Esta é uma arma esquisita, sabe? Muito estranha.

— Eu pensava que seu lado não aprovasse armas — disse Crowley.

Pegou a arma da mão gorducha do anjo e olhou pelo cano bojudo.

— Há uma corrente favorável a elas atualmente — disse Aziraphale. — Dão mais peso à argumentação moral. Nas mãos certas, lógico.

— Sério? — Crowley colocou a mão sobre o metal. — Então tá, então. Vamos.

Deixou a arma cair em cima da forma inerte de Tompkins e marchou adiante pela grama úmida.

A porta da frente do Casarão estava destrancada. Os dois entraram sem ser notados. Alguns jovens rechonchudos com fardas de Exército salpicadas de tinta bebiam chocolate quente em canecas no que um dia fora o refeitório das freiras, e um ou dois dos jovens acenaram, animados, para eles.

Algo parecido com um balcão de recepção de hotel ocupava agora uma extremidade do hall. Tinha um aspecto discreto e sóbrio. Aziraphale olhou a placa num cavalete de alumínio ao seu lado.

Em letrinhas de plástico encaixadas no tecido preto do quadro estavam as palavras: *20-21 de agosto: Curso de Combate de Iniciativa da United Holdings [Holdings] PLC.*

Enquanto isso, Crowley havia apanhado um panfleto no balcão. Ele mostrava fotos do Casarão em papel couché, com destaque para suas banheiras de hidromassagem e para a piscina interna aquecida, e na parte de trás havia o tipo de mapa que os centros de convenção sempre têm, que faz uso de um cuidadoso erro de escala para sugerir que são de fácil acesso para cada saída de rodovia do país ao mesmo tempo deixando de fora o labirinto de estradinhas interioranas que na verdade os cerca por quilômetros de cada lado.

— Lugar errado? — perguntou Aziraphale.

— Não.

— Momento errado, então.

— É. — Crowley folheou o panfleto, esperando encontrar alguma pista.

Talvez fosse esperar demais que a Ordem Faladeira ainda estivesse ali. Afinal, ela havia feito sua parte. Ele sibilou baixinho. Provavelmente haviam ido para um recanto escuro da América ou algum outro lugar desses, para converter cristãos, mas continuou lendo assim mesmo. Às vezes aquele tipo de folheto tinha um pouco de informação histórica, pois as empresas que alugavam lugares como aquele para um fim de semana de Análise Interativa de Pessoal ou para Uma Conferência sobre a Dinâmica de Marketing Estratégico gostavam de sentir que estavam interagindo estrategicamente no mesmo prédio — sem contar duas reconstruções completas, uma guerra civil e dois grandes incêndios — que algum financista elisabetano doara para ser um hospital para tratamento da peste bubônica.

Não que ele estivesse esperando uma frase do tipo "até onze anos atrás o Casarão era utilizado como convento por uma ordem de freiras satanistas que na verdade não eram tão boas assim no que faziam", mas nunca se sabe.

Um gordinho com uma farda do tipo camuflagem do deserto, segurando um copo de café de poliestireno, foi até onde eles estavam.

— Quem está ganhando? — perguntou humildemente. — O jovem Evanson, do Planejamento Estratégico, me deu um teco bem no cotovelo, sabe?

— Vamos todos perder — disse Crowley, distraidamente.

Ouviu-se uma rajada de tiros lá fora. Não o estampido seco das balas de tinta, mas os estalidos completos de pedaços aerodinâmicos de chumbo viajando a uma velocidade extremamente rápida.

Outra rajada soou em resposta.

Os guerreiros excedentes se entreolharam. Mais um estrondo destruiu um vitral vitoriano um tanto feio ao lado da porta e fez uma fileira de buracos no reboco perto da cabeça de Crowley.

Aziraphale agarrou o braço dele.

— Que diabo é isso? — perguntou.

Crowley sorriu como uma serpente.

Nigel Tompkins despertou com uma leve dor de cabeça e um espaço vagamente vazio em sua memória recente. Ele não sabia que o cérebro humano, quando confrontado com uma visão terrível demais de se contemplar, é surpreendentemente eficaz em encobri-la com um esquecimento forçado, então considerou tudo aquilo o resultado de um tiro de bala de tinta na cabeça.

Ele se via apenas parcialmente consciente de que sua arma estava um pouco mais pesada, mas em seu estado levemente perplexo não entendeu o porquê até algum tempo depois de tê-la apontado para o gerente de treinamento, Norman Wethered, da Auditoria Interna, e apertado o gatilho.

— Não sei por que você está tão chocado — falou Crowley. — Ele *queria* uma arma de verdade. Cada desejo na cabeça dele clamava por uma arma de verdade.

— Mas você o deixou à solta no meio de todas aquelas pessoas desprotegidas! — retrucou Aziraphale.

— Ah, não — disse Crowley. — Não exatamente. Eu fui justo com ele.

O grupo do departamento financeiro estava deitado de cara no chão no que um dia tinha sido o fosso, embora não estivessem se divertindo muito com aquilo.

— Sempre falei que não se podia confiar naquele pessoal do Departamento de Compras — disse o Gerente Financeiro Adjunto. — Os filhos da mãe.

Um tiro ricocheteou na parede acima dele.

Ele se arrastou apressadamente até o grupinho aglomerado ao redor do caído Wethered.

— Como estão as coisas aí? — perguntou.

O subdiretor do departamento responsável pela folha de pagamento virou para ele com uma expressão extenuada no rosto.

— Muito mal — respondeu. — A bala atravessou quase todos eles. Access, Barclaycard, Diners... tudo.

— Só o American Express Gold a deteve — complementou Wethered.

Eles olharam em silêncio para aquela visão terrível da carteira de cartões de crédito com um buraco de bala que a atravessava quase por inteiro.

— Por que fariam isso? — perguntou um funcionário da área de folha de pagamento.

O chefe da Auditoria Interna abriu a boca para dizer algo razoável, mas não o fez. Todo mundo tem um ponto de ruptura, e o dele havia acabado de ser atingido. Vinte anos no emprego. O que ele queria mesmo era ter sido designer gráfico, mas o orientador vocacional nunca tinha ouvido falar nisso. Vinte anos conferindo duas vezes o Formulário BF18. Vinte anos usando a maldita calculadora portátil, quando até o pessoal do Planejamento Estratégico tinha computadores. E agora, por motivos desconhecidos, mas que tinham provavelmente a ver com reorganização e com o desejo de acabar com todas as despesas de uma aposentadoria precoce, estavam atirando nele com balas de verdade.

Os exércitos da paranoia marcharam por trás de seus olhos. Ele olhou para a própria arma. Através da névoa da raiva e do espanto, viu que ela estava maior e mais preta do que quando lhe fora entregue. Mais pesada também.

Apontou-a para um arbusto próximo e viu uma rajada de balas explodir o arbusto até desintegrá-lo por inteiro.

Ah. Então era esse o jogo deles. Bem, *alguém* tinha que vencer.

Olhou para seus homens.

— Ok, pessoal — falou. — Vamos pegar os filhos da mãe!

— Do meu ponto de vista — disse Crowley —, ninguém *precisa* puxar o gatilho.

Abriu para Aziraphale um sorriso brilhante e amarelo.

— Vamos — continuou. — Vamos dar uma geral enquanto estão todos ocupados.

Balas zuniam pela noite.

Jonathan Parker, do Departamento de Compras, esgueirava-se por entre os arbustos quando um deles lhe deu uma chave de braço no pescoço.

Nigel Tompkins cuspiu algumas folhas de rododendro da boca.

— Lá embaixo é a lei da empresa — sibilou ele, por entre traços de lama que lhe cobriam o rosto —, mas aqui em cima é a minha lei...

— Esse foi um truque bem sujo — disse Aziraphale, enquanto percorriam os corredores vazios.

— O que foi que eu fiz? O que foi que eu fiz? — perguntou Crowley, empurrando portas e as abrindo ao acaso.

— Há pessoas lá fora atirando umas nas outras!

— Bem, é o que eu digo, não é? Estão fazendo isso por conta própria. É o que realmente querem fazer. Eu só dei uma mãozinha. Pense nisso como um microcosmo do universo. Livre-arbítrio para todos. Inefável, certo?

Aziraphale o fuzilou com o olhar.

— Ah, tá bem — disse Crowley, se lamentando. — Ninguém vai ser morto de verdade. Todos vão escapar como que por milagre. Caso contrário, não haveria nenhuma graça.

Aziraphale relaxou.

— Sabe, Crowley — disse ele, com um sorriso de orelha a orelha. — Eu sempre disse que, no fundo, você é um...

— Tá bem, tá *bem* — disparou Crowley. — Espalhe isso pelos benditos quatro cantos do mundo, por que não?

Depois de algum tempo, alianças informais começaram a emergir. Muitos dos setores dentro do Departamento Financeiro descobriram que tinham interesses em comum, resolveram suas diferenças e se voltaram contra o pessoal do Planejamento Estratégico.

Quando o primeiro carro de polícia chegou, dezesseis balas vindas de várias direções o tinham atingido no radiador antes que ele chegasse ao meio do caminho na pista de entrada de carros. Mais duas derrubaram a antena do rádio, mas chegaram tarde, tarde demais.

Mary Hodges estava para colocar o fone no gancho quando Crowley abriu a porta de sua sala.

— Devem ser terroristas — disparou ela. — Ou ladrões. — Ela olhou para os dois. — Vocês são da polícia, não são? — perguntou.

Crowley viu os olhos dela começando a se arregalar. Como todos os demônios, ele era bom fisionomista, mesmo depois de onze anos, da perda de um véu e da adição de uma maquiagem carregada. Ele estalou os dedos. Ela se recostou na cadeira, o rosto virando uma máscara impassível e afável.

— Não havia necessidade disso — disse Aziraphale.

— Ótimo. — Crowley consultou o relógio. — Bom dia, madame — disse ele numa voz cantada. — Somos apenas duas entidades sobrenaturais e estávamos nos perguntando se a senhora poderia nos ajudar com o paradeiro do famigerado Filho de Satã. — Ele sorriu cinicamente para o anjo. — Vou tirá-la do transe agora, que tal? E aí você pode fazer esse discurso.

— Bem. *Já* que você colocou as coisas dessa forma... — disse o anjo, devagar.

— Às vezes os meios tradicionais são os mais eficazes — disse Crowley. Virou-se para a mulher inexpressiva.

— Você era freira aqui há onze anos? — perguntou ele.

— Era.

— Isso! — disse Crowley a Aziraphale. — Viu? Eu sabia que não estava errado.

— Uma sorte dos diabos — murmurou o anjo.

— Seu nome era irmã Faladeira na época. Ou coisa assim.

— Loquaz — disse Mary Hodges numa voz oca.

— E você se lembra de um incidente envolvendo uma troca de bebês recém-nascidos? — perguntou Crowley.

Mary Hodges hesitou. Quando falou, foi como se memórias que haviam sido enterradas estivessem sendo perturbadas pela primeira vez em anos.

— Sim — disse ela.

— Há alguma possibilidade de que a troca possa ter dado errado de algum modo?

— Não sei.

Crowley parou para pensar um instante.

— Você devia ter registros — disse ele. — Há sempre arquivos. Todo mundo arquiva tudo hoje em dia. — E olhou orgulhoso para Aziraphale. — Foi uma das minhas melhores ideias.

— Ah, sim — disse Mary Hodges.

— E onde estão eles? — perguntou Aziraphale docemente.

— Houve um incêndio logo após o nascimento.

Crowley grunhiu e jogou as mãos para o céu.

— Deve ter sido o Hastur — falou. — É bem a cara dele. Dá pra acreditar nesses sujeitos? Aposto que pensou que estava sendo muito esperto.

— Você se lembra de algum detalhe a respeito do outro bebê? — perguntou Aziraphale.

— Sim.

— Por favor, me conte.

— Ele tinha os dedinhos dos pezinhos tão bonitinhos.

— Ah.

— E era um amorzinho — disse Mary Hodges, saudosa.

De fora veio o som de uma sirene, interrompido abruptamente quando uma bala a atingiu. Aziraphale cutucou Crowley.

— Depressa — disse ele. — Nós vamos ficar de policiais até os joelhos a qualquer momento e, o que é óbvio, eu serei moralmente obrigado a ajudá-los em suas investigações. — Pensou por um instante. — Talvez ela possa lembrar se havia alguma outra mulher dando à luz naquela noite, e...

Ouviram o som de pés correndo no andar de baixo.

— Detenha-os — disse Crowley. — Precisamos de mais tempo!

— Mais milagres e nós vamos realmente começar a ser notados pelo pessoal Lá Em Cima — disse Aziraphale. — Se você quer *mesmo* Gabriel ou alguém por lá se perguntando por que quarenta policiais pegaram no sono...

— Tá — disse Crowley. — Tudo bem, tudo bem. Valeu a tentativa. Vamos dar o fora daqui.

— Em trinta segundos você vai acordar — disse Aziraphale para a ex-freira hipnotizada. — E terá tido um lindo sonho com o que quer que você mais ame na vida, e...

— Tá, tá, tudo bem. — Crowley suspirou. — Podemos ir agora?

Ninguém reparou na saída deles. A polícia estava muito ocupada reunindo quarenta *trainees* gerenciais embriagados pela adrenalina e loucos por uma briga. Três camburões haviam deixado marcas no gramado, e Aziraphale fizera Crowley recuar para a primeira das ambulâncias, mas então o Bentley surgiu noite adentro. Atrás deles, a casa e o gazebo pegavam fogo.

— Nós deixamos aquela pobre mulher numa situação pavorosa — disse o anjo.

— Você acha? — perguntou Crowley, tentando atingir um porco-espinho e errando. — As reservas vão dobrar, escreva o que eu digo. Se ela fizer tudo direitinho, conseguir as isenções fiscais e acertar todas as questões jurídicas... Treinamento de iniciativa com armas de verdade? Vai ter fila na porta.

— Por que você é sempre tão cínico?

— Eu já disse. Porque é meu *trabalho*.

Eles dirigiram em silêncio por algum tempo. Então Aziraphale falou:

— Será que ele vai se revelar? Seria de esperar que nós conseguíssemos detectá-lo de alguma forma.

— Ele não vai se revelar. Não para nós. Camuflagem protetora. Ele sequer saberá, mas seus poderes o manterão escondido de forças ocultas à espreita.

— Forças ocultas?

— Você e eu — explicou Crowley.

— Eu não sou *oculto* — disse Aziraphale. — Anjos não são ocultos. Somos etéreos.

— Tanto faz — retrucou Crowley, preocupado demais para discutir.

— Existe algum outro modo de localizá-lo?

Crowley deu de ombros.

— Sei lá — respondeu. — Quanta experiência você acha que eu tenho nessas questões? O Armagedom só acontece uma vez, sabe? Eles não deixam você ficar tentando várias vezes até acertar.

O anjo ficou olhando para fora, para as cercas vivas que passavam.

— Tudo parece tão pacífico — falou. — Como você acha que vai *acontecer*?

— Bem, a extinção termonuclear sempre foi muito popular. Embora eu deva dizer que os manda-chuvas têm sido bem diplomáticos um com o outro.

— Queda de asteroide? — perguntou Aziraphale. — Muito em moda hoje em dia, pelo que ouvi. Cai no oceano Índico, grande nuvem de poeira e vapor, adeus todas as formas de vida superiores.

— Uau — disse Crowley, tomando o cuidado de exceder o limite de velocidade. Qualquer pontinho já ajudava.

— Difícil de conceber isso, não é? — disse Aziraphale, melancólico.

— Todas as formas de vida superiores ceifadas, simples assim.

— Terrível.

— Nada além de poeira e fundamentalistas.

— Essa foi péssima.

— Foi mal. Não resisti.

Os dois olharam fixamente para a estrada.

— Talvez algum terrorista...? — começou Aziraphale.

— Não um dos nossos — disse Crowley.

— Nem dos nossos — retrucou Aziraphale. — Embora os nossos sejam combatentes da liberdade, obviamente.

— Quer saber? — disse Crowley, cantando pneu no anel rodoviário de Tadfield. — Hora de pôr as cartas na mesa. Eu te digo os nossos se você disser os seus.

— Tudo bem. Você primeiro.

— Ah, não. Primeiro você.

— Mas você é um demônio.

— Sou, mas um demônio de palavra, no caso.

Aziraphale disse o nome de cinco líderes políticos. Crowley deu o nome de seis. Três apareciam em ambas as listas.

— Está vendo só? — comentou Crowley. — É como eu sempre disse. São uns espertalhões, esses humanos. Não se pode confiar nem um pouco neles.

— Mas não creio que nenhum dos nossos tenha algum grande plano em andamento — disse Aziraphale. — Apenas pequenos atos de ter... protesto político — corrigiu ele.

— Ah — disse Crowley, com veemência. — Quer dizer que o lance não é um assassinato barato e produzido em massa? É só o serviço personalizado, cada bala disparada individualmente por profissionais habilidosos?

Aziraphale não caiu na provocação.

— O que vamos fazer agora?

— Tentar dormir um pouco.

— Você não precisa dormir. *Eu* não preciso dormir. O Mal nunca dorme, e a Virtude está sempre vigilante.

— O Mal no geral, talvez. Esta parte específica dele adquiriu o hábito de descansar a vista de vez em quando. — Ficou olhando para os faróis.

Em breve chegaria o momento em que dormir estaria fora de questão. Quando os lá de Baixo descobrissem que ele, pessoalmente, perdera o

Anticristo, provavelmente desencavariam todos aqueles relatórios que Crowley fizera sobre a Inquisição Espanhola e os experimentariam nele, um de cada vez e depois todos juntos.

Vasculhou o porta-luvas, pegou uma fita aleatoriamente e a enfiou no toca-fitas. Um pouquinho de música iria...

... *Bee-elzebub has a devil put aside for me, for me...*

— For me... — murmurou Crowley. Seu rosto ficou inexpressivo por um instante. Então soltou um grito estrangulado e girou o botão de desligar do toca-fitas.

— Obviamente, nós poderíamos conseguir um humano para a tarefa de encontrá-lo — disse Aziraphale, pensativo.

— Oi? — perguntou Crowley, distraído.

— Humanos são bons em encontrar outros humanos. Fazem isso há milhares de anos. E a criança *é* humana. Assim como... você sabe. Ele estaria escondido de nós, mas outros humanos poderiam ser capazes de... ah, senti-lo, talvez. Ou vislumbrar coisas em que sequer pensaríamos.

— Não daria certo. Ele é o Anticristo! Ele tem uma... espécie de defesa automática, não tem? Mesmo que *não saiba* disso. Ele sequer deixará que as pessoas suspeitem dele. Não ainda. Não até estar pronto. A suspeita escorrerá pela superfície dele como, como... ah, sei lá, como qualquer coisa por cuja superfície a água escorra — finalizou, meio de improviso.

— Você tem alguma ideia melhor? Tem *uma única* ideia melhor sequer? — perguntou Aziraphale.

— Não.

— Então tá. Poderia dar certo. Não me diga que você não tem nenhuma organização de fachada que poderia usar. Sei que eu tenho. Poderíamos ver se eles conseguem encontrar um rastro.

— O que eles poderiam fazer que nós não conseguiríamos?

— Bem, pra começar, eles não fariam pessoas atirarem umas nas outras, não hipnotizariam mulheres respeitáveis, não...

— Tá, tá. Mas isso é mais difícil que fazer nevar no Inferno. Vai por mim, eu sei. Só que não consigo pensar em nada melhor. — Crowley virou na rodovia e seguiu em direção a Londres.

— Eu tenho uma... uma certa rede de agentes — disse Aziraphale depois de algum tempo. — Espalhada pelo país. Uma força disciplinada. Eu poderia fazer com que eles começassem a procurar.

— Eu, ahn, tenho algo semelhante — admitiu Crowley. — Você sabe como é, nunca se sabe quando eles podem ser úteis...

— Melhor alertarmos todos eles. Acha que deveriam trabalhar juntos?

Crowley balançou a cabeça negativamente.

— Acho que não seria uma boa ideia. Eles não são muito sofisticados, diplomaticamente falando.

— Então cada um de nós entra em contato com seu próprio pessoal e vê o que eles conseguem fazer.

— Deve valer a tentativa, acho — disse Crowley. — Não é como se eu não tivesse um monte de outras coisas para fazer, só Deus sabe.

Crowley franziu a testa por um instante e então bateu com a mão no volante, triunfante.

— Patos! — gritou.

— O quê?

— É pela superfície deles que a água escorre!

Aziraphale respirou fundo.

— Apenas dirija, por favor — falou com a voz cansada.

Fizeram o caminho de volta sob o céu da alvorada, enquanto o toca-fitas reproduzia a Missa em Si Menor de J.S. Bach, na voz de F. Mercury.

Crowley gostava da cidade ao amanhecer. Sua população consistia quase inteiramente em pessoas que tinham trabalhos de verdade para fazer e motivos verdadeiros para estar ali, ao contrário dos milhares de indivíduos supérfluos que seguiam para lá depois das oito da manhã, e as ruas ainda estavam mais ou menos silenciosas.

Havia fitas amarelas duplas de proibição de estacionamento na rua estreita onde ficava a livraria de Aziraphale, mas elas obedientemente se recolheram quando o Bentley estacionou no meio-fio.

— Bom, tudo bem — disse Crowley, enquanto Aziraphale pegava o casaco no banco de trás. — Vamos manter contato. Tá?

— O que é isto? — perguntou Aziraphale, segurando um objeto marrom retangular.

Crowley olhou para o objeto com olhos semicerrados.

— Um livro? — falou. — Meu é que não é.

Aziraphale folheou algumas das páginas amareladas. Rasgos de memórias bibliofílicas se manifestaram no fundo de sua mente.

— Deve ser daquela moça — disse, devagar. — Devíamos ter perguntado o endereço dela.

— Escute aqui, eu já estou encrencado o suficiente. Não quero que espalhem por aí que eu ando devolvendo os pertences das pessoas — disse Crowley.

Aziraphale parou na folha de rosto, que continha o título do livro. Era provavelmente uma boa coisa o fato de Crowley não poder ver a expressão em seu rosto.

— Você sempre pode mandar isso para a agência dos correios de lá, suponho — disse Crowley —, se realmente sentir que deve. Enderece-o à maluca da bicicleta. Nunca confie numa mulher que dá nomes esquisitos a meios de transporte...

— Sim, sim, com certeza — disse o anjo. Ele se atrapalhou todo pegando as chaves, deixou-as cair na calçada, pegou-as, deixou-as cair de novo e se apressou até a porta da livraria.

— Manteremos contato, então? — perguntou Crowley, atrás dele.

Aziraphale parou no ato de virar a chave.

— O quê? — perguntou. — Ah. Ah. Sim. Ótimo. Maravilha. — E bateu a porta.

— Certo — murmurou Crowley, sentindo-se subitamente muito só.

Um facho de luz tremeluzia nas trilhas.

O problema de tentar encontrar um livro de capa marrom entre folhas marrons e água marrom no fundo de uma vala de terra marrom à luz marrom, bem, talvez cinza, do amanhecer, era que não dava.

Ele não estava lá.

Anathema tentou todos os métodos de busca que conhecia. O quarteamento metódico do terreno. O vasculhamento das faias à margem da estradinha. O andar de lado como quem não quer nada, olhando para o chão de esguelha. Ela chegou até a tentar aquele que todas as fibras românticas de seu ser insistiam que deveria funcionar, que consistia em desistir teatralmente, sentar-se e deixar o olhar pousar naturalmente num trecho de terra onde, estivesse ela numa narrativa decente, O Livro deveria estar.

Não estava.

O que significava, como vinha temendo desde o início, que ele estava provavelmente no banco de trás do carro daqueles dois mecânicos de bicicleta muito adultos.

Ela podia sentir gerações inteiras de descendentes de Agnes Nutter rindo da cara dela.

Mesmo que aqueles dois fossem honestos o suficiente para querer devolvê-lo, dificilmente se dariam ao trabalho de procurar um *cottage* que mal tinham visto no escuro.

A única esperança seria que eles não soubessem o que tinham em mãos.

Aziraphale, como muitos dos livreiros do Soho que se especializaram em obras difíceis de encontrar para o sofisticado *connoisseur*, tinha uma seção reservada nos fundos, mas o que havia ali era bem mais esotérico do que qualquer coisa normalmente encontrada dentro de um volume embalado em plástico a vácuo especialmente para o Cliente Que Sabe o Que Quer.

Ele se orgulhava particularmente de seus livros de profecia.

No geral, primeiras edições.

E cada um dos exemplares era autografado.

Tinha o de Robert Nixon* e o de Martha, a Cigana, além daqueles de Ignatius Sybilla e do velho Ottwell Binns. Nostradamus havia assinado, "Ao meu velho amigo Azerafel, com um abraço"; Mãe Shipton havia derramado bebida em seu exemplar; e dentro de um armário climatizado a um canto estava o rolo de pergaminho original na grafia trêmula de São João Evangelista, de Patmos, cujo *Apocalipse* vinha sendo o maior best-seller de todos os tempos. Aziraphale o achara um sujeito legal, ainda que gostasse exageradamente de uns cogumelos estranhos.

O que *não havia* em sua coleção era um exemplar de *As Justas e Precisas Profecias de Agnes Nutter,* e Aziraphale entrou na seção reservada segurando-o como um filatelista ávido seguraria um selo mauriciano azul que por acaso tivesse chegado até ele num cartão-postal enviado por sua tia.

Aziraphale nunca vira um exemplar antes, mas ouvira falar muito dele. Todo mundo no ramo, o que, considerando o fato de ser um ramo altamente especializado, significava umas doze pessoas, tinha ouvido falar muito dele. Sua existência era uma espécie de vácuo ao redor do qual todos os tipos de histórias estranhas orbitavam havia centenas de anos. Aziraphale se deu conta de que não tinha certeza se era possível orbitar um vácuo e não estava nem aí para isso; *As Justas e Precisas Profecias de Agnes Nutter* faziam os Diários de Hitler parecer, bem, imitações baratas.

* Um panaca do século XVI, sem qualquer relação com qualquer presidente dos EUA.

Suas mãos quase não tremiam quando ele o depositou numa bancada, pegou um par de luvas cirúrgicas de borracha e o abriu com reverência. Aziraphale era um anjo, mas também venerava livros.

A folha de rosto dizia:

As Justas e Precizas Prophecias de Agnes Nutter

Num corpo ligeiramente menor:

Sendo uma Historia Accurada e Preciza da Prezente Data Ate o Fim deste Mundo.

Num corpo ligeiramente maior:

Conntendo Muitas Diversas Maravilias e Assumptos para os Sabios

Numa tipografia diferente:

Mais commpleto que qualquer outro publicado

Num corpo menor, mas em caixa alta:

COM RELAÇAO AOS TEMPOS MYSTERIOSOS ADIANTE

Em itálico levemente desesperado:

E factos de Natureza Maraviliosa

Mais uma vez num corpo maior:

"Remminiscente de um Nostradamus em sua melhor forma."
— Ursula Shipton

As profecias eram numeradas, e havia mais de quatro mil delas.

— Calma, mantenha a calma — murmurou Aziraphale para si mesmo. Foi até a cozinha minúscula, preparou um chocolate quente e respirou fundo algumas vezes. Então voltou e leu uma profecia ao acaso.

Quarenta minutos depois, o chocolate continuava intocado.

A ruiva no canto do bar do hotel era a mais bem-sucedida correspondente de guerra do mundo. Tinha agora um passaporte em nome de Carmine Zuigiber; e ia aonde havia guerra.

Bem.

Mais ou menos.

Na verdade, ela ia aonde ainda não havia guerra. Ela já havia estado onde tivera guerra.

Não era famosa, exceto em seu meio.

Reúna meia dúzia de correspondentes de guerra num bar de aeroporto e a conversa se direcionará, como uma bússola apontando o Norte, para Murchison do *New York Times,* para Van Horne, da *Newsweek,* e para Anforth da *I.T.N. News.* Os correspondentes de guerra dos Correspondentes de Guerra.

Mas quando Murchison, Van Horne e Anforth se encontravam num barracão de zinco incendiado em Beirute, ou no Afeganistão, ou no Sudão, depois de admirarem as cicatrizes uns dos outros e tomarem umas e outras, acabavam compartilhando histórias impressionantes sobre a "Ruiva" Zuigiber, do *National World Weekly.*

— Aquele jornal de quinta categoria — dizia Murchison —, ele não sabe o que tem nas mãos.

Na verdade, o *National World Weekly* sabia o que tinha recebido em mãos: uma Correspondente de Guerra. Só não sabia por que, nem o que fazer com uma, agora que a tinha.

Uma edição semanal típica do *National World Weekly* informava ao mundo como o rosto de Jesus fora visto num pão de Big Mac comprado por uma pessoa em Des Moines, a matéria ilustrada por uma reprodução artística do pão; como Elvis Presley fora recentemente visto trabalhando num Burger Lord em Des Moines; como escutar discos de Elvis curou o câncer de uma dona de casa de Des Moines; como a onda de lobisomens que infesta o Meio-Oeste é fruto de nobres mulheres pioneiras estupradas pelo Pé Grande; e que Elvis foi levado por alienígenas em 1976 porque era bom demais para este mundo.*

* Por incrível que pareça, uma dessas histórias é, de fato, verdadeira.

Esse era o *National World Weekly.*

Vendiam quatro milhões de exemplares por semana e precisavam tanto de um correspondente de guerra quanto de uma entrevista exclusiva com o Secretário-Geral das Nações Unidas.*

Então pagavam à Ruiva Zuigiber um dinheirão para ir atrás de guerras, e ignoravam os grossos e mal datilografados envelopes que ela lhes enviava de vez em quando, de todas as partes do mundo, para comprovar seus — em geral razoavelmente razoáveis — pedidos de reembolso de despesas.

Achavam isso justificável porque, da perspectiva deles, ela não era uma correspondente de guerra muito boa, embora fosse, sem dúvida, a mais atraente, o que contava muito no *National World Weekly.* Suas reportagens de guerra eram sempre sobre um bando de sujeitos atirando uns nos outros, sem nenhuma cobertura real das ramificações políticas mais abrangentes, e, o que é mais importante, sem nenhum Interesse Humano.

De vez em quando eles entregavam uma das matérias dela para um copidesque editar. ("Jesus apareceu para Manuel González, 9 anos, durante uma batalha campal no rio Concorsa, e lhe disse que fosse para casa porque sua mãe estava preocupada com ele. 'Eu sabia que era Jesus', disse o corajoso menino, 'porque era igualzinho à imagem dele que apareceu por milagre na embalagem do meu sanduíche.'")

Na maioria das vezes o *National World Weekly* a deixava em paz e prudentemente arquivava suas matérias na lata de lixo.

Murchison, Van Horne e Anforth não ligavam para isso. Tudo que sabiam era que, sempre que uma guerra irrompia, a Srta. Zuigiber estava lá primeiro. Imediatamente *antes.*

— Como é que ela faz isso? — perguntavam, incrédulos, uns aos outros. — Como diabos ela faz isso? — E seus olhares se encontravam, comunicando em silêncio: se ela fosse um carro, seria fabricado pela Ferrari, ela é o tipo de mulher que você esperaria ver como a linda consorte de um generalíssimo corrupto de um país de Terceiro Mundo à beira do colapso, e ela anda com caras como nós. Somos os sortudos, não é?

A Srta. Zuigiber simplesmente sorria e pagava outra rodada de bebidas para todos, por conta do *National World Weekly.* E assistia às brigas que surgiam ao seu redor.

* A entrevista foi realizada em 1983 e segue reproduzida abaixo:

P: Então, você é o Secretário-Geral das Nações Unidas?

R: *Si.*

P: Já viu alguma aparição do Elvis?

E sorria.

Ela estivera certa. O jornalismo lhe caía bem.

Mesmo assim, todo mundo precisa de férias, e Ruiva Zuigiber estava tirando suas primeiras férias em onze anos.

Ela estava numa pequena ilha do Mediterrâneo cuja receita advinha do comércio turístico, e isso, em si, já era estranho. A Ruiva parecia ser o tipo de mulher que, se tirasse férias em uma ilha menor que a Austrália, o faria por ser amiga do dono da ilha.

Se um mês antes você tivesse dito a qualquer habitante do lugar que haveria uma guerra ali em breve, ele teria rido na sua cara e tentado te vender um porta-garrafas de vinho feito de ráfia ou um quadro da baía feito de conchas do mar; isso era antes.

Agora era outra história.

Agora uma grande divisão político-religiosa, envolvendo quatro pequenos países continentais dos quais na verdade eles não faziam parte, havia desmembrado o país em três facções, destruído a estátua de Santa Maria na praça da cidade e acabado com o comércio turístico.

Ruiva Zuigiber estava sentada no bar do Hotel de Palomar del Sol, bebendo o que se passava por coquetel. A um canto, um pianista cansado tocava, e um garçom de peruca cantava ao microfone:

"AAAAAAAAAAonce-pon-a-time-dere-was
LITTLE WHITE BUUUL
AAAAAAAAAAvery-sad-because-e-was
LITTLE WHITE BUUL..."

Um homem se jogou pela janela, uma faca entre os dentes, um fuzil de assalto AK-47 numa das mãos, uma granada na outra.

— Eu fomu effe hoteo ei noumi da... — e fez uma pausa. Tirou a faca da boca e começou outra vez. — Eu tomo este hotel em nome da Facção de Libertação Pró-Turca!

Os dois últimos turistas ainda na ilha* foram para baixo da mesa. A Ruiva tirou despreocupadamente a cereja ao marasquino de seu drinque,

* Sr. e Sra. Thomas Threlfall, do número 9 da The Elms, em Paignton. Sempre diziam que uma das boas coisas de sair de férias era não precisar ler os jornais nem ouvir o noticiário, apenas se afastar de tudo por completo. E por causa de uma infecção intestinal contraída pelo Sr. Threlfall, e pelo fato de a Sra. Threlfall ter ficado um pouco demais ao sol em seu primeiro dia, aquela era a primeira vez dos dois fora do quarto de hotel em uma semana e meia.

levou-a aos lábios escarlates e sugou-a lentamente do palito de um jeito que fez vários homens no recinto suarem frio.

O pianista se levantou, enfiou a mão no piano e puxou de lá uma submetralhadora vintage.

— Este hotel já tinha sido tomado pela Brigada Territorial Pró-Grega! — gritou ele. — Um movimento em falso, e eu acabo com a sua raça!

Houve um movimento à porta. Um indivíduo enorme, de barba preta, com um sorriso radiante e uma metralhadora Gatling que era uma verdadeira relíquia estava ali em pé, ladeado por um grupo de soldados igualmente enormes, mas menos impressionantemente armados.

— Este hotel estrategicamente importante, por anos símbolo do comércio turístico de cães de corrida Turco-Grego imperialista-fascista, é agora propriedade dos Combatentes da Liberdade Ítalo-Malteses! — sua voz ribombou, afável. — Agora vamos matar todos!

— Conversa fiada! — disse o pianista. — Ele não é estrategicamente importante. Só tem uma adega extremamente bem abastecida!

— Ele tem razão, Pedro — disse o homem com o AK-47. — Por isso minha gente o queria. Il General Ernesto de Montoya me disse assim: Fernando, a guerra vai acabar lá pelo sábado, e os rapazes vão querer se divertir. Vá até o Hotel de Palomar del Sol e o reivindique como espólio de guerra, tudo bem?

A cara do homem barbado ficou vermelha.

— Ele é muito importante estrategicamente, Fernando Chianti! Eu desenhei um grande mapa da ilha e ele fica bem no meio dela, o que o torna muitíssimo importante estrategicamente, isso eu garanto.

— Rá! — disse Fernando. — É a mesma coisa que dizer que só porque a casa do Dieguito tem vista para a praia particular de topless capitalista e decadente, ela é estrategicamente importante!

O pianista corou, um vermelho bem vivo.

— Nossa gente a tomou esta manhã — admitiu.

Fez-se silêncio.

No silêncio, ouviu-se um farfalhar leve de seda. A Ruiva havia descruzado as pernas.

O pomo de adão do pianista subiu e desceu.

— Bem, é muito importante estrategicamente — conseguiu dizer, tentando ignorar a mulher sentada na banqueta do bar. — Quer dizer, se alguém chegasse ali com um submarino, você iria querer estar em algum lugar de onde pudesse ver tudo.

Silêncio.

— Bem, é muito mais estrategicamente importante do que este hotel, de qualquer modo — finalizou.

Pedro tossiu ameaçadoramente.

— A próxima pessoa que disser *qualquer coisa*. Qualquer coisa *mesmo*. Vai morrer. — Sorriu. Levantou a arma. — Certo. Agora... todo mundo contra a parede do outro lado.

Ninguém se mexeu. Não o ouviam mais. Estavam prestando atenção a um murmúrio grave e indistinto que vinha do saguão atrás dele, baixo e monótono.

Houve uma agitação entre os integrantes da tropa à entrada do cômodo. Eles pareciam estar se esforçando ao máximo para se manter firmes, mas estavam sendo incontornavelmente atraídos pelo murmúrio, que começava a se transformar em frases audíveis.

— Não quero incomodar, cavalheiros, que noite, hein? Três voltas ao redor da ilha, quase não achei o lugar, alguém não é muito adepto de placas de sinalização, hein? Ainda assim eu me achei, precisei parar e pedir informações quatro vezes, até finalmente perguntar nos correios, porque nos correios eles sempre sabem, mas tiveram que desenhar um mapinha para mim, está aqui em algum lugar...

Deslizando serenamente entre os homens armados, tal qual um arpão no meio de um lago de trutas, surgiu um homem baixinho de óculos com uniforme azul e carregando consigo um pacote comprido, fino, envolto em papel pardo e amarrado com barbante. Sua única concessão ao clima eram as sandálias de plástico marrom abertas nos dedos, embora as meias de lã verde que apareciam por baixo demonstrassem sua profunda e natural desconfiança quanto ao clima estrangeiro.

Usava um quepe com *International Express* escrito em grandes letras brancas. Estava desarmado, mas ninguém tocou nele. Ninguém sequer apontou a arma para ele. Ficaram simplesmente olhando.

O homenzinho passou os olhos pelo recinto, examinando os rostos e em seguida voltando o olhar para a prancheta; então encaminhou-se diretamente para a Ruiva, ainda sentada em sua banqueta de bar.

— Encomenda para a senhorita — disse ele.

A Ruiva pegou o pacote e começou a desamarrar o barbante.

O entregador tossiu discretamente e apresentou à jornalista um bloco de recibos gasto e uma caneta esferográfica de plástico amarelo presa à prancheta por um barbante.

— Preciso da sua assinatura, senhorita. Bem aqui. O nome completo em letra de imprensa aqui, a assinatura mais embaixo.

— Pois não. — A Ruiva fez uma rubrica ilegível no bloco e em seguida escreveu o nome em letra de imprensa. O nome que ela escreveu não foi Carmine Zuigiber. Foi um nome muito mais curto.

O homem agradeceu gentilmente e se encaminhou para a saída, murmurando que belo lugar vocês têm aqui, cavalheiros, sempre quis passar umas férias na região, desculpe o incômodo, com licença, senhor... E desapareceu da vida de todos tão serenamente quanto havia entrado.

A Ruiva terminou de abrir o pacote. As pessoas começaram a se acotovelar para ver melhor o conteúdo. Dentro do pacote, havia uma grande espada.

Ela a examinou. Era uma espada bem comum, comprida e afiada; parecia ao mesmo tempo velha e intocada; e não havia nenhum ornamento nem nada que impressionasse nela. Não era nenhuma espada mágica, nenhuma arma mística de força e poder. Era muito obviamente uma espada criada para cortar, fatiar e picar, de preferência matar, mas, caso isso não fosse possível, mutilar irreparavelmente, um número bem considerável de pessoas. Ela possuía uma aura indefinível de ódio e ameaça.

A Ruiva segurou o cabo com a mão direita elegantemente manicurada e a ergueu ao nível dos olhos. A lâmina cintilou.

— Entãããão tá! — disse ela, descendo da banqueta. — Até que *enfim*!

Terminou a bebida, ergueu a espada sobre um dos ombros e olhou para as facções intrigadas, que agora a cercavam completamente.

— Sinto muito por abandoná-los, amigos. Adoraria ficar e conhecê-los melhor.

Os homens no recinto subitamente se deram conta de que não queriam conhecê-la melhor. Ela era linda, mas sua beleza era como a de um incêndio florestal: algo a ser admirado a distância, não de perto.

E ela segurava uma espada e sorria como uma faca.

Havia uma boa quantidade de armas naquele recinto, e, lentamente, trêmulas, foram apontadas para o peito dela, e para suas costas e sua cabeça.

Eles a cercaram totalmente.

— Não se mexa! — grunhiu Pedro.

Todos os outros assentiram.

A Ruiva deu de ombros. E começou a andar para a frente.

Todos os dedos se contraíram em todos os gatilhos, quase por vontade própria. O cheiro de chumbo e pólvora encheu o ar. A Ruiva esmagou seu copo de bebida com a mão. Os espelhos que restavam no recinto explodiram em cacos letais. Parte do teto desabou.

E então terminou.

Carmine Zuigiber se virou e olhou para os corpos que a cercavam como se ela não tivesse a menor ideia de como foram parar ali.

Ela lambeu um respingo de sangue — o sangue de outra pessoa — das costas da mão com uma língua escarlate de gato. Então sorriu.

Em seguida saiu do bar, os saltos provocando estalidos nos ladrilhos como se fossem o bater de martelos distantes.

Os dois turistas saíram de baixo da mesa e examinaram a carnificina.

— Isso não teria acontecido se tivéssemos ido a Torremolinos como costumamos fazer — afirmou um deles, lamentando-se.

— Estrangeiros — suspirou o outro. — Não são como nós, Patrícia.

— Isso encerra a questão, então. Ano que vem iremos a Brighton — disse a Sra. Threlfall, não se dando conta das implicações do que havia acabado de acontecer.

Aquilo significava que não haveria nenhum ano que vem.

Na verdade, já aumentava muito as chances de não haver sequer uma semana que vem.

Quinta-Feira

Ela era linda, mas sua beleza era como a de um incêndio florestal: algo a ser admirado a distância, não de perto.

ver página 125

QUINTA-FEIRA

Havia uma recém-chegada ao vilarejo.

Novas pessoas eram sempre fonte de interesse e especulação entre os Eles,* mas, dessa vez, Pepper tinha notícias impressionantes.

— Ela se mudou para o Jasmine Cottage e é uma bruxa — falou ela. — Eu sei porque a Sra. Henderson faz faxina lá e contou pra minha mãe que ela recebe um jornal de bruxas. Recebe um monte de jornais comuns também, mas tem esse que é especial para bruxas.

— Meu pai diz que não existe esse lance de bruxa — disse Wensleydale, que tinha cabelos loiros e ondulados e fitava a vida com seriedade por trás de óculos grossos de armação preta.

Era crença generalizada que ele um dia fora batizado como Jeremy, mas ninguém nunca se dirigia a ele assim, nem seus pais, que o chamavam de Rapazinho. Faziam isso na esperança do "fica a dica"; Wensleydale dava a impressão de ter nascido com a idade mental de 47 anos.

— Não entendo por que não — disse Brian, que tinha um rosto largo e alegre escondido sob uma camada de sujeira aparentemente permanente. — Não entendo por que as bruxas não deveriam ter os próprios jornais. Com matérias sobre os feitiços mais recentes. Meu pai recebe o *Jornal dos Pescadores de Anzol,* e aposto que existem mais bruxas que pescadores de anzol.

* Não importava como os quatro haviam chamado sua gangue ao longo dos anos, as frequentes mudanças de nome normalmente eram provocadas pelo que quer que Adam tivesse lido ou visto no dia anterior (Esquadrão Adam Young; Adam e Cia.; A Gangue do Buraco no Giz; Os Quatro Realmente Famosos; A Legião dos Heróis Realmente Super; A Gangue da Pedreira; O Clube dos Sete; A Sociedade de Justiça de Tadfield; Os Galaxatrons; Os Quatro Justos; Os Rebeldes). Todas as outras pessoas sempre se referiam a eles sombriamente como Eles, e, depois de algum tempo, os próprios também.

— O nome do jornal é *Notícias Paranormais* — disse Pepper.

— Isso não é de bruxa — afirmou Wensleydale. — Minha tia recebe isso. Só fala de como entortar colheres, ler a sorte nas cartas e pessoas achando que foram a rainha Elizabeth I numa vida passada. Não existem mais bruxas. As pessoas inventaram remédios e coisas assim e concordaram que não precisavam mais delas, e então começaram a queimar as bruxas.

— Podia ter fotos de sapos e coisas assim — disse Brian, que relutava em desperdiçar uma boa ideia. — E... e test drive em vassouras. E uma coluna sobre gatos.

— Enfim, sua tia pode ser bruxa — disse Pepper. — Sem ninguém saber. Ela pode ser sua tia o dia inteiro e sair por aí fazendo bruxarias à noite.

— *Minha tia,* não — retrucou Wensleydale, de cara séria.

— E... receitas — disse Brian. — Novos pratos com sobras de sapos.

— Ah, cala a boca — falou Pepper.

Brian bufou. Se fosse Wensley quem tivesse dito isso, teriam tido uma briguinha de nada, do tipo entre amigos. Mas os outros Eles já haviam aprendido que Pepper não se considerava regida pelas convenções informais de briguinhas fraternas. Ela era capaz de chutar e morder com uma impressionante precisão fisiológica para uma menina de 11 anos. Além disso, aos 11 anos, os Eles estavam começando a ficar incomodados com a constatação sinistra de que pôr as mãos na boa e velha Pep levava tudo a categorias latejantes com as quais os garotos não estavam inteiramente à vontade ainda, além de premiá-los com um golpe rápido como uma cobra que teria derrubado até o Karatê Kid.

Mas ela era boa de se ter na gangue. Eles se lembravam com orgulho de quando o Johnson Seboso e a gangue *dele* mexeram com eles por brincarem com uma garota. Pepper havia atacado o Seboso com tal fúria que a mãe dele passou por lá mais tarde naquela noite para tomar satisfação.*

* Johnson Seboso era uma criança grandalhona e digna de pena. Há uma em toda escola; não exatamente *gorda*, mas simplesmente enorme e usando roupas quase do mesmo tamanho das do pai. Papel se rasgava sob seus dedos extraordinários, canetas se estilhaçavam em sua mão fechada. Crianças com quem ele tentava brincar de forma amigável e tranquila acabavam debaixo de seus pés imensos, e Johnson Seboso acabou virando um valentão quase que por legítima defesa. Afinal, era melhor ser chamado de valentão, que ao menos implicava algum tipo de controle e desejo, do que ser chamado de grande pateta desajeitado. Ele levava o treinador esportivo da escola à loucura, pois se Johnson Seboso tivesse mostrado o menor interesse em algum esporte, a escola teria sido a campeã. Mas Johnson Seboso jamais encontrou um esporte que combinasse com ele. Em vez disso, devotava-se em segredo à sua coleção de peixes tropicais, que lhe rendia prêmios. Johnson Seboso tinha

Pepper considerava aquele rapaz, um macho tamanho gigante, um inimigo natural.

Ela possuía cabelos ruivos curtos e um rosto que estava menos para sardento e mais para uma grande sarda com eventuais regiões de pele preservada.

O nome completo de batismo de Pepper era Pippin Galadriel Moonchild. Ela o recebera numa cerimônia de batismo num vale lamacento que continha três ovelhas doentes e uma série de tendas indígenas de polietileno com furos por onde a água da chuva gotejava. Sua mãe havia escolhido o vale galês de Cynth-ah-Kal-Synia como o local ideal para a Volta à Natureza. (Seis meses depois, cansada das chuvas, dos mosquitos, dos homens, das ovelhas que viviam passando por cima das tendas e que primeiro comeram toda a plantação comunitária de cannabis e depois o velho furgão, e àquela altura começando a perceber por que quase toda motivação na história da humanidade fora uma tentativa de se distanciar o máximo possível da Natureza, a mãe de Pepper voltou para a casa dos avós surpresos de Pepper em Tadfield, comprou um sutiã e se matriculou num curso de sociologia com um profundo suspiro de alívio.)

Só existem duas maneiras pelas quais uma criança pode conviver com um nome como Pippin Galadriel Moonchild, e Pepper escolhera a outra: os três Eles tinham descoberto isso no primeiro dia de escola, no parquinho, aos 4 anos de idade.

Perguntaram o nome dela, e, toda inocente, ela respondera.

Mais tarde, um balde de água fora necessário para separar os dentes de Pippin Galadriel Moonchild do sapato de Adam. O primeiro par de óculos de Wensleydale fora quebrado, e o suéter de Brian precisara de cinco pontos.

Os Eles se tornaram inseparáveis desde então, e Pepper foi Pepper para sempre, exceto para sua mãe, e (quando se sentiam particularmente corajosos, e os Eles estavam fora do campo auditivo) para o Johnson Seboso e os Johnsonitas, a única outra gangue do vilarejo.

Adam batia com os calcanhares na borda do engradado que lhe servia de cadeira, ouvindo aquela discussão com o ar relaxado de um rei ao escutar a conversa despreocupada de seus cortesãos.

---

a mesma idade que Adam Young, com a diferença de somente algumas horas entre seus nascimentos, e os pais dele jamais lhe contaram que tinha sido adotado. Está vendo só? Você *tinha razão* quanto aos bebês.

Mascava uma palha preguiçosamente. Era manhã de quinta. As férias se estendiam adiante, infinitas e imaculadas. Precisavam ser preenchidas.

Deixou a conversa flutuar ao seu redor como o zumbido dos grilos ou, mais precisamente, como um garimpeiro observando o cascalho na peneira à procura do lampejo de um ouro que se preze.

— O jornal de domingo disse que existem milhares de bruxas no país — disse Brian. — Adorando a Natureza, comendo comida saudável, essas coisas. Então não vejo por que a gente não deveria ter uma por aqui. O jornal disse que estavam inundando o país com uma Onda de Mal Bestial.

— O quê, por adorar a Natureza e comer comida saudável? — perguntou Wensleydale.

— Era o que dizia.

Os Eles ponderaram sobre isso. Já haviam tentado — por insistência de Adam — adotar uma alimentação saudável por uma tarde inteira. O veredicto deles fora que você podia viver muito bem com comida saudável, desde que fizesse um almoço reforçado antes.

Brian se inclinou para a frente, com ar conspiratório.

— *E* o jornal disse que elas dançam em roda, sem roupa — acrescentou. — Sobem morros, vão a Stonehenge e lugares do tipo e dançam peladas.

Dessa vez a ponderação foi mais pensativa. Os Eles haviam alcançado aquele ponto em que, por assim dizer, a montanha-russa da vida havia quase completado a longa subida até o alto da primeira grande montanha da puberdade, de forma que só conseguiam olhar para a descida íngreme abaixo, cheia de mistério, terror e curvas empolgantes.

— Sei — disse Pepper.

— Minha tia, não — insistiu Wensleydale, quebrando o encanto. — Definitivamente, minha tia, não. Ela só fica tentando falar com meu tio.

— Seu tio está morto — disse Pepper.

— Ela diz que meu tio ainda consegue mexer um copo — retrucou Wensleydale, na defensiva. — Meu pai diz que foi esse negócio de viver mexendo em copos que o matou, para começo de conversa. Não sei por que ela quer falar com ele — acrescentou. — Eles nunca se falavam muito quando ele estava vivo.

— Isso é necromancia, é o que é — disse Brian. — Está na Bíblia. Ela devia parar. Deus é totalmente contra a necromancia. E bruxas. Você pode ir pro Inferno por causa disso.

Houve uma preguiçosa mudança de posição no trono de engradado. Adam ia falar.

Os Eles fizeram silêncio. Sempre valia a pena ouvir Adam. Lá no fundo de seus corações, os Eles sabiam que não eram uma gangue de quatro. Eram uma gangue de três que pertencia a Adam. Mas se o objetivo fosse agitação, atividades de lazer e dias cheios de coisas para fazer, uma posição baixa na gangue de Adam era preferível à liderança de qualquer outra gangue, do ponto de vista dos Eles.

— Não sei o que tanto as pessoas têm contra as bruxas — disse Adam.

Os Eles se entreolharam. Isso parecia promissor.

— Bem, elas estragam plantações — disse Pepper. — E afundam navios. E dizem se você vai ser rei e sei lá o que mais. E preparam coisas com ervas.

— Minha mãe usa ervas — afirmou Adam. — E a sua também.

— Ah, mas com *aquelas* tudo bem — retrucou Brian, determinado a não perder sua posição de especialista em ocultismo. — Acho que Deus disse que se podia usar hortelã, sálvia, essas coisas. Isso significa que não tem nada de errado com hortelã e sálvia.

— E elas podem fazer você ficar doente só com o olhar — disse Pepper. — Isso se chama mau-olhado. Elas te botam um, e você fica doente sem ninguém saber por quê. E fazem um boneco seu, que enchem de alfinetes, e você fica doente onde todos os alfinetes estão espetados — acrescentou, toda serelepe.

— Esse tipo de coisa não acontece mais — reiterou Wensleydale, a pessoa do pensamento racional. — Porque a gente inventou a ciência e todos os vigários queimaram as bruxas para o bem delas. O nome disso foi Inquisição Espanhola.

— Então acho que a gente devia descobrir se essa aí do Jasmine Cottage é bruxa e, se for, contar para o Sr. Pickersgill — disse Brian.

O Sr. Pickersgill era o vigário. No momento andava contrariado com os Eles sobre assuntos que variavam de subir no teixo do adro da igreja até tocar o sino e sair correndo.

— Não acho que sair queimando gente seja permitido — disse Adam. — Senão as pessoas fariam isso o tempo todo.

— É permitido se você for religioso — disse Brian, tranquilizando-o. — E isso impede as bruxas de irem para o Inferno, então acho que elas até que ficariam bastante agradecidas se entendessem direito as coisas.

— Não consigo ver o Picky botando fogo em ninguém — afirmou Pepper.

— Ah, não sei, não — retrucou Brian, com sinceridade.

— Não exatamente botando fogo nelas de verdade — disse Pepper bufando. — Ele está mais pra contar pros pais e deixar por conta deles se alguém vai ser queimado ou não.

Os Eles sacudiram a cabeça indignados com o baixo nível de responsabilidade eclesiástica. Então os outros três olharam para Adam na expectativa.

Sempre olhavam para Adam na expectativa. Era ele quem tinha ideias.

— Talvez a gente devesse fazer isso por conta própria. Alguém devia fazer *alguma coisa* se existem tantas bruxas por aí. É... é como aquele esquema de vigilância de bairro.

— Vigilância de bruxa — disse Pepper.

— Não — retrucou Adam friamente.

— Mas a gente não pode ser a Inquisição Espanhola — determinou Wensleydale. — A gente não é espanhol.

— Aposto que a gente não precisa ser espanhol para ser a Inquisição Espanhola — disse Adam. — Aposto que é tipo ovos escoceses ou hambúrgueres americanos. Só precisa parecer espanhol. É só a gente fazer *parecer* espanhola. Então todo mundo vai saber que é a Inquisição Espanhola.

Fez-se silêncio.

Que foi quebrado pelo barulho de um dos pacotes de batatas fritas vazios que viviam se acumulando onde quer que Brian estivesse sentado. Todos olharam para ele.

— Eu tenho um cartaz de tourada com meu nome escrito nele — disse Brian, bem devagar.

A hora do almoço chegou e passou. A mais nova Inquisição Espanhola tornou a se reunir.

O Inquisidor-Chefe inspecionou-as criticamente.

— O que são estas coisas? — inquiriu.

— Você bate uma na outra quando dança — disse Wensleydale, um pouco na defensiva. — Minha tia trouxe isso da Espanha uns anos atrás. O nome é maracas, acho. Tem o desenho de uma dançarina espanhola nelas, olha.

— Por que ela está dançando com um touro? — perguntou Adam.

— Pra mostrar que é espanhola — disse Wensleydale.

Adam deixou passar essa.

O cartaz da tourada era tudo que Brian havia prometido.

Pepper tinha uma coisa que parecia meio que uma molheira feita de ráfia.

— É pra colocar garrafa de vinho dentro — disse ela, desafiadora. — Minha mãe trouxe isso da Espanha.

— Não tem nenhum touro nisso — disse Adam, sério.

— Não precisa ter — rebateu Pepper, adotando a leve postura de alguém pronto para brigar.

Adam hesitou. Sua irmã Sarah e o namorado dela também tinham estado na Espanha. Sarah retornara com um burro de pelúcia roxo enorme que, ainda que definitivamente espanhol, não era o que Adam instintivamente sentia que deveria ser o tom da Inquisição Espanhola. O namorado, por outro lado, trouxera uma espada muito ornamentada que, apesar de sua tendência a se dobrar quando empunhada e ficar cega quando levada a cortar papel, proclamava ser feita de aço de Toledo. Adam havia passado uma meia hora instrutiva com a enciclopédia e sentiu que era justamente daquilo que a Inquisição precisava. No entanto, sugestões sutis não haviam funcionado.

No fim das contas, Adam levara um punhado de cebolas da cozinha. Bem poderiam ter sido espanholas. Mas até mesmo Adam teve que admitir que, como decoração para as instalações inquisitoriais, lhes faltava aquele algo mais. Ele não estava em posição de discutir com muita veemência sobre suportes de vinho de ráfia.

— Muito bom — disse ele.

— Tem certeza de que são cebolas *espanholas*? — perguntou Pepper, relaxando.

— Tenho — disse Adam. — Cebolas espanholas. Todo mundo sabe disso.

— Podiam ser francesas — afirmou Pepper, obstinadamente. — A França é famosa por suas cebolas.

— Não importa — disse Adam, que estava ficando de saco cheio de cebolas. — A França é *quase* Espanhola, e eu não acho que as bruxas saibam a diferença, já que passam o tempo todo delas voando de noite. Pras bruxas tudo parece o "continã". Enfim, se você não gosta, pode muito bem sair por aí e começar sua própria Inquisição.

Uma vez na vida, Pepper não forçou a barra. O posto de Torturadora--Chefe havia sido prometido a ela. Ninguém duvidava de quem seria o Inquisidor-Chefe. Já Wensleydale e Brian estavam menos animados com seus papéis de Guardas da Inquisição.

— Bem, vocês não sabem falar espanhol — disse Adam, cuja hora do almoço havia incluído dez minutos com um pequeno dicionário de frases básicas que Sarah tinha comprado num surto de romantismo em Alicante.

— Isso não importa, porque *na verdade* é em latim que você tem que falar — disse Wensleydale, tendo também feito uma leitura de almoço um pouco mais precisa.

— *E* espanhol — acrescentou Adam, com firmeza. — Por isso ela é a Inquisição Espanhola.

— Não vejo por que não deveria ser uma Inquisição Britânica — disse Brian. — Não vejo por que a gente deveria ter combatido a Armada e tudo mais, só para ter a Inquisição fedorenta deles.

Aquilo também vinha incomodando um pouco as sensibilidades patrióticas de Adam.

— Eu acho — disse ele — que a gente devia começar Espanhola e depois fazer dela a Inquisição Britânica quando pegar o jeito. E, agora, Guarda Inquisitorial, *puedes hacerme un favor* e pegar a primeira bruxa?

A nova habitante do Jasmine Cottage teria que esperar, decidiram. O que precisavam fazer era começar por baixo e ir progredindo aos poucos.

— És tu uma bruxa, *ó, lé*? — perguntou o Inquisidor-Chefe.

— Sim — disse a irmã mais nova de Pepper, que tinha 6 anos e parecia uma bolinha de futebol loura.

— Você não pode dizer sim, tem que dizer não — sussurrou a Torturadora-Chefe, dando uma cotovelada de leve na suspeita.

— E depois? — indagou a suspeita.

— E depois a gente te tortura pra você dizer sim — explicou a Torturadora-Chefe. — Eu te *disse.* Vai ser legal, a tortura. Não dói, não. *Hastar lar visa* — acrescentou, depressa.

A pequena suspeita deu uma olhada depreciativa na decoração do quartel-general inquisitorial. Havia decididamente cheiro de cebola ali.

— Hum — disse ela. — Eu *quero* ser uma bruxinha, com nariz cheinho de verruga, pele verdinha e um gato bonitinho com o nome de Pretinho, e um monte de poção e...

A Torturadora-Chefe assentiu para o Inquisidor-Chefe.

— Escute aqui — disse Pepper, desesperada. — Ninguém está dizendo que você *não pode* ser bruxa, é só você *dizer* que *não é* bruxa. Não tem por que a gente ter todo esse trabalho — acrescentou, severa — se você vai ficar dizendo *sim* no minuto em que a gente te perguntar.

A suspeita levou isso em consideração.

— Mas eu *quero* ser uma bruxinha — choramingou.

Os Eles trocaram olhares exaustos entre si. Isso estava fora da alçada deles.

— Se você só disser *não* — falou Pepper —, pode ficar com o estábulo do cavalo da minha boneca Sindy. Eu nunca nem usei — acrescentou, fuzilando os outros Eles com o olhar, desafiando-os a ousarem fazer um comentário sequer.

— Você usou *sim* — retrucou a irmã. — Eu *vi*, ele está todo gasto, e a parte onde você põe o feno está quebrada, e...

Adam tossiu magistralmente.

— És tu uma bruxa, *viva españa*? — repetiu.

A irmã deu uma olhada no rosto de Pepper e resolveu não arriscar.

— Não — decidiu.

Foi uma tortura muito boa, todos concordaram. O problema era fazer a suposta bruxa querer parar com aquilo.

Era uma tarde quente, e os guardas inquisitoriais sentiam que estavam sendo explorados.

— Não entendo por que eu e o irmão Brian tenhamos de fazer todo o trabalho — disse o irmão Wensleydale, limpando o suor da testa. — Acho que é hora de ela sair e a gente ter um gostinho também. *Benedictine ina decanter.*

— Por que paramos? — exigiu saber a suspeita, água saindo pelos sapatos.

Durante suas pesquisas, tinha ocorrido ao Inquisidor-Chefe que a Inquisição Britânica provavelmente ainda não estava pronta para a reintrodução da Dama de Ferro e da pera da angústia. Mas a ilustração de uma cadeira de mergulho medieval sugeriu que ela era feita sob medida para o propósito deles. Só precisavam de um lago, algumas tábuas e uma corda. Era o tipo de combinação que sempre atraía os Eles, que nunca tinham muita dificuldade em achar os três.

A suspeita estava agora verde até a cintura.

— É que nem uma gangorra — disse ela. — Ueeebaaa!

— Se eu não puder brincar também, vou pra casa — resmungou o irmão Brian. — Não entendo por que as bruxas malvadas é que têm que ficar com toda a diversão.

— Inquisidores não podem ser torturados — disse o Inquisidor-Chefe, com firmeza, mas sem muita convicção.

Era uma tarde quente, os mantos inquisitoriais feitos de sacos velhos coçavam e fediam a cevada velha, e o lago parecia extremamente convidativo.

— Tudo bem, tudo bem — disse, voltando-se para a suspeita. — Você é uma bruxa, tudo bem, não faça mais isso, e agora sai e dá a vez para outra pessoa. *Ó, lé* — acrescentou ele.

— E agora, o que acontece? — perguntou a irmã de Pepper.

Adam hesitou. Tocar fogo nela provavelmente causaria uma infinidade de problemas. Além disso, ela estava encharcada demais para queimar.

Ele também estava ligeiramente consciente de que, em algum ponto do futuro, haveria perguntas sobre sapatos enlameados e vestidos cor-de-rosa com algas marinhas incrustadas. Mas isso era o futuro, e ele ficava do outro lado de uma longa tarde quente que continha tábuas, cordas e lagos. O futuro podia esperar.

O futuro veio e foi embora da forma um tanto desencorajadora que fazem os futuros, embora o Sr. Young tivesse mais com que se preocupar do que vestidos enlameados, e tenha simplesmente proibido que Adam visse televisão, o que significava que ele teria de assistir aos programas em seu velho aparelho preto e branco no quarto.

— Não vejo por que deveríamos ser proibidos de usar mangueiras — Adam ouviu o Sr. Young dizer à Sra. Young. — Pago minhas contas como todo mundo. O jardim parece o deserto do Saara. Fico surpreso por ainda *ter sobrado* alguma água no lago. Na minha opinião, a culpa é dos testes nucleares. A gente costumava ter bons verões nos meus tempos de garoto. Chovia o tempo todo.

Agora Adam andava sozinho com os ombros encurvados ao longo da estradinha empoeirada. Aquela era uma boa caminhada. Adam tinha um jeito de andar encurvado que ofendia todas as pessoas de pensamento reto. A questão é que ele não só deixava o corpo pender para a frente. Ele conseguia andar encurvado com *inflexões,* e agora seus ombros refletiam a dor e a perplexidade daqueles injustamente frustrados em seu desejo altruísta de ajudar seus semelhantes.

A poeira quedava-se pesada nos arbustos.

— Bem feito pra todo mundo se as bruxas tomarem o país inteiro e fizerem todo mundo comer comida saudável e não ir à igreja e dançar por aí sem roupa — disse ele, chutando uma pedra.

Tinha de admitir que, a não ser talvez pela comida saudável, a perspectiva não parecia lá muito preocupante.

— Aposto que, se eles simplesmente tivessem deixado a gente começar a trabalhar direito, podia ter encontrado *centenas* de bruxas — disse para si mesmo, chutando uma pedra. — Aposto que o velho Torturamada não teve que desistir justo quando estava começando só porque alguma bruxa idiota ficou com o vestido sujo.

Cão andava encurvado obedientemente atrás de seu Mestre. Aquilo não era, considerando que o cão do Inferno tivesse alguma expectativa, o que ele tinha imaginado que seria nos últimos dias antes do Armagedom, mas apesar disso estava começando a se divertir.

Ouviu seu Mestre dizer:

— Aposto que nem os *vitorianos* forçavam as pessoas a ver televisão em preto e branco.

A forma molda a natureza. Existem certos tipos de comportamento apropriados a cãezinhos vira-latas que estão na verdade enraizados nos genes. Você não pode simplesmente assumir a forma de um cão pequeno e esperar continuar a mesma pessoa; uma certa cãopequenez começa a permear seu Ser.

Ele já havia caçado um rato. Tinha sido a experiência mais divertida de sua vida.

— Bem feito pra eles se formos todos vencidos pelas Forças do Mal — resmungou o Mestre.

E havia os gatos, pensou Cão. Ele havia surpreendido o enorme gato ruivo da casa ao lado e tentado reduzi-lo a uma geleia encolhida através do costumeiro olhar incandescente e do rosnado grave, que sempre haviam funcionado com os danados no passado. Dessa vez eles lhe valeram uma patada no focinho que fez seus olhos se encherem de água. Gatos, considerou Cão, eram obviamente muito mais durões que almas perdidas. Ele não via a hora de ter uma nova experiência com gatos, que, conforme planejara, consistiria em saltitar ao redor deles e latir animadamente. Era um tiro no escuro, mas poderia dar certo.

— É melhor eles não virem correndo para mim quando o velho Picky for transformado em sapo, só isso — resmungou Adam.

Foi nesse momento que ele percebeu duas coisas. Uma era que seus passos desconsolados o haviam levado até o Jasmine Cottage. O outro era que alguém estava chorando.

Adam não podia ver ninguém chorando que se sensibilizava. Hesitou um instante e, então, espiou cautelosamente por sobre a cerca viva.

Para Anathema, sentada numa espreguiçadeira e já na metade de um pacote de lenços de papel, aquilo pareceu o nascer de um pequeno e despenteado sol.

Adam duvidou que ela fosse bruxa. Ele tinha uma imagem mental muito definida de uma bruxa. Os Young se restringiam à única opção possível entre os mais refinados jornais de domingo, e, portanto, cem anos de ocultismo esclarecido haviam passado batido por Adam. Ela não tinha um nariz curvado nem verrugas e era jovem... *bem* jovem. Isso bastava para ele.

— Oi — disse ele, endireitando o corpo.

Ela assoou o nariz e ficou olhando fixamente para ele. O que espiava sobre a cerca viva deveria ser descrito. O que Anathema viu, disse mais tarde, era algo parecido com um deus grego pré-pubescente. Ou quem sabe uma ilustração bíblica, daquelas mostrando anjos musculosos executando algum golpe virtuoso. Era um rosto que não pertencia ao século XX. O cabelo era cheio e continha cachos dourados e reluzentes.

Michelangelo deveria tê-lo esculpido. Mas provavelmente não teria incluído os tênis surrados, os jeans esfarrapados ou a camiseta ensebada.

— Quem é você? — perguntou ela.

— Meu nome é Adam Young — respondeu Adam. — Moro mais adiante nessa estradinha.

— Ah. Tá. Já ouvi falar de você — disse Anathema, enxugando os olhos. Adam se aprumou. — A Sra. Henderson disse que eu deveria ficar de olho em você — continuou ela.

— Sou bem conhecido por aqui — afirmou Adam.

— Ela disse que você nasceu para a forca — disse Anathema.

Adam sorriu. Notoriedade não era tão bom quanto fama, mas era muito melhor que a obscuridade.

— Ela disse que você era o pior dos Eles — contou Anathema, parecendo um pouco mais animada. Adam assentiu. — Ela falou assim: "Cuidado com os Eles, moça, eles não são nada além de um bando de marginais. Aquele jovem Adam está cheio de pecado" — completou Anathema.

— Por que você estava chorando? — perguntou Adam de supetão.

— Ah, é que eu acabei de perder uma coisa — disse ela. — Um livro.

— Eu te ajudo a procurar, se quiser — respondeu ele, galante. — Na verdade, eu sei muito sobre livros. *Eu* escrevi um livro, uma vez. Era um livro fantástico. Tinha quase oito páginas. Era sobre um pirata que era um detetive famoso. E *eu* fiz as ilustrações. — E então, num lampejo de generosidade, acrescentou: — Eu te deixo ler, se quiser. Aposto que era muito mais divertido que qualquer livro que você tenha perdido. Principalmente na parte na nave espacial em que o dinossauro aparece e luta com os caubóis. Aposto que ele ia te animar, meu livro. Animou Brian demais da conta. Ele disse que nunca tinha ficado tão animado.

— Obrigada. Tenho certeza de que seu livro é muito bom — disse ela, cativando Adam para sempre. — Mas não preciso que você me ajude a procurar meu livro... acho que agora é tarde demais.

Então olhou pensativa para Adam.

— Você deve conhecer esta área muito bem, não é?

— Por quilômetros e *quilômetros* — respondeu Adam.

— Você não teria visto dois homens num carro preto grande, teria? — perguntou Anathema.

— Eles roubaram o livro? — perguntou Adam, cheio de interesse.

Desbaratar uma gangue de ladrões internacionais de livros faria o dia terminar de forma recompensadora.

— Não exatamente. Mais ou menos. Quer dizer, não foi por querer. Estavam procurando o Casarão, mas fui lá hoje e ninguém sabe nada sobre eles. Teve um tipo de acidente lá ou coisa parecida, acho.

Ela olhou para Adam. Havia algo estranho nele, mas ela não conseguia dizer exatamente o que era. Só tinha uma forte sensação de que ele era importante, que ela não deveria deixá-lo se afastar. Alguma coisa a respeito dele...

— Qual é o nome do livro? — perguntou Adam.

— *As Justas e Precisas Profecias de Agnes Nutter, Bruxa* — disse ela.

— Bruxa?

— É. Bruxa. Como em *Macbeth* — disse Anathema.

— Eu vi esse filme — disse Adam. — Era realmente interessante o jeito como os reis se comportavam. Caramba. O que tem de justo nelas?

— Justo costumava significar preciso. Ou exato.

Definitivamente havia algo estranho. Uma espécie de intensidade despojada. Você começava a sentir que, se ele estivesse por perto, todo o resto, até mesmo a paisagem, era só pano de fundo.

Ela estava ali havia um mês. À exceção da Sra. Henderson, que teoricamente tomava conta do *cottage* e provavelmente mexia nas coisas dela se tivesse a metade de uma oportunidade, não havia trocado mais de uma dezena de palavras com mais ninguém. Deixava-os pensar que era uma artista. Aquele era o tipo de cidade rural de que os artistas gostavam.

Na verdade, era um lugar bonito pra caramba. Só o trecho ao redor daquele vilarejo era esplêndido. Se Turner e Landseer tivessem conhecido Samuel Palmer num pub e combinado tudo, e depois chamado Stubbs para pintar os cavalos, não poderia ter sido melhor.

E isso era deprimente, porque era lá que *aquilo* ia acontecer. Segundo Agnes, de qualquer maneira. Num livro que ela, Anathema, permitira se perder. Ela tinha o fichamento do livro, lógico, mas não era a mesma coisa.

Se Anathema tivesse estado no controle absoluto da própria mente naquele momento — e ninguém ao redor de Adam jamais estava no controle absoluto da própria mente —, teria notado que, sempre que tentava pensar nele além de um nível superficial, seus pensamentos escorriam como água por um pato.

— Sinistro! — disse Adam, que vinha revirando na cabeça as implicações de um livro de profecias justas e precisas. — Ele diz quem vai ganhar o Grand National, diz?

— Não — respondeu Anathema.

— Tem alguma nave espacial nele?

— Não muitas — disse Anathema.

— Robôs? — perguntou Adam, esperançoso.

— Foi mal.

— Então não parece tão bom assim, *na minha opinião* — disse Adam. — Não vejo o que o futuro tem se não tem nem robôs nem espaçonaves.

Cerca de três dias, pensou Anathema, triste. *É isso o que o futuro tem.*

— Quer uma limonada? — perguntou ela.

Adam hesitou. Então decidiu pegar o touro pelos chifres.

— Escuta aqui, desculpa perguntar, se não for uma pergunta muito pessoal, mas você é bruxa?

Anathema estreitou os olhos. Era nisso que dava a Sra. Henderson ficar bisbilhotando.

— Algumas pessoas poderiam dizer que sim. Na verdade, sou ocultista.

— Ah, bom. Então tudo bem — disse Adam, mais animado.

Ela olhou para ele de cima a baixo.

— Você sabe o que é um ocultista, não sabe? — perguntou ela.

— Sei, sim — disse Adam, confiante.

— Bem, contanto que você esteja mais feliz agora — disse Anathema. — Entre. Algo para beber me cairia bem também. E... Adam Young?

— Sim?

— Você estava pensando "não tem nada errado com meus olhos, eles não precisam ser examinados", não estava?

— Quem, eu? — perguntou Adam, culpado.

Cão era o problema. Ele não queria entrar no *cottage*. Ele se acocorou nos degraus diante da porta, rosnando.

— Vem, seu cão bobo — disse Adam. — É só o velho Jasmine Cottage. — Olhou para Anathema, envergonhado. — Em geral ele faz tudo o que eu mando, na hora.

— Pode deixá-lo no jardim — disse Anathema.

— Não — falou Adam. — Ele tem que fazer o que mandam. Li isso num livro. O treinamento é muito importante. Qualquer cão pode ser treinado, dizia lá. Meu pai falou que eu só posso ficar com ele se ele for treinado direito. Agora, *Cão*. Entra.

Cão gemeu e olhou para ele com um olhar suplicante. Seu rabo roliço bateu uma ou duas vezes no chão.

A voz do Mestre.

Com extrema relutância, como se avançasse no meio de um vendaval, ele esgueirou-se pela porta.

— Isso — disse Adam, orgulhoso. — Bom garoto.

E mais um pedacinho do Inferno se queimou...

Anathema fechou a porta.

Sempre houvera uma ferradura sobre a porta do Jasmine Cottage, desde seu primeiro inquilino séculos antes; a Peste Negra andava com força total na época, e ele achara prudente se valer de toda e qualquer proteção possível.

Ela estava corroída e semicoberta com a tinta de séculos. Por isso nem Adam nem Anathema deram bola para ela, ou sequer notaram como estava agora esfriando de um calor branco.

O chocolate quente de Aziraphale ficou gelado.

O único som no recinto era o virar ocasional de uma página.

De vez em quando se ouvia um chocalhar na porta quando potenciais clientes da Livros Íntimos, a livraria ao lado, confundiam a entrada. Ele os ignorava. Às vezes chegava muito perto de soltar um palavrão.

Anathema não chegara realmente a ficar à vontade no *cottage*. A maior parte de seus apetrechos estava empilhada na mesa. Parecia interessante. Parecia, na verdade, como se um sacerdote vodu tivesse acabado de saquear uma loja de equipamentos científicos.

— Fantástico! — disse Adam, mexendo naquilo. — Que coisa é essa de três pernas?

— É um teodolito — respondeu Anathema da cozinha. — É para rastrear linhas de Ley.

— O que são linhas de Ley? — perguntou Adam.

Ela explicou.

— Caramba — disse ele. — Estão mesmo?

— Estão.

— Por toda parte?

— Sim.

— Eu nunca vi nenhuma delas. Incrível todas essas linhas de força invisíveis por toda parte e eu não consigo ver nenhuma delas.

Adam não costumava prestar muita atenção nas coisas, mas passou ali os vinte minutos mais arrebatadores de sua vida, ou pelo menos de sua vida naquele dia. Ninguém na casa dos Young sequer batia na madeira nem jogava sal por cima do ombro. O único aceno na direção do sobrenatural foi um fingimento pouco convincente, quando Adam era mais novo, de que o Papai Noel descia pela chaminé.* Ele andava faminto por algo mais oculto que um Festival da Colheita. As palavras dela se infiltraram em sua mente como água num maço de folhas de papel mata-borrão.

Cão estava debaixo da mesa e grunhia. Começava a ter sérias dúvidas a respeito de si mesmo.

Anathema não só acreditava em linhas de Ley como também em focas, baleias, bicicletas, florestas tropicais, pães de trigo integral, papel reciclado, sul-africanos brancos fora da África do Sul e americanos fora de praticamente qualquer lugar até, e incluindo, Long Island. Ela não compartimentalizava suas crenças. Estavam fundidas numa crença enorme e maciça, e, comparada a ela, a de Joana D'Arc seria apenas uma vaga noção. Em qualquer escala de mover montanhas, esta deslocava pelo menos 0,5 de um cume de montanha.**

Ninguém havia sequer usado a expressão *meio ambiente* perto de Adam antes.

As florestas tropicais da América do Sul eram um livro fechado para Adam, e esse livro não era sequer feito de papel reciclado.

A única vez que ele a interrompeu foi para concordar com suas ideias sobre energia nuclear:

— Eu já estive numa usina nuclear. Foi muito *chato.* Não tinha fumaça verde e nada borbulhando em tubos. Não deviam deixar que não tivesse coisas borbulhando em tubos quando as pessoas vão até lá só pra ver isso, tendo só um monte de caras por lá sem nem estar de roupa espacial.

— Eles fazem todas as borbulhas depois que os visitantes vão embora — disse Anathema, melancolicamente.

— Tá — disse Adam.

— Deveriam se livrar delas para já.

— Bem feito pra eles por não soltarem borbulhas — disse Adam.

* Se Adam estivesse em plena posse de seus poderes naquela época, o Natal dos Young teria sido arruinado pela descoberta do cadáver de um homem gordo preso de cabeça para baixo no seu duto de aquecimento central.

** Pode ser importante observar aqui que a maioria dos seres humanos raramente consegue erguer mais de 0,3 de um cume (30 centi-cumes). A crença de Adam nas coisas variava numa escala de 2 até 15.640 Everests.

Anathema concordou. Ela ainda estava tentando descobrir o que havia de tão estranho em Adam e então se deu conta do que era.

Ele não tinha aura.

Ela era uma baita especialista em auras. Podia vê-las, se olhasse fixamente por tempo suficiente. Elas eram um leve brilho de luz ao redor da cabeça das pessoas, e, segundo um livro que lera, a cor dizia coisas sobre a saúde e o bem-estar geral delas. Todos tinham uma. Nas pessoas mal-humoradas e fechadas, era um contorno fraco e trêmulo, ao passo que as pessoas expansivas e criativas poderiam ter uma que se expandia a vários centímetros do corpo.

Ela nunca ouvira falar de ninguém que não tivesse aura, mas não conseguia ver nada ao redor de Adam. Mesmo assim ele parecia animado, entusiasmado e tão equilibrado quanto um giroscópio.

Talvez eu esteja só cansada, pensou.

De qualquer forma, estava satisfeita e grata por encontrar um aluno tão dedicado, chegando ao ponto de emprestar a ele alguns exemplares da *Seleções dos Novos Aquarianos,* uma revistinha editada por um amigo dela.

Isso mudou a vida de Adam. Pelo menos, mudou a vida dele naquele dia.

Para espanto dos pais, ele foi cedo para a cama, e ficou debaixo das cobertas até depois da meia-noite com uma lanterna, as revistas e um saquinho de balas de limão. A boca em plena e feroz mastigação de vez em quando soltava um "Fantástico!".

Quando as pilhas acabaram, ele emergiu na escuridão do quarto e deitou com as mãos atrás da cabeça, aparentemente olhando para o esquadrão de caças X-Wing® pendurado no teto. Eles se moviam devagar sob a brisa noturna.

Mas Adam não estava realmente olhando para eles. Estava olhando para o panorama de luzes brilhantes de sua própria imaginação, que girava como um parque de diversões.

Aquilo não era a tia de Wensleydale e um copo de vinho. Aquele tipo de ocultismo era muito mais interessante.

Além do mais, ele tinha gostado de Anathema. Tudo bem que ela era muito velha, mas quando Adam gostava de alguém, queria fazer esse alguém feliz.

Ele ficou pensando em como fazer Anathema feliz.

Costumava-se pensar que os eventos que mudavam o mundo eram coisas como bombas enormes, políticos loucos, grandes terremotos ou vastos movimentos migratórios, mas hoje em dia já se constatou que esta é uma visão muito antiquada, sustentada por pessoas totalmente desconectadas do pensamento moderno. As coisas que *realmente* mudam o mundo, segundo a teoria do Caos, são as coisas pequenas. Uma borboleta bate as asas na selva amazônica, e logo depois uma tormenta assola metade da Europa.

Em algum lugar na mente sonolenta de Adam, uma borboleta havia emergido.

Isso poderia, ou não, ter ajudado Anathema a obter uma visão nítida das coisas se ela tivesse tido condições de observar a razão bastante óbvia pela qual não conseguia ver a aura de Adam.

Era o mesmo motivo pelo qual as pessoas na Trafalgar Square não conseguem ver a Inglaterra.

Alarmes dispararam.

Obviamente, não há nada de especial em alarmes disparando na sala de controle de uma usina nuclear. Eles fazem isso o tempo todo. É porque são tantos mostradores, medidores e coisas que algo importante poderia passar despercebido se não soltasse pelo menos um bipe.

E o trabalho do Engenheiro-Chefe de Plantão exige um tipo de profissional confiável, competente, inabalável, o tipo do qual você pode estar certo de que não vai correndo para o estacionamento em caso de emergência. O tipo de pessoa, na verdade, que dá a impressão de fumar um cachimbo mesmo quando não está fumando.

Eram três da madrugada na sala de controle da usina nuclear de Turning Point, normalmente uma hora tranquila e silenciosa quando não há nada a fazer a não ser preencher o registro e escutar o rugido distante das turbinas.

Até aquele momento.

Horace Gander olhou para as luzes vermelhas que piscavam. Então olhou para alguns mostradores. Então olhou para o rosto de seus colegas de trabalho. Então ergueu o olhar para o grande mostrador do outro lado da sala. Quatrocentos e vinte megawatts praticamente confiáveis e quase baratos estavam deixando a usina. Segundo os outros mostradores, nada os estava produzindo.

Ele não disse "que estranho". Não teria dito "que estranho" nem se um rebanho de ovelhas tivesse passado de bicicleta tocando violino. Não era o tipo de coisa que um engenheiro responsável diria. O que ele *disse* foi:

— Alf, é melhor ligar para o administrador da usina.

Três horas muito atarefadas se passaram. Elas envolveram uma série de ligações telefônicas, telex e fax. Vinte e sete pessoas foram tiradas de suas camas em rápida sucessão, que por sua vez despertaram mais 53, pois, se há uma coisa que uma pessoa quer saber quando é acordada em pânico às quatro da madrugada, é que não está sozinha.

Enfim, são necessários vários tipos de permissões antes de deixarem desatarraxar a tampa de um reator nuclear e olhar dentro.

Eles as conseguiram. Desatarraxaram. E olharam. Horace Gander disse:

— Tem que existir um motivo sensato para isto estar acontecendo. Não tem como quinhentas toneladas de urânio simplesmente criarem perninhas e saírem andando.

O medidor em sua mão deveria estar soando um alarme estridente. Em vez disso, só fazia soar um tique-taque fraquinho.

No lugar do reator, havia um espaço vazio. Dava pra jogar uma bela partida de squash ali dentro.

Bem no fundo, sozinho no centro do chão brilhante e frio, havia uma bala de limão.

Fora da sala cavernosa da turbina, as máquinas continuavam rugindo.

E, a 160 quilômetros dali, Adam Young se revirava na cama durante o sono.

Sexta-Feira

SEXTA-FEIRA

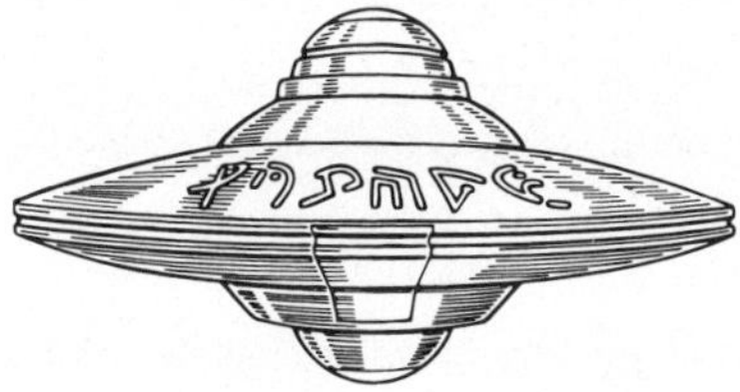

Raven Sable, esguio, barbado e todo de preto, estava no banco de trás de sua delgada limusine preta, falando em seu delgado telefone preto com sua base na Costa Oeste.

— Como está indo? — perguntou ele.

— Às mil maravilhas, chefe — disse seu coordenador de marketing. — Vou tomar o café da manhã com os compradores de todas as principais cadeias de supermercados amanhã. Tudo certo. Vamos ter REFEIÇÕES® em todas as lojas a esta altura do mês que vem.

— Bom trabalho, Nick.

— Tudo certo. Tudo certo. É só saber que você está por trás de nós, Rave. Você é um grande líder, cara. Sempre funciona comigo.

— Obrigado — disse Sable, desligando.

Estava particularmente orgulhoso das REFEIÇÕES®.

A Newtrition Corporation havia começado pequena, onze anos antes. Uma pequena equipe de cientistas alimentares, uma equipe enorme de funcionários de marketing e relações públicas e um belo logotipo.

Dois anos de investimento e pesquisa da Newtrition produziram o RANGO®. RANGO® continha moléculas proteicas espiraladas, trançadas e entrelaçadas, encapsuladas e codificadas, cuidadosamente projetadas para serem ignoradas até pelas enzimas mais famintas do trato digestivo; adoçantes sem calorias; óleos minerais substituindo óleos vegetais; materiais fibrosos, edulcorantes e flavorizantes. O resultado era uma comida quase indistinguível de qualquer outra exceto por duas coisas. Primeiro, o preço, que era um pouco mais alto, e segundo, o conteúdo nutricional, que era mais ou menos equivalente ao de um Walkman da Sony. Não importava o quanto se comesse, perdia-se peso.*

* E cabelos. E tom de pele. E, se comesse o bastante por tempo suficiente, sinais vitais.

Gente gorda comprou. Gente magra que não queria engordar comprou. RANGO® era o alimento dietético definitivo — cuidadosamente espiralado, trançado, texturizado e amassado para imitar qualquer coisa, de batatas a carne de veado, embora fosse o de frango que mais vendesse.

Sable se recostou e ficou vendo o dinheiro entrar. Viu RANGO® preencher gradualmente o nicho ecológico que costumava ser preenchido pela velha comida sem marca registrada.

Após RANGO® ele criou os LANCHES®: *junk food* feita de lixo de verdade.

REFEIÇÕES® era a última onda de Sable.

REFEIÇÕES® era RANGO® com açúcar e gordura. A teoria era que, se você comesse REFEIÇÕES® suficientes, iria a) ficar muito gordo, e b) morrer de desnutrição.

O paradoxo agradava muitíssimo a Sable.

REFEIÇÕES® estavam sendo testadas em toda a América. REFEIÇÕES® de pizza, REFEIÇÕES® de peixe, REFEIÇÕES® chinesas, REFEIÇÕES® de arroz macrobiótico. Até REFEIÇÕES® de hambúrguer.

A limusine de Sable estava parada no estacionamento de um Burger Lord de Des Moines, Iowa: uma rede de *fast food* pertencente à sua organização. Era dali que vinham coordenando o projeto REFEIÇÕES® de hambúrguer nos últimos seis meses. Ele queria ver que tipo de resultados estavam obtendo.

Inclinou-se para a frente e bateu na divisão de vidro do chofer. O chofer pressionou um botão e o vidro se abriu.

— Senhor?

— Vou dar uma olhada em nossa operação, Marlon. Ficarei dez minutos, depois, de volta a Los Angeles.

— Senhor.

Sable perambulou até o Burger Lord. Era exatamente igual a todos os outros Burger Lords da América.* O Palhaço McLordy dançava no Kanto das Krianças. A equipe de atendimento tinha sorrisos reluzentes idênticos que nunca chegavam aos olhos. E, atrás do balcão, um homem gordinho

* Mas não igual a todos os outros Burger Lords no resto do mundo. Os Burger Lords alemães, por exemplo, vendiam cerveja lager em vez de cerveja sem álcool, ao passo que os Burger Lords ingleses conseguiam pegar todas as virtudes dos *fast foods* americanos (a rapidez na entrega da comida, por exemplo) e removê-las cuidadosamente; sua comida chegava depois de meia hora, à temperatura ambiente, e você só conseguia distinguir a carne do pão por causa da faixa de alface morna entre eles. O vendedor de franquias do Burger Lord havia sido morto a tiros 25 minutos depois de pôr os pés na França.

de meia-idade de uniforme do Burger Lord jogava hambúrgueres na chapa, assoviando baixinho, feliz com seu trabalho.

Sable foi até o balcão.

— Olá-meu-nome-é-Marie — disse a garota atrás do balcão. — Posso-ajudar?

— Um trovão explosivo duplo gigante, batatas fritas extragrandes, sem mostarda — disse ele.

— Algo-para-beber?

— Um shake chocobanana especial com chantili.

Ela apertou os quadradinhos de pictogramas em sua caixa registradora. (Saber ler não era mais exigência para emprego nessas lanchonetes. Sorrir era.) Então ela se virou para o gordinho atrás do balcão.

— TEDG, BFEG, sem mostarda — disse ela. — Choc-shake.

— Ahnnnhannn — fez o cozinheiro.

Dividiu a comida em caixinhas de papel, parando somente para afastar o topete grisalho dos olhos.

— Prontinho — disse ele.

Ela os pegou sem olhar para o sujeito, que voltou alegre à sua chapa, cantando baixinho: "Loooove me tender, looooove me long, neeever let me go..."

A cantoria do sujeito, notou Sable, batia de frente com a música de fundo do Burger Lord, uma pequena fita em *loop* do *jingle* comercial do Burger Lord, e ele fez uma nota mental para mandar alguém demiti-lo.

Olá-meu-nome-é-Marie deu a Sable sua REFEIÇÃO® e desejou a ele um bom dia.

Ele encontrou uma mesinha de plástico, sentou-se no banco de plástico e examinou sua comida.

Pão artificial. Hambúrguer artificial. Fritas que nunca sequer tinham visto batatas. Molhos sem alimento. Até mesmo (e Sable ficou particularmente satisfeito com isso) uma fatia artificial de picles. Nem se preocupou em examinar seu milk-shake. Não tinha nenhum conteúdo alimentar real, mas, também, nada do que era vendido por seus rivais tinha.

Ao seu redor, as pessoas comiam suas não comidas com, se não evidências reais de prazer, pelo menos sem um nível de desgosto maior do que o que podia ser visto nas hamburguerias de todo o planeta.

Ele se levantou, levou a bandeja até o receptáculo identificado com POR FAVOR, JOGUE FORA SEU LIXO COM CUIDADO e jogou tudo lá dentro.

Se alguém lhe tivesse dito que existem crianças passando fome na África, ele teria ficado lisonjeado por terem notado.

Puxaram sua manga.

— Nome artístico Sable? — perguntou um homem baixinho de óculos com um boné da International Express, segurando um pacote de papel pardo.

Sable assentiu.

— Imaginei que fosse o senhor. Olhei ao redor e pensei: um cavalheiro alto de barba, terno bonito, não tem como haver muitos desses por aqui. Pacote para o senhor.

Sable assinou, usando seu nome real — uma palavra, quatro letras. Rima com "nome".

— Muitíssimo obrigado, senhor — disse o entregador. Parou um instante. — Ei. Aquele sujeito atrás do balcão. Não lembra ninguém ao senhor?

— Não — disse Sable.

Deu uma gorjeta ao homem, cinco dólares, e abriu o pacote.

Nele havia uma pequena balança de cobre.

Sable sorriu. Era um sorriso magro, que desapareceu quase no mesmo instante.

— Já era hora. — Enfiou a balança no bolso, sem ligar para o estrago feito na linha delgada de seu terno preto, e voltou para a limusine.

— De volta ao escritório? — perguntou o chofer.

— Aeroporto — disse Sable. — E ligue antes. Quero uma passagem para a Inglaterra.

— Sim, senhor. Passagem para a Inglaterra, ida e volta?

Sable apalpou a balança no bolso.

— Só de ida — respondeu ele. — Volto por conta própria. Ah, e ligue para o escritório por mim, e cancele todos os compromissos.

— Por quanto tempo, senhor?

— Pelo futuro próximo.

E, no Burger Lord, atrás do balcão, o gordinho do topete jogava mais meia dúzia de hambúrgueres na chapa. Ele era o homem mais feliz de todo o mundo e estava cantando, bem baixinho.

— *... y'ain't never caught a rabbit, and y'ain't no friend of mine...*

Os Eles escutavam com interesse. Uma garoa leve era mal e porcamente contida pelas velhas folhas de metal corrugado e por pedaços desgastados de linóleo que serviam de teto para o esconderijo na pedreira, e eles sempre procuravam Adam para bolar coisas para fazer quando chovia. Não se decepcionaram. Os olhos de Adam brilhavam com a alegria do conhecimento.

Na noite anterior, só fora dormir às três da madrugada, coberto por uma pilha de *Novos Aquarianos*.

— E também tinha um cara chamado Charles Fort — disse Adam. — Ele fazia chover peixes, sapos e um montão de coisas.

— Tá — disse Pepper. — *Sei*. Sapos vivos?

— Ah, é — disse Adam, seu entusiasmo aumentando. — Dando pulos, coaxando e tudo o mais. As pessoas acabaram dando dinheiro a ele para desaparecer, e, e... — Quebrou a cabeça para encontrar algo que satisfizesse a sua plateia; lera muito mais coisa de uma só vez do que estava acostumado — ... E ele navegou no *Mary Celeste* e fundou o Triângulo das Bermudas. Fica nas Bermudas — acrescentou, solícito.

— Não, ele não pode ter feito isso — disse Wensleydale, sério. — Porque eu li sobre o *Mary Celeste* e não havia ninguém nele. Ele é famoso por não ter tido ninguém a bordo. Encontraram o navio flutuando abandonado.

— Eu não disse que ele estava lá quando *encontraram* o navio, disse? — retrucou Adam, desdenhoso. — Lógico que ele não estava lá. Porque o OVNI pousou e abduziu ele. Eu pensei que *todo mundo* soubesse disso.

Os Eles relaxaram um pouco. Com OVNIs eles já estavam mais acostumados. Mas não estavam inteiramente certos quanto aos OVNIs da Nova Era; escutaram educadamente Adam falar sobre o assunto, mas de algum modo os OVNIs modernos não tinham tanta graça.

— Se *eu* fosse um alienígena — disse Pepper, verbalizando a opinião de todos ali —, eu não ia sair por aí falando com as pessoas sobre harmonia mística cósmica. Eu ia dizer — sua voz se tornou rouca e anasalada, como alguém usando uma máscara negra maligna —: "Ishto é uma arma de raiosh, por isho é melhor fazer o que eu mando, porcosh rebeldesh."

Todos concordaram. Uma das brincadeiras favoritas da pedreira era baseada numa série de filmes de sucesso que tinha lasers, robôs e uma princesa que usava os cabelos como um par de fones de ouvido estéreo®. (Todos acabaram concordando sem dizer uma palavra que, se alguém ia fazer o papel de princesa idiota, esse alguém não seria a Pepper.) Mas a brincadeira normalmente terminava numa briga para ver quem ia colocar o balde preto de carvão® na cabeça e explodir planetas. O melhor nisso era Adam — quando era o vilão, ele realmente soava como se pudesse explodir *mesmo* o mundo. Os Eles estavam, de toda forma, temperamentalmente do lado de destruidores de planetas, desde que pudessem resgatar princesas *ao mesmo tempo.*

— Eu acho que era isso que eles faziam *antigamente* — disse Adam. — Mas hoje é diferente. Eles têm uma luz azul brilhante em volta deles e saem por aí fazendo o bem. Uma espécie de polícia galáctica, saindo e dizendo a todos para viver em harmonia universal e coisas assim.

Houve um instante de silêncio enquanto ponderavam sobre esse desperdício de OVNIs perfeitamente bons.

— O que eu sempre me perguntei — disse Brian — é por que eles são chamados de OVNIs quando todo mundo sabe que são discos voadores? Quer dizer, então eles são Objetos Voadores *Identificados.*

— É porque o governo esconde tudo — disse Adam. — Milhões de discos voadores pousam toda hora e o governo fica mantendo tudo em segredo.

— Por quê? — perguntou Wensleydale.

Adam hesitou. Sua leitura não lhe dera uma explicação rápida para isso; a *Novos Aquarianos* simplesmente aceitava como base de crença, tanto de si quanto de seus leitores, que o governo mantinha tudo em segredo.

— Porque eles são o *governo* — disse Adam simplesmente. — É isso o que os governos fazem. Eles têm um prédio enorme em Londres cheio de livros com todas as coisas que guardaram em segredo. Quando o primeiro-ministro chega ao trabalho pela manhã, a primeira coisa que faz é repassar a lista enorme de tudo o que aconteceu de noite e colocar um grande carimbo vermelho em cima.

— Aposto que ele toma uma xícara de chá primeiro e depois lê o jornal — disse Wensleydale, que numa ocasião memorável durante as férias fez uma visita inesperada ao escritório do pai, onde acabou formando certas impressões. — E fala sobre o que passou na tevê na noite anterior.

— Tá, tudo bem, mas *depois disso* ele pega o livro e o carimbo enorme.

— Que diz "Manter em Segredo" — disse Pepper.

— Ele diz "Confidencial" — falou Adam, se ressentindo dessa tentativa de criatividade bipartidária. — É que nem uma usina nuclear. Elas explodem o tempo todo, mas ninguém nunca fica sabendo porque o governo mantém tudo em segredo.

— Elas não explodem *o tempo todo* — retrucou Wensleydale. — Meu pai diz que elas são muito seguras e que por causa delas a gente não precisa viver numa estufa. Enfim, tem uma figura enorme de uma usina nuclear na minha revista em quadrinhos* e não diz nada sobre nenhuma explosão.

— Sim — disse Brian —, mas você me emprestou essa revista depois e eu sei que *tipo* de figura era aquela.

Wensleydale hesitou antes de responder numa voz carregada de paciência malcontida:

— Brian, só porque diz Diagrama Explodido...

E começou a discussão de sempre.

— Ei — disse Adam, severo. — Vocês querem que eu fale da Era de Aquário ou não?

A briga, nunca muito séria entre a irmandade dos Eles, cessou.

— Tá — disse Adam. Ele coçou a cabeça. — Agora vocês me fizeram esquecer onde eu estava — reclamou.

— Discos voadores — disse Brian.

— Tá. Tá. Bem, se a pessoa *vê mesmo* um OVNI voador, uns homens do governo chegam e dão uma bronca nela — disse Adam, retomando o fio da meada. — Num grande carro preto. Isso acontece o tempo todo na América.

Os Eles assentiram com ar de sabedoria. Disso, pelo menos, não tinham a menor dúvida. A América era, para eles, o lugar para onde as pessoas boas iam quando morriam. Estavam preparados para acreditar que quase tudo podia acontecer na América.

— Provavelmente causa engarrafamentos — disse Adam —, isso de esses homens em carros pretos, saindo por aí e dando bronca nas pessoas por verem OVNIs. Eles dizem para elas que se continuarem com isso, vão acabar sofrendo um Grave Acidente.

— Provavelmente atropeladas por um carro preto enorme — disse Brian, puxando uma casquinha de ferida do joelho sujo. De repente, ficou

* A história em quadrinhos em questão era uma obra semanal em 94 fascículos intitulada *Maravilhas da Natureza e da Ciência*. Até agora ele havia colecionado todas, tendo pedido de aniversário a capa com prendedores. A leitura semanal de Brian era qualquer coisa que tivesse um monte de exclamações no título, como "WhiZZ!!" ou "Clang!!". A de Pepper também, embora nem sob a mais refinada das torturas ela admitiria o fato de que também comprava em segredo a revista adolescente *Just Seventeen*. Adam não lia nenhuma revista em quadrinhos. Elas nunca chegavam à altura do tipo de coisa que ele conseguia produzir em sua cabeça.

animado. — Vocês sabiam que meu primo disse que na América tem lojas que vendem 39 sabores diferentes de sorvete? — perguntou ele.

Isso calou até Adam, por um instante.

— Não existem 39 sabores de sorvete — disse Pepper. — Não existem 39 sabores nem no mundo inteiro.

— Podem existir se você misturar eles — disse Wensleydale, piscando os olhos arregalados. — Você sabe. Morango *e* chocolate. Chocolate *e* baunilha. — Procurou mentalmente mais sabores ingleses. — Morango *e* baunilha *e* chocolate — acrescentou, sem jeito.

— E também tem a Atlântida — disse Adam bem alto.

Com isso atraiu o interesse dos outros. Eles gostavam da Atlântida. Cidades que afundavam no mar eram a praia dos Eles. Ouviram com atenção um relato misturado de pirâmides, estranhas irmandades de sacerdotes e segredos antigos.

— Isso aconteceu de repente ou aos poucos? — perguntou Brian.

— Meio que de repente *e* aos poucos — disse Adam. — Porque muitos deles fugiram em barcos para todos os outros países e ensinaram a eles matemática, inglês, história e coisas assim.

— Não sei o que tem de legal nisso — disse Pepper.

— Deve ter sido divertido, quando estava afundando — disse Brian, nostalgicamente, lembrando-se da única ocasião em que Lower Tadfield havia sofrido uma inundação. — As pessoas entregando o leite e os jornais de barco, ninguém tendo que ir pra escola.

— Se *eu* fosse um atlante, teria ficado lá mesmo — disse Wensleydale. Isso foi saudado com risadas de desdém, mas ele continuou: — Era só usar um capacete de mergulhador e pronto. E pregar todas as janelas e encher as casas de ar. Seria legal.

Adam reagiu a isso com o olhar gélido que reservava para qualquer um dos Eles que tivesse uma ideia que ele realmente desejava ter tido primeiro.

— Eles *podiam* ter feito isso — admitiu, a voz vacilando. — Depois de terem mandado todos os professores embora de barco. Talvez todo o resto tenha ficado quando ela afundou.

— Ninguém ia precisar tomar banho — disse Brian, cujos pais o forçavam a tomar mais banhos do que ele achava que seria saudável. Não que isso lhe fizesse algum bem. Havia algo de definitivamente *entranhado* em Brian. — Porque tudo ia ficar limpo. E, e, e todo mundo ia poder cultivar algas marinhas e coisas assim no jardim e matar tubarões. E ter polvos de estimação e coisas assim. E não ia ter nenhuma escola e coisas assim porque eles teriam se livrado de todos os professores.

— Eles ainda podem estar lá embaixo agora — disse Pepper.

Pensaram nos atlantes, envoltos em togas místicas esvoaçantes e em aquários redondos com peixinhos dourados, curtindo muito estar debaixo das águas revoltas do oceano.

— Tá — disse Pepper, sintetizando o sentimento de todos.

— O que vamos fazer agora? — perguntou Brian. — O tempo melhorou.

No fim das contas, eles brincaram de Charles Fort Descobrindo Coisas. Isso consistia em um dos Eles caminhando com os restos mortais de um guarda-chuva, enquanto os outros faziam chover sapos ou, nesse caso, um sapo. Só conseguiram encontrar um no laguinho. Era um sapo velho, que conhecia os Eles de longa data, e tolerava seu interesse como o preço a pagar por um lago destituído de galinhas-d'água e lúcios. Ele aguentou as coisas com bom humor por um tempo, antes de sair pulando até um esconderijo secreto e até agora não descoberto num velho cano de esgoto.

Então todos foram para suas casas, para almoçar.

Adam estava muito feliz com o trabalho matinal. Ele *sempre soubera* que o mundo era um lugar interessante, e sua imaginação o havia povoado com piratas, bandidos, espiões, astronautas e coisas do gênero. Mas ele também sempre tivera uma suspeita de que, ao se investigar a fundo, essas eram só coisas de livros e não existiam mais de verdade.

Ao passo que essa Era de Aquário era verdadeira *de verdade.* Muitos adultos escreveram livros a respeito dela (a *Novos Aquarianos* estava cheia de anúncios deles) e Pés-Grandes, Homens-Mariposas, Iétis, monstros do mar e pumas de Surrey existiam *mesmo.* Se Cortés, no auge de sua carreira em Darién, tivesse ficado com os pés molhados em decorrência dos esforços empreendidos na captura de sapos, teria sentido o mesmo que Adam estava sentindo naquele momento.

O mundo era genial e estranho, e ele estava no meio de tudo.

Mandou o almoço goela abaixo e se retirou para seu quarto. Havia alguns números da *Novos Aquarianos* que ele não tinha lido ainda.

Lá no fundo de seus corações, os Eles sabiam
que não eram uma gangue de quatro. Eram uma
gangue de três que pertencia a Adam.

ver página 133

DOG

O chocolate quente era um lodo marrom e coagulado ocupando a xícara até a metade.

Algumas pessoas haviam passado centenas de anos tentando achar algum sentido nas profecias de Agnes Nutter. Em sua grande parte, elas tinham sido pessoas muito inteligentes. Anathema Device, que chegava tão perto de *ser* Agnes quanto a derivação genética permitiria, era a melhor dessa turma. Mas nenhuma delas tinha sido um anjo.

Muitos, ao conhecer Aziraphale, tinham três impressões: de que ele era inglês, de que ele era inteligente e de que ele era mais gay que uma árvore cheia de macacos sob o efeito de óxido nitroso. Duas das três estavam erradas: o Céu não fica na Inglaterra, apesar do que certos poetas possam ter pensado, e anjos não têm sexo a menos que queiram muito fazer um esforço. Mas ele *era* inteligente. E aquela se tratava de uma inteligência angélica que, ainda que não particularmente mais elevada que a inteligência humana, era muito mais abrangente e tinha a vantagem de possuir milhares de anos de experiência.

Aziraphale foi o primeiro anjo a possuir um computador. Era uma máquina baratinha, lenta e de plástico, muito alardeada como ideal para o pequeno empresário. Aziraphale o usava religiosamente para fazer sua contabilidade, que era de uma precisão tão escrupulosa que o povo do fisco o investigou cinco vezes, sob a forte crença de que, de alguma forma, ele devia estar se safando de algum crime.

Mas aqueles outros cálculos eram de uma espécie que nenhum computador jamais poderia fazer. Às vezes ele rabiscava alguma coisa numa folha de papel ao seu lado. Ela ficava coberta de símbolos que apenas outras oito pessoas no mundo teriam sido capazes de compreender; duas delas haviam sido premiadas com o Nobel, e uma das outras seis pessoas babava muito e não podia pegar em nada afiado por causa do que ele poderia fazer com aquilo.

Anathema almoçou sua sopa de missô e ficou debruçada em seus mapas. Não havia dúvida de que a área ao redor de Tadfield era rica em linhas de Ley; até o famoso Alfred Watkins havia identificado algumas. Mas, a não ser que ela estivesse totalmente errada, elas estavam começando a se deslocar.

Ela havia passado a semana fazendo medições com o teodolito e o pêndulo, e o mapa da região de Tadfield estava agora coberto de pontinhos e flechinhas.

Ela ficou olhando para eles por algum tempo. Então pegou uma caneta hidrocor e, com consultas ocasionais ao seu caderninho de notas, começou a juntá-los.

O rádio estava ligado. Ela não estava realmente escutando. Então a maioria das notícias principais passou direto por seus ouvidos distraídos, e só depois de duas palavras-chave filtradas por sua consciência ela começou a prestar atenção.

Alguém chamado Um Porta-Voz parecia perto da histeria.

— ... perigo aos funcionários ou ao público — dizia ele.

— E precisamente quanto material nuclear vazou? — perguntou o entrevistador.

Houve uma pausa.

— Nós não diríamos que ele vazou — disse o porta-voz. — Não vazou. Foi temporariamente extraviado.

— O senhor quer dizer que ele ainda está dentro das instalações?

— Nós certamente não conseguimos ver como ele poderia ter sido removido delas — disse o porta-voz.

— Certamente vocês consideraram a hipótese de atividade terrorista?

Houve outra pausa. Então o porta-voz falou, no tom baixo de alguém que finalmente se encheu de tudo aquilo e pretende pedir demissão depois disso e criar galinhas em um canto qualquer.

— Sim, suponho que devamos considerar essa hipótese. Só precisamos encontrar alguns terroristas que sejam capazes de tirar um reator nuclear inteiro de seu envoltório em pleno funcionamento, e sem ninguém perceber. Ele pesa cerca de mil toneladas e tem doze metros de altura. Ou seja, teriam que ser terroristas *muito* fortes. Talvez você queira ligar para eles, senhor, e fazer-lhes perguntas desse seu jeitinho arrogante e acusatório.

— Mas o senhor disse que a usina nuclear ainda está gerando eletricidade — disse o entrevistador atônito.

— Está.

— Como ainda pode estar fazendo isso se não tem nenhum reator?

Mesmo pelo rádio foi possível ver o sorriso desvairado do porta-voz. Foi possível ver sua caneta pairando acima da coluna "Fazendas à Venda" no jornal *Mundo Aviário.*

— Não sabemos — disse ele. — Estávamos esperando que vocês, espertinhos pedantes da BBC, tivessem alguma ideia.

Anathema olhou para o mapa.

O que ela estivera desenhando parecia uma galáxia, ou o tipo de desenho visto nas melhores classes de monólito celta.

As linhas de Ley estavam se deslocando. Formavam uma espiral.

Que estava centrada — mais ou menos, com alguma margem de erro, mas mesmo assim centrada — em Lower Tadfield.

A vários milhares de quilômetros, quase no mesmo momento em que Anathema olhava para suas espirais, o navio de cruzeiro *Morbilli* estava encalhado sob trezentas braças de água.

Para o capitão Vincent, esse era apenas mais um problema. Por exemplo, ele sabia que devia entrar em contato com os proprietários, mas nunca sabia de um dia para outro — ou de uma hora para outra, neste mundo computadorizado — quem eram os atuais proprietários.

Computadores, eram eles o maldito problema. Os documentos do navio eram computadorizados, e ele podia mudar em microssegundos para a bandeira de conveniência mais vantajosa no momento. Sua navegação também havia sido computadorizada, constantemente atualizando sua posição por satélites. O capitão Vincent havia explicado pacientemente aos proprietários, fossem quem fossem, que várias centenas de metros quadrados de revestimento de aço e um barril de rebites seriam um melhor investimento, e fora informado de que sua recomendação não ia ao encontro das previsões de custo/benefício atuais.

O capitão Vincent suspeitava fortemente de que, apesar de todos os seus equipamentos eletrônicos, o navio valia mais afundado que flutuando, e provavelmente iria a pique como o naufrágio mais precisamente localizado da história náutica.

Consequentemente, isso também significava que ele era mais valioso morto que vivo.

Sentou-se à sua mesa folheando silencioso os *Códigos Marítimos Internacionais,* cujas seiscentas páginas continham mensagens breves, porém cheias de sentido criadas para transmitir as notícias de todas as concebíveis eventualidades náuticas no mundo com o mínimo de confusão e, acima de tudo, custo.

O que ele queria dizer era isto: estava navegando SSW na posição 33° N 47° 72'W. O imediato, que, vocês se lembram, foi designado na Nova Guiné contra a minha vontade e é provavelmente um recrutador, indicou por sinais que alguma coisa estava errada. Parece que uma vasta extensão de leito do mar se elevou durante a noite. Contém um grande número de construções, muitas das quais pareciam pirâmides em estrutura. Estamos encalhados no terreno de uma delas. Existem algumas estátuas um tanto desagradáveis. Velhos amigáveis vestindo togas longas e capacetes de mergulho vieram a bordo e estão confraternizando alegremente com os passageiros, que pensam que organizamos isso. Aguardando orientações.

Seu dedo perscrutador se moveu devagar página abaixo, e parou. O bom e velho livro de *Códigos Internacionais.* Tinham sido criados oitenta anos antes, mas os homens daqueles tempos haviam pensado muito sobre o tipo de perigos que poderiam ser encontrados nas profundezas.

Ele pegou a caneta e anotou: "XXXV QVVX".

Traduzido, significava: "Achamos o Continente Perdido de Atlântida. O Sumo Sacerdote acabou de ganhar o concurso de argolas."

— Não é, não!

— É, sim!

— Não é, não!

— É, sim!

— Não é... Tá certo, então, e que tal os vulcões? — Wensleydale recostou-se, uma expressão de triunfo no rosto.

— O que tem eles? — perguntou Adam.

— Toda aquela lava vem do centro da Terra, onde está tudo quente — disse Wensleydale. — Eu vi um programa. Era com o David Attenborough, então é verdade.

Os outros Eles olharam para Adam. Era como ver uma partida de tênis.

A Teoria da Terra Oca não estava sendo muito bem recebida na pedreira. Uma ideia sedutora que havia resistido às sondagens de notáveis pensadores como Cyrus Reed Teed, Bulwer-Lytton e Adolf Hitler estava se curvando perigosamente ao vento da lógica extremamente crítica de quatro olhos de Wensleydale.

— Eu não disse que ela era totalmente oca — disse Adam. — Ninguém disse que ela era *toda* oca. Ela provavelmente desce por quilômetros e quilômetros para dar espaço pra toda a lava, petróleo, carvão, túneis tibetanos e coisas do gênero. Mas depois disso ela é oca. É o que as pessoas acham. E tem um buraco no polo norte pra deixar o ar entrar.

— Nunca vi isso em atlas nenhum — fungou Wensleydale.

— O governo não deixa eles colocarem isso num mapa para as pessoas não irem olhar — disse Adam. — O motivo é que as pessoas que vivem lá dentro não querem que fiquem olhando pra elas o tempo todo.

— Como assim, túneis tibetanos? — perguntou Pepper. — Você disse túneis tibetanos.

— Ah. Eu ainda não contei sobre eles?

Três cabeças fizeram que não.

— É incrível. Vocês conhecem o Tibete?

Assentiram em dúvida. Uma série de imagens cruzou a mente deles: iaques, o monte Everest, pessoas com nomes tipo Gafanhoto, velhinhos sentados em montanhas, outras pessoas aprendendo kung fu em templos antigos, e neve.

— *Bem,* sabem todos aqueles professores que deixaram Atlântida quando ela afundou?

Tornaram a assentir.

— *Bem,* alguns deles foram para o Tibete e agora mandam no mundo. São chamados de Mestres Secretos. Acho que é porque são professores. E eles têm uma cidade subterrânea secreta chamada Shambala e túneis que percorrem o mundo inteiro de modo que eles sabem tudo o que acontece e controlam tudo. Algumas pessoas acham que eles moram mesmo é debaixo do deserto de Gobi — acrescentou, altivo —, mas a maioria das autoridades competentes acha que é no Tibete mesmo. Melhor para a escavação de túneis, de qualquer forma.

Os Eles olharam instintivamente para o calcário grudento e coberto de terra sob seus pés.

— Como é que eles sabem tudo? — perguntou Pepper.

— Eles só precisam ouvir, né? — arriscou Adam. — Só precisam ficar sentados em seus túneis e ouvir. Você sabe como é boa a audição dos professores. Podem ouvir um sussurro do outro lado da sala.

— Minha vó costumava colocar um copo na parede — disse Brian. — Ela dizia que era nojento como conseguia ouvir tudo o que acontecia na casa ao lado.

— E esses túneis vão pra toda parte, é? — perguntou Pepper, ainda olhando para o chão.

— Vão pro mundo inteiro — disse Adam com firmeza.

— Deve ter demorado um bocado — disse Pepper, em dúvida. — Lembra quando a gente tentou cavar aquele túnel lá no campo, e ficou fazendo aquilo a tarde toda, e depois a gente tinha que se agachar para entrar?

— É, mas eles fazem isso há milhões de anos. Você pode cavar túneis realmente bons se tiver milhões de anos.

— *Eu* achava que os tibetanos tinham sido conquistados pelos chineses, e o Dalai Lama teve que ir pra Índia — disse Wensleydale, mas sem muita convicção. Wensleydale lia o jornal do seu pai toda noite, mas o cotidiano prosaico do mundo sempre parecia se derreter sob a potência das explicações de Adam.

— Aposto que estão lá embaixo agora — disse Adam, ignorando isso. — Eles estariam por todo lugar agora. Sentados lá embaixo, escutando.

Eles se entreolharam.

— Se cavarmos rápido... — disse Brian.

Pepper, que tinha uma mente muito mais rápida para pescar as coisas, grunhiu.

— Por que você tinha que falar em voz alta? — questionou Adam. — Vai ser ótimo a gente tentar pegar eles de surpresa agora, não é, com você gritando dessa forma. Eu estava justamente pensando que a gente podia cavar, e você tem que ir e avisar pra eles!

— Eu não acho que eles cavariam todos esses túneis — teimou Wensleydale. — Não faz o *menor* sentido. O Tibete fica a centenas de quilômetros de distância.

— Ah, é. Ah, é. Então você sabe mais que a Madame Blatvatatatsky? — bufou Adam.

— Olha, se *eu* fosse tibetano — disse Wensleydale, num tom apaziguador —, cavaria direto até a parte oca no meio do planeta e depois correria por dentro e cavaria direto por baixo de onde quisesse estar.

Eles deram a devida consideração à ideia.

— Temos que admitir que é mais sensato que túneis — disse Pepper.

— É, bem, imagino que seja isso que eles fazem — disse Adam. — É provável que eles tenham pensado em algo simples assim.

Brian olhava sonhador para o céu, seu dedo explorando o conteúdo de uma das orelhas.

— É engraçado, sério — disse ele. — Você passa a vida inteira indo pra escola e aprendendo um monte de coisas, e nunca te contam sobre coisas como o Triângulo das Bermudas, OVNIs e todos esses Velhos Mestres correndo por dentro da Terra. Por que a gente tem que aprender coisas chatas quando tem tantas coisas fantásticas que a gente podia estar aprendendo? É isso o que eu quero saber.

Todos concordaram. Então saíram e brincaram de Charles Fort e os atlantes *versus* os Antigos Mestres do Tibete, mas os tibetanos reclamaram que apelar para lasers místicos antigos não era justo.

Houve uma época em que os caçadores de bruxas eram respeitados, embora essa época não tenha durado muito.

Matthew Hopkins, por exemplo, o General Caçador de Bruxas, procurava bruxas por todo o leste da Inglaterra em meados do século XVII, cobrando de cada aldeia e vilarejo nove *pence* por cada bruxa que descobrisse.

Aí estava o problema. Caçadores de bruxas não eram pagos por hora. Qualquer caçador que passasse uma semana examinando as velhotas locais e dissesse ao prefeito, "Muito bem, nenhum chapéu pontudo entre elas", receberia agradecimentos sinceros, um prato de sopa e um expressivo tchauzinho.

Sendo assim, para obter lucro, Hopkins tinha que encontrar um número extraordinário de bruxas. Isso o tornou mais que um pouco impopular entre as autoridades dos vilarejos, e ele próprio acabou enforcado como bruxo numa aldeia de East Anglia que sensatamente percebeu que era possível cortar despesas eliminando o intermediário.

Muitos acham que Hopkins foi o último General Caçador de Bruxas.

Estritamente falando, teriam razão. Mas possivelmente não da forma que imaginam. O Exército dos Caçadores de Bruxas continuou na ativa, só que um pouco mais discretamente.

Não existe mais um General Caçador de Bruxas de verdade.

Nem um Coronel Caçador de Bruxas, um Major Caçador de Bruxas, um Capitão Caçador de Bruxas ou sequer um Tenente Caçador de Bruxas (o último foi morto ao cair de uma árvore muito alta em Caterham, em 1933, na tentativa de conseguir uma vista melhor de algo que ele acreditava ser uma orgia satânica das mais degeneradas, mas que era, na verdade, o jantar e baile anual da Associação Comercial de Caterham e Whyteleafe).

Existe, entretanto, um Sargento Caçador de Bruxas.

Existe, também, hoje em dia, um Soldado Caçador de Bruxas. Seu nome é Newton Pulsifer.

Foi o anúncio na *Gazette* que chamou sua atenção, entre uma geladeira à venda e uma ninhada de quase dálmatas:

JUNTE-SE AOS PROFISSIONAIS. MEIO PERÍODO. PRECISA-SE DE ASSISTENTE PARA COMBATER AS FORÇAS DAS TREVAS. UNIFORME E TREINAMENTO BÁSICO FORNECIDOS. PROMOÇÃO GARANTIDA. SEJA UM HOMEM!

No horário de almoço, ligou para o número ao fim do anúncio. Uma mulher atendeu.

— Alô — começou ele, com um pé atrás. — Eu vi seu anúncio.

— Qual deles, querido?

— Ahn, o do jornal.

— Certo, amor. Bem, Madame Tracy Levanta o Véu toda tarde exceto às quintas-feiras. Grupos são bem-vindos. Quando o senhor gostaria de Explorar os Mistérios, querido?

Newton hesitou.

— O anúncio diz "Junte-se aos Profissionais" — disse ele. — Não mencionava Madame Tracy.

— Ah, então você quer falar com o Sr. Shadwell. Só um segundinho, vou ver se ele está.

Um tempo depois, quando conheceu Madame Tracy, Newt descobriu que se tivesse mencionado o outro anúncio, o da revista, Madame Tracy teria estado disponível para estrito disciplinamento e massagem íntima toda noite menos às quintas-feiras. Havia ainda mais um anúncio num orelhão em algum lugar. Quando, muito depois, Newt perguntou a ela do que se tratava esse último, ela respondeu: "Quintas."

Por fim, ele ouviu o som de pés percorrendo corredores sem carpetes, uma tosse carregada, e então uma voz da cor de uma velha capa de chuva:

— Sim?

— Eu li seu anúncio. "Junte-se aos profissionais." Queria saber mais a respeito.

— Sim. Há muitos que gostariam de saber mais a respeito, e há muitos... — a voz reduziu o volume de forma impressionante e então voltou a todo volume — ... e há muitos que NÃO GOSTARIAM.

— Ah — guinchou Newton.

— Qual o teu nome, rapaz?

— Newton. Newton Pulsifer.

— *LÚCIFER?* O que estás dizendo? És tu o Filho das Trevas, uma sedutora criatura tentadora vinda do abismo, membros excessivos fumegando dos caldeirões de carne do Hades, em servidão torturante e lasciva para teus mestres sombrios e infernais?

— É Pulsifer — explicou Newton. — Com P. Não sei sobre as outras coisas que o senhor falou, mas minha família é de Surrey.

A voz ao telefone soou vagamente decepcionada.

— Ah. Tá. Tá bom. Pulsifer. *Pulsifer.* Já vi 'sse nome antes, será?

— Não sei — disse Newton. — Meu tio tem uma loja de brinquedos em Hounslow — acrescentou, caso isso fosse de alguma ajuda.

— É mesmooo? — comentou Shadwell.

O sotaque do Sr. Shadwell era impossível de identificar. Circulava pela nação como o Tour da Grã-Bretanha. Uma hora parecia um sargento galês louco, outra hora um presbítero da Igreja Livre da Escócia que havia acabado de ver alguém fazendo alguma coisa num domingo, e em algum outro momento qualquer um pastor sorumbático das Dalelands ou um agiota amargurado de Somerset. Não importava para onde o sotaque ia; melhor não ficava.

— Tens todos os dentes no lugar?

— Ah, sim. A não ser pelas obturações.

— Estás em forma?

— Acho que sim — gaguejou Newt. — Quer dizer, por isso eu quis entrar para as forças territoriais. Brian Potter, da Contabilidade, consegue fazer quase cem supinos desde que entrou. E desfilou para a Rainha-Mãe.

— Quantos mamilos?

— Perdão?

— Mamilos, rapaz, mamilos — disse, a voz irritada. — Quantos mamilos tens?

— Ahn. Dois?

— Ótimo. Tens o teu próprio par de tesouras?

— O quê?

— Tesouras! *Tesouras!* És surdo?

— Não. Sim. Quer dizer. Tenho tesouras. Não sou surdo.

O chocolate havia quase solidificado. Uns pelinhos verdes cresciam no interior da caneca.

E havia uma fina camada de poeira sobre Aziraphale também.

A pilha de notas crescia ao seu lado. O volume das *Justas e Precisas Profecias* era uma massa de marcadores de livros improvisados feitos com tiras rasgadas do *Daily Telegraph.*

Aziraphale se mexeu e apertou a ponte do nariz.

Estava quase lá.

Havia conseguido destrinchar o livro.

Ele jamais conhecera Agnes. Obviamente, ela era um gênio. Em geral o Céu ou o Inferno descobriam os tipos proféticos e transmitiam ruídos suficientes no mesmo canal mental para impedir qualquer precisão indevida. Na verdade, isso raramente se fazia necessário; eles normalmente encontravam meios de gerar sua própria estática em autodefesa contra as imagens que ecoavam em suas cabeças. O coitado do velho São João tinha seus cogumelos, por exemplo. Mãe Shipton tinha sua cerveja. Nostradamus tinha sua coleção de interessantes preparados orientais. São Malaquias tinha seu alambique.

Bom e velho Malaquias. Fora um sujeito bacana, sentado ali, sonhando com papas futuros. Bebum inveterado. Poderia ter sido um pensador dos grandes, não fosse pelo uísque caseiro.

Triste fim. Às vezes você precisava torcer para que o plano inefável tivesse sido bem pensado.

Pensado. Tinha alguma coisa que ele precisava fazer. Ah, sim. Ligar para seu contato, dar um jeito nas coisas.

Ele se levantou, alongou os membros e fez uma ligação telefônica.

Então pensou: por que não? Vale a pena tentar.

Voltou e percorreu seu maço de anotações. Agnes fizera um bom trabalho. E fora inteligente. Ninguém estava interessado em profecias precisas.

Papel na mão, ligou para o serviço de Auxílio à Lista.

— Alô? Boa tarde. Que gentileza. Sim. Seria um número de Tadfield, acho. Ou Lower Tadfield... ah. Ou talvez Norton, não tenho certeza do código exato. Sim. Young. O sobrenome é Young. Desculpe, não tenho a inicial. Ah. Bem, pode me dar todos? Obrigado.

Lá na mesa, um lápis se levantou sozinho e começou a escrever sem parar.

No terceiro nome, quebrou a ponta.

— Ah — disse Aziraphale, a boca subitamente funcionando no automático enquanto a mente explodia. — Acho que é este. Obrigado pela gentileza. Tenha um bom dia.

Desligou o telefone de forma quase reverente, respirou fundo algumas vezes e tornou a discar. Os últimos três dígitos lhe deram um pouco de trabalho, porque sua mão tremia.

Escutou o tom de discagem. Então uma voz atendeu. Era uma voz de meia-idade, não antipática, mas que provavelmente fora acordada de um cochilo e não estava no melhor dos humores.

A pessoa disse:

— Tadfield Meia-meia-meia.

A mão de Aziraphale começou a tremer.

— Alô? — insistiu a pessoa do outro lado da linha. — Alô?

Aziraphale se recompôs.

— Desculpe. Número certo.

E botou o fone no gancho.

Newt não era surdo. E tinha o próprio par de tesouras.

Ele também tinha uma enorme pilha de jornais.

Se soubesse que a vida no Exército consistiria principalmente em usar uma coisa na outra, ele costumava devanear, jamais teria se alistado.

O Sargento Caçador de Bruxas Shadwell fizera uma lista para ele, que estava colada na parede do apartamentinho entulhado de Shadwell, localizado acima da Banca de Jornal e Videolocadora Rajit. A lista continha:

1) Bruxas.
2) Fenômenos Inexplicáveis. Fenomenatrizes. Fenomenices. Coisas; cê tendeu num tendeu?

Newt procurava pelos dois itens na lista. Suspirou e pegou mais um jornal, vasculhou a primeira página, abriu o exemplar, ignorou a página dois (nunca tinha nada ali) e corou ao realizar a obrigatória contagem de mamilos na página três. Shadwell insistira muito nisso:

— Num podemos confiar neles, esses safados — falou ele. — É bem a cara deles isso de dar as caras por aí, tipo, nos desafiando.

Um casal com suéteres pretos de gola alta fitava a câmera na página nove com uma expressão ameaçadora. Eles afirmavam liderar o maior conciliábulo em Saffron Walden e restaurar a potência sexual através do uso de bonecas pequenas e muito fálicas. O jornal oferecia dez bonecas aos leitores que estivessem preparados para escrever sobre "Meu Momento de Impotência Mais Constrangedor". Newt recortou a história e a colou num álbum de recortes. Nessa hora, houve uma batida abafada na porta.

Newt a abriu; uma pilha de jornais pairava ali.

— Sai da frente, soldado Pulsifer — gritou a pilha, e entrou na sala.

Os jornais caíram no chão, revelando o Sargento Caçador de Bruxas Shadwell, que tossiu, sofregamente, e reacendeu o cigarro, que havia apagado.

— Tu precisas vigiá-lo. Ele é um *deles* — *falou.*

— Quem, senhor?

— Descansar, soldado. Ele. O sujeitinho marrom. O tal de Rajit. São as artes estrangeiras terríveis deles. O olho semicerrado de rubi do pequeno deus amarelo. Mulheres com braços demais. Bruxas, todas elas.

— Mas ele nos dá os jornais, é de graça, sargento — disse Newt. — E não são edições muito velhas.

— E vodu. Aposto que pratica vodu. Sacrificando galinhas para o tal Barão Sábado. Você sabe, aquele escuro alto e safado de cartola. Traz gente de volta dos mortos, sim, senhor, e faz o pessoal trabalhar no sábado. Vodu. — Shadwell fungou, especulativamente.

Newt tentou visualizar o senhorio de Shadwell como um experiente praticante de vodu. Certamente o Sr. Rajit trabalhava aos sábados. Na verdade, com sua esposa gordinha e calada e seus filhos gordinhos e animados, trabalhava sem parar, sem ligar para o calendário, atendendo constantemente as necessidades da região no que se refere a refrigerantes, pão branco, tabaco, doces, jornais, revistas e o tipo de pornografia que fazia os olhos de Newt lacrimejarem só de pensar. O pior que você podia imaginar o Sr. Rajit fazendo com uma galinha era vendê-la com a data de vencimento expirada.

— Mas o Sr. Rajit é de Bangladesh, ou da Índia, ou de algum lugar assim — disse ele. — Eu pensava que o vodu vinha das Índias Ocidentais.

— Ah — disse o Sargento Caçador de Bruxas Shadwell, dando mais uma tragada no cigarro. Ou foi o que pareceu. Newt nunca chegou a ver nenhum dos cigarros de seu superior: tinha alguma coisa a ver com o jeito como ele formava uma concha com as mãos. Chegava até a fazer as pontas sumirem quando acabava com eles. — Ah.

— Bem, não vem?

— Sabedoria oculta, rapaz. Segredos Internos do Exército dos Caçadores de Bruxas. Quando tu tiveres sido iniciado para valer, saberás a verdade secreta. Algum vodu *pode* vir das Índias Ocidentais, admito. Ah, sim, admito. Mas o *pior* tipo... o tipo mais obscuro, que vem de...

— Bangladesh?

— Arrrrann! Sim, rapaz, é isso. Tiraste as palavras da minha boca. Bangladesh. Exatamente.

Shadwell fez a ponta do cigarro sumir e conseguiu enrolar outro furtivamente, nunca deixando visíveis papéis nem tabaco.

— Então. Conseguiste alguma coisa, Soldado Caçador de Bruxas?

— Bom, tem isto aqui. — Newton estendeu o recorte.

Shadwell apertou os olhos para enxergar.

— Ah, *eles — falou.* — Um bando de charlatões. Eles se chamam de bruxos? Fui conferir qual era a deles no ano passado. Fui lá com meu arsenal de justiça e um pacote de acendalhas, escancarei o lugar, eles estavam limpinhos da silva. São uns farsantes que vendem produtos pelo correio. Um bando de charlatões. Num reconheceriam um espírito familiar nem se ele mastigasse os fundilhos das calças deles. Charlatões. As coisas num são mais como antigamente, rapaz.

Sentou-se e se serviu de uma xícara de chá com açúcar de uma garrafa térmica suja.

— Já contei pra tu como fui recrutado pro Exército? — perguntou ele.

Newt entendeu isso como uma deixa para se sentar. Negou com a cabeça. Shadwell acendeu com um isqueiro Ronson velho o cigarro que enrolou, e tossiu com apreço.

— Meu colega de cela, ele foi. Capitão Caçador de Bruxas Ffolkes. Dez anos por incêndio criminoso. Queimou um conciliábulo em Wimbledon. Teria capturado todos eles também, num fosse o dia errado. Bom sujeito. Me falou da batalha... da grande guerra entre Céu e Inferno...

Foi ele que me contou dos Segredos Internos do Exército dos Caçadores de Bruxas. Espíritos familiares. Mamilos. A coisa toda... Ele sabia que estava morrendo, num sabe? Precisava de alguém pra continuar a tradição. Como tu, agora...

Balançou a cabeça.

— É a isto que estamos reduzidos, rapaz — continuou ele. — Há algumas centenas de anos, veja, éramos poderosos. Estávamos entre o mundo e as trevas. Nós éramos a tênue linha vermelha. Uma tênue linha vermelha de fogo, num sabe?

— Eu pensei que as igrejas... — começou Newt.

— Bah! — disse Shadwell. Newt já havia visto essa palavra impressa, mas era a primeira vez que ouvia alguém dizê-la. — Igrejas? Que bem elas já fizeram? São tão ruins quanto. O mesmo ramo de negócios, quase. Num dá pra confiar nelas pra afastar o Maligno, porque, se fizessem isso, estariam fora desse ramo. Se estás indo caçar um tigre, não queres companheiros de viagem cuja ideia de caçar é jogar carne para ele. Não, rapaz. Tá tudo por nossa conta. Contra as trevas.

Ninguém disse nada por um instante.

Newt sempre tentava ver o que de melhor havia em todos, mas pouco depois de entrar para o ECB lhe ocorrera que seu superior e único companheiro de armas era tão equilibrado quanto uma pirâmide de cabeça para baixo. "Pouco depois", naquele caso, significou menos de cinco segundos. O quartel-general do ECB era uma sala fétida com paredes da cor da nicotina, que era muito provavelmente o revestimento delas, e o chão da cor de cinza de cigarro, que era quase muito provavelmente o que de fato era. Havia um pequeno quadrado de tapete. Newt evitava pisar nele sempre que possível, porque sugava seus sapatos.

Uma das paredes tinha um mapa amarelado das Ilhas Britânicas afixado, com bandeirinhas caseiras presas aqui e ali; a maioria delas ficava a uma passagem promocional de trem de Londres.

Mas Newt permanecera ali nas últimas semanas porque, bem, o fascínio horrorizado havia se transformado em pena horrorizada e depois numa espécie de afeto horrorizado. Acabou que Shadwell media um metro e meio de altura e usava roupas que, não importa *o que fossem* de verdade, sempre apareciam na sua memória, até na de curto prazo, como uma velha capa de chuva. O velho podia até ter todos os dentes ainda, mas isso só porque ninguém mais poderia tê-los desejado; só um deles, colocado debaixo do travesseiro, teria bastado para fazer a Fada dos Dentes pendurar a varinha.

Ele parecia viver só de chá com açúcar, leite condensado, cigarros enrolados à mão e uma espécie de energia interna taciturna. Shadwell tinha uma Causa, a qual seguia usando todos os recursos de sua alma e o Passe Livre de Aposentado. Ele acreditava nela. Ela o enchia de energia como uma turbina.

Newton Pulsifer jamais tivera uma causa na vida. Tampouco, até onde ele sabia, jamais acreditara em nada. Isso era constrangedor, porque ele realmente *queria* acreditar em alguma coisa, já que reconhecia que a fé era o colete salva-vidas que fazia a maioria das pessoas enfrentar as águas turbulentas da Vida. Ele teria gostado de acreditar num Deus supremo, embora teria preferido meia hora de bate-papo com Ele antes de se comprometer, para elucidar uma ou duas coisinhas. Ele frequentara todos os tipos de igrejas, esperando por aquele lampejo de luz azul, que não tinha vindo. E então tentara se tornar um ateu de carteirinha, mas nem para isso teve a força de crença inabalável e pragmática necessária. E todos os partidos políticos lhe pareceram igualmente desonestos. Ele desistira da ecologia quando a revista ecológica que vinha assinando mostrou aos seus leitores o projeto de um jardim autossustentável, e haviam desenhado a cabra ecológica amarrada a um metro da colmeia ecológica. Newt passara muito tempo na casa de sua avó, no campo, e achava que entendia alguma coisa dos hábitos de cabras e abelhas, e concluiu, portanto, que a revista era editada por um bando de loucos de macacão. Além do mais, ela usava a palavra "comunidade" com frequência demasiada; Newt sempre suspeitara de que as pessoas que usavam regularmente a palavra "comunidade" o faziam num sentido muito específico que excluía a ele e a todos que conhecia.

Então tentara crer no Universo, o que lhe parecera seguro o suficiente até começar inocentemente a ler novos livros com palavras como Caos, Tempo e Quantum nos títulos. Descobrira que até mesmo as pessoas cujo trabalho era, por assim dizer, o Universo, no fundo não acreditavam nele e estavam até muito orgulhosas de não saber o que ele realmente era ou mesmo se poderia teoricamente existir.

Para a mente simples de Newt, isso era intolerável.

Newt não havia acreditado nos Lobinhos e, depois, quando cresceu o bastante, tampouco nos Escoteiros.

SEPTENTRIONAL OCEAN
ORCADES or ORKNEY
THE
OCCI
THE WITCHFINDER ARMY'S GENERALL MAPP OF THE ISLES OF GREAT BRITTAINE FOR THE DISCOVERY OF THE LEWD DEALING OF WITCHES AND WITCHCRAFT AND THE GODLY DUTY OF DESTROYING SUCH PRACTITIONERS AND THEIR HERESEY.
"Thou shalt not suffer a witch to live"
Exod 22:18
TAL
OCEA
freedom pass
London
OAP

Contudo, estava preparado para acreditar que o trabalho de analista de folha de pagamento na United Holdings [Holdings] PLC era provavelmente o mais entediante do mundo.

Era assim que Newton Pulsifer parecia como homem: se entrasse numa cabine telefônica e trocasse de roupa, podia até sair igual ao Clark Kent.

Mas descobriu que até que gostava de Shadwell. As pessoas costumavam gostar dele, para a irritação do sujeito. Os Rajit gostavam dele porque sempre acabava pagando o aluguel e não criava caso, e era racista de um modo tão carrancudo e tão sem alvo determinado que era até inofensivo; a questão era simplesmente que Shadwell odiava todos no mundo, independente de casta, cor ou credo, e não pretendia abrir exceções para ninguém.

Madame Tracy gostava dele. Newt ficara bobo ao saber que a inquilina do outro apartamento era uma alma maternal de meia-idade e que os cavalheiros que a procuravam o faziam tanto pela pouca disciplina que ela ainda era capaz de impor quanto por uma xícara de chá e um bom papo. Às vezes, depois de tomar meio copo de cerveja Guinness numa noite de sábado, Shadwell parava no corredor entre seus quartos e gritava coisas como "Puutcha da Babilônia!", mas ela confidenciou a Newt que sempre gostara disso, muito embora o mais próximo que ela já estivera da Babilônia fosse Torremolinos. Era como uma propaganda gratuita, disse ela.

Ela disse que também não se importava quando ele batia na parede e a xingava durante as tardes de sessão espírita. Seus joelhos doíam, e nem sempre ela conseguia operar o mecanismo de bater na mesa, disse ela, de forma que um pouquinho de batidas abafadas até que vinha a calhar. Aos domingos, ela deixava para ele um jantarzinho na porta, com outro prato em cima para manter a comida aquecida.

Não havia como não gostar de Shadwell, dizia ela. Mas, apesar de todo o seu esforço, era a mesma coisa que alimentar um buraco negro com migalhas de pão.

Newt se lembrou dos outros recortes. Passou-os para ele por sobre a mesa manchada.

— Que é isto? — perguntou Shadwell, com um olhar desconfiado.

— Fenômenos — disse Newt. — O senhor pediu pra procurar fenômenos. Receio que hoje em dia existam mais fenômenos que bruxas.

— Alguém andou atirando em lebres com uma bala de prata e no dia seguinte apareceu uma velhota mancando no vilarejo? — perguntou Shadwell, esperançoso.

— Receio que não.

— Nenhuma vaca caindo morta depois de ser encarada por alguma mulher?

— Não.

— O que é, então? — perguntou Shadwell. Cambaleou até o armário marrom ensebado e tirou de lá uma lata de leite condensado.

— Coisas estranhas acontecendo — disse Newt.

Passara semanas nisso. Shadwell havia deixado os jornais se acumularem mesmo. Alguns eram de vários anos atrás. Newt tinha uma ótima memória, talvez porque em seus 23 anos muito pouca coisa tivesse acontecido para preenchê-la, e ele havia se tornado quase um especialista em alguns assuntos muito esotéricos.

— Parece que tem alguma coisa nova todo dia — disse Newt, folheando os retângulos de papel-jornal. — Uma coisa estranha tem acontecido com usinas nucleares, e ninguém parece saber o que é. E tem gente afirmando que o Continente Perdido da Atlântida emergiu. — Parecia orgulhoso de seus esforços.

O canivete de Shadwell fez um furo na lata de leite condensado. Houve o som distante de um telefone tocando. Ambos o ignoraram instintivamente. Todas as ligações eram para Madame Tracy, de qualquer modo, e algumas delas não eram destinadas a ouvidos masculinos; Newt havia atendido ao telefone conscienciosamente em seu primeiro dia, ouvido cuidadosamente à pergunta, respondido "Uma cueca slip da Marks and Spencer, 100% algodão, na verdade" e tido o telefone desligado na sua cara.

Shadwell fez um ruído de sucção com a boca.

— Ah, esses num são fenômenos de verdade — disse ele. — Não consigo ver bruxa nenhuma fazendo isso. Elas preferem afundar coisas, num sabe?

A boca de Newt se abriu e fechou algumas vezes.

— Se quisermos ser fortes na luta contra a bruxaria, num podemos nos dar ao luxo de ser desviados por esse estilo de coisa — continuou Shadwell. — Você num tem nada mais chegado à bruxaria?

— Mas as tropas americanas desembarcaram lá para protegê-lo de coisas — gemeu Newt. — Um continente inexistente...

— Alguma bruxa nele? — perguntou Shadwell, mostrando uma fagulha de interesse pela primeira vez.

— Aqui não diz — respondeu Newt.

— Ah, então é só política e geografia — comentou Shadwell, com desdém.

A cabeça de Madame Tracy surgiu por trás da porta.

— Oooi, Sr. Shadwell — disse ela, acenando alegre para Newt. — Um cavalheiro ao telefone para o senhor. Oi, Sr. Newton.

— Passa fora, meretriz — disse Shadwell automaticamente.

— Ele é sempre tão refinado — disse Madame Tracy, sem dar muita bola. — Vou fazer para nós um bom pedaço de fígado no domingo.

— Prefiro jantar com o Demônio, mulher.

— Então, se você pudesse me devolver os pratos da semana passada, seria ótimo — disse Madame Tracy, e cambaleou de volta em saltos sete-e--meio para seu apartamento, e para o que quer que tenha sido interrompido.

Newt olhava desanimado para seus recortes enquanto Shadwell se dirigia, resmungando, para o telefone. Havia um recorte sobre as pedras de Stonehenge mudando de posição, como se fossem limalhas de ferro num campo magnético.

Registrou vagamente um dos lados de uma conversa telefônica.

— Quem? Ah. Sim. Sim. Como? Que tipo de coisa seria? Sim. Como quiser, senhor. E onde fica este lugar, então...?

Mas pedras que se moviam misteriosamente não eram bem a praia de Shadwell, ou melhor, a seara dele.

— Tá bem, tá bem. — O Sargento Caçador de Bruxas apaziguou o interlocutor. — Vamos verificar agora mesmo. Mandarei meu melhor esquadrão e relatarei o sucesso ao senhor a qualquer momento, sem dúvida. Até logo para o senhor, senhor. E muito obrigado mesmo, senhor. — Newt ouviu o ruído do fone sendo colocado de volta no gancho, e depois a voz de Shadwell, não mais metaforicamente curvada em deferência, disse: — "Caro rapaz!" Bichona sulista.*

Voltou até o cômodo, arrastando os pés, e então encarou Newt como se tivesse esquecido por que ele estava ali.

— O que era que tu tava dizendo mesmo? — perguntou ele.

— Todas essas coisas que estão acontecendo... — começou Newt.

— É. — Shadwell continuou olhando através dele enquanto batia a lata vazia nos dentes, perdido em pensamento.

— Bem, tem uma cidadezinha que vem tendo um clima fantástico nos últimos anos — continuou Newt, impotente.

* Shadwell odiava todos os sulistas e, pela lógica, se encontrava no polo norte.

— O quê? Chuvas de sapos ou coisa parecida? — perguntou Shadwell, animando-se um pouco.

— Não. O clima simplesmente é normal para a época do ano.

— Chama isso de fenômeno? — perguntou Shadwell. — Já vi fenômenos que fariam teus cabelos encaracolarem, rapaz. — Tornou a bater a latinha.

— Quando o senhor se lembra de ter tido um clima normal para a época do ano? — perguntou Newt, ligeiramente aborrecido. — Clima normal para a época do ano não é normal, sargento. Tem neve no Natal. Qual foi a última vez que o senhor viu neve no Natal? E meses de agosto quentes? Todo ano? E outonos de temperatura amena? O tipo de clima com o qual o senhor costumava sonhar quando criança? Em que nunca chovia no dia cinco de novembro e sempre nevava na véspera de Natal?

Os olhos de Shadwell pareciam desfocados. Ele parou com a lata de leite condensado a meio caminho dos lábios.

— Eu não costumava sonhar quando criança — disse, baixinho.

Newt percebeu que estava deslizando pela borda de algum precipício profundo e desagradável. Recuou mentalmente.

— É só muito estranho. Tem um meteorologista aqui falando de médias e normas e microclimas e coisas do gênero.

— O que isso quer dizer? — perguntou Shadwell.

— Quer dizer que ele não sabe a razão — respondeu Newt, que não havia passado anos no litoral dos negócios sem entender uma ou duas coisas.

Olhou de esguelha para o Sargento Caçador de Bruxas.

— Bruxas são famosas por afetar o clima — disse, de pronto. — Li sobre isso na *Discouverie.*

Ó Deus, pensou ele, ou outra entidade apropriada, não me deixe passar mais uma noite recortando jornais nesta sala que mais parece um cinzeiro. Deixe-me sair ao ar livre. Deixe-me fazer o que quer que seja o equivalente do ECB a praticar esqui aquático na Alemanha.

— Fica só a sessenta quilômetros daqui — arriscou ele. — Pensei que poderia meio que dar um pulinho lá amanhã. E dar uma olhada, sabe. Eu pago minha própria gasolina — acrescentou.

Shadwell limpou o lábio superior, pensativo.

— Esse lugar — falou ele —, não se chamaria Tadfield, chamaria?

— Isso mesmo, Sr. Shadwell — disse Newt. — Como o senhor sabia?

— Quer saber de que esses sulistas estão brincando agora? — sussurrou Shadwell. — Beeem — disse, mais alto. — Por que não?

— Quem vai brincar, sargento? — perguntou Newt.

Shadwell o ignorou.

— Pois bem. Acho que mal não fará. Você disse que paga sua gasolina?

Newt assentiu.

— Então passe aqui às nove da manhã — disse ele —, antes de partir.

— Para quê? — perguntou Newt.

— Para pegar tua armadura de justiça.

Logo depois de Newt ir embora, o telefone tocou de novo. Dessa vez era Crowley, que deu aproximadamente as mesmas instruções de Aziraphale. Shadwell as anotou de novo por mera formalidade, enquanto Madame Tracy passava encantadoramente por trás dele.

— Duas ligações no mesmo dia, Sr. Shadwell — disse ela. — Seu pequeno exército deve estar marchando como nunca!

— Passa fora, sua besta infectada de praga — resmungou Shadwell, batendo a porta.

Tadfield, pensou. Bem, que seja. Desde que paguem tudo sem atraso...

Nem Aziraphale nem Crowley dirigiam o Exército dos Caçadores de Bruxas, mas ambos o aprovavam, ou pelo menos sabiam que seria aprovado por seus superiores. Então aparecia na lista das agências de Aziraphale porque era, bem, um Exército dos Caçadores de *Bruxas,* e era preciso apoiar qualquer um que se intitulasse caçador de bruxa da mesma forma que os Estados Unidos tinham que apoiar qualquer um que se intitulasse anticomunista. E aparecia na lista de Crowley pelo motivo ligeiramente mais sofisticado de que gente como Shadwell não fazia mal nenhum à causa do Inferno. Sentia-se que era até o contrário.

Estritamente falando, Shadwell também não dirigia o ECB. Segundo a folha de pagamento do sargento, a organização era dirigida pelo General Caçador de Bruxas Smith. Logo abaixo vinham os Coronéis Caçadores de Bruxas Green e Jones, e os Majores Caçadores de Bruxas Jackson, Robinson e Smith (nenhum parentesco). Depois vinham os Majores Caçadores de Bruxas Saucepan, Tin, Milk e Cupboard, porque a imaginação limitada de Shadwell havia começado a falhar naquele ponto. E os Capitães Caçadores de Bruxas Smith, Smith, Smith, e Smythe e Idem. E quinhentos Soldados e Cabos e Sargentos Caçadores de Bruxas. Muitos dos quais se chamavam Smith, mas isso não tinha a menor importância porque nem Crowley nem Aziraphale jamais se deram ao trabalho de ler até aquele ponto. Simplesmente efetuavam o pagamento.

Afinal, somados os valores, totalizavam cerca de sessenta libras por ano.

Shadwell não considerava isso de forma alguma um crime. O Exército era uma instituição sagrada, e um homem tinha de fazer alguma coisa. As velhas moedas de nove *pence* não estavam mais entrando como antigamente.

Sábado

SÁBADO

Era o começo da manhã de sábado, o último dia do mundo, e o céu estava mais vermelho que sangue.

O entregador da International Express virou a esquina a cuidadosos 60km/h, reduziu para a segunda e estacionou no meio-fio gramado.

Saltou da van e imediatamente se atirou numa vala para evitar ser abalroado por um caminhão que fazia a curva a bem mais de 130km/h.

Ele se levantou, pegou os óculos, tornou a colocá-los no rosto, pegou também o pacote e a prancheta, espanou a grama e a lama do uniforme e, como se só então tivesse pensado nisso, sacudiu o punho para o caminhão que sumia de vista rapidamente.

— Malditos caminhões, não deviam poder circular por aqui, não têm respeito pelos outros na estrada, é o que sempre digo, o que sempre digo, é preciso se lembrar que sem um carro, filho, você também é só um pedestre...

Ele saiu do gramado, passou por cima de uma cerca baixa e se viu ao lado do rio Uck.

O entregador da International Express seguiu adiante pela margem, o pacote na mão.

Bem mais adiante na beira do rio havia um jovem sentado, todo de branco. Era a única pessoa à vista. Seus cabelos eram brancos, a pele pálida feito giz, e ele estava sentado olhando nos dois sentidos do rio, como se admirasse a vista. Parecia um poeta romântico vitoriano logo antes de enfrentar a pior fase da tuberculose ou do vício em drogas.

O entregador não conseguia entender. Quer dizer, nos velhos tempos, e não fazia tanto tempo assim para dizer a verdade, havia um pescador a cada dez metros ao longo da margem; crianças brincavam ali; casais de namorados iam lá para ouvir o burburinho e o gorgolejo do rio, para ficar de mãos dadas e namorar vendo o pôr do sol de Sussex. Ele mesmo fizera isso com Maud, sua patroa, antes de se casarem. Eles iam ali para ficar de conchinha, e, numa ocasião memorável, de garfinho.

Os tempos mudaram, refletiu o entregador.

Agora, esculturas brancas e marrons de espuma e sujeira flutuavam serenamente à deriva pelo rio, com frequência cobrindo-o por metros e metros. E onde a superfície da água era visível, estava coberta por uma fina película petroquímica.

Um grasnido alto fez-se ouvir quando dois gansos, felizes por estarem de volta à Inglaterra após o voo longo e exaustivo pelo Atlântico Norte, pousaram na iridescente água gordurosa e afundaram sem deixar vestígios.

Que mundo engraçado, pensou o entregador. Eis aqui o Uck, que costumava ser o rio mais bonito desta parte do mundo e agora é só um esgoto industrial glorificado. Os cisnes vão até o fundo, e os peixes boiam na superfície.

Bem, isso é que é o progresso. Não se pode impedir o progresso.

A essa altura, ele já havia chegado ao homem de branco.

— Perdão, senhor. Nome artístico Branquelo?

O homem de branco assentiu sem nada dizer. Continuou a olhar para o rio, acompanhando uma impressionante escultura de sujeira e espuma com os olhos.

— Tão lindo — murmurou. — É tudo tão lindo.

O entregador se viu temporariamente sem palavras. Então seu piloto automático assumiu o controle:

— Que mundo engraçado né e não tem erro quer dizer você percorre o mundo inteiro fazendo entregas e então eis você aqui praticamente em sua própria casa por assim dizer, quer dizer eu nasci e me criei por estas bandas, senhor, e estive no Mediterrâneo e em Des O' Moines, e isso fica na América, senhor, e agora aqui estou, e eis aqui seu pacote, senhor.

Nome artístico Branquelo pegou o pacote e a prancheta, e assinou o recebimento do pacote. A caneta desenvolveu algum tipo de vazamento durante o processo, e a assinatura foi sumindo aos poucos à medida que era executada. Era uma palavra comprida, e começava com um P e depois vinha uma mancha e aí terminava em algo que tanto poderia ter sido *-ência* ou *-uição.*

— Muito obrigado, senhor — disse o entregador.

Ele retornou caminhando pela margem do rio, de volta em direção à estrada movimentada onde havia deixado a van, tentando não olhar para o rio durante o percurso.

Atrás dele, o homem de branco abriu o pacote. Dentro da embalagem havia uma coroa — um círculo de metal branco, cravejado de diamantes. Ele ficou olhando para ela por alguns segundos, com satisfação, e então a colocou na cabeça. Ela reluziu à luz do sol nascente. Então o deslustre, que havia começado a cobrir a superfície prateada quando os dedos dele a tocaram, espalhou-se até recobri-la por completo; e a coroa empreteceu.

Branco se levantou. Uma coisa pode ser dita a respeito da poluição do ar, ela promove cada nascer do sol simplesmente fantástico. Parecia que alguém tinha posto fogo no céu.

E um fósforo descuidado teria posto fogo no rio, mas, infelizmente, não havia tempo para isso agora. Em sua mente, ele sabia onde os Quatro iriam se encontrar, além de quando, e teria que se apressar para chegar lá ainda esta tarde.

Talvez nós incendiemos *mesmo* o céu, pensou ele. E deixou aquele lugar, de modo quase imperceptível.

Estava quase na hora.

O entregador havia deixado a van na área gramada à margem da pista dupla. Ele deu a volta para chegar ao lado do motorista (com cuidado, porque outros carros e caminhões ainda estavam fazendo aquela curva em disparada), enfiou a mão pela janela aberta e pegou o cronograma de cima do painel.

Só faltava mais uma entrega, então.

Leu com muito cuidado as instruções no recibo de entrega.

Tornou a lê-las, prestando uma atenção especial ao endereço e à mensagem. O endereço continha três palavras: Em toda parte.

Então, com sua caneta vazante, escreveu uma notinha para Maud, sua esposa. Dizia simplesmente, *Eu te amo.*

Recolocou o cronograma no painel, olhou para a esquerda, para a direita, para a esquerda de novo e começou a atravessar a estrada determinado. Estava no meio do caminho quando uma jamanta alemã surgiu na curva, o motorista sob o efeito de cafeína, de pílulas brancas e das normas de transporte da CEE.

Então ficou olhando a traseira da jamanta sumindo de vista.

Nossa, pensou ele, essa quase me pegou.

Em seguida baixou o olhar para a sarjeta.

Ah, pensou.

POIS É, concordou uma voz por trás de seu ombro esquerdo ou, pelo menos, por trás da memória de seu ombro esquerdo.

O entregador se virou, olhou e viu. No início não conseguiu encontrar as palavras, não conseguiu encontrar nada, e então os hábitos de uma vida inteira de trabalho assumiram o controle, e ele disse:

— Mensagem para o senhor, senhor.

PARA MIM?

— Sim, senhor. — Desejou ainda ter uma garganta. Poderia ter engolido em seco, se ainda a tivesse. — Nenhum pacote, receio, Senhor... ahn, senhor. É uma mensagem.

ENTÃO A ENTREGUE.

— É isto, senhor — disse e pigarreou, antes de completar: — *Venha e veja.*

FINALMENTE. Havia um sorriso em seu rosto, mas, também, considerando-se o rosto que era, não poderia ter havido outra coisa.

OBRIGADO, continuou ele. DEVO ELOGIAR SUA DEDICAÇÃO AO TRABALHO.

— Senhor? — O falecido entregador estava caindo por uma névoa cinzenta, e tudo que podia ver eram dois pontos azuis, que podiam ter sido olhos, e podiam ter sido estrelas distantes.

NÃO PENSE NISSO COMO MORRER, disse Morte. PENSE NISSO COMO SAIR MAIS CEDO PARA EVITAR A HORA DO RUSH.

O entregador teve um breve instante para se perguntar se seu novo companheiro estava fazendo alguma piada, e para decidir que não; e depois disso veio o nada.

Céu vermelho de manhã. Ia chover.

Sim.

O Sargento Caçador de Bruxas Shadwell recuou um passo com a cabeça inclinada para o lado.

— Então, tá, então — disse ele. — Cê tá todo pronto. Pegou tudo?

— Sim, senhor.

— Pêndulo da descoberta?

— Pêndulo da descoberta, sim.

— Esmaga dedos?

Newt engoliu em seco e deu tapinhas em um dos bolsos.

— Esmaga dedos — respondeu.

— Acendalhas?

— Na minha opinião, sargento...

— *Acendalhas?*

— Acendalhas* — disse Newt, triste. — E fósforos.

— Sino, livro e vela?

Newt deu um tapinha em outro bolso. Continha um saquinho de papel dentro do qual havia um sininho, do tipo que enlouquece periquitos, uma vela cor-de-rosa daquelas de bolo de aniversário que teimam em não apagar, e um livrinho chamado *Preces para Mãozinhas.* Shadwell havia reiterado para ele que, embora bruxas fossem o alvo principal, um bom Caçador de Bruxas nunca deveria deixar escapar a chance de fazer um exorcismo rápido, e devia sempre levar consigo seu kit de campo.

— Sino, livro e vela — disse Newt.

— Alfinete?

— Alfinete.

— Bom rapaz. Nunca esqueça seu alfinete. É a baioneta na sua artilharia de luz.

Shadwell recuou. Newt reparou com surpresa que os olhos do velho estavam lacrimejando.

— Quem me dera estar indo com você — disse ele. — Tudo bem que isso não vai ser nada, mas seria bom sair por aí novamente. É uma vida sofrida, num sabe, deitar na samambaia molhada espionando as danças demoníacas delas. Isso penetra nos seus ossos, é cruel.

Endireitou-se e bateu continência.

— Vá então, soldado Pulsifer. Que os exércitos da glorificação marchem contigo.

* Nota para americanos e outras formas de vida urbanas: os ingleses do interior do país, tendo evitado o aquecimento central como sendo algo complicado demais e de qualquer forma enfraquecedor da fibra moral, preferem um sistema de empilhar pedaços pequenos de madeira e de carvão, encimados por lenhas grandes e úmidas, possivelmente feitas de asbestos, em montinhos, conhecido como "Nada como uma bela fogueira, não é mesmo?". Como nenhum desses ingredientes tem inclinação natural para queimar, por baixo disso tudo eles inserem um cubinho branco de cera que queima alegremente até o peso do fogo o apagar. Esses bloquinhos brancos são chamados de acendalhas. Ninguém sabe por quê.

Depois que Newt partiu, ocorreu algo a Shadwell, algo que nunca tivera a chance de fazer antes. O que ele precisava no momento era de um alfinete. Não daqueles de uso militar, para ser utilizado em bruxas. Só um alfinete comum, tipo tachinha, que se prende em mapas.

O mapa estava na parede. Era velho. Não mostrava Milton Keynes. Não mostrava Harlow. Mal mostrava Manchester e Birmingham. Vinha sendo o mapa do quartel-general do Exército por trezentos anos. Ainda havia alguns pregados nele, principalmente em Yorkshire e Lancashire e alguns em Essex, mas estavam quase todos inteiramente enferrujados. Em outros lugares, meros pontinhos marrons indicavam a missão distante de um caçador de bruxas de outrora.

Por fim, Shadwell encontrou um alfinete em meio ao conteúdo de um cinzeiro. Soprou-o, poliu-o, semicerrou os olhos até localizar Tadfield no mapa e enfiou o alfinete ali de forma triunfante.

Ele reluziu.

Shadwell deu um passo atrás e tornou a bater continência. Havia lágrimas em seus olhos.

Então deu meia-volta e bateu continência para o armário de medalhas e troféus. Era um armário velho, todo caindo aos pedaços, e o vidro estava quebrado, mas de certa forma aquilo *era* o ECB. Ele continha todas as pratas do Regimento (o Troféu de Golfe Interbatalhões, cujo campeonato não era realizado, infelizmente, havia setenta anos); continha o notório mosquete de carregamento frontal do Coronel Caçador de Bruxas Não-Comerás-Criaturas-Vivas-Com-O-Sangue-Nem-Usarás-Encantamentos-Nem-Marcarás-As-Horas Dalrymple; continha uma coleção de itens que pareciam nozes, mas que na verdade eram uma série de cabeças encolhidas de caçadores de cabeças doadas pelo Sargento-Mor Caçador de Bruxas Horace "Peguem Eles Antes Que Eles Peguem Você" Narker, que viajara muito por terras estrangeiras; o armário continha memórias.

Shadwell assoou o nariz, ruidosamente, na manga.

Então abriu uma lata de leite condensado para tomar como café da manhã.

Se os exércitos da glorificação por acaso tivessem tentado marchar com Newt, pedaços deles teriam caído. Isto porque, tirando Newt e Shadwell, estavam todos mortos havia algum tempo.

Era um erro pensar em Shadwell (Newt nunca soube se ele tinha um nome além do sobrenome) como um louco solitário.

Era só que todos os outros estavam mortos, na maioria dos casos havia várias centenas de anos. Um dia o Exército fora tão grande quanto aparecia hoje na contabilidade criativamente editada de Shadwell. Newt ficara surpreso ao descobrir que o Exército dos Caçadores de Bruxas tinha antecedentes tão antigos e quase tão sangrentos quanto seu equivalente mais mundano.

Os valores pagos para caçadores de bruxas haviam sido estipulados pela última vez por Oliver Cromwell e jamais revistos. Oficiais ganhavam uma moeda de uma coroa, e o general ganhava uma moeda de um soberano. Eram apenas honorários, lógico, porque cada um ganhava nove *pence* por bruxa encontrada e prioridade no saque aos bens dela.

Você dependia mesmo daqueles nove *pence*. E por isso os tempos haviam sido um tanto difíceis antes de Shadwell entrar nas folhas de pagamento do Céu e do Inferno.

O salário de Newt era um xelim antigo por ano.*

Em troca disso, ele era encarregado de ter sempre consigo "vela, pederneira, caixa de fogo, rastilho ou fósforos igníferos", embora Shadwell argumentasse que um isqueiro de gás Ronson serviria muito bem. Shadwell havia aceitado a invenção do isqueiro de cigarros patenteado da mesma forma que os soldados convencionais o tinham feito com o rifle de repetição.

Para Newt, era como estar numa organização tipo a Sealed Knot ou a daquelas pessoas que ficavam encenando batalhas da Guerra Civil Americana. Você arrumava algo para fazer nos fins de semana, e ainda mantinha vivas antigas tradições que tinham feito da civilização ocidental o que ela era.

* Nota para os jovens e para os americanos: Um xelim = Cinco *pence*. Fica mais fácil compreender as antigas finanças do Exército dos Caçadores de Bruxas se você conhecer o sistema monetário britânico original:

Dois *farthings* = Um meio *penny*. Dois meios *pennies* = Um *penny*. Três *pennies* = Um *thruppenny bit*. Dois *thruppences* = Um *sixpence*. Dois *sixpences* = Um xelim, ou bob. Dois bob = Um florim. Um florim e Um *sixpence* = meia coroa. Quatro meias coroas = Nota de dez bob. Duas notas de dez bob = Uma libra (ou 240 *pennies*). Uma libra e Um xelim = Um guinéu.

Os britânicos resistiram à moeda decimal por um bom tempo porque achavam que era um sistema muito complicado.

Nele havia uma pequena balança de cobre. Sable
sorriu. Era um sorriso magro, que desapareceu
quase no mesmo instante.

ver página 154

Book of Revelation
Chap vi.
2 And I saw, and behold, a white
and hee that sate on him had a bowe
crowne was giuen vnto him, and he
foorth conquering, and to conquere.
3 And when hee had opened the se
seale, I heard the second beast say, Co
and see.
4 And there went out another horse tha
was red: and power was giuen to him that
sate thereon to take peace from the earth,
and that they should kill one another: and
there was giuen vnto him a great sword.
5 And when hee had opened the third seale,
I heard the third beast say, Come and see.
And I beheld, and loe, a blacke horse: and
hee that sate on him had a paire of balances
in his hand.
6 And I heard a voice in the midst of
foure beastes say, ‖A measure
for a penie, and three measur
for a penie, and see thou hur
and the wine.
7 And when hee had ope
seale, I heard the voice of
say, Come and see.
‖ The word chænix signifieth a measure containing one wine quart, and the twelfth part of a quart.
‖ Or, to him.
‖ Or, greene figs.
* Esa.34.4.
Luk.23.30.

Uma hora depois de deixar o quartel-general, Newt parou num acostamento e começou a vasculhar a caixa no banco do carona.

Então abriu a janela do carro, usando um par de alicates para esse fim porque a maçaneta havia caído muito tempo atrás.

O pacote de acendalhas foi zunido por cima da cerca viva. Um instante depois o esmaga dedos seguiu o mesmo caminho.

Ponderou sobre o restante das coisas, decidindo então colocá-las de volta na caixa. O alfinete era de fabricação militar dos caçadores de bruxas, com uma bela cabeça de ébano, como os alfinetes de chapéus de madames.

Ele sabia para que servia. Já havia lido muito sobre isso. Shadwell lhe dera uma pilha de panfletos em sua primeira reunião, mas o Exército também havia colecionado vários livros e documentos que, segundo Newt suspeitava, valeriam uma fortuna se algum dia fossem postos à venda.

O alfinete era para ser espetado em mulheres suspeitas. Se houvesse um ponto no corpo delas onde não sentissem nada, eram bruxas. Simples assim. Alguns caçadores fraudulentos haviam utilizado alfinetes retráteis especiais, mas aquele era de aço maciço e legítimo. Ele não seria capaz de olhar na cara do velho Shadwell se o jogasse fora. Além do mais, isso provavelmente daria azar.

Ligou o motor e continuou sua jornada.

O carro de Newt era um Wasabi. Ele o chamava de Dick Turpin, na esperança de que um dia alguém lhe perguntaria por quê.

Seria preciso um historiador muito preciso para indicar o dia exato em que os japoneses deixaram de ser autômatos engenhosos que copiavam tudo do Ocidente para se tornarem engenheiros hábeis e astutos que deixariam o Ocidente comendo poeira. Mas o Wasabi havia sido projetado num dia confuso, e reunia os tradicionais aspectos ruins da maioria dos carros ocidentais com uma série de desastres inovadores cuja preocupação em evitá-los havia feito empresas como a Honda e a Toyota serem o que são hoje.

Newt nunca vira outro Wasabi na estrada, apesar de se esforçar muito. Por anos, e sem ser muito convincente, Newt defendera para seus amigos a economia e eficiência do modelo, na esperança desesperada de que algum deles pudesse comprar um, porque a desgraça adora companhia.

Em vão ele salientava o motor de 823cc, as três marchas, os incríveis dispositivos de segurança, como os balões que inflavam em ocasiões perigosas, como quando você está a 70km/h numa estrada seca e reta, mas fica prestes a bater quando um enorme balão de segurança obscurece sua visão. Newt também se tornava ligeiramente lírico ao falar do rádio de fabricação coreana, que captava a Rádio Pyongyang incrivelmente bem, e da voz eletrônica simulada que o alertava sobre não estar de cinto de segurança mesmo quando já o estava usando; ela havia sido programada por alguém que não só não entendia inglês como também não entendia japonês. Era uma obra de arte, dizia Newt.

Neste caso, provavelmente dos primórdios da arte cerâmica.

Seus amigos assentiam e concordavam e decidiam em seu âmago que, se algum dia tivessem que escolher entre comprar um Wasabi ou se deslocar a pé, investiriam num par de sapatos; no fundo dava no mesmo, já que um motivo para o incrível baixo gasto de combustível do Wasabi era o fato de ele passar bastante tempo aguardando em oficinas enquanto eixos de manivelas e outras peças vinham pelo correio da única autorizada sobrevivente da Wasabi em Nigirizushi, no Japão.

Naquele leve estado de transe meio zen em que a maior parte das pessoas dirige, Newt se pegou imaginando exatamente como usar o alfinete. Será que era para dizer "Tenho um alfinete aqui e não tenho medo de usá-lo"? *Alfinete do Oeste... A torre preta: o alfineteiro... O homem com o alfinete de ouro... Os alfinetes de Navarone...*

Newt poderia ter se interessado em saber que, das 39 mil mulheres testadas com o alfinete ao longo dos séculos de caça às bruxas, 29 mil disseram "ai", 9.999 não sentiram nada por causa do uso dos alfinetes retráteis já mencionados, e uma bruxa declarou que ele havia curado milagrosamente a artrite em sua perna.

Seu nome era Agnes Nutter.

Ela foi o maior fracasso do Exército dos Caçadores de Bruxas.

Uma das primeiras passagens de *As Justas e Precisas Profecias* tratava da morte da própria Agnes Nutter.

Os ingleses, sendo no geral uma raça rude e preguiçosa, não estavam tão ávidos por queimar mulheres quanto os cidadãos de outros países da Europa. Na Alemanha, as fogueiras eram construídas e incendiadas com a costumeira competência teutônica. Até mesmo os devotos escoceses, historicamente presos a uma eterna batalha com seus arqui-inimigos, os escoceses, conseguiram realizar algumas dessas queimas para passar o tempo durante as longas noites de inverno. Mas os ingleses nunca pareceram ter coragem para tal.

Uma razão para isso pode ter a ver com a forma como morreu Agnes Nutter, o que mais ou menos marcou o fim da febre de caça às bruxas na Inglaterra. Uma turba uivante, levada a um estado de pura fúria pelo hábito que Agnes tinha de sair por aí sendo inteligente e curando pessoas, chegou à casa dela numa noite de abril e a encontrou sentada, de casaco, esperando por eles.

— **Estais atrasados** — disse ela. — **Eu deveria ter sido queimada há dez minutos.**

Então se levantou e saiu de seu *cottage* claudicando vagarosamente através da multidão subitamente silenciosa, e foi até a fogueira que havia sido preparada de última hora, e de qualquer jeito, no gramado da praça central do vilarejo. Reza a lenda que ela subiu meio sem jeito na pira e passou os braços para trás ao redor da estaca.

— **Amarre bem** — disse ao caçador de bruxas atônito. E então, quando os aldeões se deslocaram furtivamente em direção à pira, ela ergueu a bela cabeça à luz do fogo e falou: — **Chegai mais perto, boa gente. Chegai perto até que o fogo quase vos queime, pois eu digo que todos devem ver como morre a última bruxa de verdade na Inglaterra. Pois bruxa eu sou, por tal sou julgada, ainda que não saiba qual possa ser meu verdadeiro Crime. E, portanto, deixai minha morte ser uma mensagem para o mundo. Chegai mais perto, eu digo, e marcai bem o destino de todos os que mexem com coisas que não entendem.**

E, aparentemente, ela sorriu e olhou para o céu sobre o vilarejo antes de acrescentar:

— **Isso vale pra tu também, seu velho tolo e estúpido.**

E depois dessa estranha blasfêmia não disse mais nada. Deixou que a amordaçassem e se manteve no lugar, imperiosa, conforme a tocha era aplicada à madeira seca.

A multidão chegou mais perto, um ou dois de seus integrantes um pouco inseguros quanto a se haviam feito a coisa certa, agora que paravam para pensar no assunto.

Trinta segundos depois, uma explosão extirpou a praça central do vilarejo, ceifou todos os seres vivos do vale e pôde ser vista até em Halifax.

Muito se debateu depois sobre se aquilo fora ordem de Deus ou de Satanás, mas um bilhete encontrado posteriormente no *cottage* de Agnes Nutter indicou que qualquer intervenção divina ou demoníaca tivera o auxílio significativo do conteúdo das anáguas de Agnes, onde ela escondera, antecipadamente, quarenta quilos de pólvora e vinte quilos de pregos.

O que Agnes também deixara para trás, na mesa da cozinha ao lado de um bilhete pedindo para cancelar a entrega do leite, fora uma caixa e um livro. Havia instruções específicas sobre o que deveria ser feito com a caixa, e instruções igualmente específicas sobre o que deveria ser feito com o livro; era para ser enviado ao genro de Agnes, John Device.

As pessoas que o encontraram — moradores do vilarejo vizinho que tinham sido acordados pela explosão — pensaram em ignorar as instruções e simplesmente queimar o *cottage*, mas então olharam em volta e viram as fogueiras que ainda ardiam e os escombros crivados de pregos, e decidiram não fazê-lo. Além do mais, o bilhete de Agnes incluía previsões dolorosamente precisas quanto ao que aconteceria com quem não executasse suas ordens.

O homem que ateou fogo em Agnes Nutter era um Major Caçador de Bruxas. Seu chapéu foi visto numa árvore a três quilômetros de distância.

Seu nome, costurado no forro em um pedaço bem grande de tecido, era Não-Cometerás-Adultério Pulsifer, um dos mais dedicados caçadores de bruxas da Inglaterra, e ele poderia ter ficado satisfeito se viesse a saber que seu último descendente vivo estava hoje, ainda que sem saber, indo se encontrar com a última descendente viva de Agnes Nutter. Ele poderia ter sentido que alguma vingança ancestral finalmente seria realizada.

Se soubesse o que iria realmente acontecer quando esse descendente a encontrasse, porém, teria se revirado na tumba, caso tivesse tido uma.

Mas antes Newt precisava fazer alguma coisa a respeito do disco voador.

O disco pousou na estrada à sua frente no momento em que tentava encontrar a saída para Lower Tadfield, tendo o mapa aberto em cima do volante. Ele teve que dar uma freada brusca.

O disco voador se parecia com qualquer um de desenho animado que Newt já havia visto.

Enquanto observava por cima do mapa, uma porta no disco deslizou para o lado com um ruído agradável, revelando uma rampa reluzente que se estendeu automaticamente para baixo até a estrada. Uma luz azul cintilante brilhou de dentro, delineando três formas alienígenas. Eles desceram a rampa. Pelo menos dois deles desceram. O que parecia um pimenteiro simplesmente escorregou pela rampa e caiu no chão.

Os outros dois ignoraram seus bipes frenéticos e caminharam bem devagar até o carro, da maneira mundialmente aprovada de policiais já compilando mentalmente uma lista de acusações. O mais alto, um sapo amarelo vestido com papel-alumínio, bateu na janela de Newt. Newt baixou o vidro. A coisa usava o tipo de óculos de sol espelhados que sempre o fazia pensar naquele personagem de *Rebeldia indomável.*

— Bom dia, senhor, madame ou neutro — disse a coisa. — Este é o seu planeta, não?

O outro alienígena, que era atarracado e verde, havia se afastado na direção do bosque ao lado da estrada. Pelo canto do olho, Newt o viu chutar uma árvore e então passar uma folha por algum dispositivo complexo em seu cinturão. Não parecia estar muito satisfeito.

— Bem, sim. Acho que sim — respondeu ele.

O sapo olhou pensativo para a linha do horizonte.

— Já estão por aqui há muito tempo, não é, senhor?

— Ahn. Bem, não eu, pessoalmente. Quer dizer, como espécie, cerca de meio milhão de anos, acho.

O alienígena trocou olhares com seu colega.

— Deixando a velha chuva ácida se acumular, não é, senhor? — perguntou ele. — Abusando um pouco dos velhos hidrocarbonetos, talvez, hum?

— Perdão?

— Será que o senhor pode me dizer o albedo do seu planeta, senhor? — perguntou o sapo, ainda olhando para o horizonte como se ele estivesse fazendo algo de interessante.

— Ahn. Não.

— Bem, lamento lhe dizer, senhor, que suas calotas polares estão abaixo do tamanho regulamentar para um planeta desta categoria, senhor.

— Ai, ai — disse Newt. Estava se perguntando a quem poderia contar sobre isso e percebendo que não havia absolutamente ninguém que fosse acreditar nele.

O sapo chegou mais perto. Parecia preocupado com alguma coisa, até onde Newt podia julgar a expressão no rosto de uma raça alienígena que jamais havia encontrado antes.

— Desta vez vamos deixar passar, senhor.

Newt gaguejou.

— Ahn. É. Eu vou cuidar disso... bem, quando eu digo *eu,* bem, quer dizer, acho que a Antártida ou algo assim pertence a todos os países, e...

— O fato, senhor, é que nos incumbiram de transmitir uma mensagem.

— É?

— A mensagem diz: "Nós lhes trazemos uma mensagem de paz universal, harmonia cósmica e coisas do gênero." Fim da mensagem — disse o sapo.

— Ah. — Newt revirou isso na sua cabeça. — Ah. Que gentil.

— Tem alguma ideia de por que nos incumbiram de trazer esta mensagem, senhor? — perguntou o sapo.

Newt ficou animado.

— Bom, ahn, suponho — arriscou — que, com a Humanidade controlando o átomo, e...

— Também não fazemos ideia, senhor. — O sapo se levantou. — É um daqueles fenômenos, acho. Bem, é melhor irmos andando. — Balançou a cabeça de leve, virou-se e voltou bamboleando para o disco sem dizer mais nada.

Newt enfiou a cabeça para fora da janela.

— Obrigado!

O alienígena pequeno passou pelo carro.

— Nível de CO_2 subindo meio por cento — disse, numa voz rascante, lançando a Newt um olhar irritado. — Você sabe que pode ser processado por ser uma espécie dominante sob influência de um consumismo impulsivo, não sabe?

Os dois endireitaram o terceiro alienígena, arrastaram-no de volta rampa acima e fecharam a porta.

Newt aguardou por um instante, caso fosse haver alguma exibição espetacular de luzes, mas o disco simplesmente ficou ali. Depois de algum tempo, acabou dirigindo por cima do canteiro gramado e deu a volta no disco. Quando olhou pelo retrovisor, o veículo havia desaparecido.

Devo estar exagerando em alguma coisa, pensou, se sentindo culpado. Mas em quê?

E não posso nem contar a Shadwell, porque provavelmente me passaria um sermão por não ter contado os mamilos deles.

— Enfim — disse Adam —, vocês entenderam tudo errado sobre as bruxas.

Os Eles estavam sentados numa porteira, vendo Cão rolar em bolinhos de bosta de vaca. O pequeno vira-lata parecia estar se divertindo bastante.

— Estive lendo sobre elas — prosseguiu ele, numa voz ligeiramente mais alta. — Na verdade, elas estavam certas o tempo todo, e é errado persegui-las com Inquisições Britânicas e essas coisas.

— Minha mãe disse que eram apenas mulheres inteligentes protestando da única maneira disponível para elas contra as injustiças asfixiantes de uma hierarquia social dominada pelos homens — disse Pepper.

A mãe de Pepper dava aulas na Norton Polytechnic.*

— Sim, mas sua mãe está sempre dizendo coisas assim — disse Adam depois de um tempo.

Pepper assentiu, amigavelmente.

— E ela disse que na pior das hipóteses elas eram apenas livres-pensadoras adoradoras do princípio procriativo.

— Quem é o princípio procriativo? — perguntou Wensleydale.

* Durante o dia. De noite ela jogava tarô para executivos nervosos, porque é difícil se livrar de velhos hábitos.

— Sei lá. Acho que tem algo a ver com o mastro usado na Festa do Levantamento do Mastro — disse Pepper vagamente.

— Bem, *eu achava* que elas adoravam o Diabo — retrucou Brian, mas sem uma condenação automática. Os Eles tinham a mente aberta para o assunto adoração satânica. Os Eles tinham a mente aberta para *tudo*. — Enfim, seria melhor o Diabo que uma Festa do Mastro idiota.

— É aí que você se engana — disse Adam. — Não é o Diabo. É outro deus ou coisa parecida. Com chifres.

— O Diabo — disse Brian.

— Não — disse Adam, pacientemente. — É que as pessoas confundem os dois. Ele só tem um chifre parecido. Ele se chama Pã. É metade bode.

— Qual metade? — perguntou Wensleydale.

Adam pensou a respeito.

— A de baixo — disse, por fim. — Engraçado você não saber disso. Eu achava que todo mundo sabia *disso*.

— Bodes não têm parte de baixo — disse Wensleydale. —- Eles têm a parte da frente e a parte de trás. Que nem vacas.

Ficaram observando o Cão mais um pouco, batendo os calcanhares no portão. Estava quente demais para pensar.

Então Pepper disse:

— Se ele tem pés de cabra, não devia ter chifres. Eles ficam na metade da frente.

— Eu não inventei ele, inventei? — comentou Adam, aflito. — Eu só estava contando a vocês. É novidade para mim que eu inventei ele. Não precisa descontar em *mim*.

— Enfim — disse Pepper. — Esse Pão idiota não pode sair por aí reclamando se as pessoas acharem que ele é o Diabo. Não com chifres. É *lógico* que as pessoas vão sair dizendo, ah, lá vem o Diabo.

Cão começou a cavar numa toca de coelho.

Adam, que parecia estar com um peso na consciência, respirou fundo.

— Vocês não precisam ser tão *literais* sobre tudo — disse ele. — Esse é o problema hoje em dia. Materialismo verde. São pessoas como vocês que saem por aí botando abaixo florestas tropicais e fazendo buracos na camada de ozônio. Existe um buraco enorme de grande na camada de ozônio por causa de gente materialista verde que nem vocês.

— Não há nada que eu possa fazer a respeito — disse Brian automaticamente. — Ainda estou pagando por uma estufa para pepinos idiota.

— Está na revista — disse Adam. — São necessários milhões de hectares de floresta tropical para fazer um único hambúrguer. E todo esse ozônio está vazando por causa de... — Ele hesitou. — Pessoas espalhando aerossóis no meio ambiente.

— E tem as baleias — disse Wensleydale. — A gente tem que salvar as baleias.

Adam olhou para ele inexpressivo. Sua pilha de edições antigas da *Novos Aquarianos* não havia incluído nada sobre baleias. Seus editores haviam partido do princípio de que os leitores eram todos a favor de salvar as baleias da mesma forma que supunham que esses leitores respiravam e andavam eretos.

— Tinha um programa sobre elas — explicou Wensleydale.

— Pra que temos que salvá-las? — perguntou Adam.

Ele tinha visões confusas de salvar baleias até completar uma quantidade de salvamentos que lhe valeria um distintivo.

Wensleydale parou e começou a consultar a memória.

— Porque elas sabem cantar. E o cérebro delas é grande. Quase não tem mais nenhuma delas. E a gente não precisa matar as baleias de qualquer maneira porque elas só servem pra comida de animais de estimação e coisas assim.

— Se elas são tão espertas — disse Brian, devagar —, o que estão fazendo no mar?

— Ah, sei lá — disse Adam, parecendo pensativo. — Nadando o dia inteiro, abrindo a boca e comendo... me parece bastante esperto...

Um som de freios e o ruído prolongado de algo sendo arrastado o interromperam. Os Eles saíram correndo de cima da porteira e percorreram a estradinha que dava no cruzamento, onde um carro pequeno jazia de cabeça para baixo no fim de uma longa marca de derrapagem.

Um pouco mais atrás na estrada havia um buraco. Aparentemente o carro tentara evitá-lo. Ao olharem naquela direção, uma pequena cabeça de aparência asiática escapuliu de suas vistas.

Os Eles puxaram a porta para abri-la e tiraram de dentro um Newt inconsciente. Vislumbres de medalhas pelo heroico socorro prestado se amontoaram na cabeça de Adam. Considerações práticas de primeiros socorros se aglomeraram na de Wensleydale.

— A gente não pode tirar ele do lugar — falou. — Por causa de ossos quebrados. A gente precisa chamar alguém.

Adam olhou ao redor. Havia um telhado visível nas árvores adiante na estrada. Era o Jasmine Cottage.

E, no Jasmine Cottage, Anathema Device estava sentada diante de uma mesa onde algumas ataduras, aspirinas e itens variados de primeiros socorros haviam sido colocados na última hora.

Anathema estivera olhando para o relógio. Ele deve chegar a qualquer momento, pensara.

E então, quando chegou, não era o que ela estivera esperando. Mais precisamente, ele não era o que ela estivera desejando que fosse.

Ela estivera desejando, de forma um tanto tímida, que fosse ser alguém alto, de cabelos castanhos e bonito.

Newt era alto, mas de um jeitão magro e fino. E, embora seus cabelos fossem sem dúvida alguma escuros, não eram lá grande coisa; eram apenas um montinho de fios pretos que cresciam juntos no alto da cabeça. Isso não era culpa de Newt; em sua juventude, ele ia a cada dois meses ao barbeiro da esquina segurando uma fotografia, cuidadosamente recortada de uma revista, de alguém com um corte de cabelo irado sorrindo para a câmera, e ele mostrava a foto para o barbeiro e pedia para ficar igual, por favor. E o barbeiro, que conhecia seu ofício, dava uma olhada e depois executava em Newt o corte básico, multifuncional, curto atrás e dos lados. Depois de um ano disso, Newt percebeu que obviamente não tinha um rosto que combinasse com cortes de cabelo. O melhor que Newton Pulsifer poderia esperar após um corte de cabelo era ficar com o cabelo mais curto.

Era a mesmíssima coisa com ternos. Ainda não haviam sido inventadas as roupas que o fariam parecer elegante, sofisticado e à vontade. Recentemente ele havia aprendido a se satisfazer com qualquer coisa que não o deixasse encharcado quando chovesse e que lhe desse algum lugar para guardar moedas.

E ele não era bonito. Nem quando tirava os óculos.* E, conforme Anathema descobriu quando tirou os sapatos dele para deitá-lo na cama, ele usava meias diferentes entre si: uma azul, com um buraco no calcanhar, e uma cinza, com buracos nos dedos.

* Na verdade, menos ainda quando tirava os óculos, porque aí ele começava a tropeçar em tudo e tendia a ficar cheio de curativos.

Suponho que eu devesse sentir uma onda de carinho e afeto femininos ou sei lá o quê com relação a isso, pensou ela. Só queria que ele as lavasse.

Portanto... alto, de cabelos castanhos, mas não bonito. Ela deu de ombros. Tudo bem. Duas características em três não é tão ruim.

A figura na cama começou a se agitar.

E Anathema, que pela própria natureza sempre olhava para o futuro, botou a decepção de lado e perguntou:

— Como está se sentindo agora?

Newt abriu os olhos.

Estava deitado num quarto, e não era o dele. Soube disso instantaneamente por causa do teto. O teto de seu quarto ainda tinha réplicas em miniatura de aviões penduradas com barbantes. Nunca se dera ao trabalho de tirar os aviões de lá.

Aquele teto ali só tinha reboco rachado. Newt nunca estivera num quarto de mulher antes, mas sentia que aquele era um, em grande parte pela combinação de cheiros suaves. Havia um quê de talco e lírio-do-vale, e nenhum vestígio fedido de camisas de malha velhas que tinham esquecido como era o interior de uma máquina de lavar roupas.

Ele tentou levantar a cabeça, soltou um gemido e se deixou afundar de novo no travesseiro. Rosa, ele não pôde deixar de notar.

— Você bateu com a cabeça no volante — disse a voz que o havia despertado. — Mas não há nada quebrado. O que houve?

Newt tornou a abrir os olhos.

— O carro está bem? — perguntou.

— Aparentemente, sim. Uma vozinha dentro dele fica repetindo sem parar: "Poru favoru, aperute o cinto de segulança."

— Viu? — disse Newt, para uma plateia invisível. — Eles sabiam como construir esses carros naquela época. O acabamento em plástico quase não fica amassado.

Piscou os dois olhos para Anathema.

— Eu desviei para evitar passar por cima de um tibetano na estrada — disse ele. — Pelo menos acho que foi isso. Ou então enlouqueci.

A figura entrou no seu campo de visão. Tinha cabelos escuros, lábios vermelhos e olhos verdes, e era quase certamente do sexo feminino. Newt tentou não ficar encarando muito.

— Se enlouqueceu, ninguém vai notar — disse ela. Então sorriu: — Sabe, eu nunca tinha conhecido um caçador de bruxas antes.

— Ahn... — começou Newt.

Ela segurou a carteira aberta dele.

— Tive que olhar dentro — explicou ela.

Newt ficou extremamente constrangido, situação nada incomum para ele. Shadwell lhe dera um mandado oficial de caçador de bruxas, que, entre outras coisas, exigia que todos os funcionários paroquiais, magistrados, bispos e meirinhos lhe dessem livre passagem e quantos gravetos secos ele requisitasse. Era realmente impressionante, uma obra-prima da caligrafia, e provavelmente muito antiga. Tinha se esquecido completamente dela.

— Na verdade é só um hobby — disse, melancolicamente. — Na verdade eu sou... sou... — Ele não ia dizer analista de folha de pagamento, não ali, não naquele momento, não para uma garota daquelas — ... engenheiro de computação — mentiu. *Quero* ser, *quero* ser; no meu *coração* eu sou um engenheiro de computação, é só meu cérebro que não deixa. — Perdão, será que eu poderia saber...

— Anathema Device — disse Anathema. — Sou ocultista, mas isso é só um hobby. Na verdade, sou bruxa. Muito bem. Você está meia hora atrasado — acrescentou, entregando-lhe um pedaço de cartolina —, então é melhor ler isso. Vai poupar muito tempo.

Na verdade, Newt possuía mesmo um computador, apesar de suas experiências quando mais jovem. Ou melhor, já possuíra vários. E era fácil *saber* quais ele tinha possuído. Eram os equivalentes em computador de mesa do Wasabi. Eram aqueles que, por exemplo, caíam para a metade do preço assim que ele os comprava. Ou eram lançados numa grande campanha de publicidade e desapareciam na obscuridade em menos de um ano. Ou só funcionavam se você os colocasse na geladeira. Ou se por um golpe de sorte fossem basicamente máquinas boas, Newt sempre recebia uma do lote que vinha com a primeira versão do sistema operacional, aquela com um monte de bugs. Mas ele perseverava, porque *acreditava*.

Adam também tinha um computador. Ele o usava para jogos, mas nunca por muito tempo. Costumava ligar um jogo, observá-lo com interesse por alguns minutos e depois começar a jogá-lo até o contador do placar exceder o limite máximo de dígitos.

Quando os outros Eles o questionaram sobre essa estranha habilidade, Adam confessou um leve espanto por nem todos jogarem daquele jeito.

— É só aprender a jogar que depois fica fácil — disse ele.

Grande parte da sala de estar do Jasmine Cottage estava apinhada, Newt reparou com um mau pressentimento, de pilhas de jornais. As paredes estavam cobertas por recortes. Alguns deles tinham pedaços marcados por círculos de caneta vermelha. Ele ficou ligeiramente satisfeito ao avistar vários que havia recortado para Shadwell.

Anathema tinha pouquíssimos móveis. A única coisa que se dera ao trabalho de levar consigo fora seu relógio, uma das relíquias da família. Não era um relógio de pêndulo clássico, em pedestal, mas um de parede, com um pêndulo à mostra sob o qual Edgar Allan Poe teria de bom grado amarrado alguém.

Newt não conseguia tirar os olhos dele.

— Foi construído por um antepassado meu — disse Anathema, colocando as xícaras de café na mesa. — Sir Joshua Device. Deve ter ouvido falar nele, não? Aquele que inventou a coisinha de balançar que tornou possível construir relógios precisos e baratos? Batizaram com o nome dele.

— O Joshua? — perguntou Newt com pé atrás.

— "Device". O dispositivo.

Na última meia hora, Newt havia ouvido algumas coisas bastante difíceis de acreditar, e estava quase acreditando, mas tudo tem limite.

— Então a palavra *device* vem de um sobrenome? — perguntou.

— Ah, sim. Um bonito sobrenome de Lancashire. Vem do francês, acho. Só falta agora você me dizer que nunca ouviu falar de Sir Humprey Gadget...

— Ah, *qual é...*

— ... que inventou um *gadget*, um aparelho que possibilitou bombear a água para fora de minas inundadas. Ou Pietr Gizmo? Ou Cyrus T. Doodad, o primeiro inventor negro americano? Thomas Edison disse que os únicos cientistas contemporâneos seus que ele admirava eram Cyrus T. Doodad e Ella Reader Widget. E...

Ela olhou para o inexpressivo Newt.

— Meu Ph.D. foi sobre eles — disse ela. — As pessoas que inventaram coisas tão simples e universalmente úteis que todos esqueceram que elas um dia precisaram ser inventadas. Açúcar?

— Ahn...

— Você costuma colocar duas colheres — disse Anathema docemente.

Newt ficou olhando para o cartão que ela lhe entregou.

Ela parecia achar que aquilo iria explicar tudo.

Não explicava.

Ele trazia uma linha divisória no meio. Do lado esquerdo, havia um pequeno trecho do que parecia ser uma poesia, em tinta preta. Do lado direito, em tinta vermelha, havia comentários e anotações.

O efeito era o seguinte:

3819

Quando do Oriente a carroagem
thombada estiver, quatro rodas
para o ceo, um hommem pherido
sobre Tua Cama estara, cabeça
clammando por salgueiro, um
hommem que testa com um al-
phinete mas de quem o coraçao
é puro, porem semente de minia
propria destruiçao, tire os meios de
fogo d'elle para que faça o certo,
juntos ficareis, ate o Fim.

Carro japonês? Capotado.
Batida de carro... ferimentos
leves??
... levá-lo pra casa...
... salgueiro = aspirina (cf. 3757)
Alfinete = caçador de bru-
xas (cf. 102) <u>Bom</u> caçador de
bruxas??
Refere-se a Pulsifer (cf. 002)
Procurar fósforos, etc. Nos
anos 1990!
Hmm.
... menos de um dia
(cf. 712, 3803, 4004)

A mão de Newt foi automaticamente para o bolso. Seu isqueiro havia desaparecido.

— O que significa isto? — perguntou, a voz rouca.

— Já ouviu falar em Agnes Nutter? — retrucou Anathema.

— Não — disse Newt, procurando um refúgio desesperado no sarcasmo. — Você vai me dizer que ela inventou as pessoas loucas, aposto.

— Outro belo sobrenome de Lancashire — disse Anathema com frieza. — Se não acredita, leia sobre os julgamentos de bruxas do início do século XVII. Ela foi uma ancestral minha. Na verdade, um dos seus ancestrais a queimou viva. Ou tentou.

Newt ouviu fascinado a terrível história da morte de Agnes Nutter.

— Não-Cometerás-Adultério Pulsifer? — perguntou ele, quando ela terminou.

— Esse tipo de nome era bem comum naquela época — disse Anathema. — Parece que eram dez irmãos, e a família era muito religiosa. Havia Cobiça Pulsifer, Falso-Testemunho Pulsifer...

— Acho que já entendi — disse Newt. — Deus. Bem que eu *achei* que Shadwell tinha mencionado já ter ouvido esse sobrenome antes. Deve estar nos registros do Exército. Acho que se eu fosse chamado por aí de Adultério Pulsifer ia querer descontar no máximo de gente possível.

— Acho que ele só não gostava muito de mulheres.

— Obrigado por ser tão compreensiva — disse Newt. — Quer dizer, ele deve ter sido um ancestral meu. Não existem muitos Pulsifers. Quem sabe... se não foi por isso que acabei entrando para o Exército dos Caçadores de Bruxas? Pode ser o destino — disse, esperançoso.

Ela balançou a cabeça negativamente.

— Não — disse ela. — Esse tipo de coisa não existe.

— Enfim, caçar bruxas não é mais como era antigamente. Nem acho que o velho Shadwell tenha feito algum dia mais do que chutar as latas de lixo da Doris Stokes.

— Cá entre nós, Agnes era uma pessoa meio difícil — disse Anathema, vagamente. — Ela não era de meias medidas.

Newt balançou o pedaço de papel.

— Mas o que ela tem a ver com isso? — perguntou ele.

— Ela o escreveu. Bem, o original. É a 3819ª d'*As Justas e Precisas Profecias de Agnes Nutter,* publicadas pela primeira vez em 1655.

Newt tornou a olhar para a profecia. Abriu e fechou a boca.

— *Ela sabia que eu ia bater com o carro?* — perguntou ele.

— Sim. Não. Provavelmente não. É difícil dizer. Sabe, Agnes era a pior profetisa que já existiu. Porque estava sempre certa. Foi por isso que o livro nunca vendeu.

A maioria das habilidades psíquicas é provocada por uma simples falta de foco temporal, e a mente de Agnes Nutter estava tão perdida no Tempo que ela era considerada louca mesmo pelos padrões da Lancashire do século XVII, onde profetisas loucas eram uma indústria em crescimento.

Mas era muito divertido escutá-la, nisso todo mundo concordava.

Ela costumava falar sobre como curar doenças usando uma espécie de mofo e sobre a importância de se lavarem as mãos para que os bichinhos minúsculos que provocavam doenças pudessem ser eliminados, quando qualquer pessoa sensata sabia que um bom fedor era a única defesa contra os demônios da doença. Ela advogava o hábito de correr numa espécie de trote suave como um meio de prolongar a vida, o que era extremamente suspeito e colocou pela primeira vez os caçadores de bruxas em seu encalço, e ressaltava a importância das fibras na dieta, embora nesse ponto ela estivesse obviamente à frente de seu tempo, já que a maior parte das pessoas estava menos preocupada com fibras em sua alimentação do que com pedrinhas. E ela não curava verrugas.

— **Está tudo em tua mente** — dizia ela. — **Esqueça isso que há de passar.**

Era óbvio que Agnes tinha uma ligação direta com o Futuro, mas era uma linha anormalmente estreita e específica. Em outras palavras, quase inteiramente inútil.

— Como assim? — perguntou Newt.

— Ela conseguia fazer o tipo de previsões que você só tem como entender depois de ter acontecido — disse Anathema. — Como: **"Não Compreis Betamacks."** Essa foi uma previsão para 1972.

— Quer dizer que ela *previu* os gravadores de fitas de vídeo?

— Não! Ela só captou um fragmento ínfimo de informação — disse Anathema. — Essa é a questão. Na maioria das vezes ela vem com uma referência tão indireta que você não consegue destrinchá-la até que já tenha acontecido, quando então tudo se encaixa. E ela não sabia o que ia ser importante ou não, por isso é tudo um grande jogo de tentativa e erro. A previsão dela para 22 de novembro de 1963 foi sobre uma casa desabando em King's Lynn.

— Ah? — Newt lançou para ela um olhar educadamente inexpressivo.

— O presidente Kennedy foi assassinado — disse Anathema para ajudar. — Mas Dallas não existia na época dela, sabe. Ao passo que King's Lynn era muito importante.

— Ah.

— Em geral ela costumava acertar em situações que envolviam seus descendentes.

— Ah?

— E ela não entendia nada de motores de combustão interna. Para ela eram apenas carruagens engraçadas. Até minha mãe achou que ela se referia a uma carruagem imperial tombando. Sabe, não basta saber o que o futuro *é*. É preciso saber o que ele *significa*. Agnes era como alguém olhando para uma foto imensa através de um tubinho minúsculo. Ela escrevia o que parecia um bom conselho com base no que entendia dos pequenos vislumbres. Às vezes você pode dar sorte. Meu bisavô desvendou a queda da Bolsa de Valores em 1929, por exemplo, dois dias antes de a coisa toda acontecer de verdade. Ele fez uma fortuna. Pode-se dizer que somos descendentes profissionais.

Ela olhou séria para Newt.

— Sabe, o que ninguém percebeu até cerca de duzentos anos atrás é que *As Justas e Precisas Profecias* era a ideia que Agnes fazia de uma relíquia de família. Muitas das profecias estão relacionadas aos seus descendentes e ao bem-estar deles. Ela estava meio que tentando cuidar de nós depois de ter partido. Nós achamos que esse foi o motivo da profecia de King's Lynn. Meu pai estava fazendo uma visita por lá na época, por isso, do ponto de vista de Agnes, apesar de ele dificilmente poder ser atingido por balas perdidas de Dallas, havia uma boa chance de que fosse atingido por um tijolo.

— Que boa pessoa — disse Newt. — Quase dá para deixar passar o fato de ela ter explodido um vilarejo inteiro.

Anathema ignorou o comentário.

— Enfim, é basicamente isso — disse ela. — Desde então fizemos da interpretação dessas profecias o nosso trabalho. Afinal de contas, a média é de uma profecia por mês: mais agora, na verdade, à medida que nos aproximamos do fim do mundo.

— E quando isso vai acontecer? — perguntou Newt.

Anathema olhou compenetrada para o relógio. Newt deu uma risadinha sinistra que, esperava, tivesse soado elegante e mundana. Depois dos eventos daquele dia, ele não estava se sentindo muito bom da cabeça. E podia sentir o perfume de Anathema, o que o deixava pouco à vontade.

— Considere-se sortudo por eu não precisar de um cronômetro — disse Anathema. — Temos, ahn, cerca de cinco ou seis horas.

Newt refletiu sobre isso. Até aquele instante em sua vida ele não tivera vontade de beber álcool, mas algo lhe dizia que tinha de haver uma primeira vez.

— Bruxas guardam bebida em casa?

— Ah, sim. — Ela sorriu o tipo de sorriso que Agnes Nutter devia sorrir ao abrir a gaveta de lingerie. — Coisas verdes borbulhantes com coisas estranhas se deslocando na superfície coagulada. *Você* deveria saber disso.

— Ótimo. Tem gelo?

Acabou que era gim. E tinha gelo. Anathema, que aprendera bruxaria com a prática, desaprovava bebidas alcoólicas em geral, mas as aprovava em seu caso específico.

— Já te contei do tibetano saindo de um buraco na estrada? — perguntou Newt, relaxando um pouco.

— Ah, eu sei deles — disse ela, remexendo os papéis sobre a mesa. — Os dois saíram do gramado na frente da minha casa ontem. Os coitadinhos estavam um tanto desnorteados, então dei a eles uma xícara de chá, e depois eles pegaram uma pá emprestada e tornaram a descer. Acho que não sabiam muito bem o que deveriam estar fazendo.

Newt se sentiu ligeiramente aflito.

— Como você sabia que eles eram tibetanos? — perguntou ele.

— Bem, já que é assim, como *você* sabia? Ele fez "Omm" quando você o atropelou?

— Bem, ele... ele parecia tibetano — disse Newt. — Túnica da cor do açafrão, cabeça raspada... você sabe... *tibetano.*

— Um dos meus falava inglês muito bem. Parece que num minuto estava consertando rádios em Lhasa e, no seguinte, se viu dentro de um túnel. Não sabe como vai voltar pra casa.

— Se você o tivesse mandado seguir pela estrada, poderia provavelmente ter pegado carona num disco voador — disse Newt, enigmático.

— Três alienígenas? Um deles era um robozinho de lata?

— Pousaram no seu quintal também, é?

— Foi o único lugar onde não pousaram, de acordo com o rádio. Estão descendo por todo o mundo transmitindo uma mensagem curta e banal de paz cósmica, e quando as pessoas dizem "Tá, e daí?" eles só olham e tornam a decolar. Sinais e augúrios, como disse Agnes.

— Vai me dizer que ela previu isso tudo também?

Anathema vasculhou as fichinhas de um fichário velho à sua frente.

— Eu vivia pensando em passar isto tudo para um computador — disse ela. — Para fazer buscas por palavras, por exemplo. Sabe? Ficaria tudo muito mais simples. As profecias não estão organizadas em ordem cronológica, mas existem pistas, anotações e coisas do tipo.

— Ela fez tudo isso em forma de fichamento? — perguntou Newt.

— Não. Num livro. Mas eu, ahn, o perdi. Sempre tivemos cópias, lógico.

— Perdeu, hein? — perguntou Newt, tentando injetar algum humor na situação. — Aposto que isso ela não previu!

Anathema o fuzilou com o olhar. Se olhar matasse, Newt já estaria numa mesa de autópsia. Então ela continuou:

— Nós desenvolvemos um belo sumário ao longo dos anos, e meu avô montou um sistema de referência cruzada muito útil... ah. Aqui está.

Empurrou uma ficha para Newt.

3988

Quando hommens de crocos surgirem da Terra e hommens verdes do Ceo, mas nao souberem por que, e as barras de Plutao abandonarem os casthelos de relammpagos, e as terras afundadas submergirem, e o Leviata se libertar, e o Brazil for verde, entao os Tres virao juntos e os Quatro se alevantarao, sobre quatro cavalos de pherro; eu vos digo, o Fim esta proximo.

... Crocos = açafrão
(cf. 2003)
... Alienigenas...??
... soldados paraquedistas?
... usinas nucleares
(vide recortes Nº 798-806)
Atlântida, recortes 812-819
... leviatã = baleia (cf. 1981)?
America do Sul e verde?
? 3 = 4? Ferrovias? ("estrada de ferro", cf. 2675)

— Não entendi isso tudo antes que acontecesse — admitiu Anathema. — Preenchi as lacunas depois de ouvir o noticiário.

— As pessoas da sua família devem ser muito boas em palavras cruzadas — disse Newt.

— Enfim, acho que Agnes está saindo um pouco da seara dela aqui. As partes sobre leviatã, América do Sul, e três e quatros podem significar qualquer coisa. — Ela suspirou. — O problema são os jornais. Nunca se sabe se Agnes está se referindo a algum pequeno incidente que você poderia deixar passar. Sabe quanto tempo leva para passar os olhos por *todos* os jornais diários *de cabo a rabo* toda manhã?

— Três horas e dez minutos — respondeu Newt, no automático.

— Espero que a gente ganhe uma medalha ou coisa assim — disse Adam, otimista. — Resgatar um homem de um carro batido e em chamas.

— Não estava em chamas — disse Pepper. — Não estava nem lá muito batido assim quando a gente colocou ele em pé de novo.

— Mas *podia* ter estado — ressaltou Adam. — Não vejo por que a gente não deveria ganhar uma medalha só porque um carro velho não sabe quando pegar fogo.

Ficaram olhando para o buraco. Anathema chamara a polícia, que havia declarado caso de subsidência e colocado alguns cones ao redor; era escuro e fundo, muito fundo.

— Podia ser divertido ir pro Tibete — disse Brian. — A gente podia aprender artes marciais e coisas assim. Eu vi um filme antigo onde tem um vale no Tibete e todo mundo lá vive centenas de anos. Ele se chamava Shangri-la.

— O bangalô da minha tia se chama Shangri-la — disse Wensleydale.

— Não é lá muito inteligente batizar um vale com o nome de um bangalô velho. — Adam bufou. — Era melhor então chamá-lo de Dunroamin' ou The Laurels.

— É muito melhor do que Shambles, de qualquer maneira — disse Wensleydale, cauteloso.

— Shambala — corrigiu Adam.

— Acho que deve ser o mesmo lugar. Provavelmente tem dois nomes — disse Pepper, anormalmente diplomática. — Que nem a nossa casa.

A gente mudou o nome de The Lodge pra Norton View quando se mudou, mas até hoje a gente recebe cartas endereçadas a Theo C. Cupier, The Lodge. Talvez tenham batizado de Shambala agora, mas as pessoas ainda o chamem de The Laurels.

Adam jogou uma pedrinha no buraco. Já estava ficando de saco cheio dos tibetanos.

— O que é que a gente vai fazer agora? — perguntou Pepper. — Estão dando banho de imersão nas ovelhas na Fazenda Norton Bottom. A gente podia ir lá ajudar.

Adam jogou uma pedra maior no buraco e esperou pelo barulho. Que não veio.

— Não sei, não — disse, distante. — Acho que a gente devia fazer alguma coisa relacionada a baleias, florestas e coisa e tal.

— Tipo o quê? — perguntou Brian, que gostava das diversões disponíveis num bom banho de imersão de ovelhas. Começou a tirar sacos de batatas fritas dos bolsos e a jogá-los, um a um, no buraco.

— A gente podia ir a Tadfield hoje à tarde e não comer hambúrguer — disse Pepper. — Se todos nós quatro não comermos um, são milhões de hectares de floresta tropical que eles não vão ter que cortar.

— Eles vão cortar tudo mesmo assim — disse Wensleydale.

— É o materialismo verde de novo — disse Adam. — Mesma coisa com as baleias. É incrível, tudo isso que vem acontecendo. — Olhou para Cão.

Estava se sentindo muito esquisito.

O pequeno vira-lata, percebendo a atenção, se equilibrou nas patas traseiras, na expectativa.

— É gente como você que está comendo todas as baleias — disse Adam, severo. — Aposto que você já devorou uma baleia quase inteira.

Cão, com uma derradeira fagulha satânica de sua alma se odiando pelo que estava prestes a fazer, inclinou a cabeça para o lado e começou a ganir.

— Vai ser um mundo bem legal de se crescer, esse aqui — disse Adam. — Sem baleias, sem ar, todo mundo remando por causa do nível do mar subindo.

— Então os atlantes seriam os únicos a se dar bem — disse Pepper, animadamente.

— Hum — disse Adam, sem escutar de fato.

Havia algo acontecendo em sua cabeça. Ela estava doendo. Pensamentos brotavam sem que ele precisasse pensar neles. Algo lhe dizia: *Você pode fazer alguma coisa, Adam Young. Você pode fazer tudo ficar melhor. Você pode fazer qualquer coisa que quiser.* E o que estava dizendo isso a ele era... ele. Parte de si, bem lá no fundo. Parte de si que havia ficado ligada a ele todos aqueles anos e não fora realmente notada, como uma sombra. Estava dizendo: sim, esse mundo está podre. Podia ter sido incrível. Mas agora está podre, e já é hora de fazer algo a respeito. É para isso que você está aqui. Para deixar tudo melhor.

— Porque seriam capazes de ir a todos os lugares — continuou Pepper, lançando um olhar preocupado a Adam. — Os atlantes, digo. Porque...

— Já estou de saco cheio disso de atlantes e tibetanos — disse Adam.

Todos ficaram olhando para ele. Nunca o viram daquele jeito antes.

— Está tudo muito bom para *eles* — disse Adam. — Todo mundo por aí vai dando fim a todas as baleias, ao carvão, ao petróleo, ao ozônio e às florestas tropicais, e tudo mais, e não vai sobrar nada pra gente. A gente devia estar indo pra Marte e outros planetas, em vez de ficar sentado num canto escuro e molhado com todo o ar acabando.

Aquele não era o velho Adam que os Eles conheciam. Os Eles evitaram olhar uns para os outros. Com Adam naquele estado de espírito, o mundo parecia um lugar mais frio.

— Eu acho — disse Brian, pragmático —, *eu acho* que a melhor coisa que você podia fazer a respeito era parar de ler a respeito.

— É como você disse naquele dia — falou Adam. — Você cresce lendo sobre piratas, caubóis, homens do espaço, essas coisas, e justo quando você pensa que o mundo está cheio de coisas fantásticas, eles te contam que a verdade é que ele está cheio é de baleias mortas, florestas devastadas e lixo nuclear que vai ficar por aí durante milhões de anos. Não vale a pena crescer para isso, se vocês querem saber.

Os Eles se entreolharam.

Havia *mesmo* uma sombra sobre o mundo inteiro. Nuvens de tempestade estavam se acumulando ao norte, os raios solares reluzindo nelas em amarelo como se o sol tivesse sido pintado por um amador entusiasmado.

— Por mim, o mundo devia ser é recolhido e recriado todinho de novo — disse Adam.

A voz não parecia bem a de Adam.

Um vento frio soprou pelo bosque.

Adam olhou para Cão, que tentou ficar de ponta-cabeça. Ouviu-se um murmúrio distante de trovão. Ele baixou a mão e fez carinho no cachorro sem prestar muita atenção no que estava fazendo.

— Seria bem feito pra todo mundo se todas as bombas nucleares explodissem e tudo começasse do zero, só que organizado direito — disse Adam. — Às vezes, eu acho que é isso que eu gostaria que acontecesse. E aí a gente podia resolver tudo.

O trovão tornou a rugir. Pepper tremeu. Aquilo não era a briguinha de Moebius normal dos Eles, o tipo que ajudava a matar o tempo. Havia uma expressão no rosto de Adam que sua amiga não conseguia compreender — não malícia, porque aquilo estava mais ou menos ali o tempo inteiro, mas uma espécie de inexpressividade nebulosa que era bem pior.

— Bem, *a gente* quem, cara pálida? — tentou Pepper. — Não sei disso de *a gente,* porque, se todas essas bombas explodirem, a gente vai tudo explodir junto. Falando como mãe de gerações ainda não nascidas, sou contra.

Todos olharam para Pepper, curiosos. Ela deu de ombros.

— E então formigas gigantes dominam o mundo — disse Wensleydale, nervosamente. — Vi esse filme. Ou você sai por aí com armas de cano serrado e todo mundo tem esses carros com, sabe, facas e armas presas no...

— Eu não ia permitir nenhuma formiga gigante nem nada parecido — disse Adam, animando-se bastante. — E vocês todos iam ficar bem. Eu ia cuidar disso. Ia ser *irado,* né, ter o mundo todo só pra nós. Não ia? A gente podia dividir com os outros. A gente podia jogar jogos fantásticos. E jogar *War* com exércitos de verdade.

— Mas não haveria mais *ninguém* — disse Pepper.

— Ah, eu poderia fazer algumas pessoas pra gente — disse Adam, de forma casual. — O suficiente para exércitos, pelo menos. A gente podia ter um quarto do mundo cada. Tipo, *você* — apontou para Pepper, que recuou como se o dedo de Adam fosse um atiçador de brasas incandescente — poderia ter a Rússia, porque ela é vermelha e você tem cabelos vermelhos, né? Wensley pode ficar com a América, Brian pode ficar... pode ficar com a África e a Europa, e... e...

Mesmo em seu estado de terror crescente, os Eles deram a isso a devida consideração.

— H-hum — gaguejou Pepper, o vento cada vez mais forte fazendo sua blusa tremular. — Não s-sei por que Wensley pode f-ficar com a América, e eu, s-só com a Rússia. A Rússia é *chata.*

— Você pode ficar com a China, o Japão e a Índia — disse Adam.

— Isso quer dizer que eu fiquei só com a África e um monte de pequenos países chatos — disse Brian, negociando até mesmo na crista da curva da catástrofe. — Eu não me incomodaria de ficar com a Austrália — acrescentou.

Pepper cutucou-o e sacudiu a cabeça com urgência.

— Cão vai ficar com a Austrália — disse Adam, os olhos brilhando com os fogos da criação —, porque ele precisa de muito espaço pra correr. E lá tem muito coelho e canguru pra ele caçar, e...

As nuvens se espalharam para a frente e para os lados como tinta derramada numa tigela de água, movendo-se pelo céu, mais velozes que o vento.

— Mas *não vai ter nenhum* coelho e... — gritou Wensleydale.

Adam não estava ouvindo, pelo menos não a nenhuma voz fora de sua cabeça.

— Está tudo uma confusão enorme — disse ele. — A gente devia começar do zero. Simplesmente salvar quem a gente quiser e começar do zero. É a melhor maneira. Seria um favor à Terra, pensando bem. Me dá *raiva* ver como esses velhos malucos estão estragando tudo...

— Sabe, é a memória — disse Anathema. — Funciona para trás e para a frente. Memória racial, digo.

Newt lançou a ela um olhar educado mas inexpressivo.

— O que estou tentando dizer — falou ela, pacientemente — é que Agnes não *via* o futuro. Isso é apenas uma metáfora. Ela se *lembrava* dele. Não muito bem, lógico, e, depois que ele havia sido filtrado por intermédio de sua própria compreensão, ficava um pouco confuso. Achamos que ela é melhor em se lembrar de coisas que iam acontecer com seus descendentes.

— Mas se você vai a lugares e faz coisas por causa do que ela escreveu, e o que ela escreveu é a lembrança que ela tem dos lugares aonde você foi e das coisas que você fez, então... — disse Newt —, então...

— Eu sei. Mas tem, ahn, algumas evidências de que é assim que funciona — disse Anathema.

Os dois olharam para o mapa aberto entre eles. Ao lado, o rádio murmurava. Newt estava bastante consciente de que havia uma mulher sentada ao seu lado. Seja profissional, disse a si mesmo. Você é um soldado, não é? Bem, quase. Então aja feito um. Botou a cabeça para funcionar por uma fração de segundo. Bem, aja como um soldado respeitável em seu melhor comportamento, então. Forçou a atenção de volta ao assunto em questão.

— Por que Lower Tadfield? — perguntou Newt. — *Eu* só fiquei interessado por causa do tempo. Microclima ideal, é como chamam. Isso quer dizer que é um lugar pequeno com um tempo bom todo próprio.

Ele deu uma olhada nos cadernos de notas dela. Havia definitivamente algo de estranho naquele lugar, mesmo que você ignorasse tibetanos e OVNIs, que pareciam estar infestando o mundo todo naqueles dias. A região de Tadfield não só tinha o tipo de tempo pelo qual era possível ajustar seu calendário, era também notavelmente resistente a mudanças. Ninguém parecia construir novas casas ali. A população não parecia se mudar muito. Parecia haver mais bosques e cercas vivas do que seria normal de se esperar hoje em dia. A única fazenda de criação intensiva aberta na área fracassara depois de um ano ou dois, tendo sido substituída por um velho criador de porcos que deixava os bichos correrem soltos entre as suas macieiras e vendia a carne a preços premium. As duas escolas locais pareciam se manter firmes numa extasiante imunidade às mudanças de moda na educação. Uma rodovia que deveria ter transformado a maior parte de Lower Tadfield em pouco mais do que a Junction 18 Happy Porker Rest Area alterava a rota dez quilômetros antes, desviava-se para um grande semicírculo e continuava em seu caminho, alheia à pequena ilha de imutabilidade rural que havia evitado. Ninguém parecia saber ao certo por quê; um dos agrimensores envolvidos tivera uma crise de nervos, um segundo se tornara monge e um terceiro se mudara para Bali, para pintar mulheres nuas.

Era como se uma grande parte do século XX tivesse declarado alguns quilômetros quadrados como Zona Proibida.

Anathema puxou outra ficha de seu fichário e a colocou na mesa.

2315

Alg'uns dizem que Vem na Cidade de Londres, ou Nova Yorke, mas estam errados, pois o lugar é Taddes Fild, Phorte em seu poder, ele vem commo um cavaleiro no campo, ele divide o Mundo em 4 partes, ele traz a tempestade.

... 4 anos adiantada [Nova Amsterdã ate 1664]...
... Taddville, Norfolk...
... Tardesfield, Devon...
... Tadfield, Oxon...
!.. Vide Apocalipse, c6, v10

— Eu tive que pesquisar um monte de registros municipais — disse Anathema.

— Por que este aqui está marcado como 2315? É anterior aos outros.

— Agnes era um pouco enrolada quanto ao tempo. Não acho que ela sempre soubesse o que ia onde. Já te disse, nós passamos séculos para desenvolver uma espécie de sistema que organizasse tudo.

Newt olhou para algumas fichas. Por exemplo:

1111

E o Grande Cao ha de vir, e os Dois Poderes hao de oliar em Vao, pois ele vai aonde estiver seu Dono, Onde eles Nao Irao, e ele lhe dara o nome, Verdadeiro a Sua Naturaleza, e o Inferno d'ele ha de fugir.

? Isto tem alguma coisa a ver com Bismarck?
[A.F. Device, 8 de junho de 1888]

...?

... Schleswig-Holstein?

— Ela está sendo anormalmente obtusa, até mesmo para Agnes — disse Anathema.

3017

Vejo Quatro Cavaleiros, trazendo o Fim, e os Anjos do Inferno viajam com eles, E os Tres se Alevantarao. E Quatro e Quatro Juntos hao de ser Quatro, e o Anjo Negro sera Derrotado, Porem o Hommem tera o que Merece.

Os Cavaleiros do Apocalipse
O Homem = Pã, o Diabo
(Os Julgamentos das Bruxas de Lancashire, Brewster, 1782).
??
Acho que a boa e velha Agnes havia bebido bem essa noite
[Quincy Device, Outubro, 15, 1789]

Concordo. Somos todos humanos, ai de nós. [Senhorita O.J. Device, 5 de janeiro de 1854]

— Por que *Justas* e *Precisas*? — perguntou Newt.

— Justas com o sentido de exatas, ou acuradas — disse Anathema, com a voz cansada de alguém que já havia explicado isso antes. — É o que costumava significar.

— Mas, *escute*... — disse Newt...

... ele quase tinha se convencido da inexistência do OVNI, que era obviamente produto de sua imaginação, e o tibetano podia ter sido um, bem, estava pensando numa explicação, mas, fosse o que fosse, não era um tibetano, porém, algo de que ele *estava* cada vez mais convencido era do fato de estar numa sala com uma mulher muito atraente, que parecia gostar dele, ou pelo menos não desgostar dele, o que era novidade para Newt. E, o que era notório, parecia haver muita coisa estranha acontecendo, mas se ele realmente tentasse, dando um impulso no barco do bom senso com a ajuda de uma vara contra a corrente furiosa da evidência, poderia fingir que era tudo, bem, Vênus, ou balões meteorológicos, ou uma alucinação coletiva.

Resumindo, o que quer que Newt estivesse usando para pensar naquele momento, com certeza não era seu cérebro.

— Mas, veja bem — disse ele —, o mundo não vai acabar agora *de verdade*, vai? Quer dizer, olhe à nossa volta. Não é como se houvesse alguma tensão internacional... Bem, não mais que o normal. Por que a gente não deixa esse negócio pra lá por um instante e sai e, ah, sei lá, talvez a gente pudesse dar uma volta ou alguma coisa assim, quer dizer...

— Será que você não entende? Tem alguma coisa aqui! Alguma coisa que afeta a região! — disse ela. — Isso distorceu todas as linhas de Ley. Está protegendo a região de qualquer coisa que possa mudá-la! É... é... — Lá estava novamente: o pensamento em sua mente que ela não conseguia, não tinha permissão, de assimilar, como um sonho ao acordar.

As janelas sacudiram. Do lado de fora, um raminho de jasmim, empurrado pelo vento, começou a bater insistentemente na vidraça.

— Mas eu não consigo ver o alvo com clareza — disse Anathema, torcendo os dedos. — Já tentei de tudo.

— Alvo? — disse Newt.

— Tentei o pêndulo. Tentei o teodolito. Eu sou médium, sabe? Mas isso parece se deslocar.

Newt ainda estava no controle de sua própria mente o suficiente para fazer a tradução correta. Quando a maioria das pessoas diz "eu sou médium, sabe?", querem dizer "eu tenho uma imaginação hiperativa, mas nada original/uso esmalte preto/falo com meu periquito-australiano"; quando Anathema o disse, soou como se ela estivesse admitindo ter uma doença hereditária que realmente preferia não ter.

— O Armagedom se move sem parar? — perguntou Newt.

— Várias profecias dizem que o Anticristo tem que surgir primeiro — disse Anathema. — Agnes diz *ele*. Não consigo localizá-lo...

— Ou ela — disse Newt.

— Quê?

— Podia ser ela — disse Newt. — É o século XX. Oportunidades iguais.

— Não acho que você esteja levando isso a sério — disse ela com severidade. — Enfim, não existe nenhum *mal* aqui. É isso o que eu não entendo. Só existe amor.

— Hein? — perguntou Newt.

Ela lhe lançou um olhar desolado.

— É difícil descrever — disse ela. — Alguma coisa ou alguém ama este lugar. Ama cada centímetro dele de forma tão poderosa que o isola e o protege. Um amor profundo, imenso, extremo. Como algo ruim pode começar aqui? Como pode o fim do mundo começar num lugar como esse? Esse é o tipo de cidade onde você gostaria de criar seus filhos. É o paraíso das crianças. — Ela sorriu debilmente. — Você *devia* ver os meninos daqui. Eles não existem! Saíram direto dos livros infantis! Todos com os joelhinhos ralados, e "fantástico!", e na mosca...

Ela estava chegando lá. Podia sentir a forma do pensamento; estava quase emparelhando com ele.

— O que é esse lugar? — perguntou Newt.

— *O quê?* — gritou Anathema, seu trem de pensamento descarrilhado.

O dedo de Newt bateu no mapa.

— "Aeródromo abandonado", diz aqui. Logo aqui, olha, a oeste de Tadfield...

Anathema riu.

— Abandonado? Não acredite nisso. Costumava ser uma base de caças na época da guerra. É a Base Aérea de Upper Tadfield faz uns dez anos, mais ou menos. E antes que você pergunte, a resposta é não. Eu odeio tudo a respeito desse maldito lugar, mas o coronel é de longe mais são que você. A esposa dele faz ioga, pelo amor de Deus.

Agora. O que era mesmo que ela estava dizendo? As crianças daqui...

Anathema sentiu os pés de sua mente escorregando e caiu de volta no pensamento mais pessoal que estivera ali de tocaia. Newt era legal, sério. E a grande vantagem de passar o resto da vida com ele era que ele não estaria ali por tempo suficiente para que desse nos nervos.

O rádio estava falando de florestas tropicais da América do Sul. Florestas novas.

Começou a chover granizo.

Projéteis de gelo rasgavam as folhas ao redor dos Eles enquanto Adam os conduzia para dentro da pedreira.

Cão se esgueirava em seu encalço, ganindo com o rabo entre as pernas.

Isso não está certo, pensava ele. Justo quando eu estava pegando o jeito com os ratos. Justo quando eu tinha quase conseguido entender aquele maldito pastor alemão do outro lado da rua. Agora Ele vai acabar com tudo e eu vou voltar a ter os velhos olhos que brilham e a caçar almas perdidas. Qual é o sentido disso? Elas não oferecem resistência, nem têm gosto...

Wensleydale, Brian e Pepper não estavam pensando de forma tão coerente. Tudo em que estavam pensando era que seria mais fácil voar do que não seguir Adam; tentar resistir à força que os fazia marchar adiante resultaria simplesmente num número grande de pernas quebradas, e eles *ainda assim* teriam que marchar.

Adam nem pensando estava. Alguma coisa havia se aberto em sua mente e a estava incendiando.

Fez com que todos se sentassem no engradado.

— A gente vai ficar bem aqui embaixo — disse ele.

— Ahn — disse Wensleydale —, você não acha que nossos pais...

— Não se preocupe com eles — respondeu Adam, com arrogância. — Posso fazer pais novos. E também não vai ter mais esse negócio de ir pra cama às nove e meia. Vocês também não vão precisar ir pra cama nunca mais, se não quiserem. Nem arrumar o quarto nem nada. É só deixar comigo, e vai ser ótimo. — Abriu um sorriso desvairado. — Tenho uns amigos novos chegando — confidenciou. — Vocês vão gostar deles.

— Mas... — começou Wensleydale.

— Pense só em todas as coisas fantásticas que virão depois — disse Adam, entusiasmado. — Você vai poder encher a América com novos caubóis, índios, policiais, gângsteres, personagens de desenhos animados, homens do espaço, isso tudo. Não vai ser fantástico?

Wensleydale olhou para os outros dois, desesperado. Estavam compartilhando um pensamento que nenhum deles seria capaz de articular muito satisfatoriamente mesmo em situações normais. Falando de modo geral, a questão é que um dia existiram caubóis e gângsteres de verdade, e isso era legal. E sempre haveria caubóis e gângsteres de mentirinha, e isso também era legal. Mas caubóis e gângsteres de mentirinha *reais,* que eram vivos e não eram e podiam ser colocados de novo na caixa quando você se cansasse deles — isso não parecia nem um pouco legal. Todo o barato dos caubóis, gângsteres, alienígenas e piratas era que você podia parar de fazer de conta que era um deles e ir para casa.

— Mas, antes disso tudo — disse Adam, sombriamente —, a gente vai *mostrar* pra eles...

Havia uma árvore na praça da parte interna do prédio. Não era lá muito grande, as folhas eram amarelas e a luz que recebia através do grande vidro fumê era o tipo errado de luz. Estava mais anabolizada que um atleta olímpico e tinha alto-falantes aninhados em seus galhos. Mas era uma árvore, e, se você semicerrasse os olhos e olhasse para ela por cima da cachoeira artificial, quase poderia acreditar que estava olhando para uma árvore doente através de uma neblina de lágrimas.

Jaime Hernez gostava de comer seu almoço debaixo dela. O supervisor da manutenção gritaria com ele se descobrisse, mas Jaime crescera numa fazenda, que tinha sido uma bela de uma fazenda, e ele gostava de árvores e não queria ter vindo para a cidade, mas o que se podia fazer? Não era um trabalho ruim, e o salário era o tipo de salário com o qual seu pai não havia nem sonhado. Seu avô não tinha nem sonhado com dinheiro algum. Ele sequer soubera o que era dinheiro até os 15 anos. Mas havia momentos em que você precisava de árvores, e a pior parte de tudo aquilo, pensava Jaime, era que os filhos dele estavam crescendo pensando em árvores como lenha e seus netos pensariam em árvores como história.

Mas o que se podia fazer? Onde antes existiam árvores, agora existem fazendas intensivas, onde antes existiam fazendas pequenas, agora existem praças dentro de prédios como essa, e onde antes existiam praças como essa, ainda existem praças como essa, e daí por diante.

Ele escondeu seu carrinho atrás da banca de jornal, sentou-se furtivamente e abriu sua marmita.

Foi então que se deu conta de um farfalhar, e de um movimento de sombras sobre o chão. Olhou ao redor.

— Parece que tem alguma coisa nova todo dia —
disse Newt, folheando os retângulos de
papel-jornal.

ver página 178

TIDE TURNS
MISSING HEAD STUMPS EXPERTS
GLOBSTER FROM THE DEEP!
Bournemouth Beach Blob-fest
TIME-TRAVELLING SEA MONKEYS STOLE MY CAMPER VAN
FURIOUS DUCKS IN TOILET MYSTIFY COUNCIL
COVEN COUP
SAUCY SATAN SAV
OUR MARRIAGE
IS IT ATLANTIS?
Scientists Speculate About Legendary Lost Continent
CARNIVOROUS PINK MIST THREATENS MAN WITH DOG
MAN SCARES NANNY
NUCLEAR PO
STATION MYST
DID ELVIS FLIP MY BURGER?
1000-FOOT
WEB ENC
LOCAL BOW
NICE DAY FOR IT
FOX TWINS SIGHTED
BUN OF GOD
SUPER-SIZE SAVIOUR IN SESAME SEED SURPRISE
PYO UFO
ALIENS STOLE MY STRAWBERRIES, CLAIMS LOCAL FARMER
HAMSTER ATE MY COMEDIAN
PURPLE O
CONFISCA
GOVERN
AUDIENCES C
FOR ACCOR
MUSICAL D
LITTLE
LOCK OF
HORROR
DUCKS VAN
BOTTOMLESS
EVIL HAND
RESIDENTS
JOURNALIST
CROP CIR

A árvore estava se movendo. Ele observou com interesse. Jaime nunca tinha visto uma árvore crescendo antes.

O solo, que não passava de uma camada de algum tipo de pedrinhas artificiais, se arrastava à medida que as raízes se moviam sob a superfície. Jaime viu uma gavinha branca fina descer rastejando pela lateral da área do jardim suspenso e tatear às cegas o concreto do chão.

Sem saber por quê, sem nunca saber por quê, ele a cutucou gentilmente com o pé até ela chegar perto da rachadura entre as placas. Ela encontrou a rachadura e se enfiou ali.

Os galhos estavam se retorcendo e tomando diferentes formas.

Jaime ouviu os ruídos do trânsito do lado de fora do prédio, mas não prestou a menor atenção. Alguém estava gritando alguma coisa, mas alguém estava sempre gritando alguma coisa nos arredores de Jaime, frequentemente com ele.

A raiz exploradora devia ter encontrado o solo subterrâneo. Ela mudou de cor e ficou mais grossa, como uma mangueira de incêndio quando a água é acionada. A cachoeira artificial parou de jorrar; Jaime visualizou canos fraturados bloqueados por filamentos.

Agora ele conseguia ver o que estava acontecendo do lado de fora. A superfície da rua subia e descia como ondas no mar. Mudas estavam abrindo caminho para cima por entre as rachaduras.

Lógico, raciocinou ele; elas tinham a luz do sol. Sua árvore, não. Tudo o que tinha era a luz cinzenta neutra que passava através do domo quatro andares acima. Luz morta.

Mas o que se podia fazer?

Podia-se fazer isto:

Os elevadores haviam parado de funcionar porque a luz havia acabado, mas eram apenas quatro lances de escadas. Jaime fechou a marmita com cuidado e voltou ao seu carrinho, onde selecionou a vassoura mais comprida.

As pessoas saíam do edifício aos berros. Jaime caminhou devagar contra o fluxo, como um salmão subindo a corredeira.

Uma estrutura de vigas brancas, que o arquiteto provavelmente achou que passava alguma mensagem sobre alguma coisa qualquer, sustentava o domo de vidro fumê. Na verdade, era uma espécie de plástico, e Jaime, empoleirado numa faixa conveniente de viga, precisou usar de toda a sua força e de toda a potência de alavanca do comprimento da vassoura para quebrá-la. Dois outros golpes a partiram em estilhaços letais.

A luz entrou, iluminando a poeira na praça interna, o que fez o ar parecer estar cheio de vaga-lumes.

Lá embaixo, a árvore rompia as paredes de sua prisão de concreto escovado e subia como um trem expresso. Jaime nunca havia percebido que as árvores emitiam um som quando cresciam, e ninguém mais havia percebido isso também, porque o som é emitido ao longo de centenas de anos em ondas de 24 horas de ponta a ponta.

Acelere o processo, e o som que uma árvore faz é *vruuum.*

Jaime ficou olhando a árvore se aproximar dele como uma nuvem em forma de cogumelo verde. Suas raízes emanavam vapor.

As vigas não tiveram a menor chance. O resto do domo subiu como uma bola de pingue-pongue num esguicho de água.

O mesmo aconteceu por toda a cidade, só que não era mais possível ver a cidade. Tudo o que se podia ver era a copa verde. Ela se estendia por todo o horizonte.

Jaime se sentou em seu galho, agarrou-se a um cipó e riu e riu e riu.

Então começou a chover.

O *Kappamaki,* um navio de pesquisa baleeira, estava naquele momento analisando a seguinte pergunta: quantas baleias você consegue pegar em uma semana?

Só que naquele dia não havia baleia alguma. A tripulação olhou para as telas, que através da aplicação de uma engenhosa tecnologia podiam captar qualquer coisa maior que uma sardinha e calcular seu valor líquido no mercado internacional de petróleo, e as encontrou em branco. Um peixe ou outro que aparecia de vez em quando disparava pela água como se estivesse com muita pressa de sair dali.

O capitão tamborilou os dedos no painel. Tinha medo de que logo pudesse estar conduzindo seu próprio projeto de pesquisa para descobrir o que acontecia a uma estatisticamente pequena amostra de capitães de baleeiros que voltavam sem um navio repleto de material de pesquisa. Ficou se perguntando sobre o que faziam com eles. Talvez os trancassem numa sala com um lançador de arpões e esperassem que fizessem a coisa mais honrada.

Aquilo era impossível. Devia haver *alguma coisa.*

O navegador gerou um gráfico e ficou olhando para ele.

— Honorável senhor? — disse ele.

— O que foi? — perguntou o capitão, impaciente.

— Parece que temos uma infeliz falha nos instrumentos. O leito do mar nesta área deveria ser de duzentos metros.

— E daí?

— Estou lendo 15 mil metros, honorável senhor. E caindo.

— Isso é absurdo. Não existe uma profundidade dessas.

O capitão fuzilou com os olhos vários milhões de ienes de tecnologia de ponta e deu um soco neles.

O navegador abriu um sorriso nervoso.

— Ah, senhor — disse ele. — Já está mais raso.

Sob os trovões das profundezas, como Aziraphale e Tennyson bem sabiam, *Nas fendas do mar abissal / Dorme o kraken.*

Que agora estava acordando.

Milhões de toneladas de lodo do fundo do oceano despencavam em cascatas por seus flancos à medida que ele se erguia.

— Está vendo? — comentou o navegador. — Três mil metros já.

O kraken não tem olhos. Nunca houve nada para ele olhar. Mas à medida que sobe através das águas geladas, capta o ruído de micro-ondas do mar, os bipes e assovios tristes da canção das baleias.

— Ahn — disse o navegador —, mil metros?

O kraken não está de bom humor.

— Quinhentos metros?

O navio balança na onda súbita.

— Cem metros?

Há uma coisinha de metal acima dele. O kraken se agita.

E dez bilhões de sushis clamam por vingança.

As janelas do *cottage* se abriram para dentro subitamente. Isso não era uma tempestade, era guerra. Fragmentos de jasmim rodopiaram sala adentro, misturados à chuva de fichas.

Newt e Anathema se agarraram um ao outro no espaço entre a mesa virada e a parede.

— Vamos lá — murmurou Newt —, diga que Agnes previu isto.

— Ela disse que ele traria a tempestade — disse Anathema.

— Isto é um maldito furacão. Ela disse o que deveria acontecer em seguida?

— 2315 tem uma referência cruzada com 3477 — disse Anathema.

— Você consegue se lembrar desses detalhes numa hora dessas?

— Já que você mencionou, sim — disse ela, estendendo para ele uma ficha.

3477

Deixai a roda do Destino girar, deixai os corações se juntarem, existem outras fogueiras alem da minha; quando o vento soprar as flores, agarrem-se um ao outro, pois a calma vem quando Vermelho, Branco, Preto e Palido se aproximam a Pas é Nossa Profissao.

? Algum misticismo aqui, receio [A. F. Device, 17 de outubro de 1889]

Pás para cavar/flores? [O.F.D., 1929, 4 de setembro]

Apocalipse cap 6 novamente, presumo [Dr. Thos. Device, 1835]

Newt releu a ficha. Houve um som do lado de fora como uma folha de metal corrugado girando pelo jardim, que era na verdade exatamente o que estava acontecendo.

— Será que isso quer dizer — disse ele, devagar — que nós deveríamos nos tornar um, um *casal*? Essa Agnes, que brincalhona.

Cortejar é sempre difícil quando quem está sendo cortejado tem uma parente mais velha na casa; elas tendem a resmungar, reclamar, fumar um cigarro atrás do outro, ou, no pior dos casos, aparecer com o álbum de fotografias da família, um ato de agressão na guerra dos sexos que deveria ser proibido por uma Convenção de Genebra. É muito pior quando a parente já está morta há trezentos anos. Newt de fato havia começado a atracar certos pensamentos sobre Anathema; não só a atracá-los, na verdade, mas tirá-los da água, fazer a manutenção neles, passar uma boa demão de tinta neles e limpar as cracas do casco. Mas a ideia da clarividência de Agnes arrepiando sua nuca acabava com sua libido como um balde de água fria.

Ele chegara até mesmo a nutrir a ideia de convidá-la para comer fora, mas detestava imaginar uma bruxa cromwelliana sentada em seu *cottage* três séculos antes vendo-o comer.

Ele estava com o mesmo humor de quem queimava bruxas. Sua vida já era complicada o bastante sem ser manipulada através dos séculos por uma velha doida.

Um estampido na lareira soou como parte da chaminé desabando.

E então Newt pensou: minha vida não é complicada. Posso vê-la com tanta clareza quanto Agnes. Ela se estende até a aposentadoria precoce, uma vaquinha do pessoal no escritório, um pequeno apartamento aconchegante em algum lugar, uma aconchegante morte. Só que agora vou morrer sob as ruínas de um *cottage* durante o que bem poderá ser o fim do mundo.

O Anjo Relator não terá nenhum problema comigo, minha vida deve ter sido um "idem" seguido de outro em todas as páginas por anos a fio. Quer dizer, o que foi que eu realmente fiz? Nunca roubei um banco. Nunca levei uma multa por estacionar onde não devia. Nunca nem comi comida tailandesa...

Em algum lugar outra janela se escancarou, com um tilintar alegre de vidro quebrando. Anathema o abraçou, com um suspiro que realmente não soou nem um pouco como de frustração.

Eu nunca estive na América. Nem na França, porque Calais não conta. Nunca aprendi a tocar um instrumento.

O rádio morreu quando as redes de energia finalmente cederam.

Ele enterrou o rosto nos cabelos dela.

Eu nunca...

Um *ping* soou.

Shadwell, que estivera atualizando os livros-caixa do Exército, levantou a cabeça no meio da assinatura do Anspeçada Caçador de Bruxas Smith.

Levou um tempo para perceber que o brilho do alfinete de Newt não estava mais no mapa.

Levantou-se do banco, resmungando baixinho, e saiu vasculhando o chão até encontrá-lo. Deu-lhe outro polimento e tornou a colocá-lo em Tadfield.

Estava acabando de assinar pelo Cabo Caçador de Bruxas Table, que ganhava um *tuppence* extra por ano, quando houve outro *ping*.

Recuperou o alfinete, encarou-o desconfiado e o enfiou com tanta força no mapa que o reboco atrás cedeu. Então voltou às suas contabilidades.

Outro *ping* se fez ouvir.

Dessa vez o alfinete estava a vários metros da parede. Shadwell o apanhou, examinou sua ponta, enterrou-o no mapa e ficou olhando.

Cerca de cinco segundos depois ele passou raspando por sua orelha.

Shadwell procurou pelo alfinete no chão, recolocou-o no mapa e o manteve ali.

Ele se moveu sob sua mão. Shadwell apoiou seu peso no alfinete.

Um fino fio de fumaça começou a sair do mapa. Shadwell deu um gemido e chupou os dedos quando o alfinete incandescente ricocheteou na parede oposta e quebrou uma janela. Aquele alfinete não queria ficar em Tadfield.

Dez segundos mais tarde, Shadwell estava vasculhando a caixa de dinheiro do ECB, que continha um punhado de moedinhas de cobre, uma nota de dez xelins e uma moeda falsificada do reinado de Jaime I. Sem considerar sua segurança pessoal, vasculhou os próprios bolsos. Os resultados da limpa, mesmo levando em conta o cartão de transporte de aposentado, mal davam para ele sair de casa, quanto mais para ir a Tadfield.

As únicas outras pessoas que conhecia que tinham dinheiro eram o Sr. Rajit e a Madame Tracy. No tocante aos Rajit, a questão de sete semanas de aluguel provavelmente surgiria em qualquer discussão financeira que ele instigasse àquela altura, e, quanto à Madame Tracy, que estaria disposta até demais da conta a emprestar-lhe um punhado de notas de dez usadas...

— Diabos me levem se eu aceitar o Salário do Pecado da Jezebel Pintada.

O que não deixava mais ninguém.

A não ser uma pessoa.

A bichona sulista.

Ambos haviam estado ali, só uma vez, tendo passado o menor tempo possível na sala e, no caso de Aziraphale, tentando não tocar em nenhuma superfície plana. O outro, o sulista exibido de óculos escuros, não era — suspeitava Shadwell — alguém que se devesse ofender. No mundo simples de Shadwell, qualquer um de óculos escuros que não estivesse na praia era provavelmente bandido. Ele suspeitava que Crowley fosse da Máfia ou do submundo, mas teria ficado surpreso por quase ter acertado. Porém, o tonto do casaco de pelo de camelo eram outros quinhentos, e Shadwell já se arriscara a segui-lo até sua base certa vez, e lembrava o caminho. Ele achava que Aziraphale era um espião russo. Poderia pedir dinheiro a ele. Ameaçá-lo um pouco.

Era terrivelmente arriscado.

Shadwell se aprumou. Naquele exato instante, o jovem Newt poderia estar sofrendo torturas inimagináveis nas mãos das filhas da noite, e ele, Shadwell, o havia enviado até lá.

— Num podemos abandonar gente nossa lá — disse ele, vestindo o sobretudo fino, colocando o chapéu de feltro e saindo para a rua.

Parecia estar ventando um pouco.

Aziraphale estava hesitante. Vinha hesitando já fazia umas doze horas. Seus nervos, teria dito ele, estavam uma zona. Caminhava ao redor da loja, pegando pedaços de papel do chão e deixando--os cair de novo, mexendo em canetas.

Devia contar a Crowley.

Não, não devia. Ele *queria* contar a Crowley. *Devia* contar era ao Céu.

Era um anjo, afinal. Precisava fazer a coisa certa. Era de sua natureza. Você vê o mal, você o frustra. Crowley tinha um dedo naquilo, isso era certo. Aziraphale devia ter contado ao Céu desde o começo.

Mas ele o conhecia havia milhares de anos. Eles se davam bem. Quase compreendiam um ao outro. Às vezes suspeitava de que tinham muito mais em comum entre si do que com seus respectivos superiores. Ambos gostavam do mundo, para começo de conversa, em vez de vê-lo simplesmente como o tabuleiro onde o jogo de xadrez cósmico estava sendo jogado.

Bem, obviamente, era isso. Aquela era a resposta, na cara dele. Seria leal ao *espírito* de seu pacto com Crowley se desse a dica ao Céu, e depois ambos poderiam discretamente dar um jeito na criança, embora nada muito drástico, lógico, porque somos todos criaturas de Deus, no fim das contas, até pessoas como Crowley e o Anticristo, e o mundo seria salvo e não teria que haver todo aquele negócio do Armagedom, que não faria bem a ninguém mesmo, porque todo mundo *sabia* que o Céu venceria no fim, e Crowley provavelmente entenderia.

Sim. E então tudo ficaria bem.

Houve uma batida na porta, apesar da placa FECHADO. Ele a ignorou.

Entrar em contato com o Céu para comunicação bidirecional era bem mais difícil para Aziraphale do que para humanos, que não esperavam uma resposta e em quase todos os casos ficariam bastante surpresos se conseguissem uma.

Empurrou a mesa cheia de papelada para o lado e enrolou o tapete puído da livraria. Havia um pequeno círculo de giz desenhado nas tábuas do piso, cercado pelas passagens apropriadas da Cabala. O anjo acendeu sete velas, que posicionou ritualmente em determinados pontos do perímetro do círculo. Então acendeu um incenso, que não era necessário, mas deixava um cheiro agradável no ambiente.

E aí entrou no círculo e disse as Palavras.

Nada aconteceu.

Repetiu as Palavras.

Depois de algum tempo, um facho de luz azul brilhante desceu do teto e preencheu o círculo.

Uma voz educada disse:

— Pois não?

— Sou eu, Aziraphale.

— Nós sabemos — disse a voz.

— Tenho ótimas notícias! Localizei o Anticristo! Posso vos dar o endereço dele e tudo!

Houve uma pausa. A luz azul tremeluziu.

— E? — falou.

— Mas, sabe, poderíeis ma... impedir que tudo aconteça! Na hora exata! Vós só tendes algumas horas! Podeis impedir tudo, não precisa haver guerra e todos serão salvos!

Exibiu um sorriso desvairado para a luz.

— E? — perguntou a voz.

— E ele está num lugar chamado Lower Tadfield, e o endereço...

— Muito bem — disse a voz, num tom neutro e morto.

— Não precisa haver nada daquilo de um terço do oceano virar sangue nem nada — disse Aziraphale, feliz.

Quando voltou a falar, a voz parecia ligeiramente irritada.

— Por que não? — perguntou.

Aziraphale sentiu um abismo gelado se abrir sob seu entusiasmo e tentou fingir que aquilo não estava acontecendo. E logo emendou:

— Bem, vós podeis simplesmente garantir que...

— Nós *venceremos,* Aziraphale.

— Sim, mas...

— As forças das trevas devem ser *derrotadas.* Tu pareces estar interpretando mal a situação. O objetivo não é *evitar* a guerra, mas *vencê-la.* Nós estamos esperando por isso há muito tempo, Aziraphale.

Aziraphale sentiu o frio envolver sua mente. Abriu a boca para dizer, "Não acharíeis uma boa ideia não fazer da Terra o campo de batalha?", mas mudou de ideia.

— Sei — disse, soturno.

Houve um rangido perto da porta, e se Aziraphale estivesse olhando naquela direção, teria visto um chapéu de feltro surrado tentando espiar pela claraboia acima da porta.

— Isto não quer dizer que tu não tenhas realizado bem seu papel — disse a voz. — Tu receberás uma condecoração. Muito bem.

— Obrigado — disse Aziraphale. A amargura em sua voz teria talhado leite. — Eu havia me esquecido da inefabilidade, obviamente.

— Foi o que pensamos.

— Posso perguntar com quem estive falando? — disse o anjo.

A voz respondeu:

— Nós somos o Metatron.*

— Ah, sim. Lógico. Ah. Bem. Muito obrigado. Obrigado.

Atrás dele, a tampa do vão para a entrada de correspondências na porta se abriu, revelando um par de olhos.

— Mais uma coisa — disse a voz. — Tu naturalmente juntar-se-á a nós, certo?

— Bem, ahn, é lógico, já se passaram eras desde que peguei numa espada flamejante... — começou Aziraphale.

— Sim, estamos lembrados — disse a voz. — Terás muitas oportunidades para reaprender a usá-la.

— Ah. Hum. Que tipo de evento inicial precipitará a guerra? — perguntou Aziraphale.

— Achamos que um conflito nuclear multinacional seria um bom começo.

— Ah. Sim. Muito criativo — a voz de Aziraphale era monótona e desesperançada.

— Ótimo. Nós esperaremos tua chegada em breve, então — disse a voz.

— Ah. Bem. Vou só resolver umas coisinhas de trabalho, sim? — disse Aziraphale, desesperado.

— Não parece haver muita necessidade disso — disse o Metatron.

Aziraphale se empertigou.

— Eu realmente sinto que a probidade, sem falar da moralidade, exige que, na posição de homem de negócios respeitável, eu deveria...

— Sim, sim — disse o Metatron, um pouco irritado. — Entendemos. Estaremos aqui à sua espera, então.

* A Voz de Deus. Mas não a *voz* de Deus. Uma entidade independente. Mais ou menos como um porta-voz presidencial.

A luz se desvaneceu, mas não sumiu por completo. Estão deixando a linha aberta, pensou Aziraphale. Não vou escapar desta.

— Alô? — perguntou, baixinho. — Alguém ainda aí?

Silêncio.

Com muito cuidado, ele saiu do círculo e foi até o telefone. Abriu a agenda e discou outro número.

Depois de quatro toques houve uma tosse, seguida de uma pausa, e então uma voz que soava tão relaxada que parecia ter saído de um spa disse:

— Oi. Aqui é Anthony Crowley. Ahn. Eu...

— Crowley! — Aziraphale tentou sussurrar e gritar ao mesmo tempo. — Ouça! Eu não tenho muito tempo! O...

— ... provavelmente não estou em casa, ou então estou dormindo, e ocupado, ou alguma coisa assim, mas...

— Cale a boca! Escute! Ele estava em Tadfield! Está tudo naquele livro! Você precisa impedir...

— ... após o sinal e ligo para você assim que possível. Ciao.

— Quero falar com você *agora...*

PiiiIiiiIiii

— Pare de fazer ruídos! Ele está em Tadfield! Era ele que eu estava pressentindo! Você precisa ir até lá e...

Tirou o telefone da boca.

— Merda! — disse ele.

Era a primeira vez que falava palavrão em mais de seis mil anos.

Espere aí.

O demônio tinha outra linha, não tinha? Ele era esse tipo de pessoa. Aziraphale consultou a agenda desajeitadamente e quase a deixou cair no chão. Eles ficariam impacientes em breve.

Encontrou o outro número. Discou-o. A ligação foi atendida quase imediatamente, ao mesmo tempo que o sininho à porta da loja soou de leve.

A voz de Crowley, ficando cada vez mais alta à medida que se aproximava do bocal, disse:

— ... estou falando sério. Alô?

— Crowley, sou eu!

— Uhn. — A voz soou terrivelmente hesitante.

Mesmo em seu estado atual, Aziraphale sentiu que havia algum problema.

— Você está sozinho? — perguntou, cauteloso.

— Não. Tem um velho amigo aqui comigo.

— Escute...!

— *Vá de retro, cria do Inferno!*

Muito lentamente, Aziraphale se virou.

Shadwell tremia de empolgação. Ele tinha visto tudo. Ouvido tudo. Não havia entendido nada, mas sabia o que as pessoas faziam com círculos, velas e incenso. Sabia, sim. Assistira ao filme *O diabo à solta* quinze vezes, dezesseis se incluísse a vez em que fora expulso do cinema por gritar suas opiniões nada lisonjeiras a respeito do caçador de bruxas amador Christopher Lee.

Aqueles malditos o estavam usando. Vinham tirando sarro da cara das gloriosas tradições do Exército.

— Vou te pegar, seu safado! — gritou, avançando como um anjo vingador carcomido pelo tempo. — Eu sei qual é a tua, vindo pra cá e seduzindo mulheres pra que façam tua vontade maligna!

— Acho que o senhor entrou na loja errada — disse Aziraphale. — Te ligo mais tarde — disse ao gancho do telefone, desligando em seguida.

— Eu vi qual é a tua — rosnou Shadwell.

A baba se acumulava na boca. Ele nunca esteve tão zangado na vida.

— Ahn, isso não é o que parece... — começou Aziraphale, ciente, ainda no meio da fala, que no quesito estratagemas conversacionais aquele carecia de um certo refinamento.

— Aposto que não! — exclamou Shadwell, triunfante.

— Não. O que eu quero dizer...

Sem tirar os olhos do anjo, Shadwell deu um passo atrás e agarrou a porta da loja, batendo-a com tanta força que o sininho retiniu.

— *Sino* — disse.

Pegou *As Justas e Precisas Profecias* e bateu o livro na mesa com força.

— *Livro* — rosnou.

Mexeu no bolso e tirou dele seu Ronson de estimação.

— *Praticamente uma vela!* — gritou e, então, começou a avançar.

Em seu caminho, o círculo brilhava com uma tênue luz azul.

— Ahn — disse Aziraphale —, não acho que seria uma boa ideia você...

Shadwell não estava ouvindo.

— Pelos poderes a mim atribuídos pela virtude de meu ofício de caçador de bruxas — entoou —, ordeno-te que abandones este local...

— Sabe, o círculo...

— ... e doravante retornes ao lugar do qual vieste, sem parar para...

— ... realmente não seria inteligente para um humano pôr os pés dentro dele sem...

— ... e livrai-nos de todo o mal...

— Fique fora do círculo, seu imbecil!

— ... para nunca mais voltar...

— Sim, sim, mas, *por favor*, saia do...

Aziraphale disparou em direção a Shadwell, gesticulando com os dois braços freneticamente.

— ... para NUNCA MAIS VOLTAR! — terminou Shadwell. E apontou um dedo vingativo de unha preta.

Aziraphale olhou para os próprios pés e falou um palavrão pela segunda vez em cinco minutos. Ele havia pisado dentro do círculo.

— Ai, *porra* — falou.

Ouviu-se um som metálico melodioso, e a luz azul desapareceu. Assim como Aziraphale.

Trinta segundos se passaram. Shadwell não se mexeu. Então, com a mão esquerda trêmula, estendeu-a e cuidadosamente baixou a direita.

— Olá? — falou ele. — Olá?

Ninguém respondeu.

Shadwell estremeceu.

Então, com a mão estendida à frente como uma arma que não ousava disparar e não sabia como descarregar, saiu para a rua, deixando a porta bater atrás de si.

Isso provocou uma trepidação no chão.

Uma das velas de Aziraphale tombou, derramando cera quente na madeira velha e seca.

O apartamento de Crowley em Londres era o epítome do estilo. Era tudo o que um apartamento deveria ser: espaçoso, branco, elegantemente mobiliado e com aquele *visual moderno* de não-mora-ninguém-aqui que só se consegue não se morando no local.

Isto porque Crowley não morava ali.

Era simplesmente o lugar para o qual voltava, no fim do dia, quando em Londres. As camas estavam sempre feitas; a geladeira, sempre com um estoque de comida gourmet que nunca estragava (era para isso que Crowley tinha uma geladeira, afinal), e, aliás, a geladeira não precisava nunca ser descongelada ou sequer ligada na tomada.

A sala de estar tinha uma televisão enorme, um sofá de couro branco, um aparelho de VHS e um de CD, uma secretária eletrônica, dois telefones — a linha da secretária eletrônica e a linha particular (um número até agora não descoberto pelas legiões de operadores de telemarketing que persistiam em tentar vender a Crowley janelas com isolamento termoacústico, que ele já tinha, ou um seguro de vida, do qual ele não precisava) — e um aparelho de som quadrado e preto, do tipo tão exótico que só tinha o botão de ligar e desligar e o controle de volume.

O único item do equipamento de som que Crowley havia negligenciado foram os alto-falantes; tinha se esquecido dessa parte. Não que fizesse a menor diferença. A reprodução do som era perfeita assim mesmo.

Havia uma máquina de fax desconectada e com a inteligência de um computador e um computador com a inteligência de uma formiga retardada. Mesmo assim, Crowley o atualizava de tempos em tempos, porque um computador tinindo era o tipo de coisa que Crowley achava que o tipo de humano que ele tentava ser teria.

O computador dele era como um Porsche com uma tela. Os manuais ainda estavam nos respectivos saquinhos transparentes.*

* Junto com a garantia padrão que dizia que se a máquina 1) não funcionasse, 2) não fizesse o que os anúncios caros diziam que devia fazer, 3) eletrocutasse a vizinhança imediata, 4) e na verdade falhasse em estar dentro da caixa caríssima quando você a abrisse, isso expressa, absoluta e implicitamente não seria em momento algum culpa ou responsabilidade do fabri-

Na verdade, as únicas coisas no apartamento a que Crowley dedicava alguma atenção pessoal eram as plantas. Eram enormes, verdes e gloriosas, com folhas brilhantes, saudáveis e lustrosas.

Isto acontecia porque, uma vez por semana, Crowley percorria o apartamento com um borrifador de água de plástico verde, borrifando as folhas e conversando com as plantas.

Ele tinha ouvido falar em conversa com plantas no começo dos anos 1970, na Radio Four, e achara uma excelente ideia. Exceto que *conversar* talvez fosse a palavra errada para o que Crowley fazia.

O que ele fazia era instilar o medo de Deus nelas.

Ou, mais precisamente, o medo de Crowley.

Além disso, a cada dois meses Crowley pegava uma planta que estivesse crescendo muito devagar, ou sucumbindo a alguma doença, ou ficando com as folhas queimadas, ou uma que simplesmente não estivesse tão bonita quanto as outras, e a levava até onde as demais estavam.

"Digam adeus à sua amiga", dizia ele. "Ela simplesmente não conseguiu dar conta..."

Então saía do apartamento com a planta meliante e voltava mais ou menos uma hora depois com um enorme vaso vazio, que deixava em algum lugar bem visível no apartamento.

As plantas eram as mais luxuriantes, verdes e lindas de Londres. Também eram as mais apavoradas.

O ambiente era iluminado por spots e tubos de néon branco, do tipo que se coloca casualmente ao lado de uma cadeira ou a um canto.

O único objeto de decoração na parede era um desenho emoldurado — a *Mona Lisa*, o esboço original feito por Leonardo da Vinci. Crowley o havia comprado do artista numa tarde quente em Florença, sentindo que possuía uma qualidade superior quando comparado à pintura final.*

cante, e o comprador deveria se considerar afortunado por poder dar seu dinheiro ao fabricante e que qualquer tentativa de tratar o que havia acabado de comprar como sua propriedade resultaria na atuação de homens muito sérios com maletas ameaçadoras. Crowley, que havia ficado extremamente impressionado com as garantias oferecidas pela indústria de informática, chegara a mandar um pacote lá para Baixo, para o departamento que fazia os acordos de Almas Imortais, com um memorando amarelo anexo que apenas dizia: "Aprendam, caras..."

* Leonardo achara a mesma coisa. "Consegui acertar o maldito sorriso nos esboços", contou a Crowley, bebericando vinho gelado sob o sol do meio-dia, "mas deu tudo errado quando o pintei. O marido dela tinha algumas reclamações a fazer quando entreguei o retrato, mas, como eu disse, 'Signor dei Giocondo, tirando o senhor, quem é que vai ver isso?' Enfim... pode me explicar esse negócio de 'helicóptero' de novo?"

O apartamento de Crowley tinha um quarto, uma cozinha, um escritório, uma sala de estar e um banheiro, cada cômodo eternamente limpo e perfeito.

E tinha passado um tempo desconfortável em cada um deles, durante sua longa espera pelo Fim do Mundo.

Havia telefonado novamente para seus agentes no Exército dos Caçadores de Bruxas em busca de notícias, mas seu contato, o sargento Shadwell, havia acabado de sair, e a pateta da recepcionista parecia incapaz de compreender que ele estava disposto a falar com qualquer um dos outros.

— O Sr. Pulsifer também saiu, querido. Ele foi lá para Tadfield hoje pela manhã. Numa *missão.*

— Posso falar com qualquer um — havia explicado Crowley.

— Vou dizer isso ao Sr. Shadwell — disse ela —, quando ele voltar. Agora, se o senhor me dá licença, essa é uma das minhas manhãs, e não posso deixar meu cavalheiro desse jeito por muito tempo, senão ele pode pegar um resfriado. E às duas tenho a Sra. Ormerod e o Sr. Scroggie e a jovem Julia vindo para uma sessão, e tenho que limpar o lugar e fazer um monte de coisas antes. Mas darei seu recado ao Sr. Shadwell.

Crowley desistiu. Tentou ler um livro, mas não conseguia se concentrar. Tentou organizar seus CDs em ordem alfabética, mas desistiu ao descobrir que eles já estavam em ordem alfabética, assim como sua estante de livros e sua coleção de *soul music.*[*]

Acabou se sentando no sofá de couro branco e fez um gesto para a TV.

— Estão chegando notícias — disse um apresentador preocupado —, ahn, de que, bom, ninguém parece saber o que está acontecendo, mas as notícias que temos parecem, ahn, indicar um aumento de tensões internacionais que teriam sem dúvida sido consideradas impossíveis na semana passada quando, ahn, todo mundo parecia estar se dando tão bem. Ahn.

"Isto parece ser devido pelo menos em parte à grande quantidade de eventos incomuns que têm ocorrido nos últimos dias.

"Na costa do Japão... *CROWLEY?*

— Sim — disse Crowley.

QUE DIABOS ESTÁ ACONTECENDO, CROWLEY? O QUE EXATAMENTE VOCÊ TEM FEITO?

[*] Ele tinha muito orgulho da coleção. Levara eras para reuni-la. Era *soul music* de verdade. James Brown não estava incluído nela.

— Como assim? — perguntou Crowley, embora já soubesse.

O GAROTO CHAMADO WARLOCK. NÓS O LEVAMOS AOS CAMPOS DE MEGIDO. O CÃO NÃO ESTÁ COM ELE. A CRIANÇA NADA SABE DA GRANDE GUERRA. ELE NÃO É O FILHO DO NOSSO MESTRE.

— Ah — disse Crowley.

ISSO É TUDO O QUE VOCÊ CONSEGUE DIZER, CROWLEY? NOSSAS TROPAS ESTÃO FORMADAS, E AS QUATRO BESTAS JÁ PEGARAM A ESTRADA — MAS PARA ONDE IRÃO? ALGO DEU ERRADO, CROWLEY, E A RESPONSABILIDADE É SUA. E, MUITO PROVAVELMENTE, A CULPA É SUA TAMBÉM. ACREDITAMOS QUE VOCÊ TENHA UMA EXPLICAÇÃO PERFEITAMENTE RAZOÁVEL PARA TUDO ISSO...

— Ah, sim — concordou Crowley de pronto. — Perfeitamente razoável.

... PORQUE VOCÊ VAI TER SUA CHANCE DE EXPLICAR TUDO PARA NÓS. VOCÊ VAI TER TODO O TEMPO QUE EXISTE PARA EXPLICAR. E NÓS VAMOS ESCUTAR COM GRANDE INTERESSE TUDO O QUE VOCÊ TIVER A DIZER. E ESSA CONVERSA, E AS CIRCUNSTÂNCIAS QUE A ACOMPANHARÃO, FORNECERÃO UMA FONTE DE ENTRETENIMENTO E PRAZER PARA TODOS OS CONDENADOS NO INFERNO, CROWLEY. PORQUE NÃO IMPORTA QUÃO DEVASTADOS PELO TORMENTO, NÃO IMPORTA QUE AGONIAS OS PIORES CONDENADOS ESTEJAM SOFRENDO, CROWLEY, VOCÊ SOFRERÁ MAIS...

Com um gesto, Crowley desligou o aparelho.

A tela verde-acinzentada continuava a falar, o silêncio formando palavras.

NEM PENSE EM TENTAR ESCAPAR DE NÓS, CROWLEY. NÃO HÁ ESCAPATÓRIA. FIQUE ONDE ESTÁ. VOCÊ SERÁ... COLETADO...

Crowley foi até a janela e olhou para fora. Alguma coisa preta e em forma de carro vinha se deslocando lentamente pela rua em sua direção. Tinha um formato de carro suficiente para enganar o observador distraído. Crowley, que observava com muita atenção, reparou que não só as rodas não estavam rodando, como também não estavam sequer conectadas ao carro. Ele reduzia à medida que passava por cada casa; Crowley supôs que os passageiros do carro (nenhum estaria dirigindo; nenhum sabia como) estavam procurando ver os números das casas.

Crowley tinha algum tempo. Foi até a cozinha e tirou um balde de plástico de baixo da pia. Então voltou à sala de estar.

As Autoridades Infernais haviam cessado sua comunicação. Crowley virou a televisão para a parede, por via das dúvidas.

Foi até a *Mona Lisa*.

Tirou o quadro da parede, revelando um cofre. Não era um cofre normal de parede; havia sido comprado de uma empresa especializada em prestar serviços para a indústria nuclear.

Destrancou-o, revelando uma porta interna com um segredo giratório com sistema de combinação numérica. Girou o segredo (4-0-0-4 era o código, fácil de lembrar, o ano em que ele havia deslizado até aquele planeta estúpido e maravilhoso, ainda novo e reluzente).

Dentro do cofre havia uma garrafa térmica, duas luvas grossas de PVC, do tipo que cobria os braços inteiros de uma pessoa, e pinças.

Crowley fez uma pausa. Olhou para a garrafa térmica com nervosismo.

(Ouviu um barulho no andar de baixo. Lá se ia a porta da frente...)

Calçou as luvas e pegou com cuidado a garrafa térmica, as pinças e o balde — e, numa decisão de última hora, também o borrifador, que estava ao lado de uma exuberante planta de borracha — e se dirigiu para seu escritório, caminhando como um homem que carregava uma garrafa térmica cheia de algo que poderia provocar, se ele a deixasse cair ou sequer pensasse nisso, o tipo de explosão que leva velhos de barbas grisalhas a dizerem coisas como “E aqui, onde hoje há essa cratera, houve há muito tempo a Cidade de Wah-Shing-Ton”, em filmes B de ficção científica.

Chegou ao escritório e abriu a porta com o ombro. Então se agachou e lentamente colocou as coisas no chão. Balde... pinças... borrifador... e por fim, com toda cautela, a garrafa térmica.

Uma gota de suor começou a se formar na testa de Crowley e escorreu até seu olho. Ele a enxugou.

Então, com cuidado e atenção, usou as pinças para desatarraxar a tampa da garrafa... com cuidado... com cuidado... isso...

(Uma pancada surda nas escadas abaixo, um grito abafado. Devia ser a velha senhora do andar de baixo.)

Ele não podia se dar ao luxo de se apressar.

Segurou a garrafa com as pinças e, tomando cuidado para não derramar a menor gota, transferiu o conteúdo para o balde plástico. Bastaria um movimento em falso...

Pronto.

Então abriu a porta do escritório uns quinze centímetros e apoiou o balde em cima dela.

Usou as pinças para recolocar a tampa da garrafa e então (um barulho na sala de estar) tirou as luvas de PVC, pegou o borrifador de plantas e se sentou atrás da mesa.

— Crawlee...? — chamou uma voz gutural. Hastur.

— Ele está aí dentro — sibilou outra voz. — Posso sentir o nojento. — Ligur.

Hastur e Ligur.

Agora, como Crowley seria o primeiro a ressaltar, a maioria dos demônios não era *tão má assim*. No grande jogo cósmico eles sentiam que ocupavam a mesma posição de fiscais de renda: faziam um trabalho talvez impopular, mas essencial para o esquema geral das coisas. Da mesma forma, alguns anjos também não eram modelos de virtude; Crowley havia conhecido um ou dois que, na hora de punir os infiéis, castigavam com mais vigor do que o estritamente necessário. No geral, todo mundo tinha um trabalho a fazer e simplesmente o fazia.

Por outro lado, você tinha gente como Ligur e Hastur, que sentiam um prazer tão sombrio em fazer coisas desagradáveis que daria até para confundi-los com seres humanos.

Crowley se recostou em sua cadeira executiva. Forçou-se a relaxar e fracassou terrivelmente.

— Aqui, pessoal — chamou.

— Queremos dar uma palavrinha rápida com você — disse Ligur (num tom de voz que pretendia implicar que "rápida" era sinônimo de "eternidade horrivelmente dolorosa"). E o demônio atarracado empurrou a porta do escritório.

O balde balançou e caiu direitinho na cabeça de Ligur.

Derrame um bloco de sódio na água. Observe-o explodir, queimar e girar loucamente, soltando faíscas e fumaça. Foi bem assim; só que mais feio.

O demônio descascou, se incendiou e tremeluziu. Uma fumaça marrom oleosa começou a emanar de seu corpo, e ele gritou e gritou e gritou. Então foi como se sua forma se amassasse, se dobrasse sobre si mesma, e o que sobrou ficou brilhando no círculo chamuscado de tapete, parecendo um purê de lesmas.

— Oi — disse Crowley para Hastur, que estivera andando atrás de Ligur e infelizmente não havia recebido sequer um pingo.

Há certas coisas que são impensáveis: profundezas onde nem mesmo os demônios acreditariam que outros demônios se atreveriam a explorar.

— ... Água benta. Seu filho da mãe — disse Hastur. — Seu *filho da mãe desgraçado.* Ele nunca te fez nada.

— *Ainda* — corrigiu Crowley, que se sentia um pouco mais à vontade, agora que só restara um; a disputa estava mais equilibrada.

Mais equilibrada, mas não totalmente, nem de longe. Hastur era um Duque do Inferno. Crowley não chegava nem a vereador.

— Seu destino será sussurrado por mães em lugares escuros para apavorar os filhos — disse Hastur, e então sentiu que a linguagem do Inferno não estava à altura da situação. — Vamos te *esfolar vivo*, colega — acrescentou.

Crowley ergueu o borrifador de plantas de plástico verde e o sacudiu de forma ameaçadora, dizendo:

— Vá embora.

Ouviu o telefone tocar lá embaixo. Quatro vezes, antes de a secretária eletrônica atender. Por um momento ficou se perguntando quem seria.

— Você não me mete medo — disse Hastur.

Ele viu uma gota de água escorrer do bico e deslizar lentamente pela lateral do invólucro de plástico em direção à mão de Crowley.

— Sabe o que é isto? — perguntou Crowley. — Isto é um borrifador de água comprado no Sainsbury's, o mais barato e mais eficiente borrifador de plantas do mundo. Ele pode espirrar uma fina camada de água no ar. Será que eu preciso te dizer o que há aqui dentro? Pode transformar *você naquilo* — apontou para a sujeira no tapete. — Agora, cai fora.

Então a gota na lateral do borrifador de plantas atingiu os dedos curvados de Crowley e parou.

— Você está blefando — disse Hastur.

— Talvez esteja — disse Crowley, num tom de voz que esperava que deixasse bem evidente que blefar era a última coisa em sua mente. — E talvez não. Está se sentindo com sorte?

Hastur fez um gesto, e o bulbo de plástico se dissolveu como papel de arroz, esparramando água por toda a mesa de Crowley e por todo o terno de Crowley.

— Sim — disse Hastur. E sorriu. Seus dentes eram afiados demais, e sua língua dançava entre eles. — E você?

Crowley não disse nada. O Plano A havia funcionado. O Plano B, falhado. Tudo dependia do Plano C, e só havia um inconveniente: ele só tinha planejado até o B.

— Então — sibilou Hastur —, hora de ir, Crowley.

— Acho que tem algo que você deveria saber — disse Crowley, tentando ganhar tempo.

— O que é? — Hastur sorriu.

Então o telefone na mesa de Crowley tocou.

Ele pegou o fone e avisou a Hastur.

— Não se mexa. Tem uma coisa muito importante que você deveria saber, e eu estou falando sério.

— Alô? — disse Crowley. — Uhn. — Uma pausa. — Não. Tem um velho amigo aqui comigo.

Aziraphale desligou na cara dele. Crowley se perguntou o que ele quereria.

E de repente o Plano C estava lá, na sua cabeça. Não colocou o fone de volta no gancho. Em vez disso, falou:

— Certo, Hastur. Você passou no teste. Está pronto para entrar no time dos maiorais.

— Você ficou maluco?

— Não. Não está entendendo? Isto foi um teste. Os Senhores do Inferno precisavam saber se você era digno de confiança antes de te dar o comando das Legiões dos Malditos, na Guerra que vem por aí.

— Crowley, ou você está mentindo ou está louco. Talvez as duas coisas — disse Hastur, mas sua certeza havia sido abalada.

Só por um momento, ele havia considerado a possibilidade, exatamente o que Crowley pretendera. *Não seria* totalmente impossível que o Inferno o estivesse testando e que Crowley *fosse* na verdade mais do que parecia ser. Hastur ficou paranoico, o que era simplesmente uma reação sensata e bem-ajustada à vida no Inferno, onde todo mundo estava sempre a fim de dar cabo em você.

Crowley começou a discar um número.

— Tudo bem, Duque Hastur. Eu não esperaria que o senhor acreditasse nisso só com a minha palavra — admitiu. — Mas por que não falamos com o Conselho das Trevas? Tenho certeza de que eles o convencerão.

O número que Crowley havia discado fez um clique e em seguida começou a tocar.

— Até mais, otário — disse ele.

E desapareceu.

Uma ínfima fração de segundo depois, Hastur sumiu também.

No decorrer dos anos, um grande número de homens-hora teológicos foi gasto debatendo a famosa questão:

Quantos Anjos Conseguem Dançar na Cabeça de um Alfinete?

Para chegar a uma resposta, os seguintes fatos devem ser levados em consideração:

Primeiro, anjos simplesmente não dançam. É uma das características distintivas de um anjo. Eles podem ouvir a Música das Esferas com apreciação, mas não sentem a necessidade de sair balançando o esqueleto ao som dela. Portanto, *nenhum.*

Pelo menos, quase nenhum. Aziraphale aprendera a gavota num discreto clube para cavalheiros em Portland Place, no fim da década de 1880, e, embora tivesse inicialmente aprendido a dançar como um pato aprendendo a trabalhar num banco de investimentos, depois de um tempo ele até que havia se tornado bastante bom naquilo, e acabou ficando muito chateado quando, algumas décadas depois, a gavota saiu de moda de uma vez por todas.

Sendo assim, desde que a dança fosse gavota e desde que houvesse alguém com quem dançar (e que também fosse capaz, para efeito dessa discussão, de dançar a gavota e fazê-lo na cabeça de um alfinete), a resposta é um curto e grosso *um.*

Então você também poderia perguntar quantos demônios conseguem dançar na cabeça de um alfinete. Afinal, os dois têm a mesma origem. E os demônios, pelo menos, dançam.*

Se você colocar desta forma, a resposta é muitos, na verdade, desde que abandonem seus corpos físicos, o que é tranquilo para um demônio. Demônios não estão sujeitos às leis da física. Se você olhar de longe, o universo é apenas uma coisa pequena e redonda, como aquelas bolas cheias de água que produzem uma tempestade de neve em miniatura quando

* Embora não seja o que você e eu chamaríamos de *dança.* Pelo menos não uma dança boa. Um demônio se move como uma banda de brancos tocando “Soul Train”.

você as sacode.* Mas se você olhar bem de perto, o único problema em dançar na cabeça de um alfinete são todos aqueles espaços enormes entre os elétrons.

Para os de linhagem angélica ou de estirpe demoníaca, tamanho, forma e composição são simplesmente uma questão de escolha.

Crowley está nesse momento viajando a uma velocidade incrivelmente rápida pelo fio do telefone.

TRRRIM!

Crowley passou por duas ligações a uma fração muito respeitável da velocidade da luz. Hastur estava um pouquinho atrás dele: dez ou doze centímetros, o que naquele tamanho dava a Crowley uma vantagem confortável. Que desapareceria, naturalmente, quando ele saísse do outro lado.

Estavam muito pequenos para emitir som, mas demônios não precisam necessariamente de som para se comunicar. Crowley podia ouvir Hastur gritando atrás dele:

— Seu filho da mãe! Vou te pegar. Você não pode fugir de mim!

TRRRIM!

— Onde você sair eu vou sair atrás! Você não vai escapar!

Crowley viajou por mais de trinta quilômetros de fio em menos de um segundo.

Hastur estava bem atrás dele. Crowley teria que sincronizar todos os seus movimentos com muita precisão.

TRRRIM!

Esse foi o terceiro toque. Bem, pensou Crowley, lá vai.

Subitamente parou e viu Hastur passar zunindo por ele. Hastur se virou e...

TRRRIM!

Crowley disparou pelo fio do telefone, atravessou o revestimento plástico e se materializou, em seu tamanho normal e sem fôlego, em sua sala de estar.

Clique.

A fita da mensagem gravada por ele na secretária começou a tocar. Depois ele ouviu um bipe e, em seguida, quando a fita de gravar recados externos começou a girar, uma voz pelo alto-falante gritou após o sinal:

— Certo! O quê?... Sua *maldita víbora!*

* Embora, a menos que o plano inefável seja muito mais inefável do que parece, ele não tenha um boneco de neve gigante de plástico no fundo.

A luzinha vermelha de mensagens começou a piscar.

Acendendo e apagando, acendendo e apagando, como um olho pequeno, vermelho, furioso.

Crowley realmente desejou ter tido um pouco mais de água benta e o tempo de colocar a fita cassete nela até que se dissolvesse. Mas cuidar do banho terminal de Ligur já havia sido perigoso demais — guardara aquilo por anos, por via das dúvidas — e até mesmo sua presença na sala o deixava pouco à vontade. Ou... ou quem sabe... sim, *o que* aconteceria se ele pusesse a fita no carro? Poderia tocar Hastur vezes sem conta até ele se transformar em Freddie Mercury. Não. Ele podia ser um filho da mãe, mas havia um limite para tudo.

Houve o ribombar distante de um trovão.

Não tinha tempo a perder.

Não tinha para onde ir.

Mas foi mesmo assim. Correu até o seu Bentley e partiu em direção ao West End como se todos os demônios do Inferno estivessem atrás dele. O que era mais ou menos o caso.

Madame Tracy ouviu os passos lentos do Sr. Shadwell subindo as escadas. Eram mais lentos que de costume e paravam de alguns em alguns degraus. Normalmente o sujeito subia as escadas como se odiasse cada degrau.

Ela abriu a porta. Ele estava encostado na parede do patamar.

— Ora, Sr. Shadwell. O que o senhor fez com a mão?

— Sai de perto de mim, mulher — grunhiu Shadwell. — Eu num conhecia meus próprios poderes!

— Por que está segurando ela assim?

Shadwell tentou recuar até a parede.

— Recuai, te digo! Num posso me responsabilizar!

— Mas o que aconteceu com o senhor, Sr. Shadwell? — perguntou Madame Tracy, tentando pegar a mão dele.

— Nada! Nada!

Ela conseguiu agarrar o braço dele. Shadwell, flagelo do mal, não teve como impedir que ela o arrastasse até seu apartamento.

Ele nunca estivera lá — não acordado, pelo menos. Seus sonhos o haviam decorado com sedas, ricas cortinas, e com o que ele chamava de *ungulentos* perfumados. Ela de fato tinha uma cortina de contas na entrada da cozinha minúscula e um abajur feito de um jeito um tanto tosco a partir de uma garrafa de Chianti, porque o senso de Madame Tracy do que era chique, tal qual o de Aziraphale, parara no tempo por volta de 1953. Havia uma mesa no meio da sala coberta por uma toalha de veludo, e, em cima da toalha, a bola de cristal que era cada vez mais o ganha-pão de Madame Tracy.

— Acho que o senhor precisa se deitar um pouco, Sr. Shadwell — disse, numa voz que não admitia discussão, e o levou até o quarto.

Ele estava atônito demais para protestar.

— Mas o jovem Newt está lá — murmurou Shadwell —, vítima de paixões pagãs e males ocultos.

— Então tenho certeza de que ele saberá o que fazer a respeito — retrucou Madame Tracy, cuja ideia da situação atual de Newt era provavelmente muito mais próxima da realidade do que a de Shadwell. — E tenho certeza de que ele não gostaria de saber que o senhor está surtando por aqui. Agora deite-se, que vou preparar uma bela xícara de chá para nós dois.

E desapareceu em meio ao barulho da cortina de contas.

De repente Shadwell se viu sozinho no que foi capaz de identificar, por entre os escombros de seus nervos estraçalhados, como um leito de pecado, e naquele exato instante foi incapaz de deduzir se aquilo era na verdade melhor ou pior do que *não estar sozinho* num leito de pecado. Virou a cabeça para avaliar o ambiente.

Os conceitos de Madame Tracy do que era erótico vinham dos dias em que os garotos cresciam acreditando que as mulheres tinham bolas de praia afixadas na frente do corpo, Brigitte Bardot podia ser considerada um símbolo sexual sem que ninguém caísse na gargalhada, e realmente existiam revistas com nomes do tipo *Garotas, Gargalhadas e Jarreteiras*. Em algum lugar naquele caldeirão de permissividade, ela tivera a impressão de que bichos de pelúcia no quarto criavam uma atmosfera íntima e coquete.

Shadwell ficou olhando por um tempo um enorme urso de pelúcia puído, que tinha um olho faltando e uma orelha rasgada, cujo nome provavelmente era algo como Sr. Buggins.

Virou a cabeça para o outro lado. Seu olhar foi bloqueado por um porta-pijamas no formato de um animal que podia ser um cachorro, mas que também podia ser um gambá. Tinha um sorrisinho alegre no rosto.

— Argh — disse ele.

Mas as lembranças não o abandonavam. Ele fizera mesmo aquilo. Ninguém no Exército havia exorcizado um demônio, até onde ele sabia. Nem Hopkins, nem Siftings, nem Diceman. Talvez nem mesmo o Sargento-Mor Caçador de Bruxas Narker,* que detinha o recorde mundial de número de

* O ECB viveu uma espécie de renascimento durante a era expansionista do Império Britânico. As intermináveis escaramuças do Exército inglês frequentemente o colocavam em conflito com curandeiros, xamãs e outros adversários mancomunados com o oculto. Esta acabou sendo a deixa para o recrutamento de pessoas como o Sargento-Mor Narker, cuja imponente figura de 1,98m e 114kg, tendo na mão um Livro com capa de metal, um Sino de quatro quilos e uma Vela especialmente reforçada, podia limpar o *veld* de adversários mais rápido que uma metralhadora Gatling. A seu respeito, Cecil Rhodes escreveu: "Certas tribos remotas o consideram uma espécie de deus, e é preciso um bruxo ou curandeiro extremamente ousado e temerário para se colocar à frente de um gigante como o Sargento-Mor Narker. Eu preferiria ter esse homem do meu lado que dois batalhões de Gurkhas."

bruxas encontradas. Cedo ou tarde, todo Exército dá de cara com sua arma mais letal; agora ela existia, refletiu Shadwell, na extremidade de seu braço.

Bem, que se danasse a ideia de usá-la somente em autodefesa. Ele iria descansar um pouco, já que estava ali, e então as forças das trevas finalmente encontrariam um poder à altura...

Quando Madame Tracy trouxe o chá, ele estava roncando. Ela fechou a porta devagar e um tanto agradecida, também, porque tinha uma sessão espírita em vinte minutos e não era bom recusar dinheiro hoje em dia.

Embora Madame Tracy fosse, por muitos padrões, ligeiramente burra, tinha bons instintos em certos assuntos, e, quando se tratava de aventurar-se pelo oculto, sua lógica era impecável. Aventurar-se, percebeu ela, era exatamente o que seus clientes queriam. Não queriam se enfiar no oculto até o pescoço. Não queriam os mistérios multiplanulares do Tempo e do Espaço; só queriam ter certeza de que mamãe estava bem depois de morta. Só queriam ocultismo suficiente para dar um pouco de tempero às suas vidas simples, e de preferência em porções não maiores que 45 minutos, seguidas de chá e biscoitos.

E certamente não queriam coisas sinistras como velas, aromas, cânticos ou runas místicas. Madame Tracy removera até a maior parte dos Arcanos Maiores de seu baralho de tarô, porque a aparência deles gerava um certo incômodo nas pessoas.

E ela sempre colocava couve-de-bruxelas para cozinhar logo antes de uma sessão. Nada é mais reconfortante, nada é mais adequado ao confortável espírito do ocultismo inglês do que o cheiro de couve-de-bruxelas cozinhando no cômodo ao lado.

Era começo de tarde, e nuvens negras e pesadas haviam deixado o céu da cor de chumbo velho. Logo choveria, torrencial e abundantemente. Os bombeiros esperavam que fosse em breve. Quanto antes, melhor.

Tinham chegado com bastante rapidez, e os mais jovens corriam para os lados, agitados, desenrolando a mangueira e manipulando os machados. Os mais velhos sabiam de cara que não havia como salvar o prédio; não tinham sequer certeza de que a chuva impediria o incêndio de se alastrar para os prédios vizinhos.

Foi quando um Bentley preto deslizou pela esquina e subiu na calçada a uma velocidade ligeiramente abaixo de 100km/h, parando com um guinchar de freios a um centímetro da parede da livraria.

Um jovem de óculos escuros extremamente agitado saltou e correu até a porta da loja em chamas.

Foi interceptado por um bombeiro.

— O senhor é o proprietário deste estabelecimento? — perguntou o bombeiro.

— Não seja tolo. E eu lá *tenho cara* de dono de livraria?

— Não sei dizer, senhor. As aparências enganam. Por exemplo, eu sou bombeiro. Entretanto, ao me encontrar socialmente, pessoas que não sabem de minha profissão frequentemente supõem que eu seja, na realidade, contador ou diretor de empresa. Me imagine fora do uniforme, senhor, e que tipo de homem veria à sua frente? Honestamente?

— Um pateta — disse Crowley, e correu para dentro da livraria.

Isso soa mais fácil do que realmente foi, já que para realizar tal façanha Crowley teve que evitar meia dúzia de bombeiros, dois policiais e algumas pessoas interessantes da *night* no Soho,* na rua mais cedo, discutindo acaloradamente entre si sobre que porção específica da sociedade teria iluminado a tarde e por quê.

Crowley abriu caminho empurrando todo mundo. Mal se dignaram a olhar para ele.

Então ele abriu a porta de supetão e entrou num inferno.

A livraria inteira estava em chamas.

— Aziraphale! — gritou. — Aziraphale, seu... seu *imbecil... Aziraphale?* Você está aí?!

Não houve resposta. Só o crepitar de papel queimando, o estilhaçar de vidro quando o fogo atingiu os andares superiores, o barulho de vigas de madeira desabando.

Ele vasculhou a loja alucinadamente, em desespero, procurando o anjo, procurando *ajuda.*

No canto oposto uma prateleira despencou, jogando uma cascata de livros flamejantes no chão. O fogo o cercava por toda parte, mas Crowley o ignorou. A perna esquerda de sua calça começou a arder a fogo lento; ele interrompeu o processo com um olhar.

* Em qualquer outro lugar que não o Soho é bem possível que as pessoas assistindo a um incêndio fossem interessa*das*.

— Olá? Aziraphale! Pelo amor de D... de Sat... *pelo amor de alguém!* Aziraphale!

A vitrine da loja foi quebrada pelo lado de fora. Crowley se virou, assustado, e um inesperado jato de água o atingiu em cheio no peito, derrubando-o no chão.

Seus óculos escuros voaram para um canto distante do ambiente e se tornaram uma poça de plástico derretido. Olhos amarelos com pupilas verticais finas foram revelados. Molhado e fumegando, o rosto enegrecido de cinzas, enfim, o mais distante possível de seu costumeiro jeito *cool* de ser, de quatro na livraria em chamas, Crowley amaldiçoou Aziraphale, e também o plano inefável, além de amaldiçoar Acima e Abaixo.

Então olhou para o chão e viu. O livro. O livro que a garota havia deixado no carro em Tadfield, na noite de quarta. Estava só um pouquinho chamuscado nos cantos da capa, mas milagrosamente intacto. Pegou-o, enfiou-o no bolso do paletó, levantou-se cambaleante e limpou a sujeira da roupa.

O teto acima dele desabou. Com um rugido e um gigantesco dar de ombros, o prédio implodiu, numa chuva de tijolos, vigas de madeira e destroços flamejantes.

Lá fora, os passantes estavam sendo empurrados para trás pela polícia, e um bombeiro explicava a qualquer um que quisesse ouvir:

— Não consegui impedi-lo. Ele devia estar louco. Ou bêbado. Simplesmente correu pra dentro. Não consegui detê-lo. Maluco. Correu direto pra dentro. Que jeito horrível de morrer. Horrível, horrível. Simplesmente correu pra dentro...

Então Crowley saiu das chamas.

A polícia e o bombeiro olharam para ele, viram a expressão em seu rosto e ficaram exatamente onde estavam.

Ele entrou no Bentley e deu ré para voltar à rua, desviou-se de um caminhão dos bombeiros, entrou na Wardour Street e saiu na tarde escurecida.

Todos ficaram olhando o carro se afastar em disparada. Por fim, um policial falou.

— Num tempo ruim como esse, ele devia ter ligado os faróis — disse, entorpecido.

— Principalmente dirigindo daquele jeito. Pode ser perigoso — concordou outro, num tom de voz neutro, morto, e todos ficaram ali sob a luz e o calor da livraria em chamas, perguntando-se o que estava acontecendo com o mundo que achavam que compreendiam.

Houve o clarão de um relâmpago, branco-azulado, cortando o céu carregado de nuvens, um estrondo de trovão de estourar os tímpanos, e, então, uma tempestade violenta começou a cair.

Ela pilotava uma moto vermelha. Não do vermelho amistoso de uma Honda; era um vermelho-sangue, encorpado, escuro e desagradável. A moto parecia comum em todos os outros aspectos, comum a não ser pela espada, que repousava em sua bainha, colocada na lateral da moto.

O capacete dela era carmesim, e a jaqueta de couro tinha a cor de vinho envelhecido. Nas costas, pedras de rubi formavam as palavras HELL'S ANGELS.

Era uma e dez da tarde, e estava escuro, úmido, molhado. A rodovia estava quase deserta, e a mulher de vermelho disparava por ela em sua moto vermelha, sorrindo relaxadamente.

O dia tinha sido bom até então. Havia algo na visão de uma mulher bonita montada numa moto possante com uma espada na traseira que provocava um efeito poderoso num certo tipo de homem. Até o momento quatro caixeiros-viajantes haviam tentado apostar corrida com ela, e agora pedaços de Ford Sierras decoravam muretas de estrada e pilares de pontes ao longo de 65 quilômetros de rodovia.

Ela estacionou numa parada de beira de estrada e entrou no Café Happy Porker. Estava quase vazio. Uma garçonete entediada cerzia uma meia atrás do balcão, e um bando de motoqueiros com roupas de couro preto, durões, cabeludos, sujos e enormes, estava aglomerado ao redor de um indivíduo ainda maior de casaco preto. Ele jogava concentrado alguma coisa que no passado teria sido um caça-níqueis, mas agora tinha uma tela e se anunciava como TRIVIA SCRABBLE.

A plateia dizia coisas como:

— É "D"! Aperta o "D"! *O Poderoso Chefão* com certeza foi premiado com mais Oscars que *...E o Vento Levou!*

— *Puppet on a String!* Sandie Shaw! Sério. Tenho certeza absoluta!

— 1666!

— Não, sua besta! Esse foi o ano do incêndio! A Peste foi em 1665!

. . . havia uma coroa — um círculo de metal
branco, cravejado de diamantes.

ver página 187

— É "B": a Grande Muralha da China *não era* uma das Sete Maravilhas do mundo!

Havia quatro categorias: Música Popular, Esportes, Atualidades e Conhecimentos Gerais. O motoqueiro alto, que continuava com o capacete, apertava os botões, para todos os efeitos ignorando os torcedores. De qualquer forma, ganhava sem parar.

A motoqueira ruiva foi até o balcão.

— Uma xícara de chá, por favor. E um sanduíche de queijo — disse ela.

— Está sozinha, então, querida? — perguntou a garçonete, passando por cima do balcão o chá e alguma coisa branca, seca e dura.

— Esperando amigos.

— Ah — disse ela, arrancando um pedaço de linha com os dentes. — Bem, é melhor esperar aqui dentro mesmo. Lá fora está um inferno.

— Não — respondeu a motoqueira. — Ainda não.

Escolheu uma mesa na janela, com uma vista boa do estacionamento, e esperou. Podia ouvir os jogadores de TRIVIA SCRABBLE ao fundo.

— Esta aqui é nova: "Quantas vezes a Inglaterra esteve oficialmente em guerra com a França desde 1066?"

— Vinte? Não, nunca é vinte... Ah. Era. Bom, sei lá.

— Guerra americana com o México? Essa eu sei. É junho de 1845. "D". Viram? Eu sabia!

O segundo motoqueiro mais baixo, Pigbog (1,90m) sussurrou para o mais baixo de todos, Greaser (1,89m):

— O que aconteceu com "Esportes"? — Ele tinha a palavra AMOR tatuada nos nós dos dedos de uma das mãos. Nos da outra, ÓDIO.

— É aleatório, acho, a seleção, sei lá. Quer dizer, eles fazem tudo com microchips. Ele tem provavelmente milhões de assuntos diferentes lá, na RAM dele. — Nos dedos de uma das mãos, tinha a palavra PEIXE, e, na outra, CHIPS.

— Música Popular, Atualidades, Conhecimentos Gerais e Guerra. É que eu nunca tinha visto "Guerra" antes. Por isso comentei. — Pigbog estalou os dedos alto e abriu uma latinha de cerveja. Mandou meia lata goela abaixo, arrotou desleixadamente e então suspirou. — Só queria que eles fizessem mais perguntas sobre a Bíblia.

— Por quê? — Greaser nunca imaginara que Pigbog fosse um fã de perguntas sobre a Bíblia.

— Porque, bom, lembra aquele problema em Brighton?

— Ah, é. Você apareceu no *Crimewatch* — disse Greaser, com um pouco de inveja.

— Bem, eu tive que ficar naquele hotel onde mamãe trabalhou, lembra? Três meses. E sem nada pra ler, só com uma Bíblia que um panaca chamado Gideão esqueceu lá. Aquilo meio que gruda na sua mente.

Outra moto, preta como carvão e reluzente, parou no estacionamento lá fora.

A porta do café se abriu. Uma rajada de vento gelado soprou para dentro do ambiente; um homem vestido de couro preto da cabeça aos pés, com uma barba preta curta, foi até a mesa, sentou-se ao lado da mulher de vermelho, e os motoqueiros ao redor da máquina de perguntas subitamente se deram conta da fome que sentiam. Elegeram Skuzz para pegar alguma coisa para comerem. Todos menos o jogador, que não disse nada, simplesmente ficou apertando os botões das respostas certas e deixando as vitórias se acumularem na bandeja na base da máquina.

— Não te vejo desde Mafeking — disse Ruiva. — Como tem passado?

— Ando bem ocupado — respondeu Preto. — Passei muito tempo na América. Uma breve turnê mundial. Só matando tempo, para falar a verdade.

(— Como assim, não tem torta de filé e rim? — perguntou Skuzz, afrontado.

— Achei que a gente tivesse um pouco ainda, mas não temos mais — disse a mulher.)

— É engraçado, a gente finalmente se reencontrando assim — disse Ruiva.

— Engraçado?

— É, você sabe. Isso de passar milhares de anos esperando o grande dia, e ele finalmente chegar. É como esperar pelo Natal. Ou pelo aniversário.

— Nós não fazemos aniversário.

— Eu não disse que fazemos. Só disse que é como se fosse.

(— Na verdade — admitiu a mulher —, acho que não temos mais nada. A não ser aquela fatia de pizza.

— Tem anchova na pizza? — perguntou Skuzz, chateado.

Ninguém na facção deles gostava de anchova. Nem de azeitona.

— Sim, querido. É de anchova com azeitona. Vai querer?

Skuzz balançou a cabeça, tristonho. Voltou para o jogo, o estômago roncando. Big Ted ficava irritado quando estava com fome e, quando Big Ted ficava irritado, ele descontava em todo mundo.)

Uma nova categoria havia surgido na tela. Agora era possível responder perguntas sobre Música Popular, Atualidades, Fome ou Guerra. Os motoqueiros pareciam um pouco menos informados sobre a Grande Fome da Batata na Irlanda de 1846, a Grande Fome de Tudo na Inglaterra de 1315 e a Grande Fome das Drogas na São Francisco de 1969 do que sobre Guerra, mas o jogador ainda assim não errava uma, sua pontuação marcada ocasionalmente por uns barulhinhos metálicos conforme a máquina vomitava moedas na bandeja.

— O tempo parece um pouco esquisito ao sul — disse Ruiva.

Preto olhou com olhos semicerrados para as nuvens escuras.

— Não. Pra mim parece bom. Vamos ter uma tempestade a qualquer minuto.

Ruiva olhou para as unhas.

— Ótimo. Não seria a mesma coisa se não tivéssemos uma boa tempestade. Tem alguma ideia do quanto ainda temos que viajar?

Preto deu de ombros.

— Algumas centenas de quilômetros.

— Achei que seria mais. Toda essa espera só para algumas centenas de quilômetros.

— Não é a viagem — disse Preto. — O importante é chegar.

Ouviram um rugido do lado de fora. Era o rugido de uma moto com o escapamento defeituoso, o motor desregulado, o carburador vazando. Não era preciso ver a motocicleta para imaginar a nuvem de fumaça preta na qual ela viajava, as manchas de óleo que deixava em seu rastro, a trilha de pequenas peças que entulhavam as estradas por onde ela passava.

Preto foi até o balcão.

— Quatro chás, por favor — disse ele. — Um preto.

A porta do café se abriu. Um rapaz vestido de couro branco empoeirado entrou, e o vento soprou pacotes de batatas fritas vazios, jornais e embalagens de picolés com ele. Esse lixo dançou ao redor de seus pés como crianças agitadas, e então caiu exausto no chão.

— Vocês são quatro ao todo, querido? — perguntou a mulher.

Ela tentava encontrar alguma xícara ou colher de chá limpa: tudo o que estava no escorredor subitamente parecia ter sido coberto com uma fina película de óleo de motor e ovo em pó.

— Seremos — disse o homem de preto, pegando as xícaras de chá e voltando para a mesa, onde seus dois camaradas aguardavam.

— Algum sinal dele? — perguntou o rapaz de branco.

Os outros dois fizeram que não.

Uma discussão surgiu ao redor da tela de vídeo (as categorias exibidas naquele instante eram Guerra, Fome, Poluição e Trívia Pop 1962-1979).

— Elvis Presley? Só pode ser "C": foi em 1977 que ele bateu as botas, não foi?

— Nada. "D". 1976. Tenho certeza.

— É. No mesmo ano que Bing Crosby.

— E Marc Bolan. Ele era danado de bom. Então aperta o "D". Pode mandar ver.

O jogador alto não fez nenhum movimento para apertar nenhum dos botões.

— Qual é o seu problema? — perguntou Big Ted, irritado. — Vai nessa. Aperta o "D". Elvis Presley morreu em 1976.

NÃO ME INTERESSA O QUE DIZ AQUI, falou o motoqueiro alto de capacete. EU NUNCA ENCOSTEI UM DEDO NELE.

As três pessoas à mesa se viraram ao mesmo tempo. Ruiva perguntou:

— Quando foi que você chegou?

O homem alto caminhou até a mesa, deixando para trás os motoqueiros atônitos e os valores obtidos no jogo. EU NUNCA SAÍ, disse, e sua voz era um eco obscuro dos domínios da noite, um som frio de necrotério, cinza e morto. Se aquela voz fosse uma lápide, teria palavras gravadas nela muito tempo atrás: um nome, duas datas.

— Seu chá está esfriando, senhor — disse Fome.

— Há quanto tempo... — falou Guerra.

Houve um clarão de relâmpago, quase imediatamente acompanhado do ribombar grave de um trovão.

— O tempo está perfeito para a ocasião — disse Poluição.

SIM.

Os motoqueiros ao redor do jogo estavam ficando cada vez mais perplexos com aquela conversa. Liderados por Big Ted, foram até a mesa e ficaram olhando para os quatro estranhos.

Não deixaram de notar que *todos* os quatro estranhos tinham HELL'S ANGELS em suas jaquetas. E pareciam muito inadequados para fazer parte dos Angels: limpos demais, para começo de conversa, e com uma aparência que não insinuava que já tinham quebrado o braço de alguém só porque era tarde de domingo e não estava passando nada legal na televisão. Além disso, um deles era mulher, só que não estava na garupa da moto de ninguém, ela tinha a própria moto, como se fosse sua de direito.

— Então vocês são Hell's Angels? — perguntou Big Ted, sarcástico. Se tem uma coisa que os verdadeiros Hell's Angels não toleram são motoqueiros de fim de semana.*

Os quatro estranhos assentiram.

— De que facção vocês são?

O Estranho Alto olhou para Big Ted. Então se levantou. Foi um movimento complexo; se as areias dos mares da noite tivessem cadeiras de praia, elas se abririam mais ou menos desse jeito.

Ele parecia estar se desdobrando sem parar.

Usava um capacete escuro que ocultava completamente suas feições e era feito daquele plástico estranho, reparou Big Ted. Daquele tipo em que você olha e só consegue ver o reflexo do próprio rosto.

APOCALIPSE, disse ele. CAPÍTULO SEIS.

— Versículos dois a oito — complementou o rapaz de branco, diligente.

Big Ted fuzilou os quatro com o olhar. Seu maxilar inferior começou a se projetar, e uma pequena veia azul em sua têmpora começou a pulsar.

— E o que cê quer dizer com isso?

Alguém puxou sua manga. Era Pigbog. Ele havia empalidecido a um tom bastante peculiar de cinza sob a sujeira no rosto.

— Quer dizer que a gente tá em apuros — disse Pigbog.

E então o estranho alto estendeu uma luva de motoqueiro desbotada e levantou a viseira do capacete, e Big Ted se viu desejando, pela primeira vez em sua existência, ter vivido uma vida melhor.

— Jesus Cristo! — gemeu.

— Acho que Ele pode chegar a qualquer momento — disse Pigbog desesperado. — Provavelmente está procurando algum lugar para estacionar a moto. Vamos embora e... e... entrar prum clube juvenil ou qualquer coisa assim...

Mas a invencível ignorância de Big Ted era seu escudo e sua armadura. Ele não se moveu.

— Ah, saquei... Anjos do Inferno...

Guerra bateu uma continência preguiçosa para ele.

— Somos nós, Big Ted — disse ela. — Os legítimos.

* Existe uma série de outras coisas que verdadeiros Hell's Angels não toleram. Entre elas estão a polícia, sabonete, Ford Cortinas e, no caso de Big Ted, anchova e azeitona.

Fome assentiu.

— A velha firma — disse ele.

Poluição tirou o capacete e sacudiu os longos cabelos brancos. Ele assumira o lugar quando Peste, resmungando sobre a penicilina, se aposentara em 1936. Se ao menos o velho soubesse as oportunidades que o futuro iria apresentar...

— Outros prometem — disse ele. — Nós cumprimos.

Big Ted olhou para o quarto Cavaleiro.

— Acho que já te vi antes. Você estava na capa do álbum do Blue Öyster Cult. E eu tenho um anel com a sua... a sua... a sua cabeça nele.

EU ESTOU EM TODO LUGAR.

— Ah, tá. — O grande rosto de Big Ted se franziu com o esforço de pensar. — Que tipo de moto é a tua? — perguntou.

A tempestade açoitava violentamente os arredores da pedreira. A corda com o velho pneu de carro dançava na ventania. Às vezes uma folha de metal corrugado, relíquia de uma tentativa de casa na árvore, se soltava do seu ancoradouro insubstancial e saía voando.

Os Eles estavam todos amontoados, encarando Adam. De algum modo, ele parecia maior. Sentado, Cão grunhia. Pensava em todos os cheiros que iria perder. Não havia cheiros no Inferno, além do de enxofre, enquanto alguns dos da Terra eram... Bem, a verdade era que também não havia cadelas no inferno.

Adam marchava de um lado para o outro com empolgação, brandindo os braços no ar.

— A gente vai se divertir sem parar — disse ele. — Vai explorar e tudo mais. Acho que logo vou conseguir fazer as velhas selvas crescerem de novo.

— Mas... Mas que... Quem vai, você sabe, quem vai cozinhar, lavar, essas coisas? — perguntou Brian, gaguejando.

— Ninguém vai precisar fazer nada disso — disse Adam. — Vocês vão poder comer tudo o que quiserem, muita batata frita, muito anel de cebola frita, tudo o que quiserem. E nunca mais vão precisar usar roupas novas, nem tomar banho se não estiverem a fim, nada disso. Nem ir pra escola, nada disso. Nem fazer nada que não queiram, nunca mais. Vai ser *irado*!

SÁBADO

A lua surgiu sobre as colinas Kookamundi. Ela brilhava muito naquela noite.

Johnny Dois Ossos estava sentado no vale vermelho do deserto. Era um lugar sagrado, onde duas rochas ancestrais, formadas no Tempo dos Sonhos, estavam como sempre haviam estado desde o princípio. A peregrinação de Johnny Dois Ossos chegava ao fim. Suas bochechas e seu peito estavam sujos de terra vermelha, e ele entoava uma antiga canção, uma espécie de mapa cantado das colinas, enquanto desenhava padrões na terra com sua lança.

Não havia comido nos últimos dois dias. Também não tinha dormido. Estava se aproximando de um estado de transe, o que o tornaria um só com a Natureza, colocando-o em comunhão com seus ancestrais.

Estava quase lá. Quase...

Piscou os olhos. Olhou ao redor, intrigado.

— *Com licença, caro rapaz* — disse a si mesmo, em voz alta, com tons precisos e boa dicção. — *Mas você teria alguma ideia de onde estou?*

— Quem disse isso? — perguntou Johnny Dois Ossos.

Sua boca se abriu.

— *Eu.*

Johnny se coçou, pensativo.

— Você é um dos meus ancestrais, então?

— *Ah. Sem dúvida, caro rapaz. Sem sombra de dúvida. De certa forma. Agora, voltando à minha pergunta original. Onde estou?*

— Mas se você é um dos meus ancestrais... — continuou Johnny Dois Ossos. — Como não sabe que isso aqui é o Outback?

— *Ah. Austrália* — disse a boca de Johnny Dois Ossos, pronunciando a palavra como se ela tivesse que ser adequadamente desinfetada antes de ser repetida. — *Oh, céus. Bem, obrigado mesmo assim.*

— Alô? Alô? — perguntou Johnny Dois Ossos.

Ficou sentado na areia e esperou, esperou, mas não houve resposta.

Aziraphale havia seguido seu caminho.

Citron Deux-Chevaux era um *tonton macoute*, um *houngan** itinerante: levava uma bolsa a tiracolo, contendo plantas mágicas, plantas medicinais, pedaços de gato-selvagem, velas pretas, um pó derivado principalmente da pele de certo peixe seco, uma centopeia morta, meia garrafa de Chivas Regal, dez Rothmans e um exemplar de O *que rola no Haiti.*

Ergueu a faca e, com um movimento experiente, cortou a cabeça de um galo preto. Sua mão direita ficou banhada de sangue.

— *Loa* me cavalga — entoou. — *Gros Bon Ange* vem a mim.

— *Onde estou?* — perguntou ele.

— Quem fala é meu *Gros Bon Ange*? — perguntou a si mesmo.

— *Acho que essa é uma pergunta muito pessoal* — respondeu ele. — *Quer dizer, pra esse tipo de coisa. Mas a gente tenta, por assim dizer. A gente deve sempre dar o melhor de si.*

Citron viu uma de suas mãos se dirigindo para o galo.

— *Que lugarzinho insalubre pra cozinhar, não acha? Aqui no meio da selva. Está fazendo churrasco? Que tipo de lugar é este?*

— Haitiano — respondeu.

— *Droga! Não estou nem perto. Mas podia ser pior. Ah, preciso continuar. Seja bom.*

E Citron Deux-Chevaux ficou sozinho em sua cabeça.

— Malditos *loas* — resmungou para si mesmo.

Ficou olhando para o nada por algum tempo, e então estendeu a mão para sua bolsa a fim de pegar a garrafa de Chivas Regal. Existem pelo menos duas maneiras de transformar alguém num zumbi. Ele ia escolher a mais fácil.

O mar batia com força nas praias. As palmeiras sacudiam.

Uma tempestade estava chegando.

As luzes se acenderam. O Coral Evangélico da Companhia Elétrica (de Nebraska) começou a entoar "Jesus é o Técnico da Mesa Telefônica da Minha Vida", quase conseguindo abafar o som do vento lá fora.

Marvin O. Bagman ajeitou sua gravata, verificou o sorriso no espelho, deu uma palmadinha na bunda de sua secretária particular (a senhorita

* Mágico ou sacerdote. O vodu haitiano é uma religião muito interessante para toda a família, inclusive os parentes que já morreram.

Cindi Kellerhals, pôster de uma edição de julho da revista *Penthouse* três anos antes, que abandonara essa vida ao encontrar sua Carreira) e entrou no estúdio.

Jesus não vai te cortar antes que sua ligação acabe
Com ele a chamada nunca será perdida,
E, quando a conta chegar, será discriminada com justiça
Ele é o técnico da mesa telefônica da minha vida,

cantou o coral. Marvin gostava dessa música. Ele próprio a escrevera.

Entre outras canções de sua autoria estavam: "Feliz Senhor Jesus", "Jesus, Posso Entrar e Ficar em Sua Casa?", "Aquela Boa e Velha Cruz", "Jesus é o Adesivo no Para-choque da Minha Alma" e "Quando Estou Pleno da Graça Agarro o Volante da Minha Picape". Elas podiam ser encontradas em *Jesus é Meu Camarada* (LP, cassete e CD), e eram anunciadas a cada quatro minutos no canal de TV evangélico de Bagman.*

Apesar do fato de os versos muitas vezes não rimarem, ou, como regra geral, não fazerem o menor sentido, e de Marvin, que não tinha particularmente nenhum senso musical, haver plagiado todas as melodias de velhas canções *country*, *Jesus é Meu Camarada* havia vendido mais de quatro milhões de cópias.

Marvin começara a carreira como cantor *country*, cantando músicas antigas de Conway Twitty e Johnny Cash.

Chegara a fazer shows ao vivo da cadeia de San Quentin com uma certa frequência até o pessoal dos direitos humanos impedi-lo de continuar alegando se tratar de um caso de Pena Cruel.

Foi então que Marvin se tornou religioso. Não do tipo silencioso e privado, que envolve fazer boas ações e viver uma vida melhor; nem o tipo que envolve vestir um terno e tocar as campainhas dos outros; mas o tipo que envolve ter seu próprio canal de TV e fazer pessoas te darem dinheiro.

Ele havia chegado a um mix perfeito no programa de TV *Hora de Poder do Marvin* ("O programa que traz alegria ao fundamentalismo!"). Quatro músicas de três minutos do LP, vinte minutos de fogo do inferno e cinco minutos de curas milagrosas. (Os 23 minutos restantes eram gastos alter-

* US$12,95 por LP ou cassete, US$24,95 por CD, mas você ganha um LP a cada US$500 dólares de donativos à missão de Marvin Bagman.

nadamente bajulando, ameaçando, implorando e às vezes apenas pedindo dinheiro.) No começo ele de fato levava gente para curar no estúdio, mas, tendo achado isso complicado demais, hoje em dia Marvin simplesmente divulgava imagens cedidas a ele por telespectadores de toda a América sendo milagrosamente curados enquanto assistiam ao programa. Isso era muito mais simples: ele não precisava contratar atores, e não havia como alguém pudesse averiguar sua taxa de sucesso.*

O mundo é muito mais complicado do que a maioria das pessoas pensa. Muita gente acreditava, por exemplo, que Marvin não era um verdadeiro crente pelo fato de ganhar muito dinheiro a partir da fé. Essas pessoas estavam erradas. Ele cria de todo o coração. Cria piamente — e gastava boa parte do dinheiro que entrava aos borbotões no que realmente achava ser a obra do Senhor.

A linha telefônica do salvador está sempre livre
Disponível a qualquer hora para dar a atenção devida
E quando você liga J-E-S-U-S a ligação é sempre gratuita
Ele é o técnico da mesa telefônica da minha vida

A primeira canção concluída, Marvin caminhou para a frente das câmeras e levantou lentamente os braços em um pedido de silêncio. Na cabine de controle, o engenheiro de som abafou a trilha de aplausos.

— Irmãos e irmãs, obrigado, obrigado. Não foi lindo? Lembrem-se, vocês podem ouvir essa canção e outras tão edificantes quanto ela em *Jesus é Meu Camarada*; é só ligar 1-800-GRANA e fazer seu donativo agora.

E assumiu um tom mais sério.

— Irmãos e irmãs, tenho uma mensagem para todos vocês, uma mensagem urgente do nosso Senhor, para todos vocês, homens, mulheres e crianças, amigos, deixem-me falar a vocês sobre o Apocalipse. Está tudo aí na sua Bíblia, nas revelações de nosso Senhor a São João em Patmos e no Livro de Daniel. O Senhor sempre abre o jogo com vocês, amigos. Seu futuro. Então, o que vai acontecer?

"Guerra. Peste. Fome. Morte. Rios de sangue. Grandes terremotos. Mísseis nucleares. Tempos horríveis estão chegando, irmãos e irmãs. E só existe um jeito de evitá-los.

* Marvin poderia ter ficado surpreso se soubesse que realmente havia uma taxa de sucesso. Algumas pessoas melhoravam com *qualquer* coisa.

"Antes de a Destruição chegar, antes que os Quatro Cavaleiros do Apocalipse saiam a cavalgar, antes que os mísseis nucleares chovam sobre as cabeças dos descrentes, haverá o Arrebatamento.

"O que é o Arrebatamento? Ouço vocês gritarem.

"Quando o Arrebatamento chegar, irmãos e irmãs, todos os Verdadeiros Fiéis serão elevados ao ar, não importa o que estiverem fazendo; podem estar no banho, no trabalho, dirigindo seu carro ou simplesmente em casa lendo a Bíblia. De repente vocês estarão lá em cima no ar, em corpos perfeitos e incorruptíveis. E olhando para o mundo lá embaixo quando os anos de destruição chegarem. Somente os fiéis serão salvos, somente aqueles entre vocês que nasceram de novo evitarão a dor, a morte, o horror e as chamas. Então virá a grande guerra entre Céu e Inferno, e o Céu destruirá as forças do Inferno, e Deus enxugará as lágrimas dos sofredores, e não haverá mais mortes, nem tristeza nem choro nem dor, e Ele reinará em sua glória para sempre e para sempre..."

Parou de repente.

— *Ah, bela tentativa* — disse, numa voz totalmente diferente. — *Só que não vai ser nada assim. Não mesmo.*

"Quer dizer, você está certo quanto à parte do fogo e da guerra e essa coisa toda. Mas esse negócio de Arrebatamento... bem, se você pudesse vê-los todos lá no Céu... enfileirados até onde a mente pode alcançar e além, léguas e mais léguas de nós, espadas flamejantes em punho e tudo mais... bem, o que eu estou tentando dizer é: quem é que tem tempo hoje em dia para sair pegando pessoas e jogando elas no ar para ficar debochando dos que estão morrendo em decorrência da radiação na terra devastada e ardente embaixo? Se é que essa é a sua ideia de um momento moralmente aceitável, eu poderia acrescentar.

"E quanto a esse negócio do Céu inevitavelmente ganhar... Bem, para ser sincero, se fosse assim já programadinho, não teria Guerra Celestial em primeiro lugar, teria? Isso é propaganda ideológica, pura e simples. Não temos mais que cinquenta por cento de chance de vencer. Você também pode mandar dinheiro para uma linha direta satanista para cobrir suas apostas, se bem que, para ser franco, quando o fogo cair e os mares de sangue subirem, vocês todos vão ser baixas civis no fim das contas. Entre nossa guerra e sua guerra, vão matar todo mundo e que Deus resolva tudo, né?

"Enfim, me perdoe por ficar aqui resmungando, só tenho uma perguntinha rápida: onde é que eu estou?"

Marvin O. Bagman estava pouco a pouco ficando roxo.

— É o demônio! Deus me proteja! O Diabo está falando através de mim! — disse, de repente, interrompendo-se em seguida: — *Ah, não, na verdade é o oposto. Eu sou um anjo. Ah. Isto deve ser a América, não é? Então, desculpe, preciso ir...*

Houve uma pausa. Marvin tentou abrir a boca, mas nada aconteceu. O que quer que estivesse em sua cabeça olhou ao redor. Olhou para a equipe do estúdio, aqueles que não estavam ligando para a polícia ou chorando aos soluços pelos cantos. Olhou para o câmera pálido.

— *Céus. Eu estou na TV?*

Crowley percorria a Oxford Street a quase 200km/h.

Enfiou a mão no porta-luvas para pegar seu par de óculos escuros de reserva e encontrou somente fitas cassete. Irritado, pegou uma a esmo e a enfiou no toca-fitas.

Queria Bach, mas The Traveling Wilburys já quebrava o galho.

... *All we hear is, Radio Ga Ga,* cantou Freddie Mercury.

Tudo o que eu preciso é cair fora daqui, pensou Crowley.

Deu a volta na rotatória de Marble Arch pelo lado errado a 140km/h. Um relâmpago fez o céu de Londres tremeluzir como uma lâmpada fluorescente com defeito.

Um céu lívido em Londres, pensou Crowley. *E eu sabia que o fim estava próximo.* Quem havia escrito isso? Chesterton, não era? O único poeta do século vinte que havia chegado perto da Verdade.

O Bentley se dirigia para fora de Londres enquanto Crowley se recostava no banco do motorista e folheava a cópia chamuscada de *As Justas e Precisas Profecias de Agnes Nutter.*

Perto do fim do livro, encontrou uma folha de papel dobrada com a bela caligrafia rebuscada de Aziraphale. Desdobrou-a (enquanto a alavanca de câmbio do Bentley passava sozinha para a terceira e o carro acelerava cortando um caminhão de frutas, que surgira inesperadamente de uma transversal) e leu.

Então leu mais uma vez, com uma sensação de frio na barriga tomando conta dele.

O carro mudou de direção de repente. Estava se dirigindo agora para o vilarejo de Tadfield, em Oxfordshire. Poderia chegar lá em uma hora caso acelerasse.

De qualquer modo, não havia mesmo outro lugar para ir.

Terminada a fita, o rádio do carro foi acionado.

— ... A Hora das Perguntas dos Jardineiros é levada até vocês sob o patrocínio do Clube de Jardinagem de Tadfield. A última vez que estivemos aqui foi em 1953, um verão muito bonito, e, como a equipe vai se lembrar, é uma marga muito rica de Oxfordshire a leste da paróquia, mudando para calcário a oeste, o tipo de lugar que, dizem, não importa o que você plantar, sempre sairá bonito. Não é mesmo, Fred?

— É — *disse o Professor Fred Windbright, dos Jardins Botânicos Reais.* — Eu mesmo não teria dito melhor.

— Certo. Primeira pergunta para a equipe, e esta vem do Sr. R.P. Tyler, presidente da Associação de Moradores do local, creio eu.

— Hum. Isso mesmo. Bem, sou um criador de rosas, mas minha Molly McGuire, vencedora de vários prêmios, perdeu uns dois botões ontem numa chuva do que parecia ser peixe. O que a equipe recomenda para isso, além de colocar uma rede sobre o jardim? Quer dizer, já escrevi para a prefeitura...

— Não é um problema comum, eu diria. Harry?

— Sr. Tyler, deixe-me lhe fazer uma pergunta: eram peixes frescos ou em conserva?

— Frescos, creio eu.

— Bem, meu amigo, então não há problema. Ouvi dizer que vocês também têm enfrentado chuvas de sangue nessa região... eu gostaria de ter isso em Dales, onde fica meu jardim. Iria me poupar uma fortuna em fertilizantes. Agora, o que você tem a fazer é enterrá-los no seu...

CROWLEY?

Crowley não disse nada.

CROWLEY. A GUERRA COMEÇOU, CROWLEY. É COM CURIOSIDADE QUE NOTAMOS QUE VOCÊ EVITOU AS FORÇAS QUE MOBILIZAMOS PARA COLETÁ-LO.

— Mm — concordou Crowley.

CROWLEY... NÓS VAMOS GANHAR ESTA GUERRA. MAS, MESMO QUE PERCAMOS, PELO MENOS NO QUE SE REFERE A VOCÊ, NÃO VAI FAZER A MENOR DIFERENÇA. POIS ENQUANTO EXISTIR UM DEMÔNIO NO INFERNO, CROWLEY, VOCÊ VAI DESEJAR TER SIDO CRIADO COMO MORTAL.

Crowley ficou em silêncio.

MORTAIS PODEM ALIMENTAR A ESPERANÇA DE MORRER OU DE CONSEGUIR REDENÇÃO. VOCÊ, NÃO.

VOCÊ SÓ PODE ALIMENTAR A ESPERANÇA DE TER A MISERICÓRDIA DO INFERNO.

— Sério?

Brincadeirinha.

— Haha... — disse Crowley.

— ... agora, como os jardineiros ávidos sabem, nem é preciso dizer que ele é um menino muito mau, seu tibetano. Cavar túneis bem debaixo de suas begônias como se isso fosse normal. Uma xícara de chá vai ser suficiente, junto com um pouco de manteiga de iaque rançosa, de preferência; você deve ser capaz de conseguir um pouco em qualquer boa lo...

Ziiiiiiim. Zóóóóóóin. Pop. O restante do programa foi abafado pela estática.

Crowley desligou o rádio e mordeu o lábio inferior. Por sob as cinzas e a fuligem que sujavam seu rosto, ele parecia muito cansado, muito pálido e muito apavorado.

E, de repente, muito zangado. Era o jeito como falavam com ele. Como se fosse uma planta que tivesse começado a deixar as folhas caírem no carpete de casa.

E então fez uma curva, que deveria levá-lo para a estrada de acesso à rodovia M25, de onde pegaria a M40, até Oxfordshire.

Mas alguma coisa havia acontecido com a M25. Alguma coisa que feria seus olhos se você olhasse diretamente para ela.

Do que outrora fora o rodoanel de Londres M25, vinha um cântico baixo, um ruído formado por muitas fontes: buzinas de carros, motores, sirenes e o toque de telefones celulares, além do grito de criancinhas aprisionadas para sempre aos bancos de trás dos carros pelos cintos de segurança. "Salve a Grande Besta, Devoradora de Mundos", vinha o cântico, repetidas vezes, na língua secreta da irmandade negra da antiga Mu.

O temido símbolo Odegra, pensou Crowley, enquanto fazia a curva, partindo para a Circular Norte. *Eu fiz isso: a culpa é minha. Ela podia ser apenas mais uma rodovia. Um bom trabalho, isso eu garanto, mas será que valeu a pena mesmo? Está tudo fora do controle. Céu e Inferno não estão mais dirigindo o espetáculo; é como se todo o planeta fosse um país de Terceiro Mundo que finalmente tivesse conseguido a Bomba...*

Então começou a sorrir. Estalou os dedos. Um par de óculos escuros se materializou diante de seus olhos. As cinzas em seu terno e em sua pele desapareceram.

Que diabos. Se você tem que ir, por que não ir com estilo?

Assoviando baixinho, ele continuou dirigindo.

Eles seguiam pela pista externa da rodovia como anjos da destruição, o que era bem apropriado.

Não estavam indo assim tão rápido, considerando tudo. Os quatro se mantinham a 170km/h, como se estivessem confiantes de que o show não poderia começar sem eles. E não podia. Tinham todo o tempo do mundo, por assim dizer.

Logo atrás deles vinham outros quatro motoqueiros: Big Ted, Greaser, Pigbog e Skuzz.

Estavam maravilhados. Agora eles eram *Hell's Angels de verdade* e pilotavam o silêncio.

Sabiam que ao seu redor havia o rugido do trovão, o ronco do trânsito, o chicotear do vento e da chuva. Mas no rastro dos Cavaleiros havia o silêncio, puro e morto. Quase puro, na verdade. Com certeza morto.

Ele foi quebrado por Pigbog, que gritou para Big Ted:

— O que é que você vai ser, então? — perguntou, a voz rouca.

— O quê?

— Eu perguntei o que você...

— Eu ouvi o que você disse. Não foi o que você *disse.* Todo mundo ouviu o que você *disse.* Eu quero saber o que foi que você *quis dizer.*

Pigbog queria ter prestado mais atenção ao Livro do Apocalipse. Se tivesse sabido que ia estar dentro dele, teria lido com maior dedicação.

— O que eu quero dizer é, eles *são mesmo* os Quatro Cavaleiros do Apocalipse, não são?

— Motoqueiros — disse Greaser.

— Tudo bem. Os Quatro Motoqueiros do Apocalipse. Guerra, Fome, Morte e... e o outro. Poluição.

— Sim? E daí?

— Então eles disseram que tudo bem se a gente fosse com eles, não disseram?

— E daí?

— Então nós somos os *outros* Quatro Cava... hm, Motoqueiros do Apocalipse. Então *quais* nós somos?

Houve uma pausa. Faróis de carros que passavam disparavam por eles na pista oposta, relâmpagos deixavam imagens persistentes nas nuvens, e o silêncio estava próximo do absoluto.

— Posso ser Guerra também? — perguntou Big Ted.

— Lógico que não. Como é que você pode ser *Guerra*? *Ela* é Guerra. Você tem que ser alguma coisa diferente.

Big Ted fez uma careta com o esforço de pensar.

— L.C.G. — acabou dizendo. — Sou Lesão Corporal Grave. Sou eu. Pronto. E você, vai ser o quê?

— Posso ser Lixo? — perguntou Skuzz. — Ou Problemas Pessoais Constrangedores?

— Lixo não — disse L.C.G. — O Poluição já inclui isso. Mas o outro pode.

Continuaram pilotando em silêncio e na escuridão, as lanternas traseiras vermelhas dos Quatro poucas centenas de metros adiante.

Lesão Corporal Grave, Problemas Pessoais Constrangedores, Pigbog e Greaser.

— Quero ser Crueldade com Animais — disse Greaser.

Pigbog ficou pensando se era contra ou a favor disso. Não que fizesse alguma diferença.

E depois foi a vez de Pigbog.

— Eu, ahn... Acho que vou ser secretária eletrônica. Elas são um terror.

— Você não pode ser secretária eletrônica. Que tipo de Motoqueiro do Apocalipse é uma secretária eletrônica? Isso é bobagem, isso sim.

— Não é, não! — disse Pigbog, magoado. — É que nem Guerra, Fome, essas coisas. É um problema da vida, né? Secretárias eletrônicas. Eu detesto as malditas secretárias eletrônicas.

— Eu também detesto — disse Crueldade com Animais.

— Você pode é calar a boca — disse L.C.G.

— Posso mudar o meu? — perguntou Problemas Pessoais Constrangedores, que continuara pensando bastante desde a última vez que falou. — Eu quero ser Coisas Que Não Funcionam Direito Mesmo Depois De Você Dar um Soco Nelas.

— Tudo bem, vocês podem mudar. Mas *não pode* ser secretária eletrônica, Pigbog. Escolhe outra coisa.

Pigbog ponderou. Desejou nunca ter trazido o assunto à tona. Era como as entrevistas de orientação vocacional que fizera na escola. Ficou deliberando.

— Gente *Cool* — disse, enfim. — Odeio essas pessoas.

— Gente *Cool*? — disse Coisas Que Não Funcionam Direito Mesmo Depois De Você Dar um Soco Nelas.

— É. Você sabe. O tipo que aparece na TV, com cortes de cabelo ridículos, só que não parecem ridículos porque são eles. Usam ternos folgados, e você não pode dizer que são um bando de babacas. Quer dizer, falando por mim, o que eu sempre quero fazer quando vejo um deles é empurrar a cara dele bem devagar em uma cerca de arame farpado. E o que eu acho é o seguinte. — Respirou fundo. Tinha certeza de que aquele seria o discurso mais longo que já fizera na vida.* — O que eu acho é o seguinte: se eles enchem o meu saco assim, provavelmente enchem o saco de todo mundo.

— É — disse Crueldade com Animais. — E usam óculos escuros até quando não precisam.

— Comem queijo fedorento, e aquela Cerveja Sem Álcool idiota — disse Coisas Que Não Funcionam Direito Mesmo Depois De Você Dar um Soco Nelas. — Odeio essas coisas. Pra que beber a coisa se você não fica com vontade de vomitar? Olha, acabei de pensar. Posso mudar de novo, pra Cerveja Sem Álcool?

— Não pode não, cacete — disse L.C.G. — Você já mudou uma vez.

— Enfim — retrucou Pigbog —, é por isso que eu quero ser Gente *Cool*.

— Tudo bem — concordou o líder.

— Não vejo por que eu não posso ser a merda da Cerveja Sem Álcool se eu quiser.

— Cala essa boca.

Morte, Fome, Guerra e Poluição prosseguiam em direção a Tadfield.

E Lesão Corporal Grave, Crueldade com Animais, Coisas Que Não Funcionam Direito Mesmo Depois De Você Dar um Soco Nelas Mas Secretamente Cerveja Sem Álcool e Gente *Cool* viajavam com eles.

* Com a exceção de um feito dez anos antes, pedindo a clemência do tribunal.

Era uma tarde de sábado chuvosa e ventosa, e Madame Tracy estava se sentindo muito mística.

Colocara seu vestido esvoaçante e uma panela cheia de couve-de-bruxelas no fogão. O aposento era iluminado por luzes de velas, cada vela cuidadosamente colocada numa garrafa de vinho coberta de cera nos quatro cantos de sua sala de estar.

Havia outras três pessoas em sua sessão. A Sra. Ormerod de Belsize Park, usando um chapéu verde-escuro que poderia ter sido um vaso de flores numa vida passada; o Sr. Scroggie, magro e pálido, com olhos baços e salientes; e Julia Petley, do *Hair Today,*[*] o salão de cabeleireiros da High Street, recém-saída da escola e convencida de que ela mesma tinha um lado oculto inexplorado. Para ampliar seus aspectos ocultos, Julia havia começado a usar muita joia de prata feita à mão e sombra verde nos olhos. Achava que parecia sombria, elegante e romântica, e de fato seria, se perdesse mais uns quinze quilos. Estava convencida de que era anoréxica, porque toda vez que se olhava no espelho realmente via uma pessoa gorda.

— Podem dar as mãos? — perguntou Madame Tracy. — E precisamos ter silêncio completo. O mundo espiritual é muito sensível às vibrações.

— Pergunte se meu Ron está aí — disse a Sra. Ormerod. Tinha um queixo igual a um tijolo.

— Vou perguntar, querida, mas você precisa ficar em silêncio enquanto faço contato.

Todos ficaram em silêncio, interrompido apenas pelo ronco do estômago do Sr. Scroggie.

— Perdão, senhoras — murmurou ele.

Madame Tracy havia descoberto, depois de anos Levantando o Véu e Explorando os Mistérios, que dois minutos era a medida certa de tempo para ficar sentada em silêncio, esperando que o Mundo dos Espíritos fizesse contato. Mais que isso os deixava inquietos, e menos faziam-nos pensar que não valia o dinheiro gasto.

Enquanto isso, repassou mentalmente sua lista de compras.

Ovos. Repolho. Trinta gramas de queijo para cozinhar. Quatro tomates. Manteiga. Rolo de papel higiênico. Não posso me esquecer disso, está quase acabando. E um pedaço caprichado de fígado para o Sr. Shadwell, coitadinho, é uma pena...

* Antigamente *Um Corte Acima de Tudo*, antes *Ah, tração*, antes *Cabelo A-Tingido*, antes *Um cortinho por um precinho*, antes *Mister Brian's Art-de-Coiffeur*, antes *Barbeiro Robinson*, antes *Telecarros Táxis*.

Tempo.

Madame Tracy jogou a cabeça para trás, deixou-a pender sobre um ombro, então tornou a erguê-la lentamente. Seus olhos estavam quase fechados.

— Ela está recebendo agora, querida — ouviu a Sra. Ormerod sussurrar para Julia Petley. — Não se assuste. Ela só está fazendo uma Ponte para o Outro Lado. Seu guia espiritual chegará logo.

Madame Tracy se viu um tanto irritada por estar sendo ofuscada, então soltou um gemido baixinho.

— Ooooooooh.

Então, numa voz aguda e trêmula:

— Você está aí, meu Guia Espiritual?

Esperou um pouquinho, para criar suspense.

Detergente. Duas latas de ervilhas. Ah, e batatas.

— Ráu? — disse ela, numa voz meio mestiça.

— É você, Gerônimo? — perguntou a si mesma.

— Sou eu, ráu! — respondeu em seguida.

— Temos uma nova integrante no círculo esta tarde — disse, enfim.

— Ráu, Srta. Petley? — disse, como Gerônimo.

Sempre compreendera que guias espirituais indígenas americanos eram uma peça essencial; até que gostava do nome. Uma vez explicara isso a Newt. Ele percebera que ela não sabia nada sobre Gerônimo e não tivera coragem de dizê-lo.

— Ah. — Julia soltou um gritinho. — Muito prazer.

— Meu Ron está aí, Gerônimo? — perguntou a Sra. Ormerod.

— Ráu, índia Beryl — disse Madame Tracy. — Ê, tem tanta *hum* alma coitada aqui *hum* fazendo fila *hum* na porta da minha cabana. Talvez seu Ron esteja entre elas. Ráu.

Madame Tracy aprendera sua lição anos antes e só trazia Ron perto do fim. Caso contrário, Beryl Ormerod ocuparia o resto da sessão contando ao falecido Ron Ormerod tudo o que lhe acontecera desde o papinho anterior, ("... lembra, Ron, da menorzinha do Eric, a Sybilla? Bem, você não a reconheceria agora, ela está fazendo macramé, e a Letitia, sabe, a mais velha da nossa Karen, virou lésbica, mas tudo bem, hoje em dia é assim mesmo, e está fazendo uma dissertação sobre os filmes do Sérgio Leone vistos de uma perspectiva feminista, e o Stan, sabe, o gêmeo da Sandra, eu te falei dele da última vez, bem, ele ganhou o concurso de dardos, o que é ótimo, porque nós todos achávamos que ele era meio filhinho de mamãe, já a calha de cima do galpão se soltou, mas falei com o novo namorado da Cindi, que trabalha em construções, e ele vai dar um pulo pra ver no domingo, e, ahh, agora me lembrei...")

Não, Beryl Ormerod podia esperar. Viram o clarão de um raio, seguido quase imediatamente do rugido de um trovão distante. Madame Tracy se sentiu muito orgulhosa, como se ela mesma tivesse sido a responsável. Era ainda melhor do que as velas para criar um *ambulance*. Mediunidade dependia muito de você saber criar um *ambulance*.

— Agora — disse Madame Tracy em sua própria voz —, o Sr. Gerônimo gostaria de saber se tem alguém aqui com o nome de Sr. Scroggie?

Os olhos aquosos de Scroggie brilharam.

— Hum, na verdade é o *meu* nome — disse, esperançoso.

— Certo, tem alguém aqui pro senhor. — O Sr. Scroggie ia lá já fazia um mês, e ela não fora capaz de pensar numa mensagem para ele. Sua vez havia chegado. — Conhece alguém chamado, hm, John?

— Não — disse o Sr. Scroggie.

— Bem, está havendo um pouco de interferência celestial aqui. O nome pode ser Tom. Ou Jim. Ou, hm, Dave.

— Eu conhecia um Dave quando morava em Hemel Hempstead — disse o Sr. Scroggie, um pouco desconfiado.

— Sim, ele está dizendo, Hemel Hempstead, é isso o que ele está dizendo — disse Madame Tracy.

— Mas encontrei com ele semana passada, levando o cachorro pra passear, e parecia perfeitamente saudável — disse o Sr. Scroggie, um tanto intrigado.

— Ele diz para não se preocupar, e está mais feliz do outro lado do véu — apressou-se Madame Tracy, que sempre achava melhor dar boas notícias aos seus clientes.

— Diga ao meu Ron que preciso falar com ele sobre o casamento da Krystal — disse a Sra. Ormerod.

— Direi, querida. Agora, espere um instante, ah... tem alguma coisa vindo...

E então alguma coisa veio. Sentou-se na cabeça de Madame Tracy e os espiou.

— *Sprechen sie Deutsch?* — perguntou, usando a boca de Madame Tracy. — *Parles-vous Français? Wo bu hui jiang zhongwen?*

— É você, Ron? — perguntou a Sra. Ormerod.

A resposta, quando veio, foi um tanto mal-humorada.

— *Não. Definitivamente não. Entretanto, uma pergunta tão ostensivamente simplória só poderia ter sido feita num único país deste bendito planeta... a maior parte do qual, por acaso, visitei durante as últimas horas. Cara senhora, eu não sou o Ron.*

— Bem, eu quero falar com Ron Ormerod — disse a Sra. Ormerod, ela mesma um pouco mal-humorada. — Ele é meio baixinho e meio careca. Pode colocá-lo para falar comigo, por favor?

Houve uma pausa.

— *Na verdade, parece que tem um espírito com essa descrição flutuando por aqui. Muito bem. Vou passá-lo pra você, mas seja breve. Estou tentando evitar o apocalipse.*

A Sra. Ormerod e o Sr. Scroggie se entreolharam. Nada parecido havia acontecido nas sessões anteriores de Madame Tracy. Julia Petley estava encantada. Aquilo, sim, era o que ela esperava. Torceu para que Madame Tracy começasse a apresentar alguma manifestação ectoplásmica em seguida.

— A-alô? — perguntou Madame Tracy com outra voz.

A Sra. Ormerod tomou um susto. Soava exatamente como Ron. Em ocasiões anteriores, a voz de Ron ficara muito parecida com a de Madame Tracy.

— Ron, é você?

— Sou, Be-Beryl.

— Certo. Tenho muita coisa pra te contar. Pra começar, fui ao casamento da Krystal, sábado passado, a filha mais velha da nossa Marilyn...

— Be-Beryl. Vo-você nu-nunca me deixou fa-falar uma pa-pala-vra enq-enquanto eu esta-tava vivo. Ago-gora que eu esto-tou morto, só tem uma co-coisa que eu que-quero di-dizer...

Beryl Ormerod ficou um pouco descontente com aquilo tudo. Das outras vezes que Ron havia se manifestado, ele lhe dissera que estava mais feliz do outro lado do véu e vivia num lugar que mais parecia um bangalô celestial. Agora ele soava como Ron, e ela não tinha certeza de que era isso que ela queria. E disse o que sempre dizia ao seu marido quando ele começava a falar com ela naquele tom de voz:

— Ron, não se esqueça do seu problema cardíaco.

— Eu nã-não te-tenho ma-mais co-coração. Le-lembra? Enfim, Be-Beryl...?

— Sim, Ron.

— Ca-cala a bo-boca. — E então o espírito desapareceu. — *Não foi comovente? Certo, agora, muito obrigado, senhoras e senhores, lamento, mas tenho que ir.*

Madame Tracy se levantou, foi até a porta e acendeu as luzes.

— *Fora!* — disse ela.

Seus fregueses se levantaram, completamente confusos e, no caso da Sra. Ormerod, ultrajada, e saíram porta afora.

— Me aguarde, Marjorie Potts — sibilou a Sra. Ormerod, apertando a bolsa ao peito, e bateu a porta.

Então sua voz abafada ecoou do corredor:

— E pode dizer ao Ron para *ele* me aguardar também!

Madame Tracy (e o nome em sua carteira de motorista válida apenas para lambretas era de fato Marjorie Potts) foi até a cozinha e desligou o fogo da couve-de-bruxelas.

Pôs a chaleira no fogo. Fez um bule de chá para si. Sentou-se à mesa da cozinha, tirou duas xícaras, encheu ambas. Colocou dois torrões de açúcar numa delas. Então fez uma pausa.

— *Para mim sem açúcar, por favor* — disse Madame Tracy.

Alinhou as xícaras na mesa à sua frente, e tomou um longo gole do chá com açúcar.

— Agora — disse ela, numa voz que qualquer um que a conhecesse teria reconhecido como sua própria, embora pudessem não ter reconhecido seu tom de voz, que estava repleto de fúria. — Que tal me dizer do que se trata isto tudo? E é melhor que a história seja boa.

Um caminhão derramou sua carga por toda a M6. De acordo com a documentação, o caminhão estava cheio de folhas de metal corrugado, embora os dois patrulheiros estivessem com dificuldades em aceitar isso.

— O que eu quero saber é: de onde vieram todos esses peixes? — perguntou o sargento.

— Eu já disse. Caíram do céu. Num minuto eu estava dirigindo a quase 100km/h, no instante seguinte, pof!, um salmão de cinco quilos arrebentou o para-brisa. Então virei o volante e derrapei *nisto* — apontou para os restos de um tubarão-martelo debaixo do caminhão — e bati *nisto.* — Que era uma pilha de dez metros de peixes, de diferentes tipos e tamanhos.

— O senhor andou bebendo? — perguntou o sargento, com poucas esperanças.

— Lógico que não andei bebendo, sua besta. Você também está vendo o peixe, não está?

No topo da pilha, um polvo grande acenou para eles com um tentáculo lânguido. O sargento resistiu à tentação de acenar de volta.

O guarda da polícia se inclinou sobre a viatura, falando com o rádio.

— ... metal corrugado e peixe, bloqueando a M6 na direção sul a cerca de oitocentos metros do entroncamento dez. Vamos ter que fechar a pista da rodovia em direção ao sul inteira. É.

A chuva ficou mais forte. Uma pequena truta, que sobrevivera milagrosamente à queda, começou a nadar animada em direção a Birmingham.

— Foi maravilhoso — disse Newt.

— Ótimo — disse Anathema. — A terra se moveu para todos. — Levantou-se do chão, deixando as roupas espalhadas pelo tapete, e foi para o banheiro.

Newt ergueu a voz.

— Quer dizer, foi maravilhoso mesmo. Maravilhoso *mesmo.* Eu sempre esperei que fosse ser, e foi.

Ouviu o som de água corrente.

— O que você está fazendo? — perguntou ele.

— Tomando um banho.

— Ah. — Ele ficou se perguntando se todo mundo tinha que tomar banho depois ou se eram só as mulheres. E guardava uma leve suspeita de que bidês tinham algum papel naquilo.

— Ei — disse Newt, quando Anathema saiu do banheiro enrolada numa toalha rosa felpuda. — Que tal a gente fazer de novo?

— Não — disse ela. — Agora não. — Terminou de se enxugar e começou a pegar as roupas do chão e, meio sem se dar conta, vesti-las. Newt, um homem preparado para esperar meia hora por um cubículo para trocar de roupa em piscinas públicas, em vez de encarar a possibilidade de ter que se despir na frente de outro ser humano, ficou vagamente chocado e muito animado.

Pedaços dela continuavam aparecendo e desaparecendo, como as mãos de um mágico; Newt continuava tentando contar seus mamilos e fracassando, embora não se importasse nem um pouco.

— Por que não? — perguntou Newt.

Estava prestes a argumentar que não precisavam demorar muito, mas uma voz interior o aconselhou a não fazê-lo. Ele estava amadurecendo bem rápido em pouco tempo.

Anathema deu de ombros, o que não é muito fácil de se fazer quando se está vestindo uma saia preta prática e funcional pela cabeça.

— Ela disse que a gente só fez isso uma vez.

Newt abriu a boca duas ou três vezes e então disse:

— Ela não disse isso. Não disse droga nenhuma. Não poderia ter previsto *isso*. Não acredito.

Anathema, totalmente vestida, foi até o fichário, puxou uma ficha e entregou a ele.

Newt leu, ficou vermelho e a devolveu, sem nada dizer.

Não era simplesmente o fato de que Agnes soubera daquilo e o expressara no mais transparente dos códigos. Era que, ao longo dos séculos, vários Devices haviam rabiscado comentários encorajadores nas margens.

Ela lhe passou a toalha molhada.

— Aqui — disse ela. — Rápido, preciso fazer os sanduíches, e temos que nos aprontar.

Ele olhou para a toalha.

— Pra que isso?

— Seu banho.

Ah. Então era uma coisa que tanto homens quanto mulheres faziam. Ficou feliz por saber.

— Mas você vai ter que ser rápido — disse ela.

— Por quê? Temos que sair daqui nos próximos dez minutos antes que o edifício vá pelos ares?

— Ah, não. Temos umas duas horas. É que eu usei a maior parte da água quente. Você está com o cabelo cheio de reboco.

A tempestade jogou uma última rajada de chuva ao redor do Jasmine Cottage, e, segurando a toalha rosa molhada, não mais felpuda, à sua frente, estrategicamente, Newt saiu de fininho para tomar um banho frio.

No sonho de Shadwell, ele está pairando bem alto acima do gramado da praça central de um vilarejo. No centro do gramado há uma pilha enorme de lenha e galhos secos. No centro da pilha, uma estaca de madeira. Homens, mulheres e crianças estão em pé ao redor, olhos brilhando, faces rosadas, cheios de animação e expectativa.

Uma súbita comoção: dez homens atravessam o gramado, levando uma bela mulher de meia-idade; ela devia ter sido muito bonita na juventude, e a palavra "vivaz" se insinua na mente sonhadora de Shadwell. À frente dela caminha o Soldado Caçador de Bruxas Newton Pulsifer. Não, não é Newt. O homem é mais velho e está vestido de couro preto. Shadwell reconhece com aprovação o uniforme antigo de um Major Caçador de Bruxas.

A mulher sobe na pira, coloca as mãos para trás e é atada à estaca. A pira é acesa. Ela fala para a multidão, diz alguma coisa, mas Shadwell está muito alto para conseguir ouvir o que é. A multidão se reúne ao redor dela.

Uma bruxa, pensa Shadwell. Estão queimando uma bruxa. Isso lhe traz uma boa sensação. Isso era o correto e o apropriado. Era assim que as coisas deveriam ser.

Só que...

Ela olha para cima agora, diretamente para ele, e diz:

— Isso vale pra tu também, seu velho tolo e estúpido.

Só que ela vai morrer. Ela vai morrer queimada. E, Shadwell percebe em seu sonho, esse é um jeito horrível de morrer.

As chamas lambem mais alto.

E a mulher olha para cima. Ela está olhando diretamente para ele, mesmo ele estando invisível. E ela está sorrindo.

E então tudo explode.

Um som de trovão.

Isto foi um trovão, pensou Shadwell ao acordar, com a sensação inconfundível de que alguém continuava olhando para ele.

Abriu os olhos, e treze olhos de vidro o encararam das várias prateleiras do quarto de Madame Tracy, vindos de uma variedade de rostos de pelúcia.

Desviou o olhar e deu com os olhos de alguém que o encarava intensamente. Era ele próprio.

Argh, pensou aterrorizado, estou tendo uma daquelas experiências de fora do corpo, estou me vendo, agora é que eu morri mesmo...

Deu braçadas frenéticas num esforço para alcançar o próprio corpo e então, como costuma acontecer, as perspectivas se encaixaram.

Shadwell relaxou e se perguntou por que alguém iria querer colocar um espelho no teto do quarto. Balançou a cabeça, perplexo.

Desceu da cama, calçou as botinas e se levantou, desconfiado. Tinha alguma coisa faltando. Um cigarro. Meteu as mãos no fundo dos bolsos, tirou uma latinha e começou a enrolar um cigarro.

Estivera sonhando, sabia agora. Não se lembrava do sonho, mas o evento todo o fizera se sentir desconfortável, independentemente do que fosse.

Acendeu o cigarro. E viu sua mão direita: a arma mais letal. A arma do juízo final. Apontou um dedo para o ursinho caolho sobre a lareira.

— Bang — disse, dando em seguida um risinho esquisito.

Não estava acostumado a dar risinhos; começou a tossir, o que queria dizer que estava de volta a um território familiar. Queria algo para beber. Uma doce lata de leite condensado.

Madame Tracy devia ter uma.

Saiu do quarto dela e foi até a cozinha.

Parou do lado de fora da cozinha minúscula. Ela conversava com alguém. Um homem.

— Então, o que exatamente você quer que eu faça a respeito? — perguntava ela.

— Agh, sua velhaca — resmungou Shadwell.

Obviamente um de seus fregueses estava lá.

— *Para ser franco, cara senhora, meus planos a esta altura são, por força das circunstâncias, um tanto flexíveis.*

O sangue de Shadwell gelou. Ele marchou por entre as contas da cortina, gritando:

— Os pecados de Sodoma e Gomorra! Tirando vantagem de uma prostituta indefesa! Só por cima do meu cadáver!

Madame Tracy levantou a cabeça e sorriu para ele. Não havia mais ninguém no recinto.

— Cadê ele? — perguntou Shadwell.

— Quem? — perguntou Madame Tracy.

— Uma bichona sulista — disse ele. — Eu ouvi. Tava aqui, sugerindo coisas procê, eu ouvi.

A boca de Madame Tracy se abriu, e uma voz disse:

— *Não só UMA bichona sulista qualquer, sargento Shadwell, mas A bichona sulista!*

Shadwell deixou cair o cigarro. Esticou o braço, que tremia ligeiramente, e apontou a mão para Madame Tracy.

— Demônio — falou, a voz esganiçada.

— *Não* — disse Madame Tracy, com a voz do demônio. — *Eu sei o que você está pensando, sargento Shadwell. Está pensando que a qualquer instante esta cabeça vai começar a girar em torno do pescoço, e eu vou começar a vomitar sopa de ervilhas. Bom, não vou. Não sou demônio. E eu gostaria que escutasse o que tenho a dizer.*

— Cale-se, filho do demônio — ordenou Shadwell. — Num vou escutar tuas mentiras malignas. Sabe o que é *isto*? É uma simples mão. Quatro dedos. Um polegar. Ela já exorcizou um de vocês esta manhã. Agora saia da cabeça desta boa mulher, ou esse vai ser o fim do mundo para você.

— Esta é a questão, Sr. Shadwell — disse Madame Tracy com a própria voz. — O fim do mundo. Está chegando. Este é o problema. O Sr. Aziraphale estava me contando tudo a respeito. Agora pare de ser um velho bobo, Sr. Shadwell, sente-se e tome um pouco de chá, e ele vai explicar tudo para o senhor também.

— Num vou escutar as afirmações demoníacas dele, mulher — disse Shadwell.

— Seu velho *bobo* — disse ela, e sorriu para ele.

Ele teria conseguido lidar com qualquer outra coisa.

Sentou-se. Mas não baixou a mão.

As placas suspensas balançantes anunciavam que a pista da rodovia no sentido sul estava fechada, e uma pequena floresta de cones cor de laranja havia surgido, redirecionando os motoristas para uma faixa improvisada na pista sentido norte. Outras placas indicavam que os motoristas deveriam reduzir para 50km/h. Carros de polícia conduziam os motoristas feito cães pastores com luzes vermelhas no alto.

Os quatro motoqueiros ignoraram todos os sinais, cones e carros de polícia, e continuaram a seguir pela pista vazia da M6 no sentido sul. Os outros quatro motoqueiros, logo atrás, reduziram um pouco.

— Será que a gente não devia, ahn, parar ou coisa assim? — perguntou Gente *Cool*.

— É. Pode ser um engavetamento — falou Pisando em Cocô de Cachorro (ex-Todos os Estrangeiros Especialmente os Franceses, ex-Coisas Que Não Funcionam Direito Mesmo Depois De Você Dar um Soco Nelas, que nunca chegou mesmo a ser Cerveja Sem Álcool, brevemente Problemas Pessoais Constrangedores, originalmente conhecido como Skuzz).

— Nós somos os *outros* Quatro Cavaleiros do Apocalipse — disse L.C.G. — Nós fazemos o que eles fazem. Nós seguimos na cola deles.

Seguiram para o sul.

— Vai ser um mundo só pra nós — disse Adam. — Tudo já foi estragado por outras pessoas, mas nós podemos dar um fim em tudo e começar de novo. Não vai ser *ótimo*?

— *Imagino que você esteja familiarizado com o Livro do Apocalipse* — disse Madame Tracy com a voz de Aziraphale.

— Sim — disse Shadwell, que não estava.

Seu conhecimento bíblico começava e terminava no Êxodo, capítulo 22, versículo 18, que tinha a ver com bruxas e não deixá-las viver. Uma vez ele chegara a dar uma olhada de relance no versículo 19, que falava de condenar à morte pessoas que se deitassem com animais, mas sentiu que aquilo estava um tanto fora de sua alçada.

— *Então ouviu falar do Anticristo?*

— Ouvi — disse Shadwell, que certa vez vira um filme que explicava isso tudo. Alguma coisa sobre placas de vidro caindo de caminhões e decepando pessoas, se não estava enganado. Nenhuma bruxa de verdade. Dormira no meio.

— *O Anticristo está vivo na Terra neste instante, sargento. Ele está trazendo o Armagedom, o Dia do Juízo Final, ainda que ele próprio não saiba. Céu e Inferno estão se preparando para a guerra, e vai ser uma confusão das grandes.*

Shadwell se limitou a grunhir.

— *Não tenho permissão para agir diretamente nesta questão, sargento. Mas tenho certeza de que você pode ver que a destruição iminente do mundo é algo que nenhum homem sensato permitiria. Estou certo?*

— Sim. Acho que sim — disse Shadwell, tomando leite condensado de uma latinha enferrujada que Madame Tracy descobrira debaixo da pia.

— *Então só há uma coisa a ser feita. E você é o único homem em que posso confiar. O Anticristo deve ser morto, sargento Shadwell. E você deve fazer isso.*

Shadwell franziu a testa.

— Num sei, não. O Exército dos Caçadores de Bruxas só mata bruxas. É uma das regras. E demônios e diabretes, lógico.

— *Mas, mas o Anticristo é mais do que simplesmente uma bruxa. Ele... ele é O bruxo. Tem mais sangue bruxo nele do que você pode imaginar.*

— Ele seria mais difícil de se livrar do que, digamos, um demônio? — perguntou Shadwell, que havia começado a se animar.

— *Não muito mais* — disse Aziraphale, que nunca fizera outra coisa para se livrar de demônios se não dar a entender com muita veemência que ele, Aziraphale, tinha trabalho a fazer e estava ficando tarde, não estava? Crowley sempre entendera a indireta.

Shadwell olhou para sua mão direita e sorriu. Então hesitou.

— Esse Anticristo... Quantos mamilos ele tem?

Os fins justificam os meios, pensou Aziraphale. E a estrada para o Inferno é pavimentada com boas intenções.* Então Aziraphale mentiu animado e convincente:

— *Inúmeros. Potes deles. Seu peito está coberto de mamilos: ele faz Diana de Éfeso parecer definitivamente despeitada.*

— Num conheço essa Diana — disse Shadwell. — Mas se ele é bruxo, e me parece que é, então, falando como sargento do ECB, pode contar comigo.

— *Ótimo* — disse Aziraphale por intermédio de Madame Tracy.

— Quanto a esse negócio de matar, não sei, não — disse a própria Madame Tracy. — Mas se é esse homem, esse Anticristo ou sei lá, então acho que realmente não temos muita escolha.

— *Exato, cara senhora* — respondeu ela. — *Agora, sargento Shadwell. O senhor tem uma arma?*

Shadwell esfregou a mão direita com a esquerda, abrindo e fechando o punho.

— Tenho. Tenho isto. — Levou dois dedos aos lábios e soprou suavemente neles.

Houve uma pausa.

* Isso não é bem verdade. A estrada que leva ao Inferno é pavimentada com vendedores de porta em porta congelados. Nos fins de semana, muitos dos demônios mais jovens gostam de patinar sobre eles.

— *Sua mão?* — perguntou Aziraphale.

— Sim. É uma arma terrível. Foi para você, filho do demônio, não foi?

— *Você não tem algo mais, ahn, substancial? Que tal a Adaga Dourada de Megido? Ou o Shiv de Kali?*

Shadwell balançou a cabeça.

— Tenho alguns alfinetes — sugeriu. — E o mosquete do Coronel Caçador de Bruxas Não-Comerás-Criaturas-Vivas-Com-O-Sangue-Nem--Usarás-Encantamentos-Nem-Marcarás-As-Horas Dalrymple... Posso colocar balas de prata nele.

— *Isso é para lobisomens, creio* — disse Aziraphale.

— Alho?

— *Vampiros.*

Shadwell deu de ombros.

— Está bem, não tenho bala metida a besta nenhuma mesmo. Mas o mosquete pode disparar qualquer coisa. Vou buscá-lo.

Saiu arrastando os pés, pensando: por que é que eu preciso de outra arma? Sou um homem com essa mão.

— *Agora, cara senhora* — disse Aziraphale. — *Acredito que a senhora tenha um meio de transporte confiável à disposição.*

— Tenho, sim — disse Madame Tracy.

Ela foi até o canto da cozinha e pegou um capacete cor-de-rosa com um girassol amarelo pintado, colocou-o, passando a fivela sob o queixo. Então mexeu num armário, tirou trezentas ou quatrocentas sacolas plásticas de supermercado e uma pilha de jornais locais amarelados e por fim um empoeirado capacete verde-limão com as palavras EASY RIDER escritas no alto, presente de sua sobrinha Petula vinte anos antes.

Shadwell, ao retornar com o mosquete sobre o ombro, olhou para ela, sem acreditar.

— Não sei o que o senhor tanto olha, Sr. Shadwell — disse ela. — Está estacionada na rua lá embaixo. — Passou o capacete para ele. — Você tem que colocar isso. É a lei. Não acho que seja permitido colocar três pessoas numa lambreta, ainda que duas delas estejam, ahn, compartilhando o mesmo corpo. Mas é uma emergência. E tenho certeza de que o senhor vai ficar bastante seguro, se se agarrar em mim direitinho. — E ela sorriu. — Não vai ser divertido?

Shadwell empalideceu, resmungou alguma coisa inaudível e colocou o capacete verde.

— O que foi, Sr. Shadwell? — Madame Tracy olhou severamente para ele.

— Eu disse: Diaba, vô extirpar uma lasca do teu bucho com minha peixeira — disse Shadwell.

— Agora chega desse tipo de linguagem, Sr. Shadwell — repreendeu Madame Tracy, e o guiou para fora, descendo as escadas até a Crouch End High Street, onde uma lambreta anciã esperava para levar os dois, ou, melhor dizendo, os três embora.

O caminhão bloqueava a estrada. E o metal corrugado bloqueava a estrada. E uma pilha de peixes de dez metros de altura bloqueava a estrada. Era uma das estradas mais eficientemente bloqueadas que o sargento já vira.

A chuva não estava ajudando.

— Alguma ideia de quando as escavadeiras vão chegar? — gritou para o rádio.

— Estamos *crrrrk* fazendo o melhor que *crrrrk* — foi a resposta.

Sentiu alguma coisa puxando a bainha da calça e olhou para baixo.

— Lagostas? — Deu um pulinho para o lado, saltou e acabou subindo no teto do carro de polícia. — Lagostas — repetiu.

Eram cerca de trinta: algumas com mais de sessenta centímetros. A maioria das quais começava a seguir pela estrada; meia dúzia havia parado para verificar a viatura.

— Alguma coisa errada, sargento? — perguntou o guarda, que anotava os detalhes do motorista do caminhão no acostamento.

— É que eu não gosto de lagosta — disse o sargento, nervoso, fechando os olhos. — Me dão coceira. Muitas patas pro meu gosto. Só vou ficar sentado aqui um instantinho, e você me diz quando elas tiverem ido embora.

Ficou sentado no teto do carro, na chuva, a água entrando pelos fundilhos.

Houve um rugido baixo. Trovoada? Não. Era um som contínuo e se aproximava. Motocicletas. O sargento abriu um olho.

Jesus Cristo!

Eram quatro, e deviam estar a mais de 160km/h. Ele já ia descer para acenar para eles, para gritar, mas os quatro passaram por ele em disparada, indo direto para o caminhão virado.

O único objeto de decoração na parede era um desenho emoldurado — a *Mona Lisa*, o esboço original feito por Leonardo da Vinci.

ver página 239

Não havia nada que o sargento pudesse fazer.

Tornou a fechar os olhos e se preparou para ouvir a colisão. Podia ouvi-los se aproximando. Então:

Zum.

Zum.

Zum.

E uma voz em sua cabeça que disse: JÁ VOLTO PARA ACERTAR AS CONTAS COM O RESTANTE DE VOCÊS.

— Vocês viram *isso*? — perguntou Gente *Cool*. — Eles voaram bem por cima daquilo!

— Que diabos! — disse L.C.G. — Se eles podem fazer isso, nós também podemos!

O sargento abriu os olhos. Virou-se para o guarda e abriu a boca.

O guardinha disse:

— Eles. Na verdade. Eles voaram direto...

Tunc. Tunc. Tunc.

Sploft.

Houve outra chuva de peixe, embora de menor duração e mais facilmente explicável. Um braço de jaqueta de couro acenava debilmente de dentro da enorme pilha de peixes. Uma roda de motocicleta girava sem parar.

Era Skuzz, semiconsciente, decidindo que, se havia uma coisa que ele odiava ainda mais que os franceses, era estar enfiado até o pescoço em peixe e com a sensação de ter uma perna quebrada. Isso ele realmente odiava.

Queria contar a L.C.G. seu novo nome; mas não conseguia se mexer. Alguma coisa molhada e escorregadia se enfiou por uma das mangas.

Mais tarde, quando o puxaram para fora da pilha de peixes e ele viu os outros três motociclistas com as cabeças cobertas, percebeu que era tarde demais para dizer qualquer coisa a eles.

Era por isso que eles não constavam naquele Livro do Apocalipse de que Pigbog tanto falava. Não chegaram a conseguir avançar o suficiente na estrada.

Skuzz murmurou alguma coisa. O sargento se inclinou mais para perto.

— Não tente falar, filho — disse ele. — A ambulância vai chegar logo.

— Ouça — resmungou Skuzz. — Tenho uma coisa importante pra te dizer. Os Quatro Cavaleiros do Apocalipse... são uns filhos da mãe, todos os quatro.

— Ele está delirando — anunciou o sargento.

— Não estou, não, porra. Meu nome é Pessoas Cobertas de Peixe — gemeu Skuzz, então desmaiou.

O sistema de trânsito de Londres é muitas centenas de vezes mais complexo do que se imagina.

Isso não tem nada a ver com influências demoníacas ou angelicais. Tem mais a ver com geografia, história e arquitetura.

Na maior parte das vezes, isso é vantajoso para as pessoas, embora elas jamais fossem acreditar numa coisa dessas.

Londres não foi projetada para carros. Indo mais direto ao ponto, ela não foi projetada para pessoas. Ela meio que simplesmente aconteceu. Isso ocasionou problemas, e as soluções que foram implementadas se tornaram os problemas seguintes, cinco, dez ou cem anos depois.

A mais recente solução havia sido a M25: uma rodovia que formava um anel ao redor da cidade. Até o momento os problemas haviam sido bem básicos: coisas como ela estar obsoleta antes de sequer terminar de ser construída, engarrafamentos einsteinianos que acabavam se fechando em si mesmos, esse tipo de coisa.

O problema da vez era que ela não existia; pelo menos não em termos espaciais humanos normais. O engarrafamento de carros não cientes disso, ou que tentavam encontrar rotas alternativas para fora de Londres, estendia-se até o centro da cidade, de todas as direções. Pela primeira vez em sua história, Londres estava completamente paralisada. A cidade era um imenso engarrafamento.

Carros, em tese, são um método fantasticamente rápido de se viajar de um lugar a outro. Engarrafamentos, por outro lado, são uma fantástica oportunidade de se ficar absolutamente parado. Na chuva e no escurecer, enquanto ao seu redor a sinfonia cacofônica de buzinas fica cada vez maior e mais exasperada.

Crowley estava ficando de saco cheio disso.

Aproveitara a oportunidade para reler as anotações de Aziraphale, folhear as profecias de Agnes Nutter e pensar seriamente.

Suas conclusões poderiam ser resumidas da seguinte maneira:

1) O Armagedom estava a caminho.
2) Não havia nada que Crowley pudesse fazer a respeito.
3) Ia acontecer em Tadfield. Ou começar lá, de qualquer modo. Depois disso ia acontecer *no mundo todo.*
4) Crowley estava na lista do ódio do Inferno.*
5) Aziraphale era — até onde se pudesse estimar — carta fora do baralho.
6) Tudo era escuro, sombrio e pavoroso. Não havia luz no fim do túnel... ou, se houvesse, seriam os faróis de um trem se aproximando.
7) Ele poderia muito bem achar um bom restaurante e beber até ficar totalmente bêbado enquanto esperava pelo fim do mundo.
8) E, no entanto...

E era aí que tudo ia por água abaixo.

Porque, no fundo, no fundo, Crowley era um otimista. Se havia alguma certeza definitiva que o sustentara através de tempos difíceis — o século XIV lhe passou brevemente pela cabeça —, era a profunda certeza de que ele ia acabar por cima; que o universo cuidaria dele.

Tá, então o Inferno estava irritado com ele. Então o mundo estava acabando. Então a Guerra Fria havia terminado e a Grande Guerra estava começando pra valer. Então as chances contra ele eram mais altas que um furgão cheio de hippies doidões. Ainda havia uma chance.

Era tudo uma questão de estar no lugar certo na hora certa.

O lugar certo era Tadfield. Disso ele tinha certeza; em parte pelo livro, em parte por algum outro sentido: no mapa mental do mundo de Crowley, Tadfield latejava como uma enxaqueca.

A hora certa era chegar lá antes do fim do mundo. Olhou o relógio. Tinha duas horas para chegar a Tadfield, embora provavelmente até a passagem normal do tempo estivesse bastante alterada àquela altura.

Crowley jogou o livro no banco do carona. Tempos difíceis pedem medidas drásticas: ele havia mantido o Bentley sem um arranhão por sessenta anos.

Que diabos.

* Não que o Inferno tivesse algum outro tipo de lista.

Deu uma ré súbita, causando sérios estragos à frente do Renault 5 vermelho atrás dele, e subiu na calçada.

Acendeu os faróis e apertou a buzina.

Isso devia dar a qualquer pedestre alerta suficiente de que ele estava chegando. E se eles não conseguissem sair do caminho... bem, em algumas horas daria no mesmo. Talvez. Provavelmente.

— E lá vamos nós! — disse Anthony Crowley, e simplesmente dirigiu, de qualquer jeito.

Havia seis mulheres e quatro homens, e cada um deles tinha um telefone e uma pilha de papel de impressora matricial com nomes e números listados. Ao lado de cada um dos números havia uma anotação à caneta dizendo se a pessoa para quem ligaram estava em casa ou não, se o número ainda estava em funcionamento e, o mais importante, se a pessoa que atendeu à ligação estava ou não ávida para incluir em sua vida um isolamento térmico nas cavidades das paredes de casa.

A maioria não estava.

Os dez ficavam ali sentados, hora após hora, bajulando, implorando, prometendo com sorrisos artificiais. Entre cada ligação tomavam notas, café e se maravilhavam com a chuva que escorria pelas janelas. Continuavam em seus postos como a banda do *Titanic*. Se não fosse possível vender janelas com isolamento termoacústico num tempo daqueles, nunca seria.

Lisa Morrow dizia:

— ... Agora, se me deixar terminar, senhor, e, sim, eu entendo, senhor, mas, se me deixar... — E então, percebendo que ele havia acabado de desligar, disse: — Ah, foda-se, babaca.

Colocou o fone no gancho.

— Mais um caso de banho para mim — anunciou aos seus colegas de televendas.

Estava tranquila na liderança da competição diária no escritório em Tirar Gente do Banho, e só precisava de mais dois pontos para ganhar o prêmio semanal de Coito Interrompido.

Discou o número seguinte da lista.

Lisa nunca quis trabalhar com televendas. Sua intenção mesmo era ser uma socialite internacionalmente glamorosa, mas infelizmente não tinha o QI necessário.

Se tivesse sido inteligente o suficiente para ser aceita como uma socialite internacionalmente glamorosa ou como assistente de dentista (sua segunda opção profissional) ou, na verdade, qualquer coisa que não a área de televendas naquele escritório em particular, teria desfrutado de uma vida mais longa e provavelmente mais plena.

Talvez não muito mais longa, levando tudo em consideração, já que era o Dia do Armagedom, mas pelo menos algumas horas mais longa.

Por falar nisso, tudo que ela precisava de fato fazer para ter uma vida mais longa era não discar o exato número que ela havia acabado de discar, registrado em sua folha como a casa de Mayfair de, na melhor tradição das listas de mala direta de décima mão, Sr. A.J. Cowlley.

Mas ela havia discado. E esperado até o quarto toque. E dito:

— Putz, outra secretária eletrônica. — E começara a pôr o fone no gancho.

Mas então uma coisa saiu do fone. Uma coisa muito grande e muito zangada.

Parecia um pouquinho com uma larva. Uma larva enorme e furiosa feita de milhares e milhares de minúsculas larvas, todas se contorcendo e gritando, milhões de pequenas bocas de larvas se abrindo e fechando furiosas, e cada uma delas gritava "Crowley".

Parou de gritar. Girou cega para os lados, como se estivesse verificando onde estava.

Então se desmanchou em pedaços.

A coisa se dividiu em milhares de milhares de larvas cinzentas que se contorceram, invadiram o carpete, subiram pelas mesas, sobre Lisa Morrow e seus nove colegas; entraram em suas bocas, narinas, pulmões; perfuraram pele, olhos, cérebro e lâmpadas, reproduzindo-se ferozmente no caminho, preenchendo a sala com uma incrível massa fervilhante de carne e vísceras. O todo começou a fluir em conjunto, a se coagular numa enorme entidade que preencheu a sala do chão ao teto, pulsando suavemente.

Uma boca se abriu na massa de carne, fios de alguma coisa molhada e grudenta aderindo a cada um dos não exatamente lábios, e Hastur disse:

— Eu estava precisando disso.

Passar meia hora preso numa secretária eletrônica com apenas a mensagem de Aziraphale como companhia não havia melhorado seu humor.

Nem a perspectiva de ter que fazer um relatório para o Inferno e explicar por que não havia retornado meia hora antes e, o mais importante, por que não estava acompanhado por Crowley.

O Inferno não gostava muito de fracassos.

Por outro lado, ele pelo menos sabia qual era a mensagem de Aziraphale. Essa informação provavelmente lhe garantiria a continuidade de sua existência.

E, de qualquer maneira, refletiu, se ia ter que enfrentar a possível ira do Conselho das Trevas, pelo menos não o faria de estômago vazio.

A sala se encheu de uma fumaça espessa e sulfurosa. Quando se dissipou, Hastur havia desaparecido. Não havia nada na sala além de dez esqueletos, totalmente limpos, sem carne, e algumas poças de plástico derretido com, aqui e ali, um fragmento reluzente de metal que poderia um dia ter sido parte de um telefone. Teria sido muito melhor ter virado assistente de dentista.

Mas, olhando pelo lado bom, tudo isso só servia para provar que o mal contém as sementes de sua própria destruição. Naquele exato instante, por todo o país, pessoas que teriam ficado mais tensas e zangadas ao serem tiradas de um bom banho, ou ao terem seus nomes pronunciados de forma errada, estavam se sentindo bastante tranquilas e em paz com o mundo. Como resultado da ação de Hastur, uma onda de bondade de pequeno grau começou a se espalhar exponencialmente pela população, e milhões de pessoas que no fim das contas teriam sofrido pequenos machucados na alma saíram ilesas. Então, tudo bem.

O carro estava irreconhecível. Praticamente não havia um centímetro de lataria sem um amassado. Os dois faróis dianteiros estavam arrebentados. Os para-choques tinham caído muito antes. O carro parecia veterano de uma centena de corridas de demolição.

As calçadas haviam sido ruins. As passagens subterrâneas de pedestres, piores. O pior fora atravessar o rio Tâmisa. Pelo menos ele tivera o bom senso de levantar todos os vidros.

Mesmo assim, lá estava ele, agora.

Em algumas centenas de metros ele estaria na M40; uma viagem tranquila e com pouco tráfego até Oxfordshire.

Só havia um probleminha: mais uma vez entre Crowley e o caminho livre e desimpedido havia a M25. Uma pista estridente e incandescente de dor e luz escura.* *Odegra.* Nada poderia atravessá-la e sobreviver.

* Não chega a ser um oximoro. É a cor depois do ultravioleta. O termo técnico é infrapreto. Ela pode ser vista facilmente sob condições experimentais. Para realizar a experiência,

Pelo menos nada mortal. E ele não tinha certeza do que ela faria a um demônio. Não conseguiria matá-lo, mas não seria nada agradável.

Havia um bloqueio policial diante do viaduto à frente dele. Destroços queimados — alguns ainda em chamas — testemunhavam o destino de carros anteriores que tiveram de cruzar o viaduto acima da estrada escura.

A polícia não parecia contente.

Crowley engatou uma segunda e pisou no acelerador.

Passou pelo bloqueio a quase 100km/h. Essa foi a parte fácil.

Casos de combustão humana espontânea têm sido registrados no mundo inteiro. Num instante alguém está muito feliz cuidando de sua vida; no seguinte há uma fotografia triste de uma pilha de cinzas e um solitário e misteriosamente intacto pé ou mão. Casos de combustão veicular espontânea são bem menos documentados.

Sejam quais forem as estatísticas, elas haviam acabado de contabilizar mais um caso.

Os bancos de couro começaram a fumegar. Olhando à frente, Crowley procurou com a mão esquerda no banco do carona pelas *Justas e Precisas Profecias* de Agnes Nutter e trouxe o livro para a segurança de seu colo. Ele gostaria que ela tivesse profetizado *aquilo.**

Então as chamas engolfaram o carro.

Ele tinha que continuar dirigindo.

Do outro lado do viaduto havia mais um bloqueio policial, para impedir a passagem de carros tentando entrar em Londres. Estavam dando boas gargalhadas com uma história que tinham acabado de ouvir pelo rádio, de que um policial de moto na M6 havia interceptado um carro de polícia roubado, só para descobrir que o motorista era um imenso polvo.

Algumas forças policiais acreditavam em tudo. Mas não a Polícia Metropolitana de Londres. Aquela era a força policial mais durona, mais cínica e pragmática, mais teimosa e realista da Inglaterra.

Seria preciso muita coisa para surpreender um guarda da Polícia Metropolitana.

---

basta selecionar uma bela parede de tijolos, tomar distância e, abaixando a cabeça, investir com tudo.

A cor que explode atrás dos olhos, atrás da dor, logo antes de você morrer, é o infrapreto.

* Ela havia profetizado aquilo. Dizia o seguinte:

Uma rua de luz ha de gritar, a carroagem negra da Serpente ha de se incendiar, e uma Rainha nao mais cantara suas cançoes aleatorias.

A maior parte da família havia aceitado a interpretação de Gelatly Device, que escreveu uma pequena monografia em 1830 explicando a profecia como uma metáfora para o banimento dos *Illuminati* de Weishaupt da Bavária em 1785.

Seria preciso, por exemplo, um carro enorme e amassado que fosse nem mais nem menos que uma bola de fogo, um limão metálico retorcido e fumegante do Inferno, guiado por um lunático sorridente de óculos escuros, sentado no meio das chamas, soltando uma fumaça preta e espessa, indo na direção deles através de chuva e vento, a 130km/h.

Aquilo seria o suficiente.

A pedreira era o centro calmo de um mundo em tormenta.

Acima, os trovões não só rugiam, como rasgavam o ar no meio.

— Tem mais alguns amigos meus vindo — disse Adam. — Logo eles estarão aqui, e aí a gente vai poder começar de verdade.

Cão pôs-se a uivar. Não era mais o uivo de um lobo solitário, mas as estranhas oscilações de um cachorrinho extremamente perturbado.

Pepper estava sentada olhando para os próprios joelhos.

Parecia ter algo em mente.

Por fim ela levantou a cabeça e encarou os olhos cinzentos e inexpressivos de Adam.

— Com que parte você vai ficar, Adam? — perguntou ela.

A tempestade foi substituída por um súbito e sonoro silêncio.

— O quê? — perguntou Adam.

— Bem, você dividiu o mundo, certo, e todos nós vamos ficar com um pedaço: com que pedaço você vai ficar?

O silêncio cantava como uma harpa, alto e fino.

— É — disse Brian. — Você nunca disse pra gente qual é o *seu* pedaço.

— Pepper tem razão — acrescentou Wensleydale. — Não *me parece* que tenha sobrado muita coisa, se nós vamos ter todos aqueles países.

Adam abriu e fechou a boca.

— O quê? — perguntou ele.

— Qual é a sua parte, Adam? — perguntou Pepper.

Adam ficou olhando para ela. Cão havia parado de uivar, fixando agora em seu dono um olhar pensativo e penetrante de vira-lata.

— E-eu? — disse ele.

O silêncio perdurou, uma nota que poderia abafar os ruídos do mundo.

— Mas eu vou ficar com Tadfield — disse Adam.

Eles o encararam.

— E... e Lower Tadfield, e Norton e Norton Woods...

Continuaram a encará-lo.

O olhar de Adam percorreu lentamente o rosto deles.

— Isso é tudo o que eu sempre quis — disse ele.

Os outros sacudiram a cabeça.

— Eu posso ficar com elas se eu quiser — disse Adam, a voz soando desafiadora, mas com um quê de dúvida súbita. — Eu posso melhorar tudo também. Árvores melhores para subir, lagos melhores...

Sua voz sumiu.

— Não pode — disse Wensleydale, neutro. — Elas não são como a América e outros lugares assim. Elas existem *de verdade.* E de qualquer jeito pertencem a todos nós. Elas são nossas.

— E você não tem como melhorar tudo — disse Brian.

— Enfim, mesmo que você pudesse, a gente ficaria sabendo — acrescentou Pepper.

— Ah, se é isso que está preocupando vocês, relaxem — disse Adam, alegrinho. — Eu poderia simplesmente forçar vocês todos a fazerem o que eu quero...

E se interrompeu, seus ouvidos escutando horrorizados as palavras que sua boca estava dizendo. Os Eles recuavam.

Cão colocou as patas sobre a cabeça.

O rosto de Adam parecia a personificação do colapso de um império.

— Não — disse, rouco. — Não, voltem! *Eu lhes ordeno!*

Eles estacaram no lugar. Adam ficou olhando.

— Não, não foi isso que eu quis dizer... — começou. — Vocês são meus amigos...

Seu corpo estremeceu. Sua cabeça foi atirada para trás. Ele ergueu os braços e socou o céu com os punhos cerrados.

Seu rosto se contorceu. O piso de calcário rachou sob seus tênis.

Adam abriu a boca e gritou. Era um som que uma mera garganta mortal jamais teria sido capaz de entoar; saiu da pedreira, misturou-se com a tempestade, fez com que as nuvens se dividissem em novas e desagradáveis formas.

E continuou e continuou.

Ressoou ao redor do universo, que é muito menor do que os físicos acreditam. Sacudiu as esferas celestiais.

Era um som de perda, e ele demorou muito a parar.

Até que então parou.

Algo se esgotou.

A cabeça de Adam tornou a baixar. Seus olhos se abriram.

O que quer que fosse que estivera ali na velha pedreira antes, era Adam Young quem estava agora. Um Adam Young mais bem informado, mas Adam Young mesmo assim. Possivelmente mais Adam Young do que jamais fora antes.

O silêncio medonho na pedreira foi substituído por um silêncio mais familiar e reconfortante, a mera e simples ausência de ruído.

Os Eles libertados se encolheram junto à encosta de calcário, olhos fixos nele.

— Está tudo bem — disse Adam, baixinho. — Pepper? Wensley? Brian? Voltem aqui. Está tudo bem. Tudo bem. Agora eu sei tudo. E vocês precisam me ajudar. Senão vai acontecer. Vai realmente acontecer. Tudo isso vai acontecer, se a gente não fizer alguma coisa.

Os canos do encanamento de Jasmine Cottage rangeram, sacudiram e encharcaram Newt com água de cor ligeiramente cáqui. Mas estava fria. Era provavelmente a ducha fria mais fria que Newt já tomara na vida.

Não ajudou em nada.

— O céu está vermelho — disse, ao voltar. Estava se sentindo ligeiramente frenético. — Às quatro e meia da tarde. Em *agosto.* O que significa isso? Em termos de efeito positivo que causa em operadores náuticos, quem sabe? Quer dizer, se basta um céu vermelho ao cair da tarde para alegrar um marinheiro, o que é preciso para atrair a atenção do homem que opera os computadores de um superpetroleiro? Ou são pastores que ficam alegres à noite? Nunca consigo me lembrar.

Anathema olhou para o reboco no cabelo dele. A ducha não ajudara a removê-lo; simplesmente o umedecera e espalhara, de forma que Newt parecia estar usando um chapéu branco com cabelos presos nele.

— Você deve ter sofrido uma pancada e tanto — disse ela.

— Não, isso foi quando bati a cabeça na parede. Sabe, quando você...

— Sei. — Anathema olhou intrigada pela janela quebrada. — Você diria que está com cor de sangue? — perguntou. — É muito importante.

— Eu não diria isso — falou Newt, sua corrente de pensamento temporariamente represada. — Cor de sangue mesmo, não. Está mais para um rosado. A tempestade deve ter jogado muita terra no ar.

Anathema estava consultando *As Justas e Precisas Profecias.*

— O que você está fazendo? — perguntou ele.

— Tentando achar uma referência cruzada. Eu ainda não consigo ter...

— Não acho que você precise continuar — disse Newt. — Eu sei o que o restante do 3477 significa. Me ocorreu quando eu...

— Como assim, você sabe o que significa?

— Eu vi no caminho para cá. E não grite assim. Minha cabeça dói. Estou dizendo que vi. Eles escreveram isso do lado de fora daquela sua base aérea. Não tem nada a ver com pás para cavar. É "Paz é a Nossa Profissão". É o tipo de coisa que eles colocam em placas do lado de fora de bases aéreas. Você sabe: SAC Ala 8657745, Os Demônios Azuis Gritadores, Paz é a Nossa Profissão. Esse tipo de coisa. — Newt pôs as mãos na cabeça. A euforia estava definitivamente se dissipando. — Se Agnes está certa, provavelmente tem algum louco neste exato instante acionando todos os mísseis e escancarando as janelas de lançamento. Ou o que quer que elas sejam.

— Não, não tem — disse Anathema com firmeza.

— Ah, não? Eu vejo filmes! Me dê um bom motivo pelo qual você possa estar tão certa.

— Não existe bomba nenhuma ali. Nem mísseis. Todo mundo por aqui sabe disso.

— Mas é uma base aérea! Tem pistas de pouso!

— Aquilo é apenas para aviões de transporte e coisas do gênero. Tudo o que eles têm lá é equipamento de comunicações. Rádios e coisas do tipo. Nada explosivo.

Newt ficou olhando fixamente para ela.

Vejam só Crowley, correndo a quase 180km/h na M40 sentido Oxfordshire. Até mesmo o observador casual mais distraído notaria uma série de coisas estranhas nele. Os dentes trincados, por exemplo, ou o brilho vermelho fosco visível por trás dos óculos escuros. E o carro. O carro era definitivamente uma pista.

Crowley havia iniciado a jornada em seu Bentley e diabos o levassem se não iria terminá-la no Bentley também. Não que nem o tipo de fã de automóveis que possui seus próprios óculos antigos de piloto de corrida fosse capaz de dizer que aquele era um Bentley vintage. Não mais. Não teria sido capaz de dizer nem que era um Bentley. E ainda poderia apostar que aquilo nem tinha sido um carro um dia.

Não havia mais tinta nele, para começo de conversa. Poderia ainda estar preto, onde não estava um vermelho-amarronzado enferrujado e sujo, mas aquele era um preto-carvão. Viajava em sua própria bola de fogo, como uma cápsula de foguete fazendo uma reentrada particularmente difícil.

Havia uma fina camada de borracha incrustada e derretida nos aros das rodas, mas, considerando que as rodas ainda estavam de algum modo a uns dois centímetros acima da superfície da estrada, isso não parecia fazer tanta diferença para a suspensão.

O Bentley deveria ter caído aos pedaços quilômetros atrás.

Era o esforço de mantê-lo inteiro que fazia Crowley trincar os dentes e era o feedback bioespacial que causava os olhos vermelhos brilhantes. Isso e o esforço de ter que se lembrar de não começar a respirar.

Não se sentia assim desde o século XIV.

A atmosfera na pedreira agora estava mais amigável, embora ainda intensa.

— Vocês precisam me ajudar com isso — disse Adam. — As pessoas têm tentado resolver isso há milhares de anos, mas temos que resolver agora.

Eles concordaram, prestativos.

— Sabe, a coisa é — disse Adam —, esta coisa *é*, é como... Bem, vocês conhecem o Johnson Seboso.

Os Eles assentiram. Todos conheciam o Johnson Seboso e os integrantes da outra gangue em Lower Tadfield. Eram mais velhos e não muito agradáveis. Dificilmente uma semana se passava sem uma confusão com eles.

— Bem — disse Adam. — Nós sempre vencemos, não é?

— Quase sempre — retrucou Wensleydale.

— Quase sempre — acrescentou Adam. — E...

— Mais da metade das vezes, de qualquer maneira — disse Pepper. — Você lembra quando teve aquela confusão toda na festa dos velhos no centro comunitário quando a gente...

— Essa vez não conta — disse Adam. — Eles levaram tanta bronca quanto a gente. De qualquer forma, os mais velhos deveriam *gostar* de ouvir o som de crianças brincando. Já li isso em algum lugar. Não sei por que a gente é que leva bronca, só porque tem o tipo errado de adultos... — Parou. — De qualquer modo... a gente é melhor que eles.

— Ah, isso a gente é *mesmo* — disse Pepper. — Nisso você está certo. A gente é melhor que eles. A gente só não ganha sempre.

— Vamos só imaginar — disse Adam, devagar — que a gente pudesse vencer a gangue deles para valer. Mandar todos eles... Mandar todos eles pra bem longe ou dar um fim neles. Só pra gente garantir que não vai ter nenhuma outra gangue em Lower Tadfield a não ser a nossa. O que vocês acham?

— Você quer dizer que... ele seria morto? — perguntou Brian.

— Não. Só iria... só sumir, desaparecer.

Os Eles pensaram a respeito. Johnson Seboso era uma realidade da vida desde que eles eram velhos o bastante para bater uns nos outros com um trenzinho de brinquedo. Tentaram visualizar a ideia de um mundo com um vazio em forma de Johnson.

Brian coçou o nariz.

— Acho que seria muito maneiro sem o Johnson Seboso. Lembram do que ele fez no meu aniversário? E *eu* me meti em encrenca com aquilo.

— Não sei — disse Pepper. — Quer dizer, não seria tão interessante sem o velho Johnson Seboso e a gangue dele. Se você pensar bem. A gente já se divertiu muito com o velho Johnson Seboso e os Johnsonitas. A gente provavelmente teria que encontrar outra gangue ou coisa parecida.

— *Eu acho* — disse Wensleydale — que se você perguntar às pessoas de Lower Tadfield, elas diriam que estariam melhor sem os Johnsonitas *e sem* os Eles.

Até Adam ficou chocado com essa observação. Wensleydale continuou, estoico:

— O clube dos velhos diria isso. Picky também. E...

— Mas nós somos os bonzinhos... — começou Brian. Hesitou. — Tá, ok — disse ele —, mas aposto que eles achariam tudo bem menos interessante se nós todos não estivéssemos aqui.

— Sim — disse Wensleydale. — Foi isso que eu quis dizer. As pessoas por aqui não querem nós *nem* os Johnsonitas — continuou ele, morosamente —, do jeito que elas estão sempre reclamando de nós só por andarmos de bicicleta ou skate nas calçadas delas e fazendo muito barulho e tal. É que nem o homem disse nos livros de história. "Uma placa em ambas as vossas casas."

Fizeram silêncio.

— Uma daquelas azuis — disse Brian, por fim. — Dizendo "Adam Young Viveu Aqui", ou coisa parecida?

Normalmente uma abertura dessas poderia levar a cinco minutos de discussão divagante quando os Eles estavam a fim, mas Adam sentia que aquele não era o momento.

— O que vocês todos estão dizendo — resumiu, em seu melhor tom de presidente — é que não seria bom se os Johnsonitas Sebosos vencessem os Eles ou vice-versa?

— Isso — disse Pepper. — Porque, se vencêssemos eles, teríamos que ser nossos próprios inimigos mortais. Seríamos eu e Adam contra Brian e Wensley. — E se sentou. — Todo mundo precisa de um Johnson Seboso.

— É — disse Adam. — Foi isso que eu pensei. Não é bom se alguém sai vencendo. Foi o que pensei. — Ele olhou para Cão, ou através dele.

— Pra mim parece simples — disse Wensleydale, recostando-se. — Não sei por que levou milhares de anos pra isso ser resolvido.

— É porque as pessoas que tentaram resolver isso eram homens — disse Pepper, enfática.

— Não vejo por que você tem que tomar partido — disse Wensleydale.

— Lógico que eu tenho que tomar partido — disse Pepper. — Todo mundo tem que tomar partido em *alguma coisa.*

Adam pareceu chegar a uma decisão.

— Sim. Mas acho que você pode criar seu próprio lado. Acho melhor vocês irem pegar suas bicicletas — falou, baixinho. — Acho que é melhor a gente ir e falar com umas pessoas.

Putputputputputput, fazia o motor da lambreta de Madame Tracy percorrendo a Crouch End High Street. Era o único veículo se movendo por uma rua dos arredores de Londres totalmente repleta de carros, táxis e ônibus vermelhos londrinos imóveis.

— Nunca vi um engarrafamento como este — disse Madame Tracy. — Será que houve algum acidente?

— *É bem possível* — disse Aziraphale, e então: — Sr. Shadwell, a menos que ponha seus braços ao meu redor, o senhor vai cair. Esta coisa não foi feita para duas pessoas, sabia?

— Três — resmungou Shadwell, agarrando o banco com uma das mãos exibindo os nós dos dedos brancos, e o mosquete com a outra.

— Sr. Shadwell, não vou falar outra vez.

— Então vais ter que parar pra eu ajeitar a arma. — Shadwell suspirou.

Madame Tracy deu uma risadinha, mas encostou no meio-fio e parou a lambreta.

Shadwell se ajeitou e colocou dois braços relutantes ao redor de Madame Tracy, enquanto o mosquete ficava entre os dois como uma dama de companhia.

E lá se foram eles debaixo de chuva sem conversar por mais dez minutos, *putputputputput,* enquanto Madame Tracy driblava carros e ônibus com cuidado.

Madame Tracy se flagrou olhando para o velocímetro — coisa boba, pensou ela, já que aquilo não funcionava desde 1974, e mesmo antes já não funcionava muito bem.

— *Cara senhora, a quanto a senhora disse que estávamos indo?* — perguntou Aziraphale.

— Por quê?

— *Porque parece que iríamos ligeiramente mais rápido se fôssemos a pé.*

— Bem, quando estou sozinha, a velocidade máxima é mais ou menos 25km/h, mas com o Sr. Shadwell também, ela deve ser, aah, cerca de...

— *Seis ou oito quilômetros por hora* — interrompeu ela.

— Acho que sim — concordou ela.

Ouviu-se uma tosse logo atrás.

— Num dá pra reduzir a velocidade desta máquina infernal, mulher? — perguntou uma voz cansada.

No panteão infernal, que ele obviamente odiava de modo reto e certo, Shadwell reservava um ódio especial pelos demônios amantes da alta velocidade.

— *Neste caso* — disse Aziraphale —, *chegaremos a Tadfield em pouco menos de dez horas.*

Madame Tracy fez uma pausa, e então:

— A que distância fica essa tal de Tadfield?

— *Cerca de 65 quilômetros.*

— Hum — disse Madame Tracy, que uma vez percorrera de lambreta os poucos quilômetros até Finchley, ali perto, para visitar sua sobrinha, mas desde então passara a pegar o ônibus, por causa dos barulhinhos engraçados que a lambreta começara a fazer no caminho de volta.

— ... *nós deveríamos realmente estar indo a cerca de 110km/h, se quiséssemos chegar lá a tempo* — disse Aziraphale. — *Hum. Sargento Shadwell? Segure-se bem firme agora.*

Putputputputput e uma luz azul começou a envolver a lambreta e seus ocupantes com uma espécie de halo suave, como o eco de uma imagem ao redor.

Putputputputputput e a lambreta se ergueu desajeitada do solo sem nenhum meio visível de apoio, se sacudindo de leve, até atingir a altura de um metro e meio, mais ou menos.

— *Não olhe para baixo, Sargento Shadwell* — avisou Aziraphale.

— ... — disse Shadwell, os olhos fechados, a testa cinzenta encharcada de suor, sem olhar para baixo, sem olhar para lugar nenhum.

— *Bem, lá vamos nós.*

Em todo *blockbuster* de ficção científica existe o momento em que uma espaçonave do tamanho de Nova York atinge de repente a velocidade da luz. Um som vibratório parecido com o de uma régua de madeira batendo na quina de uma mesa, uma refração de luz ofuscante, e subitamente todas as estrelas viram tracinhos finos e a nave desaparece. Foi exatamente assim, só que em vez de uma espaçonave reluzente de vinte quilômetros de diâmetro, era uma lambreta encardida de vinte anos de idade. E não teve efeitos especiais de arco-íris. E provavelmente não estava indo a muito mais que 300km/h. E em vez de um ruído fino ficando cada vez mais agudo, ela só fez *putputputputput...*

Vroooosh.

Mas que foi exatamente assim, foi.

No ponto em que a M25, agora um anel congelado, cruza com a M40 em Oxfordshire, a polícia estava aglomerada em quantidades cada vez maiores. Desde que Crowley atravessara a divisa, meia hora antes, seu número havia duplicado. Do lado da M40, pelo menos. Ninguém em Londres estava conseguindo sair.

Além da polícia, havia também cerca de duzentos outros espectadores ao redor, inspecionando a M25 com binóculos. Entre eles estavam representantes do Exército de Sua Majestade, do Esquadrão Antibombas, do MI5, do MI6, da Divisão Especial e da CIA. Havia também um sujeito vendendo cachorro-quente.

Todo mundo estava ensopado e com frio, intrigado e irritado, com a exceção de um policial, que estava ensopado, com frio, intrigado, irritado e exasperado.

— Escute, não estou nem aí se você acredita em mim ou não. — Suspirou. — Só estou dizendo o que eu vi. Era um carro velho, um Rolls, ou Bentley, um daqueles carros vintage, e ele passou por cima do viaduto.

Um dos técnicos sênior do Exército interrompeu.

— Impossível. Segundo nossos instrumentos, a temperatura sobre a M25 ultrapassa agora os setecentos graus centígrados.

— Ou os 140 negativos — acrescentou seu assistente.

— ... Ou os 140 negativos — concordou o técnico sênior. — Parece haver alguma confusão quanto a esse número, mas acho que podemos atribuir isso seguramente a um erro mecânico de algum tipo,* no entanto, permanece o fato de que não podemos sequer colocar um helicóptero sobre a M25 sem acabar com um helicóptero McNuggets. Como é possível você vir me dizer que um carro vintage passou acima dela intacto?

— Eu não disse que ele passou acima dela intacto — corrigiu o policial, que estava considerando largar a Polícia Metropolitana e trabalhar com o

* Isto era verdade. Não havia termômetro na Terra que pudesse ser convencido a registrar 700°C e -140°C ao mesmo tempo, mas era a temperatura correta.

irmão, que iria pedir demissão da Companhia Elétrica para se dedicar a criar galinhas. — Ele pegou fogo. Só que continuou seguindo em frente.

— Você espera mesmo que a gente acredite... — começou alguém.

Um ruído bem agudo, estranho e apavorante. Como mil gaitas de vidro sendo tocadas em uníssono, todas ligeiramente desafinadas; como o som das moléculas do próprio ar gemendo de dor.

E *Vrooosh.*

Por sobre suas cabeças ela disparou, a doze metros do solo, engolfada num halo azul-escuro que ficava avermelhado nas bordas: uma pequena lambreta branca, pilotada por uma senhora de meia-idade com capacete rosa, e, agarrado firme a ela, um baixinho de capa de chuva e um capacete verde-limão (a lambreta estava muito distante no alto para alguém conseguir ver que seus olhos estavam bem fechados, mas estavam).

A mulher gritava. O que ela gritava era:

— Gerôôônimoooo!

Uma das vantagens do Wasabi, como Newt não se cansava de apontar, era que, em caso de uma avaria séria, nem dava para perceber. Newt tinha que continuar dirigindo o Dick Turpin pelo acostamento para evitar galhos caídos.

— Você me fez derrubar todas as fichas no chão!

O carro voltou para a estrada aos trancos e barrancos; uma vozinha de algum lugar debaixo do porta-luvas disse:

— Aréruta de puressão de óreo.

— Nunca vou conseguir colocar tudo em ordem agora — lamentou.

— Não precisa — disse Newt, irritado. — Pegue uma. Qualquer uma. Não vai fazer diferença.

— Como assim?

— Bem, se Agnes está certa, e nós estamos fazendo tudo isto porque ela previu, qualquer ficha *apanhada neste instante* tem que ser relevante. É lógico.

— É bobagem.

— Sério? Preste atenção, você está *aqui* porque ela previu. E você já parou pra pensar no que vai dizer ao coronel? Se é que vamos chegar a vê-lo, o que, é lógico, não vai acontecer.

— Se formos razoáveis...

— Escute aqui, eu conheço esse tipo de lugar. Eles têm guardas enormes lá vigiando os portões, Anathema, e eles usam capacetes brancos e armas de verdade, sabe, daquelas que disparam balas de verdade, que são feitas de chumbo de verdade e que podem entrar direto em você, ricochetear lá dentro e sair pelo mesmo buraco antes que você consiga dizer "Com licença, temos motivos para acreditar que a Terceira Guerra Mundial está prestes a estourar a qualquer momento e o show vai rolar bem aqui", e em seguida aparecem homens de terno com paletós estufados que levam você para um quartinho sem janelas e fazem perguntas como, se você é, ou já foi algum dia, integrante de alguma organização subversiva socialista como, por exemplo, qualquer partido político britânico? E...

— Estamos quase lá.

— Escute, a base tem portões, cercas de arame e tudo mais! E provavelmente o tipo de cães que comem gente!

— Acho que você está ficando agitado demais — disse Anathema baixinho, apanhando a última das fichas do chão do carro.

— Agitado demais? Não! Estou ficando muito calmamente preocupado com a possibilidade de alguém poder me dar um tiro!

— Tenho certeza de que Agnes teria mencionado se fôssemos levar um tiro. Ela é muito boa nesse tipo de coisa. — Começou a embaralhar as fichas distraidamente. — Sabe — continuou, cortando as fichas e misturando as duas pilhas. — Li em algum lugar que existe uma seita que acredita que computadores são ferramentas do Diabo. Dizem que o Armagedom virá porque o Anticristo será alguém bom em computação. Parece que está mencionado em algum lugar do Livro do Apocalipse. Acho que li isso num jornal há um tempo...

— *Daily Mail.* "Carta da América". Hum. Três de agosto — disse Newt. — Logo depois da história da mulher em Worms, Nebraska, que ensinou o pato a tocar acordeão.

— Hum — disse Anathema, espalhando as fichas de cabeça para baixo no colo.

Então computadores são ferramentas do Diabo?, pensou Newt. Ele não tinha problema em acreditar nisso. Computadores tinham que ser as ferramentas de *alguém,* e ele só sabia com certeza que não eram dele.

O carro foi freado até parar. A base aérea parecia estar caindo aos pedaços. Várias árvores grandes haviam tombado perto da entrada, e alguns homens tentavam tirá-las do lugar com uma pá. O guarda de serviço os observava com desinteresse, mas meio que se virou e olhou com frieza para o carro.

— Tudo bem — disse Newt. — Pegue um cartão.

3001

Atras do Ninho da aguia
um FrEixo destruido caiu.

— Só?

— Só. Sempre achamos que tivesse algo a ver com a Revolução Russa. Continue ao longo desta estrada e vire à esquerda.

A curva levou a uma pista estreita, com a cerca do perímetro da base no lado esquerdo.

— E agora estacione aqui. Sempre há muitos carros nessa área, e ninguém presta a menor atenção — disse Anathema.

— Que lugar é este?

— É o Motel das Estrelas local.

— É por isso que ele parece ser pavimentado com látex?

Caminharam ao longo da pista ladeada por cercas vivas por cem metros até chegarem ao freixo. Agnes tinha razão. Estava bem destruído. Caíra exatamente em cima da cerca.

Um guarda estava sentado ali, fumando um cigarro. Era negro. Newt sempre se sentira culpado na presença de afro-americanos, caso o culpassem por duzentos anos de tráfico de escravos.

O homem se levantou quando eles se aproximaram e então assumiu uma postura mais tranquila.

— Ah, oi, Anathema — disse ele.

— Oi, George. Que tempestade braba, né?

— Com certeza.

Continuaram caminhando. Ele os observou até sumirem de vista.

— Você conhece ele? — perguntou Newt, com tranquilidade forçada.

— Ah, sim. Às vezes alguns deles vão até o pub. São bem simpáticos de uma maneira meio tosca.

— Será que ele atiraria em nós se entrássemos? — perguntou Newt.

— Talvez ele apontasse uma arma para nós de forma ameaçadora — admitiu Anathema.

— Para mim isso já está de bom tamanho. O que sugere que façamos?

— Bem, Agnes devia saber de alguma coisa. Então acho que a gente deve apenas esperar. Não está tão ruim agora que o vento acalmou.

— Ah. — Newt olhou para as nuvens empilhadas no horizonte. — A boa e velha Agnes — disse ele.

Adam pedalava continuamente pela estrada, Cão correndo atrás e de vez em quando tentando morder o pneu traseiro pela empolgação.

Ouviu-se um estalo, e Pepper se desviou de seu caminho. Era fácil distinguir a bicicleta de Pepper. Ela achava que a tinha aperfeiçoado com um pedaço de papelão colocado inteligentemente na roda por um prendedor de roupas. Gatos haviam aprendido a adotar uma ação evasiva quando ela estava a duas ruas de distância.

— Acho que dá pra gente cortar pela Drovers Lane e depois pegar a Roundhead Woods.

— Está toda cheia de lama — protestou Adam.

— Isso mesmo — disse Pepper, nervosa. — Lá em cima ela fica toda enlameada. A gente devia ir pela jazida de calcário. Está sempre seca por causa do calcário. E depois subir pela estação de tratamento de água.

Brian e Wensleydale pararam atrás dos dois. A bicicleta de Wensleydale era preta, reluzente e robusta. A de Brian podia ter sido branca um dia, mas a cor estava perdida por baixo de uma grossa camada de lama.

— É burrice chamar aquilo de base militar — disse Pepper. — Eu fui lá uma vez quando tiveram aquele dia aberto ao público e não tinha armas nem mísseis nem nada. Só alavancas, mostradores, além de bandas tocando.

— É — disse Adam.

— Alavancas e mostradores não são lá tão militares assim.

— Não sei, não — respondeu Adam. — É incrível o que dá para fazer com alavancas e mostradores.

— Eu ganhei um kit no Natal — disse Wensleydale. — De eletricidade. Tinha algumas alavancas e mostradores. Dava pra fazer um rádio ou uma coisa que faz bipe.

— Não sei — disse Adam, pensativo. — Estou pensando mais em certas pessoas entrando na rede militar mundial de comunicações e dizendo a todos os computadores e coisas assim pra começarem a lutar.

— Caramba — disse Brian. — Isso seria *sinistro.*

— Mais ou menos — disse Adam.

É um destino elevado e solitário ser Presidente da Associação de Moradores de Lower Tadfield.

R.P. Tyler, baixinho, bem-alimentado e satisfeito, descia uma pista campestre, acompanhado pelo poodle miniatura de sua esposa, Shutzi. R.P. Tyler sabia a diferença entre certo e errado; não havia subtons morais de qualquer espécie em sua vida. Mas não estava satisfeito simplesmente em saber a diferença entre o certo e o errado. Ele se sentia na obrigação de espalhar isso pelo mundo.

Mas R.P. Tyler não era daqueles que debatiam em praça pública ou escreviam versos polêmicos. O fórum escolhido por R.P. Tyler era a seção de cartas do *Tadfield Advertiser.* Se a árvore de um vizinho tivesse a audácia de deixar cair folhas no jardim de R.P. Tyler, R.P. Tyler primeiro as varreria todas cuidadosamente e as colocaria em caixas, que deixaria à porta do vizinho com um bilhete. Em seguida, escreveria uma carta para o *Tadfield Advertiser.*

Se avistasse adolescentes sentados no gramado da praça central do vilarejo com seus toca-fitas portáteis, e eles por acaso estivessem se divertindo, tomaria para si a tarefa de apontar para eles o problema daquilo. E, depois de fugir das vaias, escreveria para o *Tadfield Advertiser* sobre o Declínio da Moralidade e a Juventude de Hoje.

Desde sua aposentadoria no ano anterior, as cartas haviam aumentado ao ponto de nem mesmo o *Tadfield Advertiser* ser capaz de publicá-las todas. Na verdade, a carta que R.P. Tyler havia terminado antes de sair em seu passeio vespertino começava assim:

Senhores,

É com pesar que noto que os jornais de hoje já não se sentem na obrigação de atender ao seu público, nós, as pessoas que pagam seus salários...

Ele inspecionou os galhos caídos que atulhavam a estreita estrada campestre. Não acho, ponderou ele, que eles pensem na conta da limpeza quando nos enviam essas tempestades. O Conselho Distrital é que tem que pagar a conta para limpar isso tudo. E *nós,* os contribuintes, é que pagamos os salários deles...

Os *eles* nesse pensamento eram os meteorologistas da Radio Four,* os quais R.P. Tyler culpava pelo tempo.

Shutzi parou ao lado de uma faia na beira da estrada para levantar a perninha.

R.P. Tyler desviou o olhar, envergonhado. Poderia até ser que o único propósito de seu passeio vespertino fosse permitir que o cão se aliviasse, mas nunca iria admitir isso a si mesmo. Olhou para as nuvens de tempestade. Estavam agrupadas bem alto, em imensas pilhas de cinza manchado e preto. Não eram somente as línguas sibilantes de relâmpagos que se abriam em forquilhas perante eles como a sequência de abertura de algum filme de Frankenstein; era o jeito como elas paravam ao alcançar os limites de Lower Tadfield. E em seu centro havia um trecho circular de luz do sol; mas a luz tinha uma qualidade amarelada e distendida, como a de um sorriso forçado.

Estava tudo tão quieto.

De repente, ouviu-se um rugido baixo.

Percorrendo a pista estreita vinham quatro motocicletas. Elas passaram por ele em disparada e viraram a esquina, assustando um faisão que atravessou apressado a pista num arco nervoso de castanho-avermelhado e verde.

— Vândalos! — gritou R.P. Tyler quando passaram.

O campo não era para pessoas como eles. Era para pessoas como ele.

Puxou a guia de Shutzi e seguiu marchando pela estrada.

* Ele não tinha televisão. Ou, como sua esposa definiu: "Ronald não quer uma dessas coisas em casa, não é, Ronald?" E ele sempre concordava, embora secretamente pudesse gostar de ver um pouco da pornografia e da violência de que a Associação Nacional de Espectadores e Ouvintes reclamava. Não porque quisesse ver, lógico, mas só porque queria saber do que as outras pessoas deveriam ser protegidas.

Cinco minutos depois virou a esquina, para encontrar três dos motociclistas em pé ao redor de uma placa de sinalização caída, vítima da tempestade. O quarto, um homem alto com visor espelhado, continuava montado na moto.

R.P. Tyler observou a situação e chegou sem esforço a uma conclusão. Aqueles vândalos — naturalmente, ele estivera certo — tinham vindo ao campo para profanar o Memorial de Guerra e derrubar placas de sinalização.

Já ia avançar sobre eles com severidade quando lhe ocorreu que estava em desvantagem numérica, quatro para um, que eram mais altos do que ele e que eram sem dúvida psicopatas violentos. Ninguém senão um psicopata violento andava de moto no mundo de R.P. Tyler.

Então ele levantou o queixo e começou a passar por eles, sem aparentemente reparar que estavam lá,* o tempo todo compondo em sua cabeça uma carta (Senhores, este fim de tarde notei com pesar um grande número de baderneiros de motocicletas infestando Nossa Boa Vizinhança. Por que, ó, por que o governo nada faz a respeito desta praga de...).

— Oi — disse um dos motoqueiros, levantando a viseira para revelar um rosto magro e uma barba preta muito bem aparada. — Estamos meio perdidos.

— Ah — disse R.P. Tyler em tom de reprovação.

— A placa de sinalização deve ter sido arrancada pela ventania — disse o motoqueiro.

— É, acho que sim — concordou R.P. Tyler. Notou com surpresa que estava ficando com fome.

— É. Bom, estamos indo para Lower Tadfield.

Uma sobrancelha inoportuna se ergueu.

— Vocês são americanos. Da base aérea, suponho. (Senhores, quando servi no Exército, eu era um exemplo para o meu país. Noto com horror e desgosto que aeronautas da Base Aérea de Tadfield estão andando em motos por nosso nobre interior vestidos como meliantes comuns. Ainda que eu aprecie a importância deles na defesa da liberdade do mundo ocidental...)

Então seu amor por dar instruções assumiu o controle.

— Voltem oitocentos metros pela estrada, virem a primeira à esquerda, está num estado deplorável, lamento informar, escrevi inúmeras cartas para a prefeitura a respeito, vocês são *servidores* civis ou *senhores* civis, foi o que

* Embora, como integrante (leia-se fundador) de sua seção local da Patrulha da Vizinhança, ele tivesse tentado memorizar os números das placas das motos.

perguntei a eles, afinal, quem paga seus salários?, então segunda à direita, só que não é exatamente à direita, é à esquerda, mas vocês vão descobrir que ela acaba virando para a direita, tem uma placa de sinalização indicando Porrit's Lane, mas naturalmente não é Porrit's Lane, é só olhar para o mapa da região que vocês verão, é simplesmente a extremidade oeste de Forest Hill Lane, vocês vão sair no vilarejo, agora vocês passam pelo Bull and Fiddle... isso é um pub... então quando vocês chegarem à igreja (eu disse ao pessoal da Ordnance Survey que faz os mapas que aquilo é uma igreja com um *pináculo,* não uma igreja com uma *torre,* na verdade eu escrevi para o *Tadfield Advertiser*, sugerindo que eles fizessem uma campanha local para corrigir o mapa, e tenho muita esperança de que, assim que essas pessoas perceberem com quem estão lidando, vão dar meia-volta volver rapidinho), então vocês vão chegar a um cruzamento, aí sigam reto por esse cruzamento e vão imediatamente chegar a um segundo cruzamento, agora, vocês podem pegar a pista da esquerda ou seguir reto, qualquer um dos caminhos vai levar vocês à base aérea (embora a pista da esquerda seja quase cem metros mais curta), não tem como errar.

Fome olhou para ele de forma inexpressiva.

— Eu, ahn, acho que não entendi... — começou ele.

Eu entendi. Vamos.

Shutzi latiu e disparou para trás de R.P. Tyler, onde ficou, tremendo.

Os estranhos voltaram a montar em suas motos. O de branco (um hippie, pelas aparências, pensou R.P. Tyler) deixou cair um pacote de batatas fritas vazio no acostamento gramado.

— *Com licença* — bradou Tyler. — Esse pacote de batatas fritas é seu?

— Ah, não só meu — disse o rapaz. — É *de todo mundo.*

R.P. Tyler se elevou em toda sua estatura.*

— Jovem — disse ele —, como se sentiria se eu fosse até sua casa e jogasse lixo por toda parte?

Poluição sorriu com alegria.

— Muito, muito satisfeito. — Deu um suspiro. — Ah, seria *maravilhoso.*

Debaixo de sua moto, uma poça de óleo fazia um arco-íris na estrada molhada.

Os motores começaram a funcionar.

— Perdi uma parte — disse Guerra. — Por que a gente tem que dar meia-volta volver na igreja?

* Um metro e sessenta e sete centímetros.

BASTA ME SEGUIREM, disse o mais alto na frente, e os quatro partiram juntos.

R.P. Tyler ficou olhando a partida, até sua atenção ser desviada pelo som de alguma coisa fazendo *claclaclaclac.* Virou-se. Quatro figuras em bicicletas passaram por ele em disparada, seguidas de perto pela figura saltitante de um cãozinho.

— Vocês! Parem! — gritou R.P. Tyler.

Os Eles frearam e olharam para ele.

— Eu sabia que era você, Adam Young, e seu pequeno, hmf, bando. Posso saber o que vocês, crianças, estão fazendo aqui fora a esta hora da noite? Seus pais sabem que vocês estão aqui fora?

O líder dos ciclistas se virou.

— Não sei como você pode dizer que é *tarde* — disse ele. — Eu acho, *eu acho,* que se ainda tem sol então não é *tarde.*

— Mas já passou da hora de vocês dormirem — R.P. Tyler informou a eles —, e não dê a língua para mim, mocinha — isto foi para Pepper — ou vou escrever uma carta para sua mãe informando a ela do estado lamentável e pouco feminino dos modos da filha dela.

— Bem, *com licença* — disse Adam, irritado. — Pepper só estava olhando para o senhor. Não sabia que havia alguma lei contra *olhar.*

Houve uma comoção na grama.

Shutzi, que era um poodle francês particularmente refinado, do tipo só possuído por gente incapaz de encaixar crianças em seus orçamentos familiares, estava sendo ameaçado por Cão.

— Senhor Young — ordenou R.P. Tyler. — Por favor, afaste seu... seu *vira-lata* do meu Shutzi. — Tyler não confiava em Cão.

Quando conhecera o cachorro, três dias antes, o animal havia rosnado para ele, os olhos brilhando, vermelhos. Isso havia impelido Tyler a começar uma carta ressaltando que Cão estava sem dúvida infectado com raiva, certamente um perigo para a comunidade, e deveria ser sacrificado pelo Bem Comum, até sua esposa argumentar que olhos vermelhos e brilhando não eram sintoma de raiva, nem de qualquer coisa vista fora do tipo de filme a que nenhum dos Tyler admitiria assistir nem sob tortura, mas sobre o qual sabiam tudo o que era necessário saber a respeito, muito obrigado.

Adam pareceu ficar atônito.

— Cão não é um *vira-lata.* Cão é um cão extraordinário. Ele é esperto. *Cão,* saia de perto do horrível poodle do Sr. Tyler.

Cão o ignorou. Ainda tinha muito atraso para tirar com cachorros.

— *Cão* — disse Adam, ameaçador.

O animal voltou cabisbaixo para a bicicleta do dono.

— Acho que você não respondeu à minha pergunta. Para onde vocês quatro estão se dirigindo?

— Para a base aérea — respondeu Brian.

— *Se* estiver tudo bem com o senhor — disse Adam, com o que esperava que fosse um sarcasmo irônico. — Quer dizer, não queremos ir lá se pro senhor não estiver tudo bem.

— Seu menininho debochado — disse R.P. Tyler. — Quando eu encontrar seu pai, Adam Young, vou informar a ele diretamente que...

Mas os Eles já estavam pedalando pela estrada, em direção à Base Aérea de Lower Tadfield — seguindo a rota dos Eles, que era mais curta, mais simples e mais bonita que a sugerida pelo Sr. Tyler.

R.P. Tyler havia escrito uma extensa carta mental sobre as falhas na juventude de hoje. Ela cobria padrões educacionais fracassados, a falta de respeito com os mais velhos e superiores, o jeito como sempre pareciam andar arrastando os pés em vez de caminhar com uma postura adequada, delinquência juvenil, a volta do serviço militar obrigatório, surras de vara de marmelo, palmatórias e licenças de cachorros.

Ficou muito satisfeito com a carta. Tinha uma leve suspeita de que seria boa demais para o *Tadfield Advertiser* e decidiu enviá-la para o *Times*.

Putputput putputput

— Com licença, querido — disse uma doce voz feminina. — Acho que estamos perdidos.

Era uma lambreta velha pilotada por uma mulher de meia-idade. Agarrando-a com força, os olhos completamente fechados, um homenzinho com capa de chuva e um capacete verde-limão. Entre os dois estava o que parecia ser uma arma antiga com um cano em forma de funil.

— Ah. Para onde estão indo?

— Lower Tadfield. Não tenho certeza do endereço exato, mas estamos procurando por alguém — disse a mulher. Então, numa voz totalmente diferente: — *O nome dele é Adam Young.*

R.P. Tyler ficou boquiaberto.

— A senhora está *procurando* aquele garoto? O que foi que ele fez agora... Não, não, não me diga. Não quero saber.

— Garoto? — perguntou a mulher. — Você não me disse que era um garoto. Qual é a idade dele? — Então ela mesma respondeu: — *Ele tem 11 anos.* Bem, queria que você tivesse mencionado isso antes. As coisas passam a mudar inteiramente de figura.

R.P. Tyler se limitou a ficar olhando para ela. Então percebeu o que estava se passando. A mulher era ventríloqua. O que ele supusera ser um homem de capacete verde era um boneco de ventríloquo, percebia agora. Ficou pensando como poderia ter achado que aquilo era humano. Sentiu que a coisa toda era de um ligeiro mau gosto.

— Eu vi Adam Young há menos de cinco minutos — disse à mulher. — Ele e seus moleques estavam a caminho da base aérea americana.

— Ai, meu Deus — disse a mulher, empalidecendo. — Nunca gostei dos ianques. *Mas são pessoas muito boas, sabia?* Sim, mas não dá pra confiar em pessoas que pegam a bola com as mãos o tempo todo quando jogam futebol.

— Ahh, com licença — disse R.P. Tyler. — Acho que isso é muito bom. Impressionante. Sou presidente adjunto do Rotary local, e estava aqui me perguntando se a senhora faz espetáculos particulares?

— Só às quintas — disse Madame Tracy, num tom reprovador. — E cobro extra. *E será que o senhor podia nos mostrar o caminho da...*

O Sr. Tyler já passara por isso antes. Sem dizer palavra, estendeu um dedo.

E a pequena lambreta saiu fazendo *putputputputputput* pela estradinha.

Nesse instante, o boneco cinzento de capacete verde se virou e abriu um olho.

— Seu idiota sulista — resmungou.

R.P. Tyler ficou ofendido, mas também decepcionado. Achou que o boneco seria mais realista.

R.P. Tyler parou, a apenas dez minutos do vilarejo, enquanto Shutzi tentava outra função de seu amplo espectro de funções eliminatórias. Ele espiou por cima da cerca.

Seu conhecimento das tradições do campo era um pouco nebuloso, mas tinha quase certeza de que, se as vacas estivessem deitadas, significava chuva. Se estivessem de pé, o tempo provavelmente ficaria bom. Aquelas vacas estavam se revezando na execução de cambalhotas lentas e solenes, e Tyler ficou se perguntando o que isso significaria como indicação do tempo.

Respirou fundo. Alguma coisa estava queimando: havia um odor desagradável de metal, borracha e couro queimados.

— Com licença — disse uma voz atrás dele. R.P. Tyler se virou.

Havia um carro enorme outrora preto pegando fogo na estradinha e um homem de óculos escuros curvado para fora de uma janela, dizendo através da fumaça:

— Desculpe, acabei me perdendo um pouco. Pode me dizer onde fica a Base Aérea de Lower Tadfield? Sei que fica por aqui em algum lugar.

Seu carro está pegando fogo.

Não. Tyler não conseguiria falar isso. Quer dizer, o homem tinha que saber o que estava acontecendo, não tinha? Estava sentado no meio do incêndio. Devia ser alguma pegadinha.

Então, em vez disso, ele disse:

— Acho que você deve ter feito uma curva errada mais ou menos um quilômetro atrás. Uma placa de sinalização foi derrubada pela ventania.

O estranho sorriu.

— Deve ter sido isso — disse ele.

As chamas cor de laranja tremeluzindo atrás dele lhe davam um aspecto quase infernal. O vento soprou na direção de Tyler, atravessando o carro, e ele sentiu as sobrancelhas sendo chamuscadas.

Com licença, jovem, mas seu carro está pegando fogo e você está sentado nele sem se queimar e, por falar nisso, o carro está incandescente em alguns lugares.

Não.

Será que não deveria perguntar ao homem se gostaria que ele ligasse para algum lugar para acionar o seguro do carro?

Em vez disso, deu as instruções do caminho com precisão, tentando não olhar fixamente para ele.

— Perfeito. Muito obrigado — disse Crowley, e começou a levantar o vidro.

R.P. Tyler tinha de dizer alguma coisa.

— Com licença, meu rapaz.

— Sim?

Quer dizer, não é o tipo de coisa que você não notaria, seu carro pegando fogo.

Uma língua de fogo lambeu o painel esturricado.

— Que tempinho estranho estamos tendo ultimamente, não é? — falou, sem jeito.

— Ah, é? — comentou Crowley. — Sinceramente, eu não tinha notado. — E voltou pela estradinha campestre em seu carro em chamas.

— Provavelmente porque seu carro está pegando fogo — disse R.P. Tyler. Puxou a guia de Shutzi, arrastando o cãozinho aos seus pés.

Ao Editor
Senhor,

Gostaria de chamar sua atenção para uma recente tendência que notei da juventude de hoje em ignorar precauções perfeitamente sensatas ao dirigir. Esta noite um rapaz que parou para me pedir informações estava com o carro...

Não.

Dirigia um carro que...

Não.

Estava pegando fogo...

O humor piorando, R.P. Tyler seguiu o resto do caminho até o vilarejo pisando nas tamancas.

— Ei! — gritou R.P. Tyler. — Young!

O Sr. Young estava no jardim na frente de sua casa, sentado em sua espreguiçadeira, fumando seu cachimbo.

Isso tinha mais a ver com a recente descoberta que Deirdre fizera dos perigos do fumo passivo e a subsequente proibição do fumo dentro de casa do que ele gostaria de admitir aos vizinhos. Isso não melhorara seu humor. Nem ser chamado só de "Young" pelo Sr. Tyler.

— Sim?

— Seu filho, Adam.

O Sr. Young suspirou.

— O que ele fez agora?

— Sabe onde ele está?

O Sr. Young verificou o relógio.

— Está se preparando para dormir, suponho.

Tyler abriu um sorriso rígido e triunfante.

— Duvido. Acabei de vê-lo juntamente com os amiguinhos endiabrados dele, além daquele vira-lata pavoroso, indo de bicicleta até a base aérea, há menos de meia hora.

O Sr. Young deu uma baforada do cachimbo.

— Você sabe como eles são rigorosos por lá — disse o Sr. Tyler, caso o Sr. Young não tivesse captado a mensagem. — Você sabe como seu filho gosta de apertar botões e coisas do gênero — acrescentou.

O Sr. Young tirou o cachimbo da boca e examinou, com um ar pensativo, o cabo.

— Hnf — disse. — Sei — disse. — Certo.

E entrou em casa.

Exatamente naquele mesmo instante, quatro motos pararam bruscamente a poucas centenas de metros do portão principal. Os motoqueiros desligaram os motores e levantaram as viseiras dos capacetes. Ou três deles, pelo menos.

— Eu achava que a gente fosse passar por cima da barreira — disse Guerra, empolgada.

— Isso só causaria problemas — respondeu Fome.

— Perfeito.

— Quer dizer, problemas para nós. As linhas de telefonia e eletricidade devem estar desativadas, mas eles devem ter geradores e certamente possuem rádio. Se alguém começar a relatar que terroristas invadiram a base, então as pessoas vão começar a agir logicamente, e o Plano inteiro cai por terra.

— Humm.

NÓS ENTRAMOS, FAZEMOS O SERVIÇO, SAÍMOS, DEIXAMOS A NATUREZA HUMANA SEGUIR SEU CURSO, disse Morte.

— Não foi assim que eu imaginei que seria, companheiros — disse Guerra. — Não esperei milhares de anos só pra mexer com pedacinhos de fio. Isso não é o que se pode chamar de *dramático*. Albrecht Dürer não perdeu tempo fazendo xilogravuras dos Quatro Apertadores de Botões do Apocalipse, isso eu sei.

— *Cara senhora, a quanto a senhora disse que estávamos indo?* — perguntou Aziraphale.

— Por quê?

— *Porque parece que iríamos ligeiramente mais rápido se fôssemos a pé.*

ver página 303

Leonardo da Vinci

— Achei que haveria som de trombetas — disse Poluição.

— Veja da seguinte maneira — disse Fome. — Isto é só o trabalho de base. Vamos cavalgar mais tarde. A cavalgada de verdade. Asas da tempestade e aquela coisa toda. Você precisa ser flexível.

— Não era para encontrarmos... alguém? — perguntou Guerra.

Não havia som algum, a não ser os ruídos metálicos dos motores das motocicletas esfriando.

Então Poluição disse, bem devagar:

— Sabem, também não posso dizer que imaginava que seria num lugar desses... Achei que seria, bem, numa cidade grande. Ou num país grande. Nova York, talvez. Ou Moscou. Ou a própria Armagedom.

Outra pausa.

Então Guerra falou:

— Onde *fica* Armagedom, por falar nisso?

— Engraçado você perguntar — disse Fome. — Eu sempre quis pesquisar isso.

— Existe uma Armagedom na Pensilvânia — disse Poluição —, ou talvez Massachusetts, um lugar desses. Muitos caras de barbas compridas e chapéus pretos sérios.

— Não — disse Fome. — Acho que fica em algum lugar em Israel.

MONTE CARMELO.

— Pensei que fosse lá que eles cultivassem abacates.

E O FIM DO MUNDO.

— É mesmo? Que abacate grande, hein?

— Acho que fui lá uma vez — disse Poluição. — A antiga cidade de Megido. Logo antes da queda. Bonito lugar. Um portão real interessante.

Guerra olhou o verde ao redor deles.

— Puxa — disse ela —, nós viramos *mesmo* no lugar errado.

A GEOGRAFIA É IRRELEVANTE.

— Perdão, senhor?

SE O ARMAGEDOM É EM QUALQUER LUGAR, É EM TODA PARTE.

— Isso mesmo — disse Fome. — Não estamos falando mais de alguns quilômetros quadrados de grama e cabras.

Outra pausa.

VAMOS.

Guerra pigarreou.

— É que eu achei que... *ele* estaria vindo conosco...?

Morte ajeitou as luvas.

ISTO, ele disse com firmeza, É TRABALHO PARA PROFISSIONAIS.

Mais tarde, o sargento Thomas A. Deisenburger se recordaria dos eventos no portão como tendo acontecido da seguinte maneira:

Um grande carro parou junto ao portão. Era comprido e tinha um aspecto oficial, embora, depois, ele não tivesse certeza de por que pensara isso, ou por que por um momento o som do motor parecera o de quatro motocicletas.

Quatro generais saíram. Mais uma vez, o sargento não tinha muita certeza de por que pensara isso. Eles tinham identificação adequada. Que espécie de identificação, sinceramente, ele não conseguia se lembrar, mas que era adequada era. Bateu continência.

E um deles disse:

— Inspeção de surpresa, soldado.

Ao que o sargento Thomas A. Deisenburger respondeu:

— Senhor, não fui informado quanto à ocorrência de nenhuma inspeção de surpresa neste momento, senhor.

— Claro que não — disse um dos generais. — Porque é surpresa.

O sargento tornou a bater continência.

— Senhor, permissão para confirmar esta informação com o comando da base, senhor — disse, sem graça.

O mais alto e mais magro dos generais afastou-se um pouco do grupo, deu as costas e cruzou os braços.

Um dos outros pôs um braço amigo nos ombros do sargento e inclinou-se para a frente de forma conspiratória.

— Agora escute aqui... — Olhou a etiqueta com o nome do sargento — ... Deisenburger; talvez eu lhe dê uma folga. Esta é uma inspeção de surpresa, entendeu? Surpresa. Isso significa que você não vai telefonar para ninguém depois que entrarmos, entendeu? E não vai sair do seu posto. Um militar de carreira como você entende isso, estou certo? — acrescentou. E piscou. — Caso contrário, você vai acabar tão rebaixado que vai ter de dizer "senhor" para um diabrete.

O sargento Thomas A. Deisenburger ficou olhando para ele.

— *Recruta* — murmurou um dos outros generais.

Segundo o crachá dela, seu nome era Guerre. O sargento Deisenburger nunca vira uma general mulher como esta antes, mas era certamente um avanço.

— O quê?

— *Recruta. Não diabrete.*

— Sim, foi o que eu quis dizer. Sim. Recruta. Ok, soldado?

O sargento considerou o número muito limitado de opções à sua disposição.

— Senhor, inspeção de surpresa, senhor?

— Confidicencial provisionadalmente para este momento — disse Fome, que havia passado anos aprendendo a como vender para o governo federal e já começava a se recordar de como era o jargão da área.

— Senhor, positivo, senhor — disse o sargento.

— Bom homem — disse Fome, quando a barreira foi erguida. — Você tem futuro. — Olhou para seu relógio. — Algumas horas, pelo menos.

Às vezes os seres humanos são muito parecidos com abelhas. Abelhas protegem ferozmente sua colmeia, desde que você esteja fora dela; uma vez lá dentro, as operárias passam a supor que você deve ter sido liberado pela gerência e nem ligam para você; vários insetos de carga evoluíram para uma existência melíflua devido a este fato. Humanos agem da mesma forma.

Ninguém deteve os quatro enquanto eles se dirigiam a um dos prédios compridos e baixos sob a floresta de antenas de rádio. Ninguém prestou a menor atenção neles. Talvez não vissem absolutamente nada. Talvez vissem o que suas mentes foram instruídas a ver, pois o cérebro humano não está equipado para ver Guerra, Fome, Poluição e Morte quando elas não querem ser vistas, e ele ficou tão bom em não ver que muitas vezes consegue não vê-las mesmo quando abundam por toda parte.

Já os alarmes não tinham cérebro, acharam que viram quatro pessoas onde as pessoas não deveriam estar e dispararam *como nunca*.

Newt não fumava, porque não permitia que a nicotina ou (até hoje) o álcool tivesse acesso ao templo de seu corpo ou, mais precisamente, ao pequeno tabernáculo Metodista Galês de seu corpo. Se permitisse, teria engasgado com a fumaça do cigarro que estaria fumando naquele momento para acalmar seus nervos.

Anathema se levantou e ajeitou o amarrotado da saia.

— Não se preocupe. Isso não é para a gente. Alguma coisa provavelmente está acontecendo lá dentro.

Ela sorriu ao ver o rosto pálido dele.

— Vamos. Isso aqui não é nenhum O.K. Corral.

— Não. Eles têm armas melhores, para começo de conversa — disse Newt.

Ela o ajudou a se levantar.

— Não importa — disse ela. — Tenho certeza de que você vai pensar em alguma coisa.

Era inevitável que nem todos os quatro pudessem contribuir de modo igual, pensou Guerra. Ela ficara surpresa com sua afinidade nata com sistemas modernos de armas, que eram muito mais eficientes do que pedaços de metal afiado, e naturalmente Poluição gargalhou ao ver os dispositivos absolutamente à prova de falhas. Até Fome sabia pelo menos o que eram computadores. Ao passo que... Bem, *ele* não fazia nada a não ser ficar por perto, embora fizesse isso com certo estilo. Guerra se dera conta de que um dia a Guerra poderia acabar, que a Fome poderia acabar e que até quem sabe a Poluição poderia acabar, e talvez por isso o quarto e maior dos cavaleiros nunca fosse exatamente o que se poderia chamar de parte da gangue. Era como ter um fiscal da receita no seu time de futebol. É ótimo tê-lo do seu lado, claro, mas não era exatamente o tipo de pessoa com a qual você gostaria de beber e bater um papo depois. Não dava pra ficar cem por cento à vontade.

Dois soldados correram através dele enquanto ele olhava pelo ombro ossudo de Poluição.

O QUE SÃO ESSAS COISAS BRILHANTES?, perguntou, no tom de voz de quem sabe que não vai ser capaz de compreender a resposta, mas quer que saibam que está interessado.

— Displays LED de sete segmentos — disse o rapaz.

Ele pôs as mãos com carinho numa caixa de relés, que se fundiram ao seu toque, e em seguida introduziu uma hoste de vírus autorreplicáveis que dispararam pelo éter eletrônico.

— Eu ficaria melhor sem esses malditos alarmes — murmurou Fome.

Morte estalou os dedos, distraidamente. Uma dezena de sirenes gorgolejou e morreu.

— Sei lá, eu até que gostava deles — disse Poluição.

Guerra enfiou a mão dentro de outro armário de metal. Tinha que admitir que não era o que ela esperava que fosse, mas, quando correu os dedos por cima dos componentes eletrônicos e às vezes por dentro deles, sentiu uma sensação familiar. Era um eco do que você sentia quando empunhava uma espada, e ela sentiu um arrepio de antecipação ao pensar que aquela espada envolvia o mundo inteiro e certa quantidade do céu sobre ele também. Ela a *amava.*

Uma espada flamejante.

A humanidade nunca fora muito boa em perceber que espadas são perigosas se largadas por aí, embora ela *tivesse* dado o melhor de si, com suas limitações, para garantir que as chances de uma daquele tamanho ser empunhada por acidente fossem altas. Era um pensamento animador. Era bom saber que a humanidade fazia uma distinção entre explodir seu planeta em pedacinhos por acidente e fazê-lo deliberadamente.

Poluição enfiou as mãos em outro armário de equipamentos eletrônicos caríssimos.

O guarda no buraco da cerca parecia bestificado. Ele estava ciente de alguma agitação na base, seu rádio não pegava nada senão estática, e seus olhos estavam sendo atraídos como um ímã para o cartão à sua frente.

Ele já vira muitos cartões de identificação na sua vida — militares, CIA, FBI, até KGB — e, sendo um soldado jovem, ainda precisava entender que, quanto mais insignificante uma organização, mais impressionantes são seus cartões de identificação.

Aquele era *diabolicamente* impressionante. Seus lábios se moviam enquanto o lia, desde "O Lorde Protetor da Comunidade Britânica ordena e exige", passando pela parte sobre o confisco com propósitos militares de gravetos secos, cordas e óleos igníferos, até a assinatura do primeiro Lorde-Assistente do ECB, Louvai-a-Todas-as-Obras-do-Senhor-e-Evitai-Fornicação Smith. Newt manteve o polegar sobre a parte dos Nove *Pence* por Bruxa e tentava se parecer com James Bond.

Por fim, o intelecto perscrutador do guarda encontrou uma palavra que pensou ter reconhecido.

— O que é isto aqui — disse, com suspeita — sobre a gente ter que dar bichas a vocês?

— Ah, nós precisamos que nos sejam entregues — disse Newt. — Nós as queimamos.

— Como é que é?

— Nós as queimamos.

O rosto do guarda se iluminou num sorriso de orelha a orelha. E haviam lhe dito que a Inglaterra era frouxa.

— É isso aí! — disse ele.

Alguma coisa pressionou suas costas.

— Largue a arma — disse Anathema, atrás dele — ou vou lamentar o que terei de fazer em seguida.

Bem, isso é verdade, pensou ao ver o homem ficar rígido de terror. Se ele não largar a arma, vai descobrir que isto é um graveto, e aí eu realmente vou lamentar ser baleada.

No portão principal, o sargento Thomas A. Deisenburger também estava tendo problemas. Um homenzinho com uma capa de chuva suja apontava o dedo para ele e resmungava, enquanto uma senhora que se parecia ligeiramente com sua mãe falava com ele em tom de urgência e ficava interrompendo a si mesma numa voz diferente.

— *É realmente de importância vital que tenhamos permissão para falar com quem estiver no comando* — disse Aziraphale. — *Eu realmente preciso pedir* ele está certo, sabia?, se estivesse mentindo eu saberia *sim, obrigado, acho que realmente chegaríamos a algum lugar se você por gentileza me permitisse continuar,* tudo bem, *obrigado,* eu só estava tentando te dar uma força, *tá! Ahn.* Você estava pedindo a ele para *tá, tudo bem... agora...*

— Estás vendo meu dedo? — gritou Shadwell, cuja sanidade permanecia conectada a ele, mas apenas pela extremidade de um fio longo e um tanto esfiapado. — Estás vendo isto? Este dedo, rapazinho, poderia te enviar para um encontro com teu Criador!

O sargento Deisenburger ficou olhando para a unha preta e roxa a alguns centímetros de seu rosto. Como arma ofensiva, ela possuía um grau de letalidade bastante alto, principalmente se algum dia fosse usada na preparação de alimentos.

Seu telefone não produzia nada além de estática. Recebera instruções para não abandonar o posto. Sua sequela do Vietnã começava a doer.* Ficou se perguntando se ficaria muito encrencado se atirasse em civis não americanos.

As quatro bicicletas pararam a uma certa distância da base. Marcas de pneus na terra e uma mancha de óleo indicavam que outros viajantes haviam descansado brevemente ali.

— Por que estamos parando? — perguntou Pepper.

— Estou pensando — disse Adam.

Era difícil. A parte de sua mente que ele conhecia como *si mesmo* ainda estava lá, mas tentava se manter à tona em uma fonte de escuridão tumultuosa. Ele estava consciente, porém, de que seus três companheiros eram cem por cento humanos. Ele já os havia metido em apuros antes, em forma de roupas rasgadas, de troco embolsado e coisas assim, mas aquilo quase com certeza iria envolver muito mais do que ficar de castigo em casa e ser obrigado a arrumar o quarto.

Por outro lado, não havia mais ninguém.

— Tudo bem — disse ele. — Precisamos de algumas coisas, acho. Precisamos de uma espada, uma coroa e uma balança.

Ficaram olhando fixo para ele.

— O quê, mas aqui? — perguntou Brian. — Não tem nada disso aqui.

— Não sei — disse Adam. — Quando a gente para pra pensar nas brincadeiras que a gente já fez...

Só para completar o dia do sargento Deisenburger, um carro se aproximou e ficou pairando a vários centímetros do solo porque não tinha pneus. Nem tinta. O que tinha era uma trilha de fumaça azul e, quando parou,

* Ele havia escorregado e caído no chão durante um banho de chuveiro no hotel em suas férias no país em 1983. Agora a simples visão de um sabonete amarelo podia provocar nele flashbacks quase fatais.

começou a fazer os ruídos de estalo que metal esfriando após atingir uma temperatura muito alta costuma fazer.

Parecia ter vidros fumê, mas isso era simplesmente um efeito provocado pelo fato de ter vidros normais, com um interior cheio de fumaça.

A porta do motorista se abriu e uma nuvem de gases asfixiantes saiu. Então Crowley a seguiu.

Abanou a fumaça com a mão, piscou e transformou o gesto num aceno amigável.

— Olá — disse ele. — Como vão? O mundo já acabou?

— *Ele não quer deixar a gente entrar, Crowley* — disse Madame Tracy.

— Aziraphale? É você? Belo vestido — comentou Crowley, meio tonto.

Ele não estava se sentindo muito bem. Pelos últimos 50 quilômetros estivera imaginando que uma tonelada de metal, borracha e couro queimando eram um automóvel em pleno funcionamento, e o Bentley resistira ferozmente. A parte difícil fora manter o conjunto inteiro rodando depois que os pneus radiais resistentes a todos os climas haviam sido consumidos pelo fogo. Ao seu lado, os restos do Bentley caíram subitamente sobre os aros distorcidos das rodas quando ele parou de imaginar que o carro tinha pneus.

Crowley deu uma palmadinha na superfície de metal, quente o bastante para fritar ovos.

— Você não ia conseguir esse desempenho num desses carros modernos — disse com carinho.

Todos ficaram olhando para ele.

Ouviu-se um pequeno clique eletrônico.

O portão estava subindo. A carcaça que continha o motor elétrico emitiu um gemido mecânico e então cedeu diante da força imbatível que atuava na cancela.

— Ei! — exclamou o sargento Deisenburger. — Qual de vocês, malucos, fez isso?

Zip. Zip. Zip. Zip. E um cão pequeno, as pernas só um borrão.

Todos ficaram olhando para as quatro figuras humanas que, pedalando, furiosas, baixaram a cabeça sob a cancela e desapareceram base adentro.

O sargento se aprumou.

— Ei! — disse ele, mas com muito menos energia desta vez. — Algum daqueles garotos tinha um alienígena com rosto igual ao de um bolinho de esterco dentro de uma cestinha?

— Acho que não — disse Crowley.

— Então — disse o sargento Deisenburger —, eles estão numa encrenca muito séria. — Ergueu a arma. Bastava de tanta enrolação; ele continuava pensando no sabonete. — E vocês também — concluiu.

— Estou te avisando... — começou Shadwell.

— *Isto já foi longe demais* — disse Aziraphale. — *Resolva isso, Crowley, meu bom rapaz.*

— Humm? — fez Crowley.

— *Eu sou o bonzinho* — disse Aziraphale. — *Você não pode esperar que eu... ah, que se dane. Eu tento ser decente, e aonde isso me leva?* — Estalou os dedos.

Ouviu-se um estalo como o de um flash daquelas câmeras antigas, e o sargento Thomas A. Deisenburger desapareceu.

— *Ahn* — disse Aziraphale.

— Viu? — perguntou Shadwell, que não tinha entendido bem a divisão de personalidades de Madame Tracy. — Num foi nada. Fique comigo, tu vais ficar bem.

— Muito bem — disse Crowley. — Nunca pensei que você fosse capaz disso.

— *Não* — disse Aziraphale. — *Nem eu, pra falar a verdade. Espero não tê-lo mandado para algum lugar terrível.*

— É melhor se acostumar com isso agora — disse Crowley. — Você apenas manda. Melhor não se esquentar com o local para onde vão. — Parecia fascinado. — Não vai me apresentar ao seu novo corpo?

— *Ahn? Ah, sim, claro. Madame Tracy, este é Crowley. Crowley, Madame Tracy.* Encantada, com certeza.

— Vamos nessa — disse Crowley.

Olhou com tristeza para os destroços do Bentley, então seu rosto se iluminou. Um jipe se dirigia resolutamente para o portão e parecia estar lotado de pessoas que iriam gritar perguntas, disparar armas e não se preocupar com a ordem dos fatores.

Ficou animado. Aquilo estava mais para o que poderia se chamar de sua área de competência.

Tirou as mãos dos bolsos e levantou-as como Bruce Lee, e então sorriu como Lee van Cleef.

— Ah — disse ele. — Aí vem o nosso transporte.

Estacionaram suas bicicletas do lado de fora de um dos prédios baixos, e Wensleydale botou uma trava na dele, meticulosamente. Ele era esse tipo de garoto.

— Então, como é que são essas pessoas? — perguntou Pepper.

— Eles podem ter todo tipo de aparência — respondeu Adam, na dúvida.

— São adultos? — perguntou Pepper.

— São — disse Adam. — Mais adultos do que você jamais viu antes, acredito.

— Brigar com adultos nunca dá certo — comentou Wensleydale, triste. — A gente sempre se dá mal.

— Não é preciso brigar com eles — disse Adam. — Basta fazer o que eu disse.

Os Eles olharam para as coisas que estavam carregando. No quesito ferramentas para salvar o mundo, não pareciam incrivelmente eficientes.

— Como é que a gente vai achar eles, então? — perguntou Brian, cético. — Eu lembro que quando a gente veio ao dia de portas abertas ao público, só tinha um monte de salas e tal. Um monte de salas e luzes que piscavam.

Adam olhou pensativo para os prédios. Os alarmes ainda soavam.

— Bem — disse ele —, *eu acho...*

— Ei, o que vocês estão fazendo aqui, garotos?

Não era uma voz cem por cento ameaçadora, mas estava à beira de perder a paciência, e pertencia a um policial que passara dez minutos tentando encontrar sentido em um mundo sem sentido, onde alarmes disparavam e portas não se abriam. Dois soldados igualmente atormentados estavam atrás dele, meio sem saber como lidar com quatro crianças pequenas e claramente caucasianas, uma delas de certa forma fêmea.

— Não se preocupe conosco — disse Adam, alegremente. — Estamos só dando uma olhadinha.

— Agora vocês vão... — começou o tenente.

— Vão dormir — disse Adam. — Vão dormir, tá? Todos os soldados aqui vão dormir. Aí vocês não vão se machucar. Vocês todos vão dormir *agora.*

O tenente ficou olhando para ele, os olhos tentando se concentrar. Então desabou para a frente.

— Legal — disse Pepper, quando os demais tombaram. — Como foi que você fez isso?

— Bem — respondeu Adam, cauteloso —, lembra daquele negócio de hipnotismo no livro *101 Coisas que Um Garoto Pode Fazer* que a gente nunca conseguiu que funcionasse?

— Lembro.

— Pois é, é tipo isso, só que agora eu descobri como fazer funcionar. — Voltou-se para o prédio onde ficava o setor de comunicações.

Aprumou-se, o corpo desdobrando-se de sua habitual posição curvada para uma postura ereta da qual o Sr. Tyler teria orgulho.

— Certo — disse ele.

Pensou por um instante.

Então disse:

— Venham ver só.

Se você tirasse o mundo e deixasse apenas a eletricidade, a aparência seria a da mais requintada filigrana já feita — uma bola de linhas prateadas brilhantes com a ocasional incidência cintilante de um feixe de satélite. Até as áreas escuras brilhariam com ondas de radar e rádio comercial. Poderia ser o sistema nervoso de uma grande besta.

Aqui e ali as cidades dão nós na rede, mas a maior parte da eletricidade é, por assim dizer, mera musculatura, preocupada apenas com o trabalho braçal. Porém, pelos últimos cinquenta anos, mais ou menos, as pessoas vêm dando inteligência à eletricidade.

E agora ela estava viva, da mesma forma que o fogo está vivo. Interruptores estavam se fundindo. Relés derretiam.

No coração de chips de silício cuja arquitetura microscópica parecia um mapa de ruas de Los Angeles, novos caminhos se abriam, e a centenas de quilômetros de distância, alarmes soavam em recintos subterrâneos e homens olhavam horrorizados para o que certas telas lhes mostravam. Portas pesadas de aço se fechavam firmemente em montanhas ocas secretas, deixando pessoas do outro lado batendo nelas e lutando com caixas de fusíveis que haviam derretido.

Pedaços de deserto e tundra abriam caminho, deixando entrar o ar fresco em tumbas com ar-condicionado, e formas pontudas assumiam vagarosamente sua posição.

E enquanto fluía onde não devia, o nível baixava em seus leitos normais. Nas cidades, os sinais de trânsito se apagavam, depois a iluminação das ruas e em seguida todas as luzes. Ventiladores diminuíam a velocidade, tremulavam e paravam. Aquecedores de ambiente se apagavam até desaparecer na escuridão. Elevadores ficavam presos. Estações de rádio engasgavam, sua música tranquilizadora silenciada.

Dizem que a civilização está a 24 horas e duas refeições de distância do barbarismo.

A noite caía lentamente sobre a Terra a girar. Ela deveria estar repleta de pontinhos de luz. Não estava.

Havia cinco bilhões de pessoas lá embaixo. O que ia acontecer em breve faria o barbarismo parecer um piquenique: calorento, caótico e, por fim, entregue às formigas.

Morte se endireitou. Parecia estar escutando com atenção. Só não se sabia ao certo com o que exatamente ele ouvia.

ELE ESTÁ AQUI, disse.

Os outros três olharam para cima. Houve uma mudança quase imperceptível no modo como se postavam lá. Um segundo antes de Morte haver falado, *eles* — a parte deles que não andava nem falava como seres humanos — estiveram envolvendo o mundo. Esta parte agora estava de volta.

Mais ou menos.

Havia algo de estranho neles. Era como se, em vez de trajes que lhes caíssem mal, tivessem agora *corpos* que lhes caíam mal. Fome parecia estar ligeiramente fora de sintonia, de forma que o sinal dominante até então — o de um homem de negócios educado, dinâmico e bem-sucedido — começava a ser abafado pela estática anciã e terrível de sua personalidade primal. A pele de Guerra reluzia de suor. A pele de Poluição só reluzia.

— Está tudo... resolvido — disse Guerra, falando com certo esforço. — Tudo... vai seguir seu curso.

— Não é só nuclear — disse Poluição. — É químico. Milhares de litros de coisas em... pequenos tanques por todo o mundo. Líquidos lindos... com nomes de dezoito sílabas. E as... velhas alternativas. Podem dizer o que quiserem. Plutônio pode causar males por milhares de anos, mas arsênico fica para sempre.

— E então... o inverno — disse Fome. — Eu *gosto* do inverno. Tem algo de... *limpo* no inverno.

— Galinhas indo... ciscar em casa — comentou Guerra.

— Galinhas, nunca mais — acrescentou Fome, simplesmente.

Somente Morte não havia mudado. Certas coisas não mudam.

Os Quatro deixaram o prédio. Era visível que Poluição, apesar de ainda caminhar, dava a impressão de estar se esvaindo.

E isso foi notado por Anathema e por Newton Pulsifer.

Fora o primeiro prédio em que entraram. Ele parecera muito mais seguro do lado de dentro que do lado de fora, onde parecia haver muita agitação. Anathema havia empurrado uma porta coberta de sinais que sugeriam que aquela seria uma coisa terminalmente perigosa de se fazer. A porta se abriu ao seu toque. Quando entraram, ela se fechou e se trancou.

Não houve muito tempo para discutir depois que os Quatro entraram.

— O que eram eles? — perguntou Newt. — Algum tipo de terroristas?

— De um modo bem justo e preciso — disse Anathema —, acho que você tem razão.

— Do que se tratava toda aquela conversa estranha?

— Acho que do fim do mundo — disse Anathema. — Viu as auras deles?

— Acho que não — respondeu Newt.

— Não eram nem um pouco boas.

— Ah.

— Auras negativas, pra falar a verdade.

— Ah?

— Como buracos negros.

— Isso é ruim, não é?

— É.

Anathema encarou as fileiras de armários de metal. Para variar, só agora, porque não era só de brincadeira mas para valer, a maquinaria que iria provocar o fim do mundo, ou pelo menos da parte dele que ocupava a camada entre dois metros abaixo deles e no alto até a camada de ozônio, não estava funcionando de acordo com o roteiro padrão. Não havia cilindros vermelhos com luzes piscando. Não havia fios enrolados com cara de "me corta". Não havia nenhum *display* numérico enorme e suspeito em contagem regressiva que pudesse ser desativado faltando segundos para chegar ao zero. Em vez disso, os armários de metal pareciam sólidos, pesados e muito resistentes a um heroísmo de última hora.

— O que vai seguir seu curso? — perguntou Anathema. — Eles fizeram algo, não fizeram?

— Talvez haja algum botão de "desliga", não? — comentou Newt, impotente. — Tenho certeza de que, se a gente procurasse...

— Esse tipo de coisa é embutido. Não seja tolo. Pensei que você soubesse disso.

Newt assentiu, desesperado. Das páginas de *Eletrônica Fácil* para aquilo ali a distância era enorme. Para manter as aparências, ele olhou na parte de trás de um dos armários.

— Comunicações globais — disse, indistintamente. — Pode-se fazer praticamente tudo. Modular a energia da rede, penetrar em satélites. Absolutamente tudo. Dá pra — *zip* — ai, dá pra — *zap* — ui, fazer as coisas — *zipt* — ahn, ficarem bem — *zzap* — ooh.

— Como está indo aí dentro?

Newt chupou os dedos. Até agora não havia encontrado nada que lembrasse um transistor. Enrolou a mão no lenço e tirou umas duas placas de seus slots.

Certa vez, uma das revistas de eletrônica que ele assinava publicara um circuito de brincadeira que garantiam não funcionar. Finalmente, disseram de um jeito engraçado, eis aqui algo que qualquer um de vocês, criaturas ineptas, pode construir na certeza de que se ele não fizer nada é porque está funcionando. Tinha diodos invertidos, transistores de cabeça para baixo e uma bateria arriada. Newt o construíra, e ele captara a Rádio Moscou. Escrevera uma carta reclamando, mas jamais responderam.

— Realmente não sei se estou fazendo alguma coisa certa.

— James Bond só desparafusa umas coisas — disse Anathema.

— Ele não só desparafusa — disse Newt, o humor começando a esquentar. — E eu não sou — *zip* — James Bond. Se fosse — *fizz* —, os bandidos teriam me mostrado todos os dispositivos letais e me dito como funcionavam, não teriam? — *Fwizzpt* — Só que na vida real não acontece assim! Eu *não sei o* que está acontecendo e *não consigo impedir.*

Nuvens se revolviam no horizonte. Acima, o céu ainda estava claro, o ar perturbado por nada mais que uma brisa leve. Mas não era ar normal. Tinha um jeito cristalizado, do tipo que quando se vira a cabeça é possível ver novas facetas. Ele reluzia. Se você tivesse que encontrar uma palavra para descrever isso, a palavra *aglomerado* poderia se insinuar insidiosamente em sua mente. Aglomerado com seres insubstanciais que aguardavam somente o momento certo de se tornarem muito substanciais.

Adam olhou para cima. Por um lado, só havia ar limpo sobre sua cabeça. Por outro, estendendo-se ao infinito, estavam as hostes do Céu e do Inferno, asa com asa. Se você olhasse bem de perto, e tivesse tido um treinamento especial para isso, poderia discernir a diferença.

O silêncio segurava a bolha do mundo em sua mão.

A porta do prédio se abriu de repente, e os Quatro saíram.

Agora não havia mais que um vestígio de humanos em três deles: pareciam formas humanoides compostas de todas as coisas que eram ou representavam. Faziam Morte parecer extremamente sem graça. O sobretudo de couro e o capacete com visor escuro haviam se tornado um manto com capuz, mas esses eram meros detalhes. Um esqueleto, até um que anda, é pelo menos humano; uma espécie de Morte jaz por trás de toda criatura viva.

— A questão é — disse Adam, sério — que eles não são reais de fato. São que nem pesadelos, na verdade.

— M-mas a gente não tá dormindo — disse Pepper.

Cão ganiu e tentou se esconder atrás de Adam.

— Aquele ali parece que está derretendo — retrucou Brian, apontando para a figura humana, se é que aquilo ainda podia ser chamado de figura humana, de Poluição, que gradualmente avançava.

— Exatamente, viu só? — comentou Adam, encorajador. — Não pode ser de verdade, pode? É puro bom senso. Uma coisa dessas não pode ser *real.*

Os Quatro pararam a poucos metros deles.

ESTÁ CONSUMADO, disse Morte. Inclinou-se um pouco e olhou sem olhos para Adam. Era difícil dizer se ele estava surpreso.

— Tá, tudo bem — disse Adam. — O lance é que eu *não quero* que seja consumado. *Nunca* pedi pra que fosse.

Morte olhou para os outros três e então de novo para Adam.

Atrás deles, um jipe parou com uma freada brusca. Foi ignorado.

NÃO ENTENDO, falou Morte. CERTAMENTE SUA PRÓPRIA EXISTÊNCIA DEMANDA O FIM DO MUNDO. ESTÁ ESCRITO.

— Não vejo por que alguém tem que sair por aí escrevendo um troço desses — disse Adam, com tranquilidade. — O mundo está cheio de várias coisas fantásticas, e eu ainda não descobri tudo sobre ele, então não quero que ninguém interfira nele nem acabe com ele antes de eu ter uma chance de descobrir tudo a respeito dele. Então vocês todos podem ir embora.

(— *É aquele ali, Sr. Shadwell* — disse Aziraphale, suas palavras sendo direcionadas para a incerteza enquanto as pronunciava. — *Aquele da camisa de malha...*)

Morte encarou Adam.

— Você... é parte... de nós — disse Guerra, entre dentes iguais a belos projéteis.

— *Está consumado. Nós... vamos recriar... o mundo* — disse Poluição, a voz insidiosa como alguma coisa vazando de um tambor corroído e infiltrando um lençol freático.

— Nos... lidere — disse Fome.

E Adam hesitou. Vozes dentro dele ainda gritavam que aquilo era verdade, que o mundo era dele também, que tudo o que tinha a fazer era se virar e liderá-los por um planeta desnorteado. Eles eram seu tipo de gente.

Bem acima deles, as hostes do céu esperavam enfileiradas pelo Verbo.

(— Não pode querer que eu atire nele! É só um garoto!

— *Ahn* — disse Aziraphale. — *Ahn. Sim. Talvez seja melhor só aguardar um pouco, que tal?*

— Até ele crescer, você quer dizer? — perguntou Crowley.)

Cão começou a rosnar.

Adam olhou para os Eles. *Eles* também eram seu tipo de gente.

Era só uma questão de decidir quem eram realmente seus amigos.

Virou-se de novo para os Quatro.

— Peguem eles — disse Adam, baixinho.

A tranquilidade e a hesitação desapareceram de sua voz. Ela agora possuía uma harmonia estranha. Humano algum seria capaz de desobedecer a uma voz daquelas.

Guerra deu uma gargalhada e olhou com expectativa para os Eles.

— Menininhos brincando com seus brinquedos — disse ela. — Pensem em todos os brinquedos que posso oferecer a vocês... pensem em todos os *jogos.* Posso fazer vocês se apaixonarem por mim, menininhos. Menininhos com suas pistolinhas.

Ela tornou a gargalhar, mas seu gaguejar de metralhadora parou quando Pepper avançou e levantou um braço trêmulo.

Não se podia chamar aquilo de espada exatamente, mas era o melhor que se podia fazer com dois pedaços de madeira e um barbante. Guerra ficou olhando para aquilo.

— *Ah, entendi* — disse ela. — *Mano e mano*, é? — Puxou sua própria espada e a levantou de tal modo que fez um ruído de dedo sendo arrastado por um copo de vinho.

Quando as duas se encostaram, houve um clarão.

Morte encarou os olhos de Adam.

Ouviu-se um ruído patético de algo tinindo.

— Não toquem nela! — disparou Adam, sem mover a cabeça.

Os Eles ficaram olhando para a espada balançando até parar no chão do caminho de concreto.

— "Menininhos" — resmungou Pepper, revoltada. Mais cedo ou mais tarde, todo mundo tem que decidir a que gangue pertence.

— Mas, mas — disse Brian —, ela meio que foi sugada pela espada...

O ar entre Adam e Morte começou a vibrar, feito numa onda de calor.

Wensleydale levantou a cabeça e olhou Fome no olho afundado. Levantou algo que, com um pouquinho de imaginação, poderia ser considerado uma balança feita de mais barbante e gravetos. Então a girou ao redor da cabeça.

Fome ergueu um braço para se proteger.

Outro relâmpago, e então o tilintar de uma balança de metal quicando no chão.

— Não... toque... nela — disse Adam.

Poluição já havia começado a correr, ou pelo menos a fluir rapidamente, mas Brian agarrou o círculo de talos de grama em sua própria cabeça e o jogou. Não deveria ter se comportado como um, mas uma força o tomou de suas mãos e ele zuniu como um disco.

Dessa vez a explosão foi uma chama vermelha dentro de uma coluna de fumaça negra com cheiro de óleo.

Com um pequeno som de trovão, uma coroa de prata enegrecida saiu da fumaça e ficou girando com um ruído de moedinha caindo no chão.

Pelo menos eles não precisavam de alerta quanto a tocá-la. Ela brilhava de um jeito que nenhum metal deveria brilhar.

— Para onde eles foram? — perguntou Wensley.

PARA ONDE É O LUGAR DELES, disse Morte, ainda olhando para Adam. PARA ONDE SEMPRE ESTIVERAM. PARA A MENTE DOS HOMENS.

Sorriu para Adam.

Houve um som de algo se rasgando. O manto de Morte se partiu, e suas asas se desdobraram. As asas do anjo. Mas não de penas. Eram asas da noite, asas que eram formas cortadas da matéria da criação até a escuridão embaixo, em que algumas luzes distantes brilhavam, luzes que podiam ter sido estrelas ou coisas inteiramente diferentes.

MAS EU, disse ele, EU NÃO SOU COMO ELES. EU SOU AZRAEL, CRIADO PARA SER A SOMBRA DA CRIAÇÃO. VOCÊS NÃO PODEM ME DESTRUIR. ISSO DESTRUIRIA O MUNDO.

O calor do olhar deles se desvaneceu. Adam coçou o nariz.

— Ah, sei não — disse ele. — Pode haver um jeito.

Sorriu também.

— De qualquer forma, isso vai parar agora — disse ele. — Todo esse negócio com as máquinas. Você tem que fazer o que eu disser, pelo menos por enquanto, e eu digo que isso tem que parar.

Morte deu de ombros. JÁ ESTÁ PARANDO, disse. SEM ELES, indicou os restos patéticos dos outros três cavaleiros, NÃO TEM COMO PROSSEGUIR. A ENTROPIA NORMAL TRIUNFA.

Morte levantou a mão ossuda no que poderia ter sido uma continência.

ELES VOLTARÃO, disse ele. ELES NUNCA FICAM MUITO LONGE.

As asas bateram, apenas uma vez, como um trovão, e o anjo da Morte desapareceu.

— Então tá — disse Adam, para o ar vazio. — Tudo bem. Não vai acontecer. Todo o negócio que eles começaram: isso tem que parar *agora.*

Newt olhou desesperado para as estantes de equipamentos.

— Podia ter um manual.

— Podíamos ver se Agnes tem algo a dizer — sugeriu Anathema.

— Ah, sim — disse Newt, impaciente. — Faz sentido, não faz? Sabotar equipamento eletrônico do século XX com a ajuda de um manual de oficina mecânica do século XVII? O que Agnes Nutter sabia de transistores?

— Bem, meu avô interpretou a previsão 3328 muito bem em 1948 e fez alguns investimentos muito inteligentes — disse Anathema. — Agnes Nutter não sabia como ia ser chamado, claro, e não sabia muito sobre eletricidade em geral, mas...

— Eu estava falando retoricamente.

— De qualquer maneira, não é preciso fazer isso funcionar. Você precisa fazer parar de funcionar. Não precisa de conhecimento para isso, precisa de ignorância.

Newt grunhiu.

— Tudo bem — disse ele, cansado. — Vamos tentar. Passa pra mim aqui uma previsão.

Anathema selecionou uma ficha a esmo.

— "Ele Não É o Que Diz Que É" — leu. — Número 1002. Muito simples. Alguma ideia?

— Escute — disse Newt —, eu sei que não é hora de dizer isso, mas — engoliu em seco —, na verdade, não sou muito bom com eletrônica. Não mesmo.

— Você disse que era engenheiro de computação, se não estou enganada.

— Isso foi exagero. Quer dizer, o máximo possível de exagero, na verdade. Acho que foi mais o que se poderia chamar de afirmação exagerada. Eu poderia ir ainda mais longe e afirmar que foi, na verdade — Newt fechou os olhos —, uma prevaricação.

— Uma mentira, você quer dizer? — disse Anathema com doçura.

— Ah, eu também não iria *tão* longe — disse Newt. — Embora — acrescentou — eu realmente não seja engenheiro de computação. O oposto, na verdade.

— O que é o oposto?

— Se você quer saber, toda vez que tento fazer alguma coisa eletrônica funcionar, ela dá defeito.

Anathema exibiu um sorrisinho brilhante e posou de forma teatral, igual àquele momento em todo *show* de mágica em que a mocinha de lantejoulas dá um passo atrás para revelar o truque.

— Tã-dã — disse ela. — Conserte.

— O quê?

— Faça isso funcionar melhor — disse ela.

— Não sei — disse Newt. — Não sei se consigo.

Pôs uma das mãos em cima do armário mais próximo.

Então ouviu o som de algo que não havia percebido que estava ouvindo parando subitamente, e, em seguida, o zumbido cada vez mais baixo de um gerador distante. As luzes nos painéis tremeluziram, e a maioria delas se apagou.

Por todo o mundo, pessoas que vinham tendo problemas com os interruptores descobriram que eles funcionavam. Disjuntores se armaram. Computadores pararam de planejar a Terceira Guerra Mundial e voltaram a vasculhar a estratosfera preguiçosamente. Em *bunkers* nos subterrâneos de Novya Zemla, homens descobriram que os fusíveis que estavam tentando freneticamente arrancar finalmente saíram em suas mãos; em *bunkers* nos subterrâneos de Wyoming e Nebraska, homens de macacões pararam de gritar e apontar armas uns para os outros, e teriam tomado uma cerveja se bases de mísseis permitissem álcool. Não permitiam, mas eles tomaram umazinha mesmo assim.

As luzes se acenderam. A civilização parou seu avanço em direção ao caos e começou a escrever cartas para os jornais sobre como as pessoas ficavam agitadas por qualquer coisinha hoje em dia.

Em Tadfield, as máquinas pararam de irradiar ameaça. Alguma coisa que estivera nelas havia desaparecido, e não era bem eletricidade.

— Caramba — disse Newt.

— Prontinho — disse Anathema. — Belo conserto. Pode confiar na velha Agnes, vai por mim. Agora vamos dar o fora daqui.

— *Ele não queria!* — disse Aziraphale. — *Não é o que eu sempre te disse, Crowley? Se você se der ao trabalho de olhar, bem lá dentro de qualquer um, vai descobrir que no fundo eles são realmente bem...*

— Ainda não acabou — interrompeu Crowley, sério.

Adam se virou e pareceu reparar neles pela primeira vez.

Crowley não estava acostumado a que as pessoas o identificassem com tanta rapidez, mas Adam o encarava como se todo o histórico de vida de Crowley estivesse colado na parte de trás de seu crânio, e ele, Adam, o estivesse lendo. Por um instante, conheceu o verdadeiro terror. Sempre achou que o tipo que conhecera antes fosse o artigo genuíno, mas aquilo era mero medo abjeto perante aquela nova sensação. Os que viviam Abaixo podiam acabar com a sua existência ferindo-o em níveis insuportáveis, mas aquele garoto não apenas podia fazê-lo deixar de existir só com o pensamento, como provavelmente podia arranjar as coisas de tal modo que você nunca tivesse existido.

O olhar de Adam foi para Aziraphale.

— Por que você é duas pessoas em uma? — perguntou Adam.

— *Bem* — disse Aziraphale —, *é uma longa...*

— Não é certo, isso de você ser duas pessoas — disse Adam. — Acho que é melhor vocês voltarem a ser pessoas separadas.

Não houve nenhum efeito especial chamejante. Apenas Aziraphale, sentado ao lado de Madame Tracy.

— Nossa, isso fez cosquinha — falou ela. Olhou Aziraphale de cima a baixo. — Ah — disse ela, com uma voz ligeiramente desapontada. — De algum modo, achei que você fosse mais novo.

Shadwell olhou com ciúmes para o anjo e começou a apontar o mosquete para ele.

Aziraphale olhou para seu novo corpo, que era, infelizmente, muito parecido com seu velho corpo, embora o sobretudo estivesse mais limpo.

— Bem, acabou — disse ele.

— Não — disse Crowley. — Não. Não acabou, sabia? Nem um pouco.

Agora *sim* havia nuvens no alto, ondulando como uma panela fervente de *tagliatelli*.

— Sabe — disse Crowley, a voz carregada de pessimismo fatalista —, não é assim tão simples. Você acha que as guerras começam porque algum velho duque é baleado, ou alguém corta a orelha de outra pessoa, ou alguém aponta os mísseis para o lugar errado. Não é por isso. Esses são apenas, bem, apenas *motivos,* que não têm nada a ver com o assunto. O que realmente provoca as guerras são dois lados que não conseguem suportar a visão um do outro e a pressão vai aumentando e aí qualquer coisa serve de estopim. Qualquer coisa mesmo. Qual é o seu nome... ahn... garoto?

— É Adam Young — disse Anathema, ao se aproximar com Newt logo atrás.

— Isso mesmo. Adam Young — disse Adam.

— Bom trabalho. Você salvou o mundo. Já pode tirar umas férias — disse Crowley. — Mas na verdade não vai fazer a menor diferença.

— Acho que você tem razão — concordou Aziraphale. — Tenho certeza de que meu pessoal *quer* o Armagedom. Isso é muito triste.

— Será que alguém se importaria em nos dizer o que está acontecendo? — perguntou Anathema, séria, cruzando os braços.

Aziraphale deu de ombros.

— É uma história muito longa.

Anathema ergueu o queixo.

— Então comece — disse ela.

— Bem. No Princípio...

O raio caiu, atingiu o chão a poucos metros de Adam e ficou ali, uma coluna fervilhante que se alargava na base, como se a eletricidade desgovernada estivesse preenchendo um molde invisível. Os humanos se apertaram contra o jipe.

O relâmpago desapareceu, e um jovem feito de fogo dourado estava diante deles.

— Nossa — disse Aziraphale. — É ele.

— Ele quem? — perguntou Crowley.

— A Voz de Deus — disse o anjo. — O Metatron.

Os Eles arregalaram os olhos.

Então Pepper disse:

— Não é não. O Metatron é de plástico e tem um canhão a laser e pode se transformar num helicóptero.

— Esse é o Megatron Cósmico — disse Wensleydale, baixinho. — Eu tinha um, mas a cabeça caiu. Acho que este é diferente.

O belo olhar inexpressivo recaiu sobre Adam Young e então se voltou bruscamente para o concreto ao seu lado, que fervia.

Uma figura humana se elevou do chão derretido na forma do rei-demônio de uma pantomima, mas se aquele ali estivesse numa pantomima algum dia, seria uma de onde ninguém sairia vivo e teriam que chamar um padre para queimar o lugar depois. Ele não era muito diferente da outra figura, só que suas chamas eram vermelho-sangue.

— Ahn — disse Crowley, tentando se encolher em seu banco. — Oi... ahn.

A coisa vermelha lhe deu o mais breve dos olhares, como se o marcasse para consumo futuro, e então encarou Adam. Quando falou, sua voz era como um milhão de moscas levantando voo apressadamente.

Ela zumbiu uma palavra que parecia, para os humanos que a ouviram, uma lima sendo arrastada pela coluna vertebral.

Estava falando com Adam, que disse:

— Ahn? Não. Eu já disse. Meu nome é Adam Young. — Olhou a figura de cima a baixo. — E o seu?

— Belzebu — ajudou Crowley. — Ele é o Senhor das...

— Obrigado, Crowzley — disse Belzebu. — Maizz tarde precizzamos ter uma converzza zzéria. Tenho certezza de que tu tenzz muito a me contar.

— Ahn — disse Crowley. — Bem, sabe, o que aconteceu foi...

— Silênzzio!

— Tá bom, tá bom — Crowley se apressou em dizer.

— Então, Adam Young — disse o Metatron —, apesar de podermos, é claro, apreciar sua ajuda a esta altura, devemos acrescentar que o Armagedom deve acontecer *agora.* Pode haver alguma inconveniência temporária, mas isso não pode ficar no caminho do bem definitivo.

— Ah — murmurou Crowley para Aziraphale. — O que ele quer dizer é que temos que destruir o mundo para poder salvá-lo.

— Quanto ao que fica no caminho, izzo ainda tem que ser dezzidido — zumbiu Belzebu. — Mazz deve ser dezzidido *agora,* garoto. Ezze é vozzzo dezztino. Eztá ezzzcrito.

Adam respirou fundo. Os espectadores humanos prendiam a respiração. Crowley e Aziraphale já haviam se esquecido de respirar fazia algum tempo.

— Só não vejo por que todo mundo e tudo tem que ser queimado e coisa e tal — disse Adam. — Milhões de peixes, baleias, árvores, ovelhas e tudo. E não é nem por nada importante. É só pra ver quem tem a melhor gangue. É que nem a gente com os Johnsonitas. Mas, mesmo que vocês ganhem, não vão poder mesmo derrotar o outro lado, porque na verdade vocês não querem. Quer dizer, não pra valer. Vocês só vão começar tudo outra vez. Vão continuar enviando gente que nem esses dois — apontou para Crowley e Aziraphale — para interferir na vida das pessoas. É duro o bastante ser gente do jeito que a gente é, sem outras pessoas chegando e interferindo na sua vida.

Crowley se virou para Aziraphale.

— Johnsonitas? — murmurou.

O anjo deu de ombros.

— Uma das primeiras seitas dissidentes, acho. Tipo gnósticos. Igual aos ofitas. — Franziu a testa. — Ou seriam os setianistas? Não, estou pensando nos coliridianos. Desculpe, eram centenas, é tão difícil me lembrar de todas.

— Pessoas sofrendo interferência em suas vidas — murmurou Crowley.

— Não importa! — disparou o Metatron. — Toda a questão da criação da Terra, do Bem e do Mal...

— Não vejo o que tem de tão fantástico em criar pessoas como pessoas e então ficar chateado porque elas se comportam como pessoas — disse Adam, sério. — De qualquer forma, se vocês parassem de falar pras pessoas que tudo vai se ajeitar depois que elas morrerem, elas poderiam tentar dar um jeito em tudo enquanto estivessem vivas. Se *eu* estivesse no comando, tentaria fazer as pessoas viverem bem mais, que nem o velho Matusalém. Seria muito mais interessante, e as pessoas poderiam começar a pensar nas coisas que estão fazendo com o ambiente e a ecologia, porque ainda estariam por aqui cem anos depois.

— Ah — disse Belzebu, e começou a sorrir. — Dezzejais governar o mundo. Izzo zim, lembra vozzo Pa...

— Eu pensei nisso tudo e não quero — disse Adam, meio que se virando e assentindo para os Eles de um jeito encorajador. — Quer dizer, tem algumas coisinhas que poderiam ser modificadas, mas aí eu acho que as pessoas ficariam vindo até mim e me pedindo pra dar um jeito em tudo o tempo todo, pra eu me livrar de todo o lixo e fazer mais árvores para elas, e que bem isso vai fazer? É que nem ter que arrumar o quarto de todo mundo pra eles.

— Você nunca arrumou nem o *seu* quarto — disse Pepper, logo atrás dele.

— Eu não falei nada sobre o meu quarto — disse Adam, referindo-se a um quarto cujo carpete não estava visível havia vários anos. — Estou falando de quartos em geral. Não estou falando do meu quarto em si. É uma *analoguia*. É isso o que eu quero dizer.

Belzebu e Metatron se entreolharam.

— Enfim — disse Adam —, já é muito ruim ter que pensar em coisas para Pepper, Wensley e Brian fazerem o tempo todo, pra eles não ficarem entediados, por isso não quero mais nenhum mundo além do que eu já tenho. Brigado assim mesmo.

O rosto de Metatron começou a adotar o aspecto familiar a todos aqueles sujeitos à linha idiossincrática de raciocínio de Adam.

— Tu *não podes* recusar ser quem és — disse, por fim. — Teu nascimento e destino são parte do Grande Plano. As coisas *têm* de acontecer desta maneira. Todas as escolhas já foram feitas.

— Rebelião é uma coizza boa — disse Belzebu —, maz algumazz coizzazz ezztão além de rebelião. Precizazz compreender!

— Não estou me rebelando contra nada — disse Adam soando razoável. — Estou chamando atenção para algumas coisas. Acho que vocês não podem culpar as pessoas por chamarem atenção para algumas coisas. Acho que seria bem melhor não começar a brigar, e só ver o que as pessoas fazem. Se vocês pararem de interferir na vida delas, elas poderiam começar a pensar direito e parar de interferir no mundo. Não estou dizendo que elas iriam fazer isso *de fato* — acrescentou, consciente —, mas pode ser que façam.

— Isso não faz sentido — disse Metatron. — Tu não podes ir contra o Grande Plano. Precisas *pensar.* Está nos teus genes. *Pense.*

Adam hesitou.

A corrente subterrânea das trevas estava sempre pronta para fluir de volta, seu murmúrio fluido dizendo sim, que era isso, que era isso o sentido de tudo, que você precisava seguir o Plano porque era parte dele...

O dia tinha sido longo. Adam estava cansado. Salvar o mundo era cansativo demais para um corpo de 11 anos.

Crowley levou as mãos à cabeça.

— Por um segundo, só por um segundo, eu achei que a gente tinha alguma chance — disse ele. — Ele conseguiu deixá-los preocupados. Bem, foi bom enquanto...

Então se deu conta de que Aziraphale havia se levantado.

— Com licença — disse o anjo.

O trio olhou para ele.

— Este Grande Plano — disse ele — seria o Plano *inefável,* não seria?

Houve um instante de silêncio.

— É o Grande Plano — disse o Metatron, curto e grosso. — Sabes bem disso. Haverá um mundo durando seis mil anos e ele acabará em...

— Sim, sim, é o Grande Plano mesmo — disse Aziraphale. Falava com educação e respeito, mas com o ar de alguém que acabou de fazer uma pergunta inconveniente num fórum político e não vai sair enquanto não obtiver uma resposta. — Eu estava só perguntando se ele também é inefável. Só quero esclarecer esse ponto.

— Não importa! — disparou Metatron. — Deve ser a mesma coisa!

Deve ser?, pensou Crowley. Então eles *não sabem.* Começou a sorrir como um idiota.

— Então você não tem certeza absoluta disso? — perguntou Aziraphale.

— Não nos é dado compreender o Plano *inefável* — disse Metatron —, mas, naturalmente, o Grande Plano...

— Mas o Grande Plano pode ser apenas uma pequena parte da inefabilidade geral — interrompeu Crowley. — Você não tem como ter certeza se o que está acontecendo agora não está correto, de um ponto de vista inefável.

— Ezztá ezzcrito! — urrou Belzebu.

— Mas poderia estar escrito diferente em algum outro lugar — disse Crowley. — Onde vocês não pudessem ler.

— Com letras maiores — disse Aziraphale.

— E sublinhadas — acrescentou Crowley.

— Duas vezes — sugeriu Aziraphale.

— Talvez este não seja apenas um teste para o mundo — disse Crowley. — Poderia ser um teste para o seu pessoal também. Hein?

— Deus não faz Seus servos leais de joguetes — disse Metatron, mas num tom agora preocupado.

— Epa, epa, epa — disse Crowley. — Por *onde* você andou?

Todos voltaram os olhos para Adam. Ele parecia estar pensando cuidadosamente naquilo tudo.

Então disse:

— Não vejo por que importa o que está escrito. Não quando se trata de pessoas. Sempre pode ser riscado.

Uma brisa varreu o campo de pouso. No alto, as hostes reunidas tremularam como uma miragem.

Houve o tipo de silêncio que podia ter ocorrido no dia antes da Criação.

Adam abriu um sorriso para os dois, uma figura pequena perfeitamente parada exatamente entre Céu e Inferno.

Crowley agarrou Aziraphale pelo braço.

— Sabe o que aconteceu? — sibilou, agitado. — Ele foi deixado sem influência! Ele cresceu humano! Ele não é o Mal Encarnado nem o Bem Encarnado, ele é só... um *humano* encarnado...

Então:

— Achamos necessário buscar novas orientações — disse Metatron.

— Eu também — disse Belzebu. Voltou seu rosto irado para Crowley. — E vou relatar zzua parte nizzo, não duvide. — Fuzilou Adam com o olhar. — E não sei o que o *vozzo Pai* vai dizzzer...

Houve uma explosão estrondosa. Shadwell, que nos últimos minutos estivera tentando em meio a uma empolgação horrorizada, finalmente conseguira controle suficiente de seus dedos trêmulos para puxar o gatilho.

As balas passaram através do espaço onde Belzebu estivera. Shadwell nunca soube quanta sorte teve por ter errado.

O céu tremulou e então se tornou apenas céu. No horizonte, as nuvens começaram a se desfazer.

Madame Tracy rompeu o silêncio.

— Mas que gente esquisita — comentou.

Ela não quis dizer "mas que gente esquisita"; o que ela quis dizer provavelmente nunca saberia expressar, a não ser gritando, mas o cérebro humano tem poderes de recuperação fantásticos, e dizer "mas que gente esquisita" era parte do rápido processo de cura. Em meia hora, ela estaria simplesmente pensando que bebera demais.

— Acha que acabou? — perguntou Aziraphale.

Crowley deu de ombros.

— Receio que não para nós.

— Não acho que vocês precisem se preocupar — disse Adam aforisticamente. — Sei tudo sobre vocês dois. Não se preocupem. — Olhou para o restante dos Eles, que tentavam não recuar. Pareceu pensar por um tempo antes de dizer: — Já houve muita interferência, de qualquer forma. Mas me parece que todo mundo vai ficar muito mais feliz se esquecer isso. *Esquecer* mesmo não, só não lembrar direito. E então vamos poder ir pra casa.

— Mas você não pode simplesmente deixar as coisas assim! — disse Anathema, avançando. — Pense em todas as coisas que você poderia fazer! Coisas *boas*.

— Como o quê? — perguntou Adam, desconfiado.

— Bem... você podia trazer todas as baleias de volta, pra começar.

Ele inclinou a cabeça para o lado.

— E isso faria com que as pessoas não as matassem mais?

Ela hesitou. Teria sido legal dizer que sim.

— E se as pessoas *começassem* a matá-las, o que você me pediria para fazer com elas? — perguntou Adam. — Não. Acho que agora estou pegando o jeito. Uma vez que eu começar a interferir nas coisas assim, não vai mais ter como parar. Acho que a única coisa sensata a fazer é as pessoas entenderem que, se matarem uma baleia, elas terão uma baleia morta.

— Isso é sinal de uma atitude muito responsável — disse Newt.

Adam ergueu uma sobrancelha.

— É só bom senso.

Aziraphale deu uma palmadinha nas costas de Crowley.

— Parece que sobrevivemos. Imagine como poderia ter sido terrível se tivéssemos sido cem por cento competentes.

— Hum — disse Crowley.

— Seu carro está funcionando?

— Acho que ele pode precisar de um certo reparo — admitiu Crowley.

— Eu estava pensando que poderíamos levar essa boa gente para a cidade — disse Aziraphale. — Tenho certeza de que devo uma refeição a Madame Tracy. E ao jovem com ela, claro.

Shadwell olhou para trás e depois para Madame Tracy.

— De quem ele está falando? — perguntou para a expressão triunfante no rosto dela.

Adam tornou a se juntar aos Eles.

— Acho que vamos pra casa.

— Mas *o que* aconteceu? — perguntou Pepper. — Quer dizer, havia todo esse...

— Não importa mais — disse Adam.

— Mas você poderia ajudar tanto... — começou Anathema, enquanto eles voltavam para as bicicletas. Newt a pegou gentilmente pelo braço.

— Não é uma boa ideia — disse ele. — Amanhã é o primeiro dia do resto de nossas vidas.

— Sabia que, de todas as frases feitas que eu mais detesto, essa vem em primeiro lugar? — perguntou ela.

— Fantástico, não é? — comentou Newt, alegre.

— Por que você pintou "Dick Turpin" na porta do seu carro?

— É uma piada, se quer saber — disse Newt.

— Hum?

— Porque aonde quer que eu vá, eu paro o trânsito — resmungou, resignado.

Crowley olhou deprimido para a direção do jipe.

— Lamento pelo carro — dizia Aziraphale. — Eu sei o quanto você gostava dele. Talvez se se concentrasse com força...

— Não seria a mesma coisa — disse Crowley.

— Imagino que não.

— Ele veio para mim zerado, sabia? Não era um carro, era mais uma espécie de segunda pele.

Fungou.

— O que está queimando?

Uma brisa varreu a poeira e a deixou cair novamente. O ar ficou quente e pesado, aprisionando todos dentro dele como moscas no mel.

Ele virou a cabeça e olhou para o rosto horrorizado de Aziraphale.

— Mas *acabou* — disse ele. — *Não pode* acontecer agora! A... a coisa, o momento correto ou o que for... já passou! *Acabou!*

O chão começou a tremer. O ruído era como o de um trem do metrô, mas não debaixo da terra. Parecia mais o som de um que estivesse subindo até eles.

Crowley mexia enlouquecidamente na marcha do carro.

— Isso não é o Belzebu! — gritou, sobre o ruído do vento. — É *Ele.* O Pai dele! Isto não é o Armagedom, isto é *pessoal.* Dê a partida, banheira dos infernos!

O chão se moveu sob Anathema e Newt, fazendo com que eles voassem sobre o concreto dançante. Fumaça amarela emanava de dentro das rachaduras.

— Parece um vulcão! — gritou Newt. — O que foi?

— O que quer que seja, está com muita raiva — disse Anathema.

No jipe, Crowley praguejava. Aziraphale pôs a mão no ombro dele.

— Tem humanos aqui — disse ele.

— Sim — disse Crowley —, e *eu também*.

— Estou querendo dizer que não devíamos deixar isso acontecer com eles.

— Bem, o que... — começou Crowley, e parou.

— O que eu quero dizer é que, pensando bem, já colocamos eles em apuros suficientes. Você e eu. Ao longo dos anos. Com uma coisa aqui, outra ali.

— Só estávamos fazendo nosso trabalho — resmungou Crowley.

— Sim. E daí? Muita gente na história só fez seu trabalho, e veja os problemas que *eles* causaram.

— Você não pode estar querendo dizer que devíamos realmente tentar impedir *Ele*?

— O que você tem a perder?

Crowley começou a argumentar, mas percebeu que não podia. Não havia nada que pudesse perder que já não tivesse perdido. Não podiam fazer nada pior com ele do que o que já lhe estava reservado. Finalmente, Crowley se sentiu livre.

Também tateou debaixo do banco e achou uma barra de ferro. Não serviria para nada, mas, por outro lado, nada serviria. Na verdade, seria muito mais terrível enfrentar o Adversário com uma arma decente. Porque aí você poderia ter um pouquinho de esperança, o que só tornaria tudo pior.

Aziraphale pegou a arma que Guerra deixara cair e a sopesou, pensativo.

— Nossa, há anos não uso isto — murmurou.

— É, uns seis mil — disse Crowley.

— Minha nossa, é verdade — disse o anjo. — Que dia, aquele, realmente. Bons tempos.

— Nem tanto — disse Crowley. O ruído estava crescendo.

— As pessoas sabiam a diferença entre o certo e o errado naqueles dias — disse Aziraphale sonhador.

— Ah, *é lógico*. Pense bem.

— Ah. Verdade. Muita interferência?

— *Sim*.

Aziraphale ergueu a espada. Então houve um *uuunf* quando ela subitamente se incendiou como uma barra de magnésio.

Eram asas da noite, asas que eram formas
cortadas da matéria da criação até a escuridão
embaixo . . .

ver página 338

EASY RIDER
Groovy
MAKE LOVE NOT WAR

— Depois que se aprende a fazer isso, não se esquece mais — falou. Sorriu para Crowley. — Eu só queria dizer, se não sairmos desta, que... eu sei que, bem no fundo, havia uma fagulha de bondade em você.

— Isso aí — disse Crowley, implacável. — Me faz ganhar o dia.

Aziraphale estendeu a mão.

— Foi bom te conhecer.

Crowley a apertou.

— Até a próxima — disse ele. — E... Aziraphale?

— Sim?

— Lembre-se de que eu sei que, no fundo, você era filho da mãe o suficiente para valer a pena gostar.

Ouviram um som de pés se arrastando e foram empurrados para o lado pela forma pequena, porém dinâmica, de Shadwell, brandindo o mosquete com determinação.

— Eu não confiaria em vocês, mocinhas do sul, pra matar um rato dentro de um barril — disse ele. — Com quem é que estamos lutando?

— O Diabo — disse Aziraphale simplesmente.

Shadwell assentiu, como se isso não tivesse sido surpresa, jogou a arma no chão e tirou o chapéu para expor uma testa conhecida e temida onde quer que lutadores de rua se reunissem.

— Eu sabia. Neste caso, vou usar minha *cabeça*.

Newt e Anathema ficaram observando os três caminhando um tanto cambaleantes para fora do jipe. Com Shadwell no meio, eles pareciam um W estilizado.

— O que raios eles vão fazer? — perguntou Newt. — E o que está acontecendo... O *que está acontecendo com eles*?

As costuras dos casacos de Aziraphale e Crowley se abriram. Já que era pra ir, por que não ir em sua verdadeira forma? As penas se desdobraram em direção aos céus.

Ao contrário da crença popular, as asas dos demônios são iguais às dos anjos, embora sejam geralmente mais bem-cuidadas.

— Shadwell não devia estar indo com eles! — exclamou Newt, levantando-se trêmulo.

— Shadwell? O que é isso?

— Ele é meu sarg... é um velho fantástico, você jamais acreditaria... Preciso ajudá-lo!

— *Ajudá-lo?* — perguntou Anathema.

— Eu fiz um juramento e tudo o mais. — Newt hesitou. — Bem, foi uma espécie de juramento. E ele me deu um adiantamento de um mês!

— Quem são os outros dois? Amigos seus... — começou Anathema, então parou.

Aziraphale havia se virado, e o perfil dele finalmente lhe refrescou a memória.

— Eu sei onde já o vi antes! — gritou, levantando-se e apoiando em Newt conforme o chão sacolejava. — Vamos!

— Mas alguma coisa horrível vai acontecer!

— Se ele danificou o livro, você tem toda razão!

Newt vasculhou a lapela e encontrou seu alfinete oficial. Ele não sabia contra o que estavam lutando dessa vez, mas um alfinete era tudo o que ele tinha.

Saíram correndo...

Adam olhou ao redor. Olhou para baixo.
Seu rosto assumiu uma expressão
de inocência calculada.

Houve um momento de conflito.
Mas Adam estava em seu terreno.
Sempre, e finalmente, em seu terreno.

Moveu uma das mãos
num semicírculo
borrado.

... Aziraphale e Crowley sentiram o mundo *mudar.*

Não houve ruído. Não houve rachaduras. Houve apenas que, onde antes havia o começo de um vulcão de poder satânico havia agora apenas fumaça se dissipando e um carro parando lentamente, o ruído do motor ressoando alto no silêncio da noite.

Era um carro velho, mas bem-conservado. Porém não pelo método de Crowley, onde um simples comando eliminava qualquer marca; aquele carro estava do jeito que estava, dava logo para perceber, porque seu dono havia passado todos os fins de semana das duas últimas décadas fazendo todas as coisas que o manual dizia que deviam ser feitas todo fim de semana.

Antes de cada viagem, ele dava uma volta por fora do carro e conferia os faróis e contava os pneus. Homens sérios que fumavam cachimbo e usavam bigodes haviam escrito instruções sérias dizendo que isso deveria ser feito, e assim ele fazia, porque era um homem sério que fumava cachimbo e usava bigode e não tratava essas orientações como coisas sem importância, pois, se fizesse isso, o que seria do mundo? Ele tinha exatamente a quantidade certa de seguro. Dirigia 5km/h abaixo do limite de velocidade, ou a 65km/h, o que fosse mais baixo. Usava gravata até nos sábados.

Arquimedes dizia que, se lhe dessem uma alavanca comprida o bastante e um ponto de apoio suficientemente sólido, seria capaz de mover o mundo.

Poderia ter se apoiado no Sr. Young.

A porta do carro se abriu, e o Sr. Young emergiu.

— O que está acontecendo aqui? Adam? Adam!

Mas os Eles já seguiam em direção ao portão.

O Sr. Young olhou para o grupo chocado. Pelo menos Crowley e Aziraphale tiveram suficiente autocontrole para recolher as asas.

— O que ele andou aprontando agora? — suspirou, sem realmente esperar resposta. — Para onde aquele garoto foi? Adam! Volte aqui agora mesmo!

Adam raramente fazia o que o pai dele queria.

O sargento Thomas A. Deisenburger abriu os olhos. A única coisa estranha na paisagem que o cercava era sua familiaridade. Na parede havia sua foto do ensino médio e sua pequena bandeira de estrelas e listras na caneca onde ficava sua escova de dentes, e até mesmo seu ursinho de pelúcia, ainda com a pequena farda. O sol de começo de tarde inundava a janela do seu quarto.

Sentiu cheiro de torta de maçã. Essa era uma das coisas de que mais sentia falta ao passar as noites de sábado tão longe de casa.

Desceu a escada.

Sua mãe estava ao fogão, tirando uma enorme torta de maçã do forno para esfriar.

— Oi, Tommy — disse ela. — Pensei que estivesse na Inglaterra!

— Sim, mãe. Eu estou normativamente na Inglaterra, protegendo a democracia, mãe, senhor — disse o sargento Thomas A. Deisenburger.

— Que bom, querido — disse sua mãe. — Seu pai está lá no Campo Grande, com Chester e Ted. Eles vão ficar felizes de te ver.

O sargento Thomas A. Deisenburger assentiu.

Tirou o capacete e a jaqueta militares e enrolou as mangas da camiseta militar. Por um instante, ficou mais pensativo do que nunca em sua vida. Parte de seus pensamentos estava ocupada com torta de maçã.

— Mãe, se alguma ligação telefônica for estabelecida para realizar uma interface com o sargento Thomas A. Deisenburger, mãe, senhor, este indivíduo estará...

— Como é, Tommy?

Tom Deisenburger pendurou a arma na parede, sobre o velho rifle do pai.

— Eu disse que, se alguém ligar, mãe, estou no Campo Grande com papai, Chester e Ted.

A van seguiu devagar até os portões da base aérea. Parou. O guarda do turno da meia-noite olhou pela janela, verificou as credenciais do motorista e fez sinal para que ele entrasse.

A van deslizou pelo concreto.

Estacionou no asfalto da pista aérea vazia, perto de onde dois homens estavam sentados, dividindo uma garrafa de vinho. Um deles usava óculos escuros. Surpreendentemente, ninguém mais parecia estar prestando a menor atenção neles.

— Você está dizendo — perguntou Crowley — que Ele planejou as coisas desse jeito? Desde o início?

Aziraphale limpou meticulosamente a boca da garrafa e a passou de volta.

— Pode ser que sim — disse ele. — Pode ser. Sempre dá para perguntar para Ele, acho.

— Pelo que me lembro — respondeu Crowley, pensativo —, nós nunca fomos de nos falar muito, por assim dizer... Ele não era exatamente de dar respostas diretas. Na verdade, na verdade, ele não era de dar resposta nenhuma. Só ficava *sorrindo,* como se soubesse alguma coisa que você não sabia.

— E isso é fato — disse o anjo. — Do contrário, qual seria o sentido?

Fizeram uma pausa.

Ambos olharam reflexivamente ao longe, como se lembrassem de coisas nas quais nenhum deles havia pensado por um bom tempo.

O motorista saiu da van carregando uma caixa de papelão e um par de pinças.

Sobre o asfalto estavam caídas uma coroa de metal suja e uma balança. O homem as apanhou com as pinças e as colocou na caixa.

Então se aproximou dos dois com a garrafa.

— Perdão, cavalheiros. Mas deveria haver uma espada por aqui em algum lugar também, ou pelo menos é o que consta aqui. Será que os senhores...

Aziraphale pareceu ficar envergonhado. Olhou ao redor, um pouco intrigado, então se levantou, para descobrir que estava sentado na espada havia mais ou menos uma hora. Abaixou-se e pegou-a.

— Desculpe — disse, colocando a espada na caixa.

O motorista da van, que usava um boné da Internatiónal Express, disse um tudo bem e que graças a Deus os dois estavam ali, pois alguém ia ter que assinar para dizer que ele havia apanhado direitinho as coisas que viera buscar e que aquele era certamente um dia inesquecível, não era?

Aziraphale e Crowley concordaram com ele que sim, Aziraphale assinou na prancheta que o motorista da van lhe deu, testemunhando que uma coroa, uma balança e uma espada haviam sido recebidas em bom estado e deveriam ser entregues num endereço manchado, e o valor, cobrado de uma conta cujo número não era possível enxergar.

O homem começou a voltar para a van. Então parou e se virou.

— Se eu fosse contar à minha esposa o que me aconteceu hoje — disse, um pouco triste —, ela jamais acreditaria em mim. E eu não a culparia, porque eu também não acreditaria. — E entrou na van, partindo em seguida.

Crowley se levantou, meio desajeitadamente. Estendeu a mão para Aziraphale.

— Vamos — disse ele. — Eu levo a gente de volta a Londres.

Pegou um jipe. Ninguém os deteve.

Tinha um toca-fitas. Aquilo não era um equipamento padrão, mesmo para veículos militares americanos, mas Crowley automaticamente supunha que em todos os veículos que dirigisse haveria toca-fitas e, portanto, aquele ali tinha, segundos após ele ter entrado.

O cassete que colocou para a viagem estava com o nome de *Música Aquática,* de Händel, e permaneceu como a *Música Aquática* de Händel até chegarem em casa.

Domingo

(O primeiro dia
resto do
da vida deles)

DOMINGO

Eram cerca de dez e meia quando o jornaleiro entregou os jornais de domingo na porta do Jasmine Cottage. Ele teve que fazer três viagens.

A série de baques surdos que fizeram ao atingirem o capacho acordou Newton Pulsifer.

Ele deixou Anathema dormir. Ela estava muito abalada, coitada. Quase não dizia coisa com coisa quando a pôs na cama. Ela vivera sua vida de acordo com as Profecias, e agora não havia mais nenhuma. Devia estar se sentindo como um trem que chegou ao fim da linha, mas que de algum modo ainda tinha que prosseguir.

Dali por diante, poderia viver uma vida em que todas as coisas seriam uma grande surpresa, assim como todo mundo. Que sorte.

O telefone tocou.

Newt disparou para a cozinha e pegou o fone no segundo toque.

— Alô?

Uma voz forçosamente amigável com tons de desespero falou com ele.

— Não — respondeu Newt. — Não sou. E não é Devissey, é Device. Pronuncia-se "ais". E ela está dormindo. Bem — disse ele. — Tenho certeza de que ela não quer isolamento térmico em nenhuma cavidade. Nem janela com isolamento termoacústico. Quer dizer, ela não é a dona do *cottage*, sabe. Está só alugando. Não, *não vou* acordá-la para perguntar — disse ele. — E diga-me, Senhorita, ahn... certo, Senhorita Morrow, por que vocês não tiram os domingos de folga, como todo mundo faz? *Domingo* — insistiu. — Claro que não é sábado. Por que seria sábado? Sábado foi ontem. Hoje é domingo, sério. Como assim, você perdeu um dia? Eu *não entendi*. Acho que você está um pouco empolgada demais com esse negócio de vendas... Alô?

Grunhiu e colocou o fone de volta no gancho.

Esse pessoal de telemarketing! Alguma coisa pavorosa devia acontecer com eles.

Foi assolado por um momento de dúvida súbita. Hoje *era* domingo, não era? Um olhar de relance nos jornais de domingo o tranquilizou. Se o *Sunday Times* dizia que era domingo, então dava para ter certeza de que eles haviam investigado a questão. E ontem fora sábado. Claro. Ontem fora sábado, e ele jamais esqueceria aquele sábado enquanto vivesse, se apenas conseguisse se lembrar do que ele não deveria esquecer.

Vendo que estava na cozinha, Newt decidiu preparar o desjejum.

Andou pela cozinha fazendo o mínimo de barulho possível, para evitar despertar o restante da casa, e encontrou todos os sons amplificados. A geladeira antiga tinha uma porta que se fechava como as trombetas que anunciam o Dia do Juízo Final. A torneira da cozinha pingava como um gerbo com incontinência urinária, mas fazia o ruído igual ao do gêiser Old Faithful. E ele não conseguia encontrar nada. No fim, como todo ser humano que já tomou desjejum na cozinha de outro fez desde a aurora dos tempos, virou-se com café preto solúvel sem açúcar.*

Na mesa da cozinha havia um borralho meio retangular, com capa de couro. Ele conseguia apenas distinguir as palavras "Ju as e Prec" na capa chamuscada. Que diferença um dia faz, pensou ele. Transforma você de um livro de referência definitivo a um tijolo de carvão para churrasco.

Agora. Como exatamente haviam conseguido aquilo? Lembrou-se de um homem com cheiro de fumaça e que usava óculos escuros até no escuro. E havia outras coisas, todas correndo juntas... garotos de bicicletas... um zumbido desagradável... um rosto pequeno, sujo, que o encarava... Estava tudo flutuando em sua mente, não exatamente esquecido, mas para sempre pairando à beira da lembrança, uma memória de coisas que não haviam acontecido.** Como podia ser isso?

* Exceto por Giovanni Jacopo Casanova (1725-1798), famoso amante e literato, que revelou no volume 12 de suas *Memórias* que, por questão de necessidade, levava consigo *em todas as ocasiões* uma pequena valise contendo "pão, um pote de geleia de primeira qualidade de Sevilha, faca, garfo e colherinha para mexer, dois ovos frescos envoltos cuidadosamente em lã, um tomate, ou maçã do amor, uma pequena frigideira, uma pequena caçarola, uma espiriteira, um rescaldeiro, uma lata com manteiga salgada do tipo italiano, dois pratos de porcelana de osso. Também uma porção de mel, como adoçante, para meu hálito e meu café. Que meus leitores compreendam quando digo a todos: um verdadeiro cavalheiro deve sempre ser capaz de acabar com seu jejum à maneira de um cavalheiro, onde quer que ele possa se encontrar".

** E havia a questão do Dick Turpin. Ele parecia o mesmo carro, só que depois de tudo nunca mais deixou de fazer oitenta quilômetros por litro de gasolina, rodava tão silencioso que era preciso praticamente colocar a boca no cano de descarga para verificar se o motor

Ficou sentado olhando para a parede até uma batida na porta o trazer de volta à Terra.

De pé na soleira da porta, estava um homem baixinho de capa de chuva preta. Segurava uma caixa de papelão e sorriu animado para Newt.

— Sr... — consultou um pedaço de papel numa das mãos — Pulzifer?

— Pulsifer — corrigiu Newt. — O som é de dois *esses*.

— Desculpe, por favor — disse o homem. — Eu só tinha visto por escrito, nunca pronunciado. Humm. Bem, parece que isto é para o senhor e a Sra. Pulsifer.

Newt olhou para ele intrigado.

— Não existe nenhuma Sra. Pulsifer — disse com frieza.

O homem tirou o chapéu coco.

— Puxa, lamento muito — disse ele.

— O que eu quero dizer é que... Bem, tem a minha mãe — disse Newt. — Mas ela não morreu, só está em Dorking. Não sou casado.

— Que estranho. A carta é muito, ahn, específica.

— *Quem é você?* — perguntou Newt.

Vestia apenas calça, e estava frio na porta.

O homem equilibrou a caixa meio sem jeito no braço e pescou um cartão de um bolso de dentro do paletó. Entregou-o a Newt.

Lia-se:

GILES BADDICOMBE

ROBEY, ROBEY, REDFEARN E BYCHANCE
ADVOGADOS

13 DEMDYKE CHAMBERS,
PRESTON

---

estava funcionando e transmitia seus avisos sintetizados numa série de haicais exóticos, cada um mais original que o outro...

Neve a cair
Que tal passar o cinto
pelo seu corpo?

... diria. E:

Bom desabrochar
Da bela cerejeira
Necessita gasolina.

— Sim? — perguntou, educado. — E o que posso fazer pelo senhor, Sr. Baddicombe?

— Podia me deixar entrar — disse o Sr. Baddicombe.

— O senhor não veio entregar nenhuma intimação nem nada do gênero, veio? — perguntou Newt. Os eventos da noite passada pairavam em sua memória como uma nuvem, mudando constantemente sempre que ele achava que podia enquadrar uma cena, mas estava vagamente consciente de ter danificado coisas e vinha esperando algum tipo de punição.

— Não — disse o Sr. Baddicombe, parecendo ligeiramente ofendido. — Temos pessoas para esse tipo de coisa.

Entrou, passando por Newt, e colocou a caixa na mesa.

— Para ser honesto — disse —, estamos todos muito interessados nisso. O Sr. Bychance quase veio por conta própria, mas não anda podendo viajar ultimamente.

— Escute — disse Newt. — Eu realmente não tenho a menor ideia do que o senhor está falando.

— Isto — disse o Sr. Baddicombe, oferecendo a caixa e sorrindo como Aziraphale na hora de tentar um truque de prestidigitação — é seu. Alguém queria que o senhor o tivesse. Foram muito específicos.

— Um presente? — perguntou Newt.

Olhou cautelosamente para o papelão fechado por fita adesiva e foi procurar uma faca afiada no armário da cozinha.

— Acho que é mais uma herança — disse o Sr. Baddicombe. — Sabe, nós estamos com isso há trezentos anos. Desculpe. Foi alguma coisa que eu disse? Coloque o dedo embaixo da água corrente.

— Mas que diabos é isso tudo? — disse Newt, enquanto uma suspeita gélida o invadia. Ele chupou o corte no dedo.

— É uma história engraçada. Importa-se se eu me sentar? Não sei todos os detalhes, porque entrei para a firma somente quinze anos atrás, mas...

... Ele era um escritório de advocacia muito pequeno quando a caixa fora cuidadosamente entregue; Redfearn, Bychance e ambos os Robeys, sem falar no Sr. Baddicombe, estavam muito distantes no futuro. O escriturário em começo de carreira que aceitara a entrega ficara surpreso ao encontrar, amarrada com corda no alto da caixa, uma carta endereçada a ele mesmo.

Ela continha certas instruções e cinco fatos interessantes sobre a história dos dez anos seguintes que, se bem utilizadas por um jovem inteligente, garantiriam finanças suficientes para perseguir uma carreira muito bem--sucedida na área do direito.

Bastava cuidar para que a caixa fosse guardada com cuidado por um pouco mais de trezentos anos e então entregue num certo endereço...

— ... embora, claro, a firma tivesse trocado de dono muitas vezes ao longo dos séculos — disse o Sr. Baddicombe. — Mas a caixa sempre fez parte dos bens móveis, por assim dizer.

— Eu nem sabia que *faziam* Comida para Bebês Heinz no século XVII — disse Newt.

— Ah, isso foi só para evitar que o pacote se danificasse no carro — explicou o Sr. Baddicombe.

— E ninguém a abriu em todos estes anos? — perguntou Newt.

— Duas vezes, se não me engano — disse o Sr. Baddicombe. — Em 1757, pelo Sr. George Cranby, e em 1928, pelo Sr. Arthur Bychance, pai do atual Sr. Bychance. — Tossiu. — Parece que o Sr. Cranby encontrou uma carta...

— ... endereçada a si mesmo — disse Newt.

O Sr. Baddicombe se sentou rapidamente.

— Nossa. Como adivinhou?

— Acho que reconheci o estilo — disse Newt, melancólico. — O que aconteceu com eles?

— Já ouviu isso antes? — disse o Sr. Baddicombe, com um pé atrás.

— Não com tantas palavras. Eles não foram vítimas de alguma explosão, foram?

— Bem... Parece que o Sr. Cranby teve um infarto. E o Sr. Bychance ficou muito branco e tornou a colocar a carta em seu envelope, pelo que sei, e deu instruções muito estritas para que a carta não fosse aberta novamente enquanto ele vivesse. Disse que qualquer um que abrisse a carta seria demitido sem carta de referência.

— Uma ameaça terrível — disse Newt, sarcástico.

— Em 1928, era. Enfim, as cartas deles estão na caixa.

Newt abriu a caixa de papelão.

Havia um pequeno baú com presilha de ferro. Não tinha fechadura.

— Vá em frente, pode abrir — disse o Sr. Baddicombe, animado. — Devo dizer que eu gostaria muito de saber o que tem aí dentro. No escritório fizemos um bolão de apostas...

— Façamos o seguinte — disse Newt, generoso. — Vou preparar um café pra nós, e *você* pode abrir a caixa.

— Eu? Seria adequado?

— Não vejo por que não. — Newt olhou as panelas penduradas sobre o fogão. Uma delas era grande o bastante para o que ele tinha em mente. — Vamos lá — disse ele. — Quebre as regras. Não me incomodo. Você... você poderia ter uma procuração, ou coisa parecida.

O Sr. Baddicombe tirou o sobretudo.

— Bem — disse ele, esfregando as mãos —, já que o senhor colocou desta forma... seria algo para contar aos meus netos.

Newt pegou a panela e pôs a mão de leve na maçaneta da porta.

— Assim espero — disse ele.

— Aqui vai.

Newt ouviu um ranger fraco.

— O que está vendo? — perguntou.

— As duas cartas abertas... ah, e uma terceira... endereçada a...

Newt ouviu o romper de um selo de cera e o tilintar de alguma coisa na mesa. Então ouviu um arquejo, o ruído de uma cadeira caindo, pés correndo pelo corredor, uma porta batendo com força e um motor de carro sendo ligado e percorrendo a rua até o fim.

Newt tirou a panela de cima da cabeça e saiu de trás da porta.

Pegou a carta e não ficou totalmente surpreso ao ver que estava endereçada ao Sr. G. Baddicombe. Abriu-a.

Dizia: **"Eis aqui um Florim, advogado; agora, corra ligeiro, para que o Mundo nao saiba a Verdade sobre vos e a Senhorita Spiddon, a escrava da Machina Dactilographica."**

Newt passou os olhos pelas outras cartas. O papel quebradiço da endereçada a George Cranby dizia: **"Remove tuas Maos ladronas, Mestre Cranby. Sei bem como agarraste a Viuva Plashkin no Natal passado, seu velho magricela agarrador de torta-de-pelo."**

Newt ficou se perguntando o que seria uma torta-de-pelo. Mas poderia apostar que não tinha nada a ver com culinária.

A que aguardava o inquisitivo Sr. Bychance dizia: **"Tu os deixaste, cobarde. Retorna esta carta a caixa, para que o Mundo nao saiba dos verdadeiros Eventos do septimo de junho, Mil e Novecentos e Dezasseis."**

Debaixo das cartas havia um manuscrito. Newt ficou olhando para ele.

— O que é isso? — perguntou Anathema.

Ele se virou. Ela estava encostada na porta, como um bocejo atraente com pernas.

Newt recuou contra a mesa.

— Ah, nada. Endereço errado. Nada. Só uma caixa velha. Um monte de mala direta. Você sabe como...

— Num domingo? — perguntou, empurrando-o para o lado.

Ele deu de ombros quando ela colocou as mãos ao redor do manuscrito amarelado e o levantou.

— "**Mais Justas e Precizas Prophecias de Agnes Nutter**" — leu devagar. — **Para O Mundo que Esta Por Vir: A Sagga Continua!** Ai, meu...

Ela o depositou reverente na mesa e se preparou para virar a primeira página.

A mão de Newt pousou gentilmente sobre a dela.

— Pense dessa forma — disse ele, baixinho. — Você quer ser uma descendente pelo resto da vida?

Ela levantou a cabeça. Seus olhos se encontraram.

Era domingo, o primeiro dia do resto do mundo, por volta de onze e meia.

O St. James' Park estava relativamente silencioso. Os patos, especialistas em *realpolitik* do ponto de vista do pão, viram isso como reflexo da diminuição nas tensões mundiais. Realmente houve uma diminuição nas tensões mundiais, mas muita gente estava em seus escritórios tentando entender por que, tentando descobrir para onde a Atlântida havia desaparecido com três delegações internacionais sobre ela, e tentando saber o que havia acontecido com todos os seus computadores no dia anterior.

O parque estava deserto, a não ser por um integrante do MI9 tentando recrutar alguém que, para constrangimento mútuo posterior, revelaria ser também um integrante do MI9, e um homem alto alimentando os patos.

E também havia Crowley e Aziraphale. Eles passeavam pela grama.

— A mesma coisa aqui — disse Aziraphale. — A loja está toda lá. Nem uma marquinha de fuligem.

— Quer dizer, não se pode simplesmente *fazer* um Bentley antigo do nada — disse Crowley. — Não dá para fazer a pátina. Mas lá estava, perfeito. Bem ali na rua. Nem dá pra notar a diferença.

— Bom, *eu* consigo notar a diferença — disse Aziraphale. — Tenho certeza de que não armazenava livros com títulos como *Biggles Vai à Marte*, e *Jack Cade, Herói da fronteira*, e *101 Coisas Que Um Garoto Pode Fazer*, e *Cães Sangrentos do Mar da Caveira*.

— Nossa, sinto muito — disse Crowley, que sabia o quanto o anjo adorava sua coleção de livros.

— Não sinta — retrucou Aziraphale, feliz. — São todos primeiras edições em perfeito estado, e andei procurando os títulos no Guia de Preços Skindle. Acho que a expressão que você usaria seria *ueba*.

— Pensei que ele estivesse arrumando o mundo do jeito exato que era antes — comentou Crowley.

— Sim — disse Aziraphale. — Mais ou menos. Do melhor modo possível. Mas ele também tem senso de humor.

Crowley olhou de soslaio para o colega.

— Seu pessoal entrou em contato?

— Não. E o seu?

— Não.

— Acho que estão fingindo que não aconteceu.

— Acho que o meu também. Isso é que é burocracia.

— E creio que o meu está esperando para ver o que acontece agora — disse Aziraphale.

Crowley concordou.

— Um tempo pra respirar. Uma chance de se rearmar moralmente. Levantar as defesas. Se preparar para a grande batalha.

Pararam à beira do lago, vendo os patos lutarem pelo pão.

— Desculpe — disse Aziraphale. — Mas pensei que *esta* tivesse sido a grande batalha.

— Não sei, não — disse Crowley. — Pense bem. Eu apostaria que a grande batalha será todos Nós contra todos Eles.

— O quê? Quer dizer Céu e Inferno contra a humanidade?

Crowley deu de ombros.

— Claro, se *ele* mudou tudo, então talvez tenha mudado a si mesmo também. Se livrado de seus poderes, quem sabe. Decidido ficar humano.

— Ah, espero que sim — disse Aziraphale. — De qualquer forma, tenho certeza de que a alternativa não seria permitida. Ahn. Seria?

— Não sei. Nunca se pode ter certeza sobre o que realmente é o desejado. São planos dentro de planos.

— Perdão — disse Aziraphale.

— Bem — disse Crowley, que vinha pensando naquilo até a cabeça doer. — Você nunca se perguntou sobre isso tudo? Você sabe, minha gente e sua gente, Céu e Inferno, bem e mal, tudo isso? Quer dizer, *por quê*?

— Segundo me lembro — começou o anjo, sério —, houve a rebelião e...

— Ah, sim. E *por que* ela aconteceu? Quer dizer, não tinha necessidade, tinha? — perguntou Crowley, um olhar desvairado no rosto. — Qualquer

um que pode construir um universo em seis dias não deixa uma coisinha dessas acontecer. A menos que queira, claro.

— Ah, qual é? Seja sensato — disse Aziraphale, em dúvida.

— Isso não é um bom conselho — afirmou Crowley. — Não é um bom conselho mesmo. Se você se sentar e pensar a respeito de modo *sensato,* vai ter algumas ideias muito engraçadas. Como: por que fazer as pessoas curiosas e depois colocar algum fruto proibido onde possam vê-lo com um grande dedo de néon piscando e dizendo "OLHA AQUI!"?

— Não me lembro de nenhum néon.

— Quero dizer metaforicamente. Quer dizer, por que fazer isso se você realmente *não quer* que eles o comam, hein? Quer dizer, talvez você só queira ver como isso funciona. Talvez seja tudo parte de um grande plano inefável. Tudo isso. Você, eu, ele, tudo. Algum grande teste para ver se o que você construiu funciona direitinho, hein? Você começa a pensar: *Não pode* ser um grande jogo cósmico de xadrez, *tem que ser* só um jogo muito complicado de Paciência. E nem se preocupe em responder. Se pudéssemos compreender, não seríamos nós. Porque é tudo... tudo...

INEFÁVEL, disse a figura que alimentava os patos.

— É. Isso. Obrigado.

Olharam o estranho alto jogar com cuidado o saquinho vazio numa lata de lixo e sair caminhando pela grama. Então Crowley balançou a cabeça.

— O que eu estava dizendo? — falou.

— Não sei — disse Aziraphale. — Nada muito importante, acho.

Crowley assentiu, melancólico.

— Deixe-me tentar você para um almoço — sibilou.

Foram novamente ao Ritz, onde uma mesa estava misteriosamente vazia. E talvez os problemas recentes tivessem provocado alguma alteração na natureza da realidade, porque, enquanto comiam, pela primeira vez na história, um rouxinol cantou em Berkeley Square.

Ninguém ouviu por causa do ruído do tráfego, mas, que estava lá, estava.

Era uma da tarde de domingo.

Na última década, o almoço de domingo no mundo do Sargento Caçador de Bruxas Shadwell havia seguido uma rotina invariável. Ele se sentava à mesa de vime queimada de cigarros, folheando um exemplar velho de um dos livros sobre magia e demonologia da biblioteca* do ECB: o *Necrotelecomnicon* ou o *Liber Fulvarum Paginarum* ou seu velho favorito, o *Malleus Maleficarum*.**

Então havia uma batida à porta, e Madame Tracy chamava:

— Almoço, Sr. Shadwell.

— Devassa sem vergonha — resmungava Shadwell.

E esperava sessenta segundos, para permitir que a devassa sem vergonha voltasse ao seu quarto; então ele abria a porta e pegava o prato de fígado, que normalmente ficava coberto por outro prato para o calor não escapar. E ele o pegava e comia, tomando um certo cuidado para não derramar molho nas páginas que estivesse lendo.***

Era isso que sempre acontecia.

Mas não naquele domingo.

Para começar, ele não estava lendo. Estava apenas sentado.

E, quando bateram à porta, ele se levantou imediatamente e a abriu. Não precisava ter se apressado.

Não havia prato. Havia só Madame Tracy, usando um camafeu e uma tonalidade nova de batom. Ela também pairava no centro de uma zona de perfume.

— Sim, Jezebel?

A voz de Madame Tracy estava animada, rápida e entrecortada por insegurança.

— Oi, Senhor S., eu estava só pensando... depois de tudo que passamos nos últimos dois dias, me parece bobagem deixar um prato para o senhor, então coloquei um lugar para o senhor à mesa. Vamos...?

Senhor S.? Shadwell a seguiu, desconfiado.

* Cabo Caçador de Bruxas Carpet, bibliotecário, bônus de 11 *pence per annum*.

** **"Um impplacavel beste-seller; recommendado de coração."** — Papa Inocêncio VIII.

*** Para o colecionador certo, a biblioteca do Exército dos Caçadores de Bruxas teria valido milhões. O colecionador certo teria de ser muito rico e não se incomodar com manchas de molho, marcas de cigarro, anotações nas margens ou com a paixão do falecido Cabo Caçador de Bruxas Wotling em desenhar bigodes e óculos em todas as xilogravuras de bruxas e demônios.

Tivera outro sonho na noite anterior. Não se lembrava direito dele, apenas de uma frase, que ainda ecoava em sua mente e o perturbava. O sonho havia desaparecido numa névoa, como os eventos da noite.

A frase era a seguinte: *"Num tem nada de errado em caçar bruxas. Eu gostaria de ser caçador de bruxas. É só que, bem, dá pra revezar. Hoje saímos para caçar bruxas, e amanhã a gente podia se esconder e seria a vez das bruxas caçarem* A GENTE*..."*

Pela segunda vez em 24 horas — pela segunda vez em sua vida — ele entrou nos aposentos de Madame Tracy.

— Sente-se ali — disse-lhe ela, apontando para uma poltrona.

Havia uma coberta no encosto, um travesseiro afofado no assento e uma pequena banqueta para os pés.

Ele se sentou.

Ela colocou uma bandeja em seu colo, ficou olhando para ele comendo e tirou seu prato quando ele terminou. Então abriu uma garrafa de Guinness, encheu um copo e o deu para ele, ficando a beber seu chá enquanto ele bebia a cerveja. Quando baixou a xícara, ela tilintou nervosa no pires.

— Eu tenho um pouquinho de dinheiro guardado — disse ela, sem mais nem menos. — E, sabe, às vezes penso que seria bom comprar um bangalozinho em algum lugar no campo. Me mudar de Londres. Eu o batizaria de The Laurels, ou Dunroamin', ou...

— Shangri-la — sugeriu Shadwell, sem ter a menor ideia de por que dissera isso.

— Exato, Senhor S. Exato. Shangri-la. — Ela sorriu para ele. — Está confortável, querido?

Shadwell percebeu com horror crescente que estava. Estava horrivelmente, assustadoramente confortável.

— Sim — disse ele, desconfiado. Nunca estivera tão confortável.

Madame Tracy abriu outra garrafa de Guinness e a colocou à frente dele.

— O único problema em comprar um bangalô, chamado... qual foi a sua ideia inteligente Senhor S.?

— Ahn. Shangri-la.

— Shangri-la, exato, é que não dá para *uma pessoa, não é?* Quer dizer, duas pessoas, dizem que duas pessoas podem viver tão barato quanto uma.

(Ou 518, pensou Shadwell, lembrando-se das fileiras imensas do Exército dos Caçadores de Bruxas.)

Ela deu um risinho.

— *Onde* será que eu poderia encontrar alguém com quem me acomodar...

Shadwell percebeu que ela se referia a ele.

Não sabia ao certo. Tinha uma sensação peculiar de que deixar o Soldado Caçador de Bruxas Pulsifer com a garota em Tadfield tinha sido uma péssima atitude no que dizia respeito ao **Livro de Regras e Regulamentos** do Exército. E aquilo parecia ainda mais perigoso.

Mesmo assim, com a idade dele, quando se está ficando velho demais para sair se arrastando na grama alta, quando o sereno frio da manhã fica impregnado em seus ossos...

(E amanhã a gente podia se esconder, e seria a vez de as bruxas caçarem a gente...)

Madame Tracy abriu mais uma garrafa de Guinness e deu uma risadinha.

— Ah, Senhor S. — disse ela —, o senhor vai pensar que eu quero deixar o senhor tontinho.

Ele grunhiu. Era preciso primeiro cumprir as formalidades.

O Sargento Caçador de Bruxas Shadwell deu uma golada na Guinness e fez a pergunta que não queria calar.

Madame Tracy deu uma risadinha.

— Honestamente, seu velho bobo — disse ela, ficando bem vermelha. — Quantos você *acha* que eu tenho?

Ele tornou a fazer a pergunta.

— Dois — disse Madame Tracy.

— Ah, bom. Então tá tudo bem — disse o Sargento Caçador de Bruxas Shadwell (aposentado).

Era tarde de domingo.

Sobrevoando a Inglaterra, um 747 se dirigia para oeste. Na primeira classe, um garoto chamado Warlock punha de lado sua revista em quadrinhos e olhava pela janela.

Haviam sido dois dias muito estranhos. Ele ainda não tinha certeza de por que seu pai fora chamado para o Oriente Médio. Tinha certeza de que seu pai também não sabia. Provavelmente era alguma coisa cultural.

Tudo o que havia acontecido era que muitos sujeitos gozados com toalhas nas cabeças e dentes meio podres haviam lhes mostrado algumas ruínas. Warlock já havia visto ruínas melhores. E então um dos caras perguntou se havia alguma coisa de especial que ele quisesse fazer. E Warlock respondera que gostaria de ir embora.

Eles não pareceram muito felizes com essa resposta.

E agora ele estava voltando para os Estados Unidos. Houvera algum problema com passagens ou voos ou com painéis de pousos e decolagens em aeroportos ou coisa parecida. Era estranho; ele tinha certeza de que seu pai havia pretendido voltar para a Inglaterra. Warlock gostava da Inglaterra. Era um bom país para se ser americano.

O avião naquele instante estava passando sobre Lower Tadfield, bem acima do quarto de Johnson Seboso, que folheava sem objetivo uma revista fotográfica que comprara apenas porque tinha uma foto muito bonita de um peixe tropical na capa.

Algumas páginas abaixo do dedo cansado do Seboso havia uma matéria sobre futebol americano e sobre como ele estava realmente pegando na Europa. O que era estranho, porque, quando a revista fora impressa, aquelas páginas tratavam de fotografia em ambientes desérticos.

Aquilo estava prestes a mudar a vida dele.

E Warlock voou para a América. Ele merecia *alguma coisa* (afinal, você nunca esquece seus primeiros amigos, mesmo que tivesse apenas algumas horas de vida na época) e o poder que controlava o destino de toda a humanidade naquele exato instante estava pensando: bem, ele vai para a *América,* não vai? Não vejo como poderia existir algo melhor do que ir para a *América.*

Eles têm 39 sabores de sorvete lá. Talvez até mais.

Havia um milhão de coisas divertidas que um garoto e seu cachorro podiam fazer numa tarde de domingo. Adam podia pensar em quatrocentas ou quinhentas sem fazer esforço. Coisas emocionantes, coisas animadas, planetas a serem conquistados, leões a serem domados, mundos perdidos na América do Sul fervilhantes de dinossauros a serem descobertos e com os quais fazer amizade.

Ficou sentado no jardim e arranhou a terra com uma pedra, parecendo desanimado.

Seu pai o encontrara dormindo ao voltar da base aérea: dormindo, para todos os efeitos, como se tivesse ficado na cama a noite toda. Até roncando de vez em quando, para ser convincente.

Ao desjejum na manhã seguinte, no entanto, ficou claro que aquilo não havia sido o suficiente. O Sr. Young não gostou de sair por aí numa noite de sábado procurando-o feito bobo. E se, por algum erro inimaginável, Adam não fosse o responsável pelos distúrbios da noite — quaisquer que fossem, pois ninguém parecia lembrar muito bem dos detalhes, apenas que haviam sido distúrbios de alguma espécie —, então ele era sem dúvida culpado de *alguma coisa*. Essa era a atitude do Sr. Young, e ela lhe servira muito bem nos últimos onze anos.

Adam ficou sentado desanimado no jardim. O sol de agosto estava alto num céu azul e sem nuvens de agosto, e, atrás da cerca viva, um tordo cantava, mas a Adam parecia que ele estava apenas tornando as coisas muito piores.

Cão estava sentado aos pés dele. Havia tentado ajudar, basicamente exumando um osso que enterrara quatro dias antes e arrastando-o até os pés do dono, mas tudo o que Adam fizera foi olhar para ele, tristonho, e Cão acabou levando-o embora e enterrando-o mais uma vez. Fizera tudo que podia.

— Adam?

Adam se virou. Três rostos olhavam sobre a cerca do jardim.

— Oi — disse Adam, desconsolado.

— Tem um circo chegando a Norton — disse Pepper. — Wensley estava lá e viu eles. Estão acabando de montar as tendas.

— Eles têm tendas, elefantes, malabaristas e animais praticamente selvagens, um bocado de coisa, e... e tudo! — disse Wensleydale.

— A gente pensou que talvez podia ir lá e ver eles montando a coisa toda — disse Brian.

Por um instante a mente de Adam fervilhou com visões de circos. Circos eram chatos depois de montados. Você podia ver coisa melhor na televisão em qualquer dia. Mas a *montagem*... Claro que eles todos iriam lá e ajudariam a montar as tendas, a lavar os elefantes, e o pessoal do circo ficaria tão impressionado com o jeito dele com os animais que, naquela noite, Adam (e Cão, o Vira-Lata Ator Mais Famoso do Mundo) levaria os elefantes ao picadeiro e...

Não adiantava.

Balançou a cabeça, triste.

— Não posso ir a lugar nenhum — falou. — *Eles* disseram isso.

Pausa.

— Adam — disse Pepper, um pouco desconfortável. — O *que* aconteceu ontem à noite?

Adam deu de ombros.

— Uma parada aí. Não importa — respondeu. — É sempre a mesma coisa. Você só tenta ajudar, e aí todo mundo acha que você *matou* alguém ou coisa parecida.

Outra pausa, enquanto os Eles ficavam olhando seu líder capitulado.

— Quando você acha que vão deixar você sair? — perguntou Pepper.

— Não por anos e anos. Anos e anos e *anos*. Serei um velho quando eles me deixarem sair — disse Adam.

— Que tal amanhã? — perguntou Wensleydale.

Adam ficou animado.

— Ah, *amanhã* tudo bem — afirmou. — Eles terão esquecido tudo amanhã. Vocês vão ver. Eles sempre esquecem. — Olhou para eles, um Napoleão desmazelado com cadarços arrastando no chão, exilado a uma Elba com caramanchão de rosas. — Vão *vocês* — disse a eles com uma gargalhada breve e oca. — Não se preocupem *comigo*. Vou ficar bem. Amanhã vejo vocês todos.

Os Eles hesitaram. Lealdade era uma coisa ótima, mas nenhum imediato devia ser forçado a escolher entre seu líder e um circo com elefantes. Foram embora.

O sol continuava a brilhar. O tordo continuava a cantar. Cão desistiu de seu dono e começou a caçar uma borboleta na grama perto da cerca viva do jardim. Era uma cerca viva de respeito, sólida, impassível, feita de arbustos de alfena bem aparados, que Adam conhecia desde pequeno. Para além dela, estendiam-se campos abertos, maravilhosas valas lamacentas, frutas ainda não maduras, donos irados de árvores frutíferas, só que muito lentos, circos, riachos para represar e muros e árvores feitas justamente para serem escaladas...

Mas não havia como passar pela cerca viva.

Adam parecia perdido em pensamentos.

— Cão — disse Adam, severo —, afaste-se dessa cerca, porque, se você passar por ela, eu vou ter que caçar você pra te pegar e vou ter que sair do jardim. Não posso fazer isso. Mas eu teria que ir... se você fosse e fugisse.

Cão saltitou com empolgação e permaneceu onde estava.

Adam olhou ao redor, cauteloso. Então, ainda mais cauteloso, olhou para Cima e para Baixo. E então para Dentro.

Então...

E *agora* havia um grande buraco na cerca viva: grande o suficiente para um cão correr por ele e para um garoto passar espremido através dele depois. E era um buraco que sempre tinha estado ali.

Adam piscou para Cão.

Cão atravessou correndo o buraco na cerca viva. E, gritando com clareza, de modo alto e distinto:

— Cão, seu cachorro bobo! Pare! Volte aqui! — Adam se espremeu e passou atrás dele.

Alguma coisa lhe disse que algo estava chegando ao fim. Não o mundo, exatamente. Só o verão. Haveria outros verões, mas nunca mais haveria um igual àquele. Nunca mais.

Melhor aproveitá-lo ao máximo, então.

Parou a meio caminho do campo. Alguém estava queimando alguma coisa. Olhou para a nuvem de fumaça branca sobre a chaminé do Jasmine Cottage e parou. E ficou escutando.

Adam conseguia ouvir coisas que os outros talvez não conseguissem. Pôde ouvir risadas.

Não foi um riso de bruxa; foi a risadinha baixa e terrena de alguém que sabia demais para seu próprio bem.

A fumaça branca se contorceu e se curvou sobre a chaminé do *cottage*.

Por uma fração de segundo Adam viu, delineado na fumaça, o belo rosto de uma mulher. Um rosto que não tinha sido visto na Terra por mais de trezentos anos.

Agnes Nutter piscou para ele.

A leve brisa de verão dispersou a fumaça, e o rosto e a risada sumiram.

Adam sorriu e tornou a correr.

Na campina, a uma pequena distância, do outro lado de um riacho, o garoto alcançou o cachorro molhado e enlameado.

— Cão bobo — disse Adam, coçando atrás das orelhas do cachorro.

Cão latia, extasiado.

Adam olhou para cima. Sobre sua cabeça havia uma velha macieira, pesada e retorcida. Poderia ter estado ali desde a aurora dos tempos. Seus ramos estavam curvados sob o peso das maçãs, pequenas, verdes e ainda longe de estar maduras.

Com a velocidade de uma cobra dando o bote, o garoto subiu na árvore. Voltou ao chão segundos depois, com os bolsos estufados, mastigando ruidosamente uma maçã ácida e perfeita.

— *Ei! Você! Garoto!* — veio uma voz rouca por trás dele. — Você é Adam Young! Eu estou vendo você! Vou falar para o seu pai, vai ver só!

Punição paterna era agora uma certeza, pensou Adam, enquanto disparava para longe, Cão ao seu lado, os bolsos recheados de frutas roubadas.

Sempre era. Mas não se concretizaria até de noite.

E aquela noite ainda estava muito distante.

Jogou o que sobrou da maçã na direção de seu perseguidor e meteu a mão no bolso para pegar outra.

Enfim, não entendia por que as pessoas faziam um fuzuê tão grande por causa de outras pessoas comendo suas frutas velhas e bobas, mas a vida seria bem menos *divertida* se não fizessem isso. E não havia maçã no mundo, na opinião de Adam, que não valesse os apuros em que você se meteria para comê-la.

E, se você quer imaginar o futuro, imagine uma bota... não, imagine um tênis, cadarços se arrastando no chão, chutando uma pedrinha; imagine um graveto, para mexer em coisas interessantes e ser atirado para um cão que pode ou não decidir apanhá-lo; imagine um assobio sem melodia, martelando uma música popular desafortunada até a indiferença; imagine uma figura, meio anjo, meio demônio, inteiramente humana...

Andando confiante e preguiçosamente em direção a Tadfield...

... para sempre.

FIM

BELAS MALDIÇÕES: ALGUNS FATOS

(OU AO MENOS MENTIRAS QUE O TEMPO CONSAGROU)

Era uma vez Neil Gaiman, que escreveu meio conto. Ele não sabia como terminar. Ele o mandou a Terry Pratchett, que também não sabia. Mas aquele negócio ficou supurando na mente do Terry e, um ano depois, ele telefonou para o Neil e disse: "Não sei como é o final, mas sei o que vem depois." A primeira versão do texto levou dois meses, a segunda levou uns seis. Por quê, não sabemos, mas teve a ver com explicar as piadas a editores dos Estados Unidos.

Como foi trabalhar com Neil Gaiman/Terry Pratchett?

Olha, veja bem. Lembre-se de que, naqueles tempos, Neil Gaiman não era o Neil Gaiman e Terry Pratchett era só o Terry Pratchett. Eles se conheciam há anos, pois o Neil tinha entrevistado o Terry em 1985, depois que saiu o primeiro livro de Discworld. Eles não eram grande coisa, sabe? Não teve nenhum momento em que um tenha dito pro outro: "Uau, não acredito que estou trabalhando com você!"

Como vocês escreveram?

Foi sobretudo um berrando empolgado com o outro por vias telefônicas, duas ou três ligações por dia, durante dois meses, e de um mandar disquetes pro outro várias vezes por semana. Perto do fim da redação houve tentativas de usar transmissão máquina a máquina com modems de 300/75. Mas descobrimos que, em termos de método de comunicação, era de uma eficiência um pouco abaixo do canto tirolês submarino.

Naquela época o Neil era das madrugadas, então ele acordava no começo da tarde e via um pontinho vermelho piscando na secretária eletrônica que significava mensagem do Terry. Que normalmente começava com o seguinte: "Acorda, seu puto, acorda, escrevi um pedacinho que ficou legal!" E aí rolava o primeiro telefonema do dia, quando o

Terry lia para o Neil o que havia escrito de manhã e o Neil lia para o Terry o que havia escrito muito mais cedo na mesma manhã. Aí um ficava empolgado com o outro e davam a largada para um escrever antes do outro mais um pedacinho que ficasse legal.

É por isso que tem uma secretária eletrônica na trama?

Deve ser. Faz muito tempo, né.

Quem escreveu essa parte?

Rá. Essa é complicada. Sendo o Guardião Oficial do Único e Genuíno Manuscrito, Terry escreveu mais da primeira versão do que o Neil. Isso em termos físicos. Mas, se alguém deposita duas mil palavras no manuscrito depois de muita gritaria empolgada, é irrelevante dizer de quem são as palavras. De qualquer maneira, por questão de honra, um reescreveu e botou notas de rodapé no que o outro escreveu e um consegue escrever no estilo do outro em nível aceitável. As cenas com Agnes Nutter e com as crianças vieram principalmente do Terry, as dos Quatro Cavaleiros e tudo que tivesse larvas partiram do Neil. Neil teve mais influência no começo, Terry no final. Fora isso, foi muita gritaria empolgada.

O momento em que os dois se deram conta de que o texto havia adentrado seu próprio mundo foi no subsolo da antiga editora Gollancz, onde eles haviam se reunido para ler o manuscrito final. Neil deu os parabéns a Terry por uma frase que o Terry sabia que não tinha escrito e que o Neil tinha certeza de que não tinha escrito. No fundo, os dois suspeitavam que em certo momento o livro havia começado a gerar seu próprio texto, mas nenhum dos dois quis admitir o fato em público com medo de que o público fosse achar esquisito.

Por que vocês escreveram o livro?

Porque, na nossa cabeça, ia ser uma pena se não fosse escrito. Além do mais, se não escrevêssemos, gerações de leitores estariam desprovidos de um livro que sempre cai na banheira.

Por que não tem continuação?

Trocamos umas ideias, mas a vontade nunca veio à tona. Além disso, os dois queriam fazer outras coisas (e algumas das ideias foram parar em outras obras dos dois, com outras roupagens). Nos últimos tempos, porém, nós dois andamos pensando se "nunca mais" está gravado em pedra. Então, pode ser que um dia tenha continuação. Pode ser. Talvez. Quem sabe? Nós é que não.

Quando escreveram, vocês sabiam que seria um "clássico cult"?

Se ao dizer "clássico *cult*" você quer dizer que existe gente nesse mundo todo que tem um exemplar de *Belas maldições*, que essa gente leu e releu e releu e releu, que tem exemplares que caíram em banheiras e em poças de chuva e em tigelas de sopa de cherivia, que tem exemplares que só se mantêm inteiros com *silver tape*, massa de vidraceiro e barbante, que tem exemplares que a biblioteca não empresta mais porque ninguém em sã consciência vai levar um negócio que nem aquele sem ser desinfetado em laboratório, então não, nós não sabíamos.

Mas se, ao falar de "clássico *cult*", você se refere a um livro que vendeu milhões e milhões de exemplares mundo afora, sendo que muitos foram vendidos à mesma pessoa mais de uma vez, porque elas compram e emprestam pros amigos que nunca mais devolvem e aí elas têm que comprar outro, então não, não sabíamos.

Na real, não interessa que definição de clássico *cult* você usa. Nós não achamos que estávamos escrevendo um clássico *cult*. Escrevemos um livro que achávamos engraçado e um queria fazer o outro dar gargalhada. Nem tínhamos certeza se alguém ia publicar

Ah, qual é. Vocês são Neil Gaiman e Terry Pratchett.

Sim, mas, na época, não éramos. (Vide *Como foi trabalhar com Neil Gaiman/Terry Pratchett?*) Nós éramos dois carinhas com uma ideia e um queria contar uma história pro outro.

Então vai ter filme?

O Neil é da ideia de que um dia vai ter e o Terry tem certeza de que nunca vai rolar. Seja como for, os dois só vão acreditar quando estiverem comendo pipoca na première. E, ainda assim, provavelmente não vão.

NEIL GAIMAN FALA DE TERRY PRATCHETT

NEIL GAIMAN FALA DE TERRY PRATCHETT

Certo.

Estamos em fevereiro de 1985, num restaurante chinês em Londres, e é a primeira entrevista que o escritor dá na vida. A assessora do escritor ficou surpresa, embora contente, em saber que alguém quer conversar com o escritor (o escritor acabou de escrever um livro de fantasia engraçadinho chamado *A cor da magia*), mas, de qualquer forma, marcou esse almoço com o foca. O escritor, ex-jornalista, usa chapéu, mas é um chapéu pequeno, preto, de couro, não o Chapéu do Escritor. Ainda não. O jornalista também usa chapéu. Um negócio meio cinza, que lembra os que o Humphrey Bogart usa no cinema, só que quando está na cabeça do jornalista ele não parece o Humphrey Bogart. Ele parece um alguém que não devia usar chapéu de adulto. O jornalista descobre aos poucos que, por mais que tente, nunca vai se tornar uma Pessoa Que Usa Chapéu. Não só porque coça, nem porque sai voando em momentos muito inconvenientes, mas porque ele esquece os chapéus, deixa os chapéus nos restaurantes e já se acostumou a bater à porta de restaurantes às 11 da manhã seguinte para perguntar se acharam um chapéu. Um dia, muito em breve, o jornalista vai deixar de dar bola para chapéus e vai usar jaqueta de couro preto.

Então, eles almoçam e a entrevista sai na *Space Voyager*, junto a uma foto do escritor mexendo nas prateleiras da Forbidden Planet. O mais importante: um faz o outro rir e um gosta do jeito como o outro pensa.

O escritor é Terry Pratchett e o jornalista sou eu. Faz vinte anos que esqueci o chapéu naquele restaurante e quinze anos que Terry descobriu o Escritor-Best-Seller-Com-Chapéu-de-Escritor que tinha dentro de si.

Hoje em dia não nos vemos muito, já que cada um mora em um continente. Quando um está no continente do outro, passamos o tempo todo autografando livros pra outras pessoas. A última vez que nos vimos foi num sushi bar de Minneapolis, depois de uma sessão de autógrafos. Foi desses buffet livre em que eles botam os sushis num barquinho e o barquinho vem boiando até você. Passado um tempo, o sushi chef sentiu que estávamos nos aproveitando demais do buffet livre, então parou de colocar sushi em barquinho, apresentou-nos uma coisa que parecia a Torre de Pisa da Barbatana Amarela, botou na nossa frente e proclamou que ia para casa.

Não tinha mudado muita coisa, fora tudo.

O que eu percebi em 1985:

Terry entendia de muita, muita coisa. Ele tinha aquela mente de quem se interessa por tudo e que aí sai a perguntar, escutar e ler. Ele entendia do gênero, conhecia o panorama do gênero e entendia de várias coisas fora do gênero que faziam com que ele fosse uma pessoa interessante.

Terry era de uma inteligência feroz.

Ele estava se divertindo. O Terry, aliás, é uma raridade: é o tipo de escritor que gosta d'A Escrita. Não de Ter Escrito, nem de Ser Escritor, mas da vida real de sentar a bunda na frente da tela e inventar. Na época em que nos conhecemos, ele ainda era assessor de imprensa da companhia de energia elétrica da Inglaterra e de Gales. Ele escrevia quatrocentas palavras à noite, toda noite. Era o único jeito que tinha de manter um emprego de verdade e escrever livros. Um ano depois, teve uma noite em que ele terminou um livro e ainda sobravam cem palavras, então ele botou uma folha na máquina de escrever e escreveu cem palavras do livro seguinte.

(No dia em que ele se aposentou do emprego de verdade para virar escritor em tempo integral, ele me telefonou. "Faz meia hora que eu me aposentei e já odeio os filhos da puta", ele disse, muito animado.)

Teve outra coisa que me ficou óbvia em 1985: Terry era escritor de ficção científica. Estava no jeito como a cabeça funcionava: a vontade que ele tinha de desmontar e remontar tudo de outro jeito, só para ver como uma coisa encaixava na outra. Esse foi o motor de Discworld – não era questão de "e se..." ou de "se pelo menos...", nem "se continuar assim, vai dar em...". Foi uma coisa mais sutil e mais perigosa: "Se isso existisse... como ia ser? Como ia funcionar?"

Na *Enciclopédia da ficção científica* de Nicholls-Clute, havia a gravura velha de um homem que enfia a cabeça pelo verso do mundo, por trás do firmamento, e enxerga as engrenagens e os motores que rodam a máquina do universo. É isso que a gente dos livros do Terry Pratchett faz, mesmo quando essa gente é um monte de ratinhos ou, às vezes, menininhas. É gente que aprende. Gente que abre a cabeça.

Então, naquele dia, nós descobrimos que o que tínhamos em comum era o senso de humor e referências culturais muito parecidas; tínhamos lido os mesmos livros que ninguém leu e um tinha o prazer de recomendar ao outro os volumes de referência mais esquisitos da era vitoriana.

Uns anos depois de nos conhecermos, em 1988, Terry e eu escrevemos juntos. O livro começou como paródia da série *William*, de Richmal Crompton, que chamamos de *William, o Anticristo*, mas em seguida o negócio superou a presunção e virou outras coisas. Aí passamos a chamar de *Belas maldições*. Que seria um livro engraçadinho sobre o fim do mundo e sobre como todos vamos morrer. Quando trabalhava com o Terry, eu me sentia um artífice ao lado do artesão-mestre numa guilda medieval. Ele constrói os livros como um mestre da guilda constrói um arcobotante. É claro que tem arte, mas a arte vem da construção bem-feita. O que mais se vê é o prazer em construir uma coisa que cumpre o que devia cumprir – que faz seu público ler, rir e, quem sabe, pensar.

(Escrevemos em dupla da seguinte forma: Eu escrevia de madrugada. Terry escrevia de manhã cedo. À tarde nós tínhamos longas conversas por telefone onde um lia para o outro o melhor do que cada um tinha escrito e conversávamos sobre o que vinha a seguir. A meta era um fazer o outro dar gargalhada. Um enviava disquetes ao outro, porque foi antes do e-mail. Teve uma noite em que tentamos usar um modem para fazer textos atravessarem o país à velocidade 300/75, de um computador ao outro. Se o e-mail já tinha sido inventado na época, não nos avisaram. Demos conta assim também. Mas o correio era mais rápido.)

Terry é escritor profissional há um bom tempo, afiou-se no ofício e vai ficando calmamente melhor conforme o tempo passa. O maior problema que ele encara é o problema da excelência: tudo que ele faz parece fácil. E isso pode ser um problema. O público não tem noção do que dá trabalho. É mais sensato fazer de um jeito que pareça mais difícil do que é, como todo malabarista sabe.

No início, os resenhistas comparavam-no ao finado Douglas Adams. Mas aí o Terry começou a escrever livros em um ritmo tão entusiasmado quanto Douglas evitava a escrita. Hoje, se há alguma comparação que se possa fazer, seja quanto às regras formais de um livro de Pratchett, seja quanto à produtividade do homem, que seja com P. G. Wodehouse. A maioria dos jornais, revistas e críticos, porém, não o compara a ninguém. Ele vive no ponto cego e tem dois contras: escreve livros engraçados num mundo onde engraçado significa trivial e eles são de fantasia — ou, para ser mais exato, eles se passam no Discworld, um mundo plano que se sustenta sobre as costas de quatro elefantes, os quais, por sua vez, estão de pé sobre o casco de uma tartaruga que singra o cosmos. É um espaço no qual Terry Pratchett pode escrever o que bem entender, de dramas policiais de roer as unhas a paródias políticas com vampiros. Até livros infantis. E os livros infantis mudaram tudo. Terry ganhou a prestigiada Medalha Carnegie por sua versão da história do flautista, *O fabuloso Maurício e seus roedores letrados*, premiado pelas bibliotecárias do Reino Unido. A Carnegie é uma honraria que até os jornais têm que respeitar. (Mesmo assim os jornais se vingaram ao interpretar erroneamente o discurso de agradecimento de Terry, quando acusaram-no de vilipendiar J. K. Rowling e J. R. R. Tolkien e a fantasia em geral, numa fala que tratava justamente da magia que existe na ficção fantástica.)

Os livros mais recentes mostraram Terry em uma nova modalidade. Livros como *Night Watch* e *Monstrous Regiment* são mais sombrios, mais profundos, mais indignados em relação ao que as pessoas podem fazer com as outras, mas também admirados em relação ao que as pessoas podem fazer pelas outras. E sim, os livros continuam engraçadinhos, mas não correm atrás da piada: agora eles correm atrás da história e das pessoas. Sátira é uma palavra que se costuma usar para dizer que não existe gente de verdade numa ficção. É por isso que eu não fico à vontade de chamar o Terry de satirista. Ele é, isto sim, Um Escritor, coisa que não se encontra fácil por aí. Tem muita gente que se diz escritora, sabe? Mas não é a mesma coisa. Não mesmo.

Em pessoa, Terry é cordial, motivado e engraçado. Pragmático. Ele gosta de escrever, e gosta de escrever ficção. O fato de ter se tornado um escritor best-seller é muito bom: assim ele pode escrever o quanto bem entender. Ele não estava brincando quanto aos daiquiris de banana, mas, da última vez que o vi, nós tomamos vinho gelado no quarto do hotel enquanto botávamos ordem no mundo.

TERRY PRATCHETT FALA DE NEIL GAIMAN

TERRY PRATCHETT FALA DE NEIL GAIMAN

O que eu posso dizer de Neil Gaiman que não tenha sido dito em *A Imaginação Mórbida: Cinco Estudos de Caso*?

Bom, gênio ele não é. Ele é muito mais que gênio.

Em outras palavras, ele não é um bruxo, mas um prestidigitador.

Bruxo não tem que trabalhar. Bruxo só mexe as mãos e a magia acontece. Já o prestidigitador... o prestidigitador tem que pegar no batente. Ele passa boa parte da juventude observando com toda atenção os melhores prestidigitadores da sua época. Ele sai em busca de antigos livros de prestidigitação e, por ser um prestidigitador natural, ele lê tudo mais que há, porque a história em si é um espetáculo de mágica. Ele analisa como os outros raciocinam e analisa também que tem muita gente que não raciocina. Ele descobre o jeito mais sutil de se empregar molas, como abrir as portas do templo só com um toque, como fazer as trombetas soarem.

E ele toma o palco e te impressiona com bandeiras de todas as nações, com fumaça, com espelhos, e aí você grita: "Que incrível! Como ele consegue? O que aconteceu com o elefante? Onde foi parar o coelho? É sério que ele deu uma martelada no meu relógio?"

E lá na fileira do fundo, nós, os outros prestidigitadores, cochichamos: "*Muito bom.* Aquilo ali não foi uma variação da Meia Levitada de Praga? Não seria o Espelho do Espírito de Pasqual, aquele em que a moça fica ali, não lá? Mas de onde *diabos* saiu a espada flamejante?"

E começamos a questionar: será que essa tal de bruxaria não existe?

Conheci Neil em 1985, quando *A cor da magia* tinha acabado de sair. Foi a primeira entrevista que eu dei como escritor. Neil estava vivendo de frilas no jornalismo e tinha a pele descorada de quem teve que aguentar várias cabines de imprensa de filme ruim para subsistir das coxas de frango gélidas que servem na saída (e para montar sua lista de contatos, que hoje tem o tamanho da Bíblia e contém gente muito mais interessante). Ele fazia jornalismo para comer, que é um bom jeito de fazer jornalismo. Provavelmente o único jeito que há, se você parar pra pensar.

Ele também usava um chapéu muito feio. Era um *homburg* cinza. Ele não era a pessoa certa para usar chapéu. Não havia unidade entre o chapéu e o homem. Foi a primeira e última vez que eu vi aquele chapéu. Como se tivesse consciência subconsciente de como mandava mal na chapelência, ele tinha o costume de esquecer os chapéus nos restaurantes. Um dia, ele esqueceu e não foi buscar. Eu encaixo essa história aqui para aqueles que se levam a sério como fãs do homem: se vocês saírem à cata, mas a uma cata minuciosa, pode ser que encontrem um restaurante em algum cantinho de Londres que tem um *homburg* cinza coberto de pó no fundo da prateleira. Sabe-se lá o que acontece se você botar esse chapéu na cabeça.

Enfim. Nos demos muito bem. Não sei dizer por quê, mas no fundo tínhamos em comum o prazer e a admiração pelas estranhezas do universo, por histórias, por detalhes obscuros, por livros velhos e esquisitos em livrarias a que ninguém dá bola. Mantivemos contato.

[*EFEITO ESPECIAL: folhas caindo de um calendário. Como não se vê mais nos filmes...*]

Uma coisa levou a outra. Ele virou grandes coisas nas graphic novels, Discworld decolou. Um dia ele me mandou cinco ou seis páginas de um conto e disse que não sabia como continuar. Eu também não. Mais ou menos um ano depois, eu tirei o conto da gaveta e *descobri* o que podia acontecer depois, mesmo que ainda não entendesse como ia terminar. Escrevemos juntos e deu em *Belas maldições*. Que foi produzido por dois carinhas que não tinham nada a perder e tudo para se divertir. Não foi por grana. Mas aconteceu de a gente ganhar muita grana.

... Deixa eu falar mais de esquisitice. Tipo da vez em que ele veio ficar na nossa casa para fazer a edição, aí ouvimos um barulho, aí entramos no quarto dele, aí duas das nossas pombinhas brancas tinham entrado no quarto e não conseguiam sair; elas estavam esvoaçando para lá e para cá, em pânico, e aí o Neil acordou com uma tempestade de penas brancas como a neve dizendo "mqcrlh", que é o seu típico vocabulário antevespertino. Ou daquela vez em que estávamos em um bar e ele conheceu as Mulheres-Aranha. Ou daquela vez na turnê em que nos hospedamos num hotel e na manhã seguinte descobrimos que a TV dele só passava programas de entrevista com *bondage* bissexual seminu e a minha só transmitia reprises do *Mr. Ed.* E daquele momento, ao vivo, em que nos demos conta de que o radialista mal informado de Nova York *achava que* Belas maldições *não era ficção* e ainda tínhamos dez minutos pela frente...

[Corta para um trem martelando os trilhos. Outra cena que o cinema de hoje esqueceu...]

E lá estávamos nós, dez anos depois, cruzando a Suécia e falando da trama de *Deuses americanos* (ele) e de *O fabuloso Maurício* (eu). Provavelmente um falava por cima do outro, como nos velhos tempos. Um de nós disse: "Eu não sei como se resolve esse negocinho na trama"; o outro ouviu e disse: "A solução, Pequeno Gafanhoto, está no modo como você expressa o problema. Topa um café?"

Muita coisa aconteceu nesses dez anos. Ele abalou o mundo dos quadrinhos e aquele mundo nunca mais vai ser o mesmo. Foi um efeito parecido com o que Tolkien provocou nos livros de fantasia – tudo que veio depois é, de certo modo, influenciado pelo que ele fez. Lembro que, em uma turnê de *Belas maldições* nos Estados Unidos, eu entrei numa loja de quadrinhos. Tínhamos feito muitas sessões de autógrafos com fãs de gibi, sendo que alguns ficavam pasmos com essa ideia de que existe "istória sem uma figorinha kiseje" e eu andava pelas prateleiras analisando a concorrência. Foi quando me dei conta de que ele era *bom*. Ele tem um toque delicado, um bisturi discreto, que é o traço distintivo do que ele faz.

E, quando eu ouvi falar da premissa de *Deuses americanos,* tive tanta vontade de escrever eu mesmo que cheguei a sentir o gosto...

Quando li *Coraline,* eu vi o livro como uma animação com desenhos requintados; se eu fecho os olhos, vejo a casa e vejo o piquenique das bonecas. Não é à toa que ele começou a escrever roteiro para cinema. Quando li o livro, lembrei que é nas histórias para crianças que se encontra o terror de verdade. Meus pesadelos de infância não teriam a mesma graça sem a imaginação do Walt Disney e tem alguns detalhes relativos aos olhos de botão naquele livro que fizeram um pedacinho do meu cérebro adulto buscar refúgio atrás do sofá. Mas o propósito do livro não é o terror, e sim derrotar o terror.

Talvez surpreenda muitos saber que Neil é um cara muito gentil e simpático, ou um ator incrível. Às vezes ele tira os óculos escuros. Quanto à jaqueta de couro, eu não sei; acho que uma vez eu o vi de smoking, mas pode ter sido outro cara.

Ele é da opinião de que a manhã não é pra ele. Acho que uma vez o vi no café da manhã, deitado com a cabeça sobre um prato de feijão, mas pode ter sido uma pessoa parecida. Ele gosta de sushi, se for bom, e gosta muito de pessoas, mas não cruas; ele é gentil com os fãs que não são babacas e gosta de conversar com quem sabe conversar. Ele não tem cara de quem tem quarenta e poucos; é outra coisa que não é pra ele. Talvez ele tenha um retrato guardado no sótão.

Divirta-se. Nós nos divertimos. Nunca pensamos na grana até que o livro virou leilão e os lances começaram a chegar por telefone. Adivinhe quem ficou bem tranquilo enquanto isso rolava. Dica: não fui eu.

P.S.: Ele gosta muito, mas muito, quando alguém pede para ele autografar o exemplar surrado e querido de *Belas maldições* que caiu na banheira pelo menos uma vez e que hoje só se mantém íntegro graças ao durex amarelo. Você sabe como é.

Agradecimentos especiais a Vanessa Kidby, Harry Hall e Alex Stott por tudo que colaboraram na concretização deste livro.

Este livro foi composto na tipografia Adobe Garamond Pro
em corpo 11/13,5, e impresso em papel off-white
na Gráfica Geográfica.